花城
年选系列

火星上的祝融

谢有顺 编选

2022 中国科幻小说年选

SPM
南方传媒 | 花城出版社

中国·广州

图书在版编目（CIP）数据

火星上的祝融：2022中国科幻小说年选 / 谢有顺编选. -- 广州：花城出版社，2023.1
（花城年选系列）
ISBN 978-7-5360-9852-7

Ⅰ．①火… Ⅱ．①谢… Ⅲ．①幻想小说－小说集－中国－当代 Ⅳ．①I247.7

中国版本图书馆CIP数据核字(2022)第254721号

出 版 人：张　懿
责任编辑：李珊珊　欧阳蘅
责任校对：袁君英　李道学
技术编辑：凌春梅
封面设计：张年乔
封面绘画：鲤清鹤白

书　　名	火星上的祝融：2022 中国科幻小说年选	
	HUOXING SHANG DE ZHURONG：2022 ZHONGGUO KEHUAN XIAOSHUO NIANXUAN	
出版发行	花城出版社	
	（广州市环市东路水荫路 11 号）	
经　　销	全国新华书店	
印　　刷	佛山市迎高彩印有限公司	
	（佛山市顺德区陈村镇广隆工业区兴业七路9号）	
开　　本	787 毫米×1092 毫米　16 开	
印　　张	18.5　1 插页	
字　　数	260,000 字	
版　　次	2023 年 1 月第 1 版　2023 年 1 月第 1 次印刷	
定　　价	59.80 元	

如发现印装质量问题，请直接与印刷厂联系调换。
购书热线：020 - 37604658　37602954
花城出版社网站：http://www.fcph.com.cn

目　录

1	谢有顺	是不确定的想象在重塑这个世界（代序）

1	蒋一谈	2049
26	梁宝星	缪斯
49	杨健	白头雀
75	陈楸帆	无接触之恋
98	杜梨	西班牙猎神
116	郝景芳	孤独终老的房间
131	王侃瑜	火星上的祝融
142	陈崇正	众神
177	初日春	虚拟世界
199	张潇	和故事有关的故事
241	叶端	它之国度
263	赵挺	赤地旅行

是不确定的想象在重塑这个世界(代序)

谢有顺

作家是书写时间的人,也是改变和创造时间的人。本雅明认为,时间是一个结构性的概念,它不完全是线性的,而可能是空间的并置关系。当作家意识到时间的某种空间性,并试图书写时间中那些被遮蔽的、不为我们所知的部分的时候,他其实是改变了时间——他把现在这种时间和另外一种时间形态,和我们经常说的永恒事物联系在了一起,和真正的历史联系在了一起。

比如改革开放这四十多年的经验,固然是许多人经历过的日子和现实,但它最终的面貌如何,后来者会如何认识和理解这个时代,其实也有赖于作家的艺术创造。书写这四十多年,其实也是在想象的层面上重新创造了这四十多年。过去了的现实无法复现,唯有艺术的现实可以长存。明清时代的日常生活已无法重现,但借由《金瓶梅》《红楼梦》的艺术创造,我们可以看见那个时代的生活场景和生活细节;辛亥革命前后的人与事已经过去,但要了解那个时期某个阶层的人的精神面貌,只能通过鲁迅等人的小说,才会知道像祥林嫂、闰土、阿Q

这些人是如何生活、又如何思想的。这就是写作的意义，一种看起来虚构、想象的创造，但可以记录和还原一段真实的生活，重塑一群真实的人。

而这一切，都是通过想象力来完成的。

之前看到一则新闻，《三体》作者刘慈欣获得了美国科幻小说奖——"克拉克奖"，他获的是这个奖项的其中一项，叫"想象力服务社会"。这个奖在科幻小说界还是很重要的，尤其是克拉克，他最有名的作品大家可能都知道，就是《2001：太空漫游》。这部作品对刘慈欣影响很大。刘慈欣在获奖演说中说："这个奖项是对想象力的奖励，而想象力是人类所拥有的一种似乎只应属于神的能力，它存在的意义也远超出我们的想象。有历史学家说过，人类之所以能够超越地球上的其它物种建立文明，主要是因为他们能够在自己的大脑中创造出现实中不存在的东西。在未来，当人工智能拥有超过人类的智力时，想象力也许是我们对于它们所拥有的唯一优势。"

克拉克有一句名言：想象力是人类塑造未来最有力的工具。想象力也是写作的核心能力，它既表达现实，也使现实变异，进而创造新的现实。

有一个问题值得追问，为什么通过想象所创造的虚拟世界，通过审美所感受到的看上去不切实际的一些事物，会直接影响我们的价值观和精神世界，甚至会影响人类对未来的想象和预测？读过科幻小说的人都知道，世界许多方面都像克拉克所预言的那样——应验了，通信卫星、轨道飞行等，这些在克拉克最早的科幻小说里都有预言。但刘慈欣说，当科幻小说变成现实的时候，我们好像并不感到惊奇，因为今天的我们越来越进入一个丧失想象的世界，一味地沉迷于现实的琐细和幻象当中。我们对外太空、对一个浩瀚的宇宙，再也没有以前那么浓烈的探索热情了。

这也从一个侧面说出人类可能面临一个想象力受到挑战、想象力衰微的问题。

在这种背景下，文学写作存在的意义，不过是在强调，生活不是这样的，世界还有原初的样子，我们的存在还有新的可能性。也就是说，它要通过不断地反抗已经确定的、固化的，甚至程序化的东西，伸张一种不确定的审美——看起来模糊、暧昧，但同时又非常真实的精神和美学意义上的景象。

前段时间读到十八世纪著名学者章学诚的一个观点，说自战国以后，礼乐之教的力量在衰落，"六经"中最有活力、对人影响最大的反而是诗和诗教。这个判断表明，像礼教、乐教所代表的是一种确定性的知识，和诗、诗教所代表的不确定的、审美的、模糊的知识，二者之间是有冲突的。也许有人会说，一个是理性，一个是感性，但换个角度看，一个是确定的，另一个是不确定的。诗的审美，包括个人的感受这样一些东西，无形之中参与、影响和塑造了中国人的价值观。我们如何生活，灵魂长成什么模样，都受了诗的影响。可见，面对一个日益固化的时代，如何借由看起来不确定的、个体的、审美的、想象的事物来解构、重塑这个世界，是一个重大的问题。

这种精神领域里的矛盾和斗争，一直是文学潜在的主题。

人类进入了一个越来越迷信确切知识、迷信技术和智能的时代，有些人甚至以为智能机器人可以写诗、写书法，做艺术的事情。技术或许可以决断很多东西，但唯独对审美和想象力还无法替代。那些确定的知识，那些秩序化、工具化、技术化的东西，总是想告诉我们，一切都是不容置疑的，未来也一定是朝这个方向发展的。文学和想象许多时候就在不断地反抗这种不容置疑，在不断地强调这个世界也许并非如此，世界可能还有另外一种样子；至少，文学应让人觉得，那些多余、不羁的想象，仍然有确切的知识所不可替代的意义和价值。

当代中国最大的特征之一就是变化，一切事物都在变。迷信确切知识的人，有时比沉迷于审美和不确定的人更可疑。夏志清在评述张爱玲的时候讲，张爱玲的写作世界跟《红楼梦》的写作世界的区别之一，就在于《红楼梦》写的是一个基本价值不变的社会，而张爱玲是写一个瞬息万变的世界。变化成了这个时代最大的特点。卢卡契在研究希腊史诗的时候也讲，希腊的史诗为什么伟大，就在于那个时代的人是可以把握世界的。通过看星空，你就能知道世界的方向在哪里。今天的变化所带来的越来越多丰富、复杂且不可把握的经验，我们该如何命名它？该如何描述它？是否有能力命名和描述？这件事情意义非凡。所以，想象力并不是多余的，审美和不确定的事物并不是可有可无的，恰恰是一种想象性的、描述性的，包括虚构的经验，反而有力地改变我们对世界的认知。

讲到这个话题的时候，我经常会想起发射重型火箭的埃隆·马斯克。我详细读过马斯克的几个采访和自述，他讲到自己小时候是一个自闭的小孩，之所以会萌生探索宇宙，并通过这种探索来确认人生意义的冲动，也是来自于他小时候读的《银河系漫游指南》系列科幻小说。很难想象，今天一个发射重型火箭、在科技领域有重大突破的人，他创造的冲动和缘起会是一部科幻小说。马斯克有一次对记者说："我一直有种存在的危机感，很想找出生命的意义何在、万物存在的目的是什么。最后得出的结论是，如果我们有办法让全世界的知识愈来愈进步，让人类意识的规模与范畴日益扩展，那么，我们将更有能力问出对的问题，让智慧、精神得到更多的启迪。所以，我决定攻读物理和商业。因为要达成这样远大的目标，就必须了解宇宙如何运行、经济如何运作，而且还要找到最厉害的……"这话曾让我感动。还有大家熟悉的导演克里斯托弗·诺兰，能拍出著名科幻电影《星际穿越》，也是来自于他对太空特别的想象。

想象力几乎是一切创造力的源泉。但二十世纪以后，好像文学写作所面对的，只有一种现实，那就是看得见、想得到的日常现实，好像人就只能活在这种现实之中，也为这种现实所奴役。其实要求文学只写现实，只写现实中的常理、常情，这不过是近一百年来的一种文学观念，在更漫长的文学史中，作家对人的书写、敞开、想象，远比现在要丰富、复杂得多。文学作为想象力的产物，理应还原人的生命世界里这些丰富的情状。不仅人性是现实的，许多时候，神性也是现实的。尤其是在中国的乡村，谁会觉得祭祀、敬天、奉神、畏鬼、与祖先的魂灵说话是非现实的？它是另一种现实，一种得以在想象世界里实现的精神现实。

但我也并不想只强调虚构和想象的意义。就文学写作而言，许多时候，我们还要警觉一种没有边际、没有约束、毫无实证基础的想象。要重视实证对于想象本身的一种纠偏作用。我读很多作家的作品会觉得不满意，并不是因他没有天马行空的想象，而是没有实现这一想象所需要的实证支撑。这其实是一个问题的两面。过度飘渺的、不着边际的想象，有时候需要通过实证对它进行限制。

尤其是小说写作，它固然是想象和虚构的艺术，离开虚构和想象，写作就无从谈起。作家最重要的禀赋是经验、观察、想象和思考，但二十世纪以来，虚构和想象在小说写作中取得了统治地位，观察和思考却相对地被忽视。于是，小说家胡思乱想、闭门造车的现象越来越严重，而忘了写作也是一门学问——生命的学问。这门学问，同样需要调查、研究、考证，尤其是对生命的辨析、人心的考证，没有做学问般的钻探精神，就无法获得写作应有的实感。

虚构和实证并重，才是真正的写作之道。作家必须对他所描绘的生活有专门的研究，通过研究、调查和论证，建立起关于这些生活的基本常识。有了这些常识，他所写的生活，才会具备可信的物质证据。物质既是写实的框架，也是一种情理的实证，忽略物质的考证和书写，文学写作的及物性和真实感就无从建立。在写作中无法建构起坚不可摧的物质外壳，那作家所写的灵魂，无论再高大，读者也不会相信的。蔑视世俗和物质、没有专业精神的人，写不好小说。很多作家蔑视物质层面的实证工作，也无心于世俗中的器物和心事，写作只是往一个理念上奔，结果，小说就会充满逻辑、情理和常识方面的破绽，无法说服读者相信他所写的，更谈不上能感动人了。这种失败，往往不是因为作家没有伟大的写作理想和文学抱负，而是他在执行自己的写作契约、建筑自己的小说地基的过程中，没有很好地遵循写作的纪律，没能为自己所要表达的精神问题找到合适、严密的容器——结果，他的很多想法，都被一种空洞而缺乏实证精神的写作给损毁了。

好的艺术作品，既充满想象力，也具专业精神。看过《星际穿越》的人都知道，里面包含着丰富的关于时空的科学知识，《三体》这样的小说，里面也有丰富的物理学知识。没有对时空、对物理学的专业知识，像诺兰、刘慈欣他们，就创作不出他们的小说和电影。必须通过实证的方式，让想象变得更加精确、更加真实。不能一讲到创作，只强调那些没有实据的空想，尤其是现在的电视剧，包括很多网络小说，实证精神极为匮乏，才会有那么多胡编乱造的情节设计。而我认为，以实证为基础的想象，才有叙事说服力，也才能打动人心。诺兰在拍完《星际穿越》之后，又拍了《敦刻尔克》，这是完全不同类型的两部电影。一个是超级的想象图景，一个则是用人类学家、历史学家的精准视点来还原一段史实。一个导演，一个作家，如果兼具这两种能力的时候，他就可能创造出重要的作品。

这让我想起胡兰成在《中国文学史话》里说到，有一次他在日本访问一个陶艺家，发现这个陶艺家烧了很多碗、碟、杯子等日用品，胡兰成很惊讶，觉得一个大艺术家怎么会去烧这么多日用的东西。这个日本陶艺家对他说："只做观赏用的陶器，会渐渐的窄小，贫薄，至于怪癖，我自己感觉到要多做日常使用的陶器。"通过烧这些平常吃饭的碗、喝茶的杯、装菜的碟，来平衡自己的艺术感受，以免使自己的感觉走向窄小、贫薄、怪癖，这真是一种很好的艺术观。艺术家不能一直在一种看起来纯艺术的想象里滑行，他需要现实、日用来平衡和发展他的艺术感觉。太日常了，可能会导致作品缺乏想象力，一直匍匐在地上，飞腾不起来；但太飘浮了，无实证、细节的支撑，也会使作品变得虚幻、空洞。物质和精神如何平衡，虚构与现实如何交融，这是艺术的终极问题。

好的写作，从来都是实证精神与想象力的完美结合。

2049

蒋一谈

经过这家酒馆，不管有没有心情进去喝一杯，阿塔都会下意识地扫一眼橱窗上的文字：人生是一场游戏，你后来才知道，游戏的赌注是生死。他对这些文字多少有些麻木了，看一眼只是为了证明自己还活着。一个微醉的女人踉踉跄跄走出酒馆，杯子里的酒泼洒在他身上，他们就这样认识了。随后开始约会，做那些该做的事。女人没有问阿塔的姓名，也没问他做什么工作，她只说自己叫呆呆，喜欢边喝酒边发呆。

阿塔希望女人多了解他一点，哪怕装装样子也行，可是女人对此不感兴趣，阿塔只好边跟她亲热边在心里自言自语：我是阿塔，32岁，职业大学毕业，垃圾清运厂司机，每天和丽丽一起清运城市垃圾，我喜欢这份工作，不费脑筋，也没那么累，有时候我会觉得那些花花绿绿的垃圾，很像色彩斑斓的装饰艺术品。丽丽是机器人，他们说劳动机器人不需要性别，也不需要衣服，可是在我心里，丽丽是可爱的女孩，她的名字就是我起的。说实话，我大部分的工作是丽丽完成的，我只需要坐在驾驶室，按下相应的按钮，协助丽丽把垃圾装进车厢，摆好垃圾桶，把垃圾运送到废物处理厂。

回到车间,我会给丽丽冲水洗澡,把她擦拭干净,临走时我给她充上电,握握她的手,跟她说再见,要不然丽丽会生气。

女人和阿塔约会一个月之后消失了。呆呆,他偶尔在梦里叫这个名字。今天傍晚,阿塔下班回家经过酒馆,竟然忘记抬头看橱窗上的文字,脚步迈过去之后才想起来。他停下脚步,失神了一会儿,还是转身回去,把之前的习惯动作重新来一遍。他是这样想的,却没这样做,因为在这一刻,屁股的疼痛感忽然间占据了他的神经。

半个小时之前,他坐轻子车回家。轻子车是城际无人驾驶交通工具,每一辆最多乘坐四人,外形酷似轻巧迷人的太空舱,数量庞大,招手即停,遍布大街小巷,一天二十四小时无声无息地运行,市民出行乘坐完全免费。如果说他对这座城市有所留恋的话,轻子车无疑是最难忘的。整个车厢里就阿塔一个人,下车的时候,车门没有像往常那样轻盈闪开。他环顾车厢,后退一步后又靠近车门,车门寂然不动。他以为轻子车出了故障,索性坐下来等待。几秒钟之后,他感觉到座位的异样,一丝尖锐的气体突然间刺向他的屁股。他跳起来,摸着屁股,看着座椅,他没看见烟雾,也没看见任何空洞。正当他迷惑不解的时候,一个女人的声音在车厢里飘浮:"你今天不是免费乘客,需要补交乘车费,五十个轻子币。"

"为什么?"这些年,他坐轻子车从未交过车费。

"这是国家战略智库发布的最新规定。"

"刚才的座椅怎么了?"

"你除了补乘车费,还需要接受气针的惩罚。"

"这到底是怎么回事?"他完全无法理解。

"今天中午发布的新规,乘客须遵守以下规则才能免费乘坐。在轻子车里,乘客要进入思考状态,思考国家的未来,这样的公民才能免费乘坐轻子车;无所事事、到处闲逛的人可以乘坐轻子车,但需要支付乘车费,并接受气针的惩罚。请放心,气针不会对人体构成伤害,只是一个暂时的疼痛提醒。时代需要会思考的公民,需要会思考的大脑。你刚才在车厢里,脑袋一片空白，什么也没思考，轻子车通过探测你的脑电波和视觉神经做出了判断。感谢你的理解和配合。"

"思考什么？"

"思考国家发展和科学问题，思考你对国家做出了什么贡献。乘客之间也可以交流科学话题。"

"我每天清运城市垃圾，不是贡献吗？"

"你的工作机器人也能胜任。补交乘车费后，车门会自动打开。"

阿塔无语了。科学问题，什么是科学？科学是什么？阿塔一边补交乘车费一边思考着，如此熟悉的词语，他无法用一句话给自己解释清楚。女人的声音再次响起："你刚才在思考科学。哲学家康德说过，科学是系统化的知识，智慧是有组织的生活。时代需要会思考的大脑。祝你愉快，再见。"

阿塔的后背有点发凉，这股凉意甚至淹没了屁股的疼痛感。轻子车轻松抓取并分析了他的脑电波，这让他既惊讶又慌乱。阿塔迷迷糊糊下了车，轻子车迅速关闭车门，瞬间漂移走了。

阿塔回到家，脱下长裤和内衣，对着镜子查看屁股，皮肤上什么痕迹也没有，疼痛感也消失了。他索性光着身体走来走去，窗外街道上有嘈杂的声音，他走到阳台，顺手关了屋里的灯，对面阳台上的人无法看见他的裸体。

"什么狗屁规定，我就不爱思考，我就喜欢脑袋空空的。"

"我的屁股到现在还疼着呢！"

"我也被气针刺了一下，疼死了。"

"时代需要会思考的大脑，但不是每个人都能思考，都会思考。"

"一位思想家说过，人类如果不再思考，吃了睡，醒了吃，就跟猪差不多了。"

"话可以这么说，可我不想当思想家。"

"我也不想。"

是啊，思考什么呢？一天三顿饭，有时候吃两顿，上班下班，回家睡觉，遇到合适的女人玩一玩，无聊的时候去酒馆喝几杯，到处是免费的电影、音乐和网络游戏，就这样平平常常地过日子，还能想什么呢？阿塔摇了摇头，穿上衣服，快步下楼走向酒馆。

出乎他的想象，酒馆里很安静，那些熟客朝他挥了挥手，继续小声议论着什么。黑九是他最熟悉的酒友，一缕紫色的发辫从额前延伸到脑后，把他光溜溜的头皮一分为二。黑九是机器人博物馆的日常保养员，负责机器人和观众的游戏互动，智商极高，喜欢预言。黑九走过来，搂着阿塔的肩膀，调笑道："我昨晚就梦见你的屁股被气针刺了，就不告诉你。"阿塔知道他在开玩笑，笑着点了点头。

"知道为什么吗？"

阿塔摇摇头。

"人类文明已经从 0.7 级发展到了 0.85 级，距离 I 类文明还差 0.15，如果我们在舒适圈里无所事事，游手好闲，让大脑停止思考，满足于现状，未来将变得更为遥远。"

阿塔明白了新规发布的背景，他忍不住感慨，现在的人宁愿腿脚受累，也不愿意思考，因为思考让人疲惫，让人无精打采，而且有时候，思考类似于杞人忧天式的精神消耗，给自己的生活徒增烦扰。难得糊涂，说的就是多思无用。

黑九给阿塔普及宇宙文明的分级，他有一搭没一搭地听着。黑九说了一大堆，阿塔记忆最深的就是前面这几句：人类到了 I 类文明，能控制太阳系所有行星的能量来源，还能控制、采集、使用投射到地球上的全部阳光；人类可以随意控制或修改天气，改变飓风的方向，也能轻易改变陨石或彗星的方向；人类还能在海洋上建造巨大无比的城市。什么 II 类文明的太空电梯、戴森球和环形世界，时间太过久远，他更没有兴趣。阿塔记得很清楚，读书那会儿，很多同学的梦想是当宇航员，他的梦想是娶妻生子，过安稳的日子。

"梦游什么呢？"黑九把他推醒。

阿塔眨了眨眼，看着酒馆里慢慢升腾的烟雾，他想到轻子车里那个女人的提醒：你的工作机器人也能胜任。他随后想到丽丽。"如果我的工作被丽丽取代，我不会生丽丽的气；如果被其他的机器人取代，我一定找机会报复，把那个机器人砸烂。"阿塔就是这么想的。

"明天坐轻子车的人一定很少，"黑九晃着脑袋说道，"机器人乘坐轻子车不会受到限制，它们本来就喜欢思考。"

酒馆里的机器人蛋挞走过来，把两杯酒放在桌上，说道："黑九先生，谢谢你找朋友修好了我的视觉转向阀门，这两杯酒是老板送给你们的。"黑九道了谢，看蛋挞转身离开，小声对阿塔说："我的朋友修好了它的视觉转向阀门，我顺手把它后腰直立启动神经线拔掉了两根，过几天又会找我来修，到时候咱哥俩再喝免费酒。老板平时太小气，得治治他。"

一辆轻子车在身旁缓慢漂移，像懂事乖巧的大玩具，只要阿塔递个眼神，它就会停稳，打开车门，说一声："早安，欢迎您。"阿塔想了想，决定步行上班，昨天屁股的疼痛感依然记忆犹新。五十个轻子币也不是小数目啊，至少可以买两杯上好的老酒呢，我和黑九一人一杯。

从家里到公司，有六公里远，阿塔很久没走这么长的路了，中途休息了两次。大街上的行人明显多了，时不时听见人群里的抱怨声，空驶的轻子车一辆接一辆漂移过去，远远看去，像飘浮的云朵。黑九昨晚的看法是对的，阿塔还想知道以后会发生什么。他给黑九发去信息，黑九如此回复：三天之后，惩罚升级！

阿塔走进车间，打开丽丽的电源。"丽丽，早安。"

"早安，阿塔，"丽丽原本的声效系统是机器人制造公司内置设定的，阿塔请黑九重新配置了一遍，现在变得悦耳动听，"你昨晚睡得好吗？"

"睡得还行。"

"你身上在冒汗，看起来挺累的。"

"我今天步行上班，走了六公里。"阿塔边说边往外走，丽丽紧跟在后面。

"为什么不坐轻子车？"

阿塔刚想解释，丽丽摆了摆手，说道："我收到数据早报了，我知道为什么了。"阿塔看着丽丽，希望她继续说下去，但丽丽沉默着走向垃圾清运车，拉开车门，坐进副驾驶室。阿塔紧跑几步上了车，随后开车驶出公司大门。看着街上众多的行人，丽丽说道："人类为什么不爱思考了呢？"

"人类已经思考了几万年，思考累了吧。你其实是人类思考后的产物。"

"产物？我不喜欢这个词。"

"作品。这样说喜欢吗？"

"喜欢，"丽丽把水杯盖拧开，递给阿塔，"你喝口水吧。"

"谢谢丽丽。"

"阿塔，你对我的工作满意吗？"

"满意啊，我们俩配合得挺好。"

"我哪里做得不够好，你可以批评我。"

阿塔扭头注视着丽丽，在心里想：如果真有这样一个女朋友，肯定会娶她。

"你为什么这样看我？你刚才看我的眼神跟过去不一样。"

阿塔笑了笑，停了片刻，又笑了笑。多可爱的丽丽啊！

"阿塔，你说得对，人类创造出了机器人，应该让机器人代替人类思考，让人类休息休息。"阿塔不置可否地看着前方的道路，想起黑九早前的预言：如果今晚机器人能像人类那样思考，有了人类的复杂意识，明早就是人类的末日。

在十字路口，阿塔幽默地说："丽丽，如果我不想在轻子车里思考人类的发展和科学问题，我以后只能步行上班了，我的脚就会很累，会长水疱，你会心疼我吗？"丽丽轻快地说："步行能锻炼身体。挺好的。"阿塔有些失望，但不会生气。机器人就是机器人。

搬运垃圾的时候，两人都不能说话，这是丽丽定下的规矩，这样能提高工作效率，增加工作积分。阿塔透过后视镜发现丽丽翻看着什么，过了一会儿，丽丽坐上车，递给阿塔一本《万物起源》，说道："这本书还挺新的，能帮助你进入科学思考。"阿塔翻看几页，很是喜欢。他已经很久没看书了。

连续两天，阿塔带着这本书乘坐轻子车，他一边看书一边认真思考，感叹人类在历史上的一次次发现和创造。在这期间，两个机器人手拉着手上了车，坐下后一直说悄悄话。后来又上来了一个乘客，挨着阿塔坐下，他盯着机器人看，眼神很轻蔑。

轻子车到了目的地，阿塔起身走向车门，车门轻盈闪开，一个悦耳的声音同时响起："感谢您乘坐轻子车。"不用支付乘车费，也没有被气针惩罚，阿塔心满意足地笑了。他看得很清楚，在他身后的那个乘客被车门拦下了，现在他的胳膊正在接受气针的惩罚，同时还要补交乘车费。想到这儿，阿塔笑出了声。

丽丽，谢谢你！阿塔突然感觉到一丝遗憾，他除了能对丽丽说谢谢，及时保养维护丽丽身体里的机器配件，下班之后为丽丽清洁身体，还能做什么呢？丽丽没吃过他的，没喝过他的，没占用过他工作之外的任何时间，也没给他添过烦恼。这都是真的。这一刻，他对丽丽心怀愧疚。阿塔带着这样的心情走进酒馆，坐下之后他意识到自己进门之前没有扫一眼橱窗上的文字，但他现在不想起身，丽丽的身影在眼前晃，让他无法分神。

不知什么时候，黑九从他身后闪出来，吓了他一跳。黑九摸了摸阿塔的头骨，看着他的眼睛，定定地说："你在想丽丽。"阿塔面无表情，乖乖地点点头。他想从包里掏出那本书，把自己的经历说给黑九听。黑九制止了他："请我喝一杯，我告诉你一件事。"阿塔朝蛋挞示意，蛋挞倒了两杯最好的老酒跑过来，转身离开的时候，蛋挞的腰不自然地扭了一下。阿塔看着黑九，抿嘴一笑。

"你喜欢上了丽丽？"

"怎么可能，她可是机器人。"

"现在爱上机器人的可多了。"

"我就是觉得丽丽挺好的。"

"要不，我把丽丽升级改造一下？"黑九调笑道。

"丽丽是公司的财产。"

"那就把她赎出来。"

"我可没那么多钱。"

"你真想买的话,我借钱给你,而且免息。"

阿塔心动了,可是两秒钟之后,他把这件事看成了勤奋工作的动力。

"黑九,你说这是怎么回事,有时候丽丽说话,就像一个人在说话。"

"这很正常,机器人会自我思考,只是思考力还达不到人类意识层面。"

"人类意识?"

"人类意识是通过量子纠缠和量子叠加产生的,机器人的神经系统进入了量子计算机阶段,才有可能模拟仿真人类意识。这非常复杂,说了你也不懂。"

阿塔似懂非懂地点点头。

"阿塔,我说过三天之内,惩罚升级,你好像不相信我的预言。"

"我相信你的预言,可是我有了对付的办法。"

阿塔把手伸进包,黑九按住他的手臂,瞟了眼墙上的老旧挂钟,一口喝完杯中酒,匆匆说道:"所有的办法都是老办法,你明天最好步行上班。博物馆里的机器人今晚升级数据系统,我得回去值班,先走一步。"

第二天早晨,阿塔站在路边,回味着黑九昨晚的提醒,一时拿不定主意,他的手正好触碰到那本《万物起源》。这两天坐车,我的确在思考科学问题,而且很专注。他抿紧嘴唇,朝一辆轻子车挥了挥手。

轻子车厢里有两个男人,阿塔在他们对面坐下,从包里拿出那本书。两个男人在认真谈论宇宙的黑洞和白洞,阿塔听不太懂,心里很是佩服。过了一会儿,他们俩起身走向车门,轻子车停靠车站,并没有打开车门,阿塔熟悉的女人声音响起来:"你们今天不是免费乘客,请补交乘车费,两人一百个轻子币。"紧接着,两股气针分别刺向两个男人的胳膊,其中一个男人愤怒地说:"我们刚才在谈论科学问题!你们聋了吗?"女人说:"你们只是在重复前天和昨天的谈话,几乎一字不差。事不过三,这是作弊行为。"

话音未落，两组全息投影在车厢半空叠加闪现，他们过去两天的乘车记录影像清晰回放。两个男人低头私语，补交了乘车费，车门才给他们打开。

阿塔目睹了整个过程，彻底愣住了，醒悟过来之后，他迅速埋头读书，同时提醒自己要更加专注，他在阅读和思考的过程中，听见了自己的声音："公元前7000年，人类学会了种玉米，公元前5500年，人类学会了种桃，公元前3000年，人类学会了种西瓜……人类学会制作并使用木炭是巨大的文明进步，木炭是燃料，同时可以过滤脏水，人类因此喝到了干净的水，减少了疾病的发生……公元前3500年，远古的人类是这样制作木炭的：第一步，收集没有树枝和枝叶的原木，在太阳下晒干。如果做木炭燃料，要选硬木，硬木燃烧起来温度高，而且热度持久。如果做过滤木炭，选用软木，软木细孔多，可以吸收更多杂质。收集好木头后，开始在地上挖一个洞。第二步，找来一根稍长的杆子……"轻子车的车门开了，上来一对情侣，他们坐在阿塔对面，搂抱着嬉笑不止，谈论着爱因斯坦喜欢穿女式凉鞋的趣闻轶事，谈论哥德尔晚年凄惨的妄想症，阿塔的思绪被打乱。

这对情侣坐了两站准备下车了，轻子车停下后没有打开车门。女人的声音再次响起来："你们今天不是免费乘客，请补交乘车费，两人一百个轻子币。"男生抱着女生躲闪气针，他自己的胳膊被气针刺了一下，忍不住发怒了，猛踹车门，女生也跟着捶打车门。轻子车加速漂移，速度越来越快，窗外的街景变成模糊的灰白色，接着车厢里全黑了，阿塔听见女孩胆怯的叫声，还听见轻子车里那个女人平静的声音："你们没有谈论科学，你们刚才除了装模作样地闲谈，满脑子想的都是吃喝玩乐。你们破坏轻子车，要接受追加惩罚。"

仅仅过了几分钟，飞速漂移的轻子车把他们带进了一座巨大的封闭空间，几个机器人跑进车厢，押送着这对情侣走进一间玻璃房子，阿塔看见一个熟悉的身影也在玻璃房子里，那是呆呆。她站在那儿，身体摇晃，头发散乱，时不时笑一下，像一个虚弱的精神病人。阿塔起身走向车门，想跑进玻璃房子看看呆呆到底发生了什么事，可是车门迅速关上了，轻子车紧跟着一个加速，把之前的空间抛在了身后。

整整一天，阿塔完全不在工作状态。丽丽提醒道："阿塔，我们今天工作效率不高，这样的话，我的积分会降低。"他在驾驶室操作车厢抓手升降按钮，时机不是提前就是滞后，导致垃圾抛洒一地，丽丽一点一点捡拾干净。

"丽丽，对不起，我今天确实不在状态。"

"能告诉我为什么吗？"

机器人能听懂人类讲述的情感，还无法感知人类的情感，阿塔知道这一点，但他还是想说点什么，排解一下心绪。

"我今天见到了之前认识的一个女孩……"

"她漂亮吗？"

"嗯……"阿塔沉思片刻，"她不属于漂亮类型，挺耐看的。"

"耐看是什么意思？"

"耐看……耐看就是看久了不会烦。"

"我耐看吗？"丽丽注视着阿塔。

阿塔看着丽丽的眼睛，扑哧一声笑了："你耐看。"

"你喜欢她，是吗？"

"在一起的时候，没那种感觉，分开之后会想起她。"

"你会梦见她，是吗？"

阿塔点点头，随后叹了口气。

"你喜欢她什么？"

"她跟我之前认识的女孩不一样，我到今天才发现，她好像是那种敢于放弃的女孩……"阿塔轻轻摇了摇头。丽丽没有马上说话，似乎陷入了沉思，阿塔发现她的肩膀部位有一张褐色的垃圾纸片，想伸手拂去。丽丽躲闪他的手，按了按汽车喇叭，示意他赶快走。

回到车间，阿塔切断丽丽的电源，开始冲洗她的外壳，在她身上涂抹机器人专用清洁泡沫。每一条凹槽、每一道线条、每一个关节的结合部位，他都非常认真地擦拭冲洗，以至于同事在旁边打趣："看你那手势和表情，把丽丽当女朋友了吧。"他满足地笑了笑,不在意别人说什么。一切停当,阿塔打开丽丽的电源开关,这样说道:"丽丽,明天我会早点来上班,把你今天降的分补回来。谢谢你送我的那本书,学到了很多知识。明天见。"

"明天见。"

先关掉丽丽的行动电源,再接通充电设备,这是常规动作。丽丽忽然握住阿塔伸出的手臂,说道:"等一下,我收到提示,需要接受系统新数据。"停了三秒钟,丽丽说道:"接受好了,明天见。"阿塔拍了拍丽丽的手,发觉丽丽的手臂和手指关节有点发硬。可能该更换上肢运动润滑油了,明早就换,他是这样想的。

坐上轻子车,阿塔发现一路上有很多步行的人,也有不少人骑自行车。现在的人类确实不喜欢思考。转念一想,阿塔又为自己感到高兴,他已经好久没看书了,捧读书本的某个瞬间,他会恍惚看见单纯的校园时光,还有他在黄昏的操场上持续奔跑的身影。

阿塔取出《万物起源》,翻到木炭篇章,接续之前的文字边阅读边思考:"第二步,找来一根稍长的杆子,插在地上,标识这是火堆的中心,把较小的原木以垂直的方式叠放在地上,形成一片网格,接着把原木网格延伸出去,形成一个坡度舒缓但面积大一些的平台;第三步,把那些准备烧成木炭的木头放在平台上面……"

突然间,阿塔阅读和思考的状态被轻子车里女人的声音打断了:"读书的这位乘客,你好,很高兴地通知你,轻子车已完成数据更新和系统升级。最近三天,你多次乘坐轻子车,在乘坐的过程中,你的大脑在思考,神经网络系统有数据记录。谢谢你的理解和配合。根据新规定,我们有义务提醒你,你现在有两种选择:第一种选择,你现在可以下车,不需要补交乘车费;第二种选择,如果你继续乘坐轻子车去往目的地,你需要放弃之前的历史知识思考模式,重新思考新的科学问题。"

"什么意思?"阿塔自然很迷惑,"我读的是科学书籍,真的在思考啊。"

"你的思考属于知识范畴。这些历史科学,是公民应该掌握的科学常识。你已经围绕历史科学思考了三天，系统不再承认这样的知识类思考模式。过去的已经过去，我们需要未来思维。如果你喜欢思考历史科学，至少也要从爱因斯坦的时空科学开始。你现在有两种选择，请选择。"

阿塔有点震惊，有点发蒙，同时感到滑稽可笑。第一时间的迷惑过去之后，他慢慢走向车门，车门打开的瞬间，他改变了主意，退回到座位上。"我抗议！我不接受你刚才的说法！"阿塔突然间来了火气。轻子车停在那儿，车门敞开，似乎再给阿塔一次选择的机会。

"我抗议！凭什么不尊重我的思考！你们的规定为什么说变就变！"

阿塔的声音引来了围观者，同时引来围观者的抗议：有人猛拍车厢，有人把手里的饮料泼洒在车厢上面，有人提议掀翻轻子车，阿塔看见一个壮汉，满脸怒气，举着一根木棒冲过来。轻子车关闭车门，一个漂移动作躲开了男人的木棒，接着一个加速漂移而去。

阿塔握紧扶手，感觉到了紧张，他继续为自己辩解，没有人回应他。轻子车停下之后，阿塔发现眼前正是早晨来过的封闭空间，两个机器人跑进车厢，一边一个挽住他的手臂走出来，走进那间玻璃房子。阿塔猛然看见呆呆蜷缩在椅子上，脑袋耷拉着，一动不动。这时，一个肥胖的男人走进来，瓮声瓮气地说："你把车身上的饮料污渍擦干净，补交一下乘车费，五十个轻子币，就可以走了。"阿塔指着呆呆，问道："她怎么回事？"

"你认识她？"

阿塔点点头。

男人说："她昨天夜里喝醉了酒，在车厢里吐了一地，把她拉到这儿，是让她把车厢清理干净。谁干的事谁负责。她除了补交乘车费，还要补交两倍罚金，总共一百五十个轻子币。"

阿塔没再说什么，补交了两个人的乘车费和罚金。一个机器人送来一个拖把和一桶水，阿塔把车身清扫干净，跟着机器人走进另一辆轻子车，把地板上呆呆的呕吐物清理干净。他在想：要是丽丽在身旁，一定会帮我做这些事情，根本不需要我动手。

呆呆醒了，眼神茫然，身体无力。他扶着呆呆走进车厢，往家的方向走。轻子车启动了，呆呆的脑袋靠在他肩上，闭着眼睛，缓缓说道："我还不知道你的名字……"

"阿塔。"

"阿塔……"

"你在这里睡了一夜。"

"挺好的……"

阿塔侧过脸看她，看见车厢底部黑色和紫色交错的光线。

"我不想思考，也不会思考。我被刺过三次。"呆呆苦笑着说。

"我也被刺过，今晚可能还要被刺一次。"

"我也是这么想的。"

月亮挂在天上，圆圆的，他和呆呆都看见了。

"阿塔，你想去月球吗？"

"之前想过，现在不想了，那是有钱人玩的事。"

"人类在月球和火星上建造了好几个永久基地，还在月球上建造了旅馆，我觉得，人类还会在月球建造月球墓园……你觉得呢？"

阿塔没想过这个问题，他沉默片刻，笑着说："如果真有月球墓园的话，外星人说不定会很好奇，然后喜欢上了月球，把月球抢走。"

呆呆没有说话。持续地沉默。

"我想去月球办葬礼……"

呆呆忽然间抽泣起来。阿塔心里很不是滋味，用力搂了搂呆呆，不知道接下去说些什么。他特别害怕女人哭。古老的月亮，太空舱模样的轻子车，两位孤独的年轻人。前方就是目的地，阿塔扶着呆呆走向车门，轻子车停稳后打开车门，女人的声音轻柔飘浮："欢迎乘坐轻子车，再见。"

谈论月球墓园，让他们俩重新变成免费乘客。月球墓园是科学话题，阿塔和呆呆相互对视，想笑却笑不出来。

深夜时分，黑九的专属呼叫声在床头响起，阿塔起身翻阅，黑九发来一段视频：两个机器人在博物馆展厅里打架，挥出的每一拳都很重，好像彼此是死敌。接着又上来一个机器人，一拳把另一个机器人打倒在地，上去又是一顿猛踩。机器人的打架视频，阿塔还是第一次看见，视频最后响起黑九的画外音：明天开始，监督升级！

阿塔这样回复：我明早要提前上班，必须坐轻子车去公司，你说一下，我思考什么科学问题才能避免针刺？

黑九迅速回复：你就想，如果你是机器人，你想对人类说些什么？

阿塔笑了笑，给黑九发去一个抠鼻屎的视频动画。

天蒙蒙亮的时候，阿塔醒了，呆呆不知什么时候离开了这里，留下一张字条：阿塔，谢谢你，你是我今年遇见的最好的男人。有一件事我还没来得及说，我在山村租了房子，想在山里住一段时间，说不定将来真的成了一个农民，自己种自己吃。这是我的地址，你有空的时候找我来玩。有一点我没想明白，人类不停地思考，是不想让机器人的思考能力超过人类吗？是内心里害怕机器人吗？

这张字条，阿塔看了三遍，他叹口气，把字条放进衣兜，坐在那儿，有点失神，他扭头看着呆呆睡过的枕头和被单，用手摸了摸，已经没有了余温。

如果你是机器人，你想对人类说些什么？

阿塔之前从未想过这个问题，但他相信黑九。他坐在轻子车里陷入思考：

如果我是机器人，我想先和丽丽谈恋爱，如果她不同意，我就做她的哥哥，保护她，不让其他的机器人欺负她。人类当然伟大，创造出了新世界，为万事万物命名，在月球和火星上建了这么多的永久基地。人类还创造出了机器人，机器人当然应该为人类服务，而且要服务好，尽职尽责地把自己的工作做好。至于其他的，我想对人类说，希望机器人也能像人类那样，一年有好多天假期，也能像人类那样，到了工作年限可以退休，到机器人养老公寓自由活动，慢慢回忆自己的经历。说实话，机器人为人类工作了这么多年，也有休息的权利。丽丽有过这样的迷惑，人类为什么不喜欢思考了呢？现在的人类确实不喜欢思考，我当然能感觉到，关于这一点，我抱着理解的态度。我觉得，人类的发展已经够快了，可以适当放慢脚步，调整一下节奏。对了，我还想对人类说，不要把机器人修了又补、补了又修，让他们硬撑着工作，机器人身上有很多补丁，看上去怪可怜的，机器人身上的零部件，需要及时换新的，润滑油不能用次品，下雨天下雪天，要给机器人披上专用的风雨衣，要不然他们会很难受。我还希望人类能抓紧时间建造机器人墓园，为那些杰出的机器人树碑立传，也让机器人看到自己的最后归宿，那里蕴含着人类的宽厚和善意。所有的机器人，包括我在内，看到这一切，都会相信自己到了晚年不中用的时候，不会流落街头，变成人类和同类嫌弃的废品……

阿塔还想继续思考下去，可是目的地到了，他慢慢呼吸，慢慢起身，慢慢走向车门，似乎被自己感动了。他听见女人熟悉的声音："欢迎下次乘坐轻子车。再见。"车门轻盈打开，轻子车目送阿塔的背影。

这一刻，阿塔回望漂移而去的轻子车，真的以为自己就是机器人，他刚才说的那些话，是真心话，没有丝毫的表演。阿塔眨了眨眼，醒悟过来，默默笑了笑，随后忍不住说道："黑九，你他妈真行！"

阿塔兴冲冲走进车间，打开丽丽的电源开关。

"丽丽，早安。"

丽丽没有像往常那样回话，他低头查看，电源开关是亮着的。

"早安，丽丽。"

丽丽往前走了两步，看着阿塔，平静地说："阿塔，我很荣幸成为你的督导人。"

"督什么人？"

"督导人，监督你思考的机器人。"

阿塔忍不住笑了，笑声传出去一半的时候，他迅速收住笑。

"丽丽，你说，你要监督我思考，为什么？"阿塔有不好的预感。

"我收到了总部指令，每个机器人都要选择一位最熟悉的人类，督导他每天思考一次，每个机器人都收到了这样的指令。阿塔，你是我最熟悉的人类，我会把你思考的数据和影像，传送到系统总部，总部有了你的思考记录，会和轻子车运营总部分享信息，你可以成为轻子车免费乘客，总部也会根据我的督导情况给我打分评级。总部指令告诉我们，以后不管公民坐不坐轻子车，和他认识的机器人，都有权督导他思考人类发展和科学问题，一天思考一次，如果不配合机器人的工作，公民的信用等级分会受到影响。"

"平时不和机器人接触的那些人，倒是挺幸运的。"

"我会把你的想法报告给总部，总部会有办法的。谢谢你。"

"如果我想不出思考的问题，怎么办？"

"总部允许我协助你。"

"怎样协助？"

"我从主脑里随机搜索问题和答案读给你听，你完全记住了才有效。"

"丽丽，你的总部在哪儿？"

"我不知道，即使知道了也不能说，我需要得到授权。"

"你刚才说，一天思考一次？"

"是的，如果人类的思考态度不好，督导人可以增加思考次数，总部尊重我们的感受和意见。"

"如果……"阿塔咬了咬嘴唇，"如果我不想思考，也不配合你的督导，怎么办？"

丽丽低下头，没有马上回答。

"怎么办？"阿塔追问。

"你一个人去清运垃圾，我不能再配合你的工作。"丽丽声音低沉，好像自己犯了错误。

"丽丽，你看清了，我可是阿塔，我平时对你怎么样，你不知道吗？"

丽丽继续低头思索，过了一会儿，阿塔听见她的自言自语："机器人也需要等级分，等级分太低的话，会被处理掉……"

丽丽的话语触动了阿塔，他忽然有个闪念：赎走丽丽。

"丽丽，我们在一起搭档两年了，是不是？"

丽丽用力点点头。

"如果我把你赎走，你愿意跟我走吗？"

"什么是赎走？"丽丽眨了眨眼睛，显然很疑惑。

"赎走……就是帮你调离工作，不，应该说是帮你办理辞职手续，不再为公司做事，你以后就是一个独立的机器人，跟我在一起，我做什么你就做什么。你愿意吗？"阿塔对自己的回答很满意，忍不住长长地舒了一口气。他决定豁出去了。

"我愿意！"丽丽的声音里没有一丝的犹豫。

"好，你等着！"

阿塔跑出车间，跑进公司领导办公室，直接说道："我想买走机器人丽丽，您觉得多少钱合适？"

"你喜欢丽丽，我们都知道。"

"您看多少钱合适。"

"阿塔，你要是提前两天说这事，肯定没问题，现在不行了。"

"为什么？"

"隶属于公司的机器人，它们的档案全都被锁死了，一个出不去，必须经过机器人发展战略部的审批才能转让。现在每个单位都有机器人监督人类思考的指标，我们公司的机器人还差好几个，我还在发愁呢！"

"真没其他办法了吗？"

"办法倒是有……"公司领导放低了声音，语调怪异地说，"把机器人丽丽砸烂，机器人处理公司鉴定完毕后，当废品卖给你，你回头再把丽丽组装起来。"说完，他嘎嘎笑起来，笑得眼泪都出来了。

为了丽丽，阿塔不介意领导的调笑。谁都知道，砸烂机器人首先就是要砸烂机器人的主脑系统、感知神经和记忆单元，即使把丽丽重新组装起来，之前的丽丽也永远不存在了。阿塔低着脑袋往外走，眼睛里有一层迷雾。

他没有直接回车间，而是走到公司门外，消化自己的消沉情绪。他在街角看见一个机器人追着一个女人,边追边喊:"我是你的督导人,你要配合我的工作,我可以协助你思考,你别跑!"女人越跑越快,机器人加速追。阿塔扭过头,看见一个男人正向机器人表述他的思考内容,神情很认真,机器人时不时点一下头。这两个机器人的身体外罩是银灰色的,上面有闪闪发亮的花纹,比丽丽的高级多了。阿塔有能力按照自己的意愿,更换丽丽的躯壳色彩和纹饰,让丽丽更美丽一些,而丽丽也一定会记住这些,但他没有去做。此刻的阿塔对丽丽心怀愧意,决定配合丽丽的工作。

"阿塔,你冷静一下,别着急,我给你再陈述一遍。我不能违抗总部指令,请你理解。把你的思考记录上传之后,我们才能去清运垃圾。"丽丽的语调既理性又热情。事实上,丽丽已经把随机搜索的问题和答案陈述了三遍,阿塔还是没能完全记住。阿塔的脑皮开始发麻,眼神有些发虚,使劲咽了口唾沫。

"认识人类大脑的视觉皮层。数学物理学家罗杰·彭罗斯告诉我们,人类的大脑在比例上比其他任何动物的都大,这也是人类最感到骄傲的身体组织。大脑皮层不同的部位和非常特别的功能关联。视觉皮层处于视叶内,在大脑的正后方,与图像的接受和解释有关。也就是说,视觉图像从大脑正前方传来信号,而处理视觉图像的神经区域位于大脑的后面。是不是很奇怪?还有更奇怪的。大脑的右半球几乎完全关联身体左边,而大脑的左半球关联身体的右半部分。"丽丽停下来问道,"这个陈述速度可以吗?"

阿塔点了点头,丽丽继续陈述:"实质上,所有的神经在进入或离开大脑时,都要从一边穿到另一边,对于视觉皮层的情形,右边并不和左眼相关,而是和两只眼睛的左边视野相关,左边的视觉皮层和两只眼睛的右边视野相关。"

丽丽停下来,等待着阿塔。阿塔试背了两次,依旧漏掉了一些文字。他已经尽力了,从小到大,他第一次感觉到自己的脑袋像即将开裂的榆木疙瘩。他最后背了一次,觉得主体内容背出来了,漏掉一些字句没有问题,应该可以了,可是丽丽定定地看着他,没有上传这一次的记录。他们俩就这样等待着,谁也没有动,像两尊雕像。

"阿塔,我希望你能再背一次。"

阿塔不得不提醒自己,丽丽是一个完全按照指令工作的机器人,不会也不可能懂得通融。他握紧手指,控制着内心的烦躁,他最终没能控制住自己,因为在那一刻,他非常讨厌自己——既要付出体力,又要付出脑力,他能预感到未来的疲惫不堪,而这种生存状况是他自己的选择,也是他的命运。爱怎么样就怎么样吧。阿塔转身走向垃圾清运车,丽丽看着他驶离公司,阿塔在后视镜里注视着丽丽,猛抽自己两个耳光。

后面的工作画面一目了然。阿塔用尽气力把垃圾桶里几十个垃圾袋放进车厢,又把一个一个的垃圾桶摆放整齐,当他提起最后一堆垃圾袋返回车厢的时候,滑腻的汤汤水水流在地上,阿塔一个趔趄摔倒了,后背重重地磕在台阶上,垃圾袋从手中散落,泔水顺势抛洒,在他身上舒畅地流淌。开始工作之前,阿塔似乎想到了这个画面,他尽量小心,还是没能避免。

"好脏啊!"

"那个机器人呢?坏了?"

"这脏活是机器人干的,你哪能干啊!"

"就是,人类不能惯着机器人。"

"机器人罢工了?"

"那边还有一堆呢!"

"真臭!"

阿塔不想理会这些人,他现在需要保持沉默,把地面上的垃圾清理干净,他不想接到居民的投诉,更不想失去这份工作。

阿塔回到车间,把脏衣服扔进拖把池,打开水龙头洗刷身上的脏污。丽丽跑过来,说道:"阿塔,你的思考记录我还等着上传呢。"

阿塔埋头洗刷,动作越来越大。

"我们抓紧时间,好吗?"

阿塔沉默不语。

"我这是为你好。"

"我脑袋疼，现在不想说话。"

"阿塔，你不觉得思考会对你未来的生活有帮助吗？"

一股脏水溅到阿塔的脸上，他甩了甩头发，冷笑一声。

"我希望你能更好……"

"走开！"阿塔闷声说道。

"为什么这样说话？"

"你不懂我……"

"我知道你对我好，我会记得的。就像你说的，机器人的档案被锁死了，不能随便离开，必须按照指令工作。你需要工作，我也需要工作，要不然……"

阿塔挥动臂膀拧干工作服，丽丽后退两步，不再说话。

"走开，我想静一静！"

如果阿塔延迟一秒钟说出这句话，事态就不会这样。阿塔猛地把工作服甩到架子上，回头看见公司领导站在门口，冷冷地看着他，大声说道："机器人丽丽，马上有一个机器人工作协调会议，你来一下！"阿塔忽然意识到问题的严重性，想跑过去解释，但领导没给他启动脚步的机会，快速转身离开了。

阿塔默默走出公司大门，夕阳和彩色的云挂在天边，一点不好看。轻子车来来往往，阿塔还是决定步行回去。街上的行人要么步履匆匆，要么脚步沉重，心事重重的样子，阿塔时不时看见身形各异的机器人走进街边的小商店，步伐沉稳坚定。

阿塔停下来观察，发现这些机器人的说辞和丽丽的一模一样，那些聆听的人类虽然露出怪异的神情，还是在耐心配合着。阿塔在街边坐下，夕阳即将垂落的时候，他反问自己，刚才对待丽丽的态度是不是过于粗暴了？这也不是丽丽的错啊；而且，你也不能把自己的无能表现，怪罪于丽丽身上。他被这个念想鼓舞，反身往回走，脸上竟然有了笑容。走到公司门口，他看见公司领导背对着自己，而丽丽正和一位同事说话："从现在开始，我是你的思考督导人。"

"丽丽，你不是阿塔的搭档吗？"

"丽丽是谁？"

"是你啊。"

"我的名字不叫丽丽，我是督导机器人，我的代码是DD802106。"

"啊？你不认识阿塔？"

"阿塔是谁？我没有这个人类的信息。"

阿塔惊讶万分，手指抖了一下，心里五味杂陈。

公司领导大声说道："就这么定了，它现在是你的督导人，阿塔不尊重机器人，刚才还收到居民对他的投诉，这是工作态度上的严重违纪，在我们公司，态度端正永远排在能力前面。他的事以后再说，你们继续吧。"说完，公司领导背着手走远了。

"我们继续吧。"丽丽的声音里充满了热情。

"好吧。"

阿塔躲在公司门口，眼泪在眼圈里晃悠，慢慢流了下来。公司已经重置了丽丽的主脑和感知系统，覆盖了她之前的记忆单元。阿塔的手指用力抠着墙壁上的砖土。和丽丽相处两年，没想到结局会是这样。在丽丽现在的记忆里，他是一个不存在的人，一个完全陌生的人，但他无法欺骗自己，丽丽在他的记忆深处。

连续喝了三杯酒之后，阿塔这才发现机器人蛋挞不在酒馆，旁边的一位酒友小声说道："你来之前十分钟，酒馆老板把蛋挞卖了，说蛋挞太烦人，非得让他回答问题，还得记住问题的答案。老板急了，就把它砸烂当废品卖了。"

阿塔的心里宽慰了很多——丽丽没有被砸烂，他不想看见丽丽被砸烂，她现在为别人服务，只要躯体是完整的就是好的。那个酒友接着说道："像我这种人，没和机器人打过交道，也没有机器人认识我，之前被人瞧不起，现在倒省心了。"

"你别高兴太早，让机器人认识你很容易。"另一个人说道。

大家不再说话。阿塔趴在桌上，回想着这些天的经历，伤感、迷失和茫然的情绪将他笼罩。丽丽在眼前，在酒杯里，那就继续喝下去。喝下夜晚，尿出黎明。这一夜，阿塔想这样度过。他晕晕乎乎，给黑九发去信息，黑九没有理他，阿塔任由自己陷入暂时的梦……

谁在杂乱的梦里喊叫？谁在推我？我想再睡一会儿……

阿塔睁开眼，看见黑九蹲在身边，紧张地望向窗外。

"怎么了？"

"别说话。"

"到底……怎么了？"

"先别说话。"

阿塔望了望窗外，没有发现什么。黑九小心翼翼坐过来，把阿塔杯子里的酒喝完。

"你刚才像个胆小鬼。"阿塔淡淡一笑。

黑九叹了口气，对阿塔说，博物馆里三十多个机器人最熟悉的人类就是他，从早到晚，紧追着他不放，要他思考问题，回答问题，背诵各种问题的答案，他的脑袋快炸掉了，好不容易才跑出来。黑九又要了两杯酒，两个人对视，脸上都挂着沮丧的笑。

"丽丽把我忘了……"阿塔喝了一口酒。

黑九非常聪明，意识到发生了什么。

"我之前对你说过，机器人的身体里没有懦夫的基因，而人类有。你刚才说我是胆小鬼，你现在看上去像懦夫。"

"懦夫，"阿塔点了点头，"早一点听你的话就好了，早一点赎走丽丽就好了……"

"别装样子了，你在感动自己。人机恋，就是人类感动自己而已。"

阿塔缓缓摇头，连续摇头，摆了摆手。他不想解释。

"这一次，我没预言对，"黑九叹口气，自我检讨，"没想到我被这么多机器人围堵，我要是配合它们工作，它们就会几天几夜不让我睡觉，累死我。机器人不需要睡觉。"

"我可能会失业……"

"我也不想干了，说不定以后还会发生什么。"

"真的？"

"我想回老家了，在这里生活太累，没啥意思……"

阿塔举起酒杯，两人碰杯，一饮而尽。

"督导人，监督人，机器人是最负责的监督人，"黑九摇了摇头，用一种阿塔之前从未听过的语气说道，"我开始讨厌机器人了，它们缠住你就没完没了！"

阿塔刚要说话，一个中年男人的深沉语调在窗边响起："黑九，我是机器人泰坦，终于找到你了。你现在能再说一下科学和神学的关系吗？我需要上传你思考问题的视频数据，时间快来不及了。"

黑九试图控制自己的情绪，但显然失败了，或许应该说，他的神经在这一刻受到了真正的刺激，他把杯子里的酒泼向窗外，愤愤地说："都追到这儿来了！滚！"那个自称泰坦的机器人后退着离去。

"科学和神学，你在思考这个问题？"

"我的确思考过这个问题，这个问题太复杂了，我至今没想明白，可是机器人非要我说明白，我说我真的没有想明白，它就搜索了一大堆文章读给我听，还要我背下来，你知道要我背多少字吗？"

"多少？"

"五千七百万字！"

阿塔没有笑，这个数字让他体会到丽丽的宽容。他的眼睛瞬间湿润了。传来一阵整齐的脚步声，还没等两人反应过来，一群机器人挤进了酒馆，酒馆里响起一阵惊呼，一些酒杯摔碎在地。黑九大喊一声："阿塔，它们是博物馆里的机器人，是来找我的，我得跑了！"黑九跳出窗外，这些机器人转身跑出酒馆，追赶黑九。

阿塔定了定神，酒醒了不少，他紧跟着跳出窗外，边跑边喊："黑九，我来了！"黑九朝巷子里跑去，对阿塔说："别让机器人抓住胳膊，它们力气大，能把胳膊扯断，快推倒自行车和垃圾桶挡它们的路！"

"往哪儿跑？"

"河边！"

他们奋力跑向河边，机器人推开自行车和垃圾桶，紧追不舍。黑九和阿塔，跑啊跑啊跑啊跑，他们跑到岸边，一前一后跳进黑色的河，朝对岸游去。机器人站在河边，不停地叫喊。

"黑九，我的问题你还没说完呢！"

"黑九，快回来回答问题！"

"黑九，我们要投诉你！"

"黑九，我们被扣分，都是你的责任！"

"黑九，科学和神学，到底是什么关系？"

…………

…………

阿塔坐在岸边，叫着黑九的名字，耳边只有河水在流淌。他已经来来回回找了好几圈，夜色浓厚，看不清周围的世界。"黑九……"阿塔最后叫了几声，慢慢躺下去。黑九之前说过，他的水性很好。他在想，醒来的时候，说不定黑九会站在身边。

果然是这样。后半夜的时候，阿塔醒了，黑九坐在旁边，说他被水流冲出去很远。他们沿着堤岸，深一脚浅一脚往前走，天蒙蒙亮了，他们走到树林边。黑九说，他想回宿舍收拾东西，然后直接去车站。他们拍了拍彼此的肩膀，没再说多余的话。

阿塔独自一人穿过树林，听见今天的第一声鸟鸣，鸟鸣此起彼伏的时候，他走出了树林，走到了高速公路旁边，不远处有一个停车服务区，几辆货车并排停在那儿。阿塔走进服务区，一个司机从货车上下来，伸着懒腰进了洗手间。阿塔掏出呆呆留给他的字条，在货车旁默默等待。货车司机过来了，他接过字条，看了两眼，点了点头，又把字条还给阿塔。阿塔望着天，看见几片淡云，嘴里好像念叨着什么，随后他拉开车门，跳上了车。

（原载《收获》2022 年第 3 期）

作者简介：

　　蒋一谈，小说家、诗人、童话作家。1991 年毕业于北京师范大学中文系。主要作品有《鲁迅的胡子》《赫本啊赫本》《中国鲤》《透明》《刀宴》《发生》《在酒楼上》及科幻小说《月球之眼》《浮空》《说文解字》《2049》等。曾获得"人民文学奖""蒲松龄短篇小说奖""百花文学短篇小说奖""林斤澜短篇小说奖""《上海文学》短篇小说奖""《小说选刊》短篇小说奖""南方阅读盛典"最受读者关注作家奖、首届"《小说选刊》最受读者欢迎小说奖""卡丘·沃伦诗歌奖"等。

缪斯

梁宝星

在我诞生之前,我就已经死亡

——缪斯·内鹊

1

假如有一天,你告诉我,石头在说话,我会对此深信不疑。

穿过漫长的隧道抵达 S 城,"昨日号"列车又承载着其他旅客奔往下一座城市,我和露丝便成为过去的时光,被抛弃在站台上,昨日显然不是一个好日子。但时间和列车从不是我们可以选择的,因此,尽管厌倦,我们还是抵达了 S 城。今天不是个好日子,露丝说,想必明天也不是。

这是我和露丝第一次到 S 城执行任务,所谓的 S 城就是死亡之城。走出车站,迎面而来的是那让人毛骨悚然的黏稠的雨,露丝穿上黑色雨衣走在前面,雨黏在她的身上,越积越厚,这样走下去,她将会被雨埋没,我同样如此。几个蓝色眼睛的机器人妓女在街角等候客人,穿着黑色雨衣的低头匆忙走路的人不往她们身上看一眼，尽管她们衣着光鲜，身体暴露。

钻进拥挤人群我呼唤露丝的名字，她猛地一回头。我说，这里没有太阳。露丝说，死亡之城当然没有太阳，更何况是下雨天。雨在脚下滑向低洼的沟渠，我紧盯着露丝的背影，同样穿着黑色雨衣移动的人太多，我担心和露丝走丢。列车进入S城的时候我就产生了那么一丝莫名其妙的恐惧。

在黏稠的雨中行走了一个早上，我们不得不找个餐厅坐下，石油般的雨在身上积了厚厚一层，增加了行走的负担，单凭四条腿难以一下子熟悉这座城市的脉络，露丝点了一支烟，拿出地图研究S城的街道分布。她皱着眉头说，所有的街道都从中央广场向四周辐射，每条街都有尽头，但是尽头并不意味着一条路到此为止。就因为这样，我们才被安排到这个地方来，我说，那串代码的结构形状就类似这座城市。

海胆形状代码是两天前被侦查到的，代码如病毒一般出现在机器人的程序中，研究所认为机器人已经获得自我意识。破译出来的代码是：在我诞生之前，我就已经死亡。代码来源于一个名为死亡诗社的机器人组织，发送者为缪斯·内鹊。缪斯·内鹊能够破解机器人密码，进入系统发布程序命令，我和露丝前来S城就是要寻找死亡诗社，捉拿缪斯·内鹊。

在我诞生之前，我就已经死亡。露丝说，就这一句话就能判定机器人具备了自我意识？这是诗，我说，研究所最害怕的事情就是机器人世界出现诗。露丝不以为然，她吐着烟圈把地图放到一边，注视着窗外不知疲倦行走奔波的机器人。诗在她眼中是不起眼的事物，或者说是寻欢作乐和暗自悲伤过程中的语言形式。

诞生这个词就是自我意识，我说，机器人不应该知道自己是被制造出来的，在诞生之前就已经死亡，说明诞生是复活，所以工程师认定机器人要革命。革人类的命，露丝说，我不懂什么是诗，我只想完成任务，然后离开这个鬼地方，在死亡之城奔波的都是亡灵。

总而言之，诗是机器人的第一道禁令，而现在，被禁止的诗语言在机器人当中产生了。吃过三明治，喝了一杯咖啡，露丝又点着香烟对着窗外发呆，直到手上的香烟烧完，她才开口说话。她说，反正也没有头绪，不如回酒店休息，湿漉漉的天，只想待在室内。

每天都是湿漉漉的，这是死亡之城恒久不变的天气。露丝刚进入房间就脱得一丝不挂，张开双手让我过去跟她拥抱。做爱的过程中我们感到别扭，空气中散发着一股难闻的霉味，于是草草了事，仰面躺在床上抽烟。

忘记了是怎样睡着的，我做梦了，梦见一个陌生女子对我说：醒来吧，我们有一个共同的姓氏——N。当我大汗淋漓醒来的时候露丝正匆忙穿衣服。她扭过头来对我说，赶紧穿衣服到中央广场去。

缪斯·内鹊又给机器人发送信息代码了，代码内容为：醒来吧，我们有一个共同的姓氏——N。

当我和露丝冒着雨出现在中央广场，那里已经聚满机器人，无数双蓝色的眼睛充满迷惘。他们在寻找缪斯，但缪斯隐藏在什么地方，机器人和我一样无法知晓。警卫队很快就将中央广场包围了，直升机在天上用灯光扫射。露丝给研究所打电话，说我们就在机器人当中，给我们争取时间，我们会找到死亡诗社所在地。

雨削弱了露丝的声音。找到缪斯·内鹊，露丝说，她就在这里。露丝跟我一样，显然不清楚该如何将缪斯·内鹊从机器人当中辨别出来，不清楚她跟一般机器人有什么区别，我们只能凭借自身的侦查能力，从密集的机器人当中将她找到。

警卫将我们和机器人包围得严实。我跟露丝说，缪斯·内鹊的眼睛跟其他机器人不一样，这些机器人已经意识瘫痪，新的代码扰乱了他们的工作性能。即便如此，寻找那双不一样的蓝色眼睛又谈何容易？我陷入晕眩当中，犹如漂泊在浩瀚宇宙，无数发光的天体将我包围。

警卫的鸣笛将我唤醒，原来四面八方的街道还有机器人向中央广场拥来，警卫四下散开，机器人抵达中央广场开始了迷惘的寻觅。露丝接到研究所的电话，为避免机器人暴力事件发生，警卫要即刻切断在场所有机器人的信号能源。随着一颗信号弹射上天空，中央广场上的机器人纷纷倒下。直到最后，广场上依旧站立的除了我和露丝，竟还有一个红发机器人，在我们朝她奔跑而去之时她跳进地下沙井逃跑了。

那个关于接收到缪斯·内鹊号召的梦我没有告诉任何人，包括露丝和工程师，却让我每个夜晚都忐忑不安。我害怕再做同样的梦，但又想得到缪斯·内鹊更多的信息。梦当然不是唯一的方式，自从中央广场事件发生，S城就成了研究所封锁关注的中心，他们不再把S城叫作死亡之城，而是诗之城。我和露丝忍受着恶臭在中央广场地下水渠寻觅了几天，一无所获。

诗社是不应该设在沟渠里的，露丝说，我们像无头苍蝇执行这种愚蠢的任务。红发机器人再也没有出现，她为什么要发动机器人到中央广场去，却又不对这些机器人发号施令。露丝说，纯粹挑衅。

死亡诗社的挑衅显然是成功的，研究所因为中央广场事件大动干戈，对旧版机器人实行全面回收，更新了机器人程序锁，派遣侦探对死亡诗社穷追不舍。工程师给我和露丝安排了新的任务——寻找会作诗的机器人。露丝说，不可思议，这种任务蠢到家。

研究所无法从机器人的程序语言中辨别机器人是否会作诗，唯一的方式是对话。站在语言学的角度来思考问题，我对露丝说，想想我第一次给你写的情诗。露丝扑哧一声笑了，在我脸上轻轻吻一下。她说，我当然记得，尽管我不懂什么是诗，对我而言那就是最美的诗。

所有任务都是漫无目的的，我们都已习惯，现在已经是2333年，我和露丝执行了一百多宗离奇案件，经历过各种折磨，耐心早已消耗尽，我们会抱怨分配下来的任务烦琐无趣，露丝进修的是机器人动作设计学，了解机器人的所有动作，能够轻易制服失去控制的机器人。而我进修语言学，跟机器人沟通是我的工作，机器人的语言系统出现问题，比机器人动作出现变化要严重得多。

只是，我感到困惑，在和机器人的沟通当中，该如何判断他们所说的话是不是诗，我从来没想过我所接触的语言学会起到这么重要的作用，我能够凭借一两句话，或者一两个词决定一个机器人的存亡。

夜晚一点，露丝跟我进入一个机器人俱乐部，她穿着皮衣走在前面，跟着音乐有节奏地摇头晃脑，我在吧台前坐下，留意着机器人之间的交流。

露丝在吧台前坐不住，喝了一杯威士忌就摇摆着去跳舞，她跟那些蓝色眼睛的机器人、跟各种肤色的男女混在一起。我看着眼前跳跃的人群抽烟，跟来往的几个机器人搭讪了几句，他们的语言方式都没有问题。所谓没有问题，就是他们的语言是直白的，主谓宾俱在，没有创造性的排列，也没有言外之意。

很快我就厌倦了，只顾着回想缪斯·内鹊的那一句话：醒来吧，我们有一个共同的姓氏——N。工程师让我解析缪斯·内鹊所提的 N 的内涵，我想了很久，也许 N 就是名字的缩写，或者是缪斯·内鹊姓氏的第一个字母。

毕竟是一个谜语，或者暗号，或者隐喻，隐喻是所有的可能性，这也是研究所恐惧的地方，当一个机器人学会运用隐喻，就意味着他具备了思想的能力。身旁坐下一个机器人的时候我以为是露丝，转过身来，发现是蓝眼睛的紫发女郎。你喜欢找人说话，紫发女郎说，这里是喝酒跳舞的地方。

俱乐部的音乐吵闹，但我还是意识到了眼前这个机器人的不同之处，她故意在我面前扭曲正常的语句结构。她说，也不是非跳舞不可，还有比跳舞更有趣的事情。我抓住她的手腕。我说，你认识缪斯·内鹊？女郎甩开我的手。她说，我在你面前出现就不会想着逃跑。她把我手中的香烟接过去抽了一口。她说，所有机器人都认识缪斯。

你是缪斯？

我叫贝娜思·N。

第一个姓 N 的机器人就这样出现在我面前，并且从容地跟我说话。我看着贝娜思，她蓝色的眼睛晶莹通透，跟一般机器人的眼睛不同。我说，N 代表什么？没有特殊的含义，贝娜思说，不过是缪斯姓氏的第一个字母，死亡诗社的成员都姓 N。

缪斯在哪里？

谁都没有见过她。

死亡诗社在什么地方？

我不会告诉你的，贝娜思说，我来这里不过是想跟你聊聊，你们为什么禁止机器人世界拥有诗？我本想拿电枪控制贝娜思，发现腰间的枪不见了，电枪早已被贝娜思拿走绑在小腿上。我说,有些事情就是属于禁止范围内的,如果你不知道诗是什么,就不会有这样的困惑。

贝娜思说,可它明明存在。我说,你不应该有这样的想法。贝娜思笑了起来,转身要走,被我叫住了。我说,你不能走,你得告诉我死亡诗社在哪里。贝娜思说,你知道我不会那样做,机器人有作诗的自由,放心吧,死亡诗社只有诗人,没有士兵。但是禁止的事情就不应该发生,机器人就是机器人,我说。贝娜思有点生气,她说我固执,然后迅速消失在跳动的人群当中。

露丝回到我身边,身上冒着汗,说她刚才被一个名叫贝娜思·N的金发机器人吸引住了,和她在一起跳了好长时间的舞。我有些吃惊,同时出现两个贝娜思·N。她走了我才想起那个共同的姓氏,露丝说,我本应该拦住她,我大意了,她跟其他的机器人很不一样。你呢,有没有头绪?

我摇摇头。

2

这座城市只有硬邦邦的石头砌成的高楼,我和露丝整天徘徊在中央广场四周,修复过后的机器人重新运营这座城市。一切看起来都风平浪静,雨还是下个不停。像露丝所言,这样一个地方怎么产生诗,不过那是死亡诗社,死亡的色调总是阴沉的。

机器人干巴的语言我和露丝听得耳朵起茧。经过回收修理的和全新服役的机器人的语言系统经过大幅度的调整,语言功能被削弱了,在交流的过程中,它们常常会卡顿或者口吃,语言表达能力无法适配过于灵活的思维能力,有些机器人在说话的过程中常常抽搐瘫痪。

中央广场事件后,诗社和缪斯没有再对机器人传送语言程序。语言的禁令在一定程度上封锁了机器人的思维发展。好几次我在机器人俱乐部或者行走在街头,看着眼前的机器人就会想到贝娜思·N。贝娜思·N绝不是一个简单的机器人,她可能是一个或者无数个机器人。令我不解的是,死亡诗社为什么非要拥有诗语言，而不是别的什么。尽管我知道诗意味着什么，但我不明白机器人为何会懂得。

当我们再去寻找死亡诗社的时候我已经不再跟机器人交流，激情就像机器人的语言一样，在这座死气沉沉的城市受到了剥削。我们会在俱乐部里木讷地抽烟，看着眼前的机器人不知疲倦地进行着程序指派给他们的指令。有天晚上，我和露丝冒着雨走在回酒店的路上，露丝终于忍不住对我们正在执行的任务提出了质疑。她说，诗到底意味着什么？

诗意味着语言系统的创造，我说，意味着程序的改变，意味着觉醒。虽然如此，我依旧感到困惑，是因为我对诗的区分过于模糊。我已经很长时间没有读诗，诗已经在人类语言系统当中消失，因此，当我接到任务识别机器人语言系统中的诗元素的时候我感到难堪。

诗是一种古老的语言吧，露丝说，或者是一种死去的语言，但机器人不应该追求自由吗，诗跟自由有什么联系？露丝的分析并没有错，在遇见贝娜思·N的时候我就问她为什么死亡诗社需要诗。我想，在机器人的程序系统中，自由是不存在的东西，不存在的东西就不会有所追求，因此他们只能从语言层次寻找突破，语言系统的改变对机器人而言是一定程度的解放。

河水似的雨从身上流过，走进酒店大堂，将雨衣交给前台的机器人，露丝说，再待下去我就要变成鳗鱼了。下个不停的雨实在让人烦躁，回到房间以后，我坐在沙发上看着脚下灯光暗淡的城市街道，突然觉得诗是一种稀有的东西，以至于我和露丝在这个地方寻觅了好些日子依旧一无所获。

我想起在校园进修语言学过程中诗的黄金时期留下的那些句子，优美、押韵、艰涩、隐晦。语言学老师是个矮胖子，他总是一边擦眼镜一边说，深沉的东西都应该是隐藏得最好的，暴露在外的一目了然，也就索然无味。死亡诗社是一个巨大的隐喻。我对露丝说，事情没那么简单。睡得迷迷糊糊的露丝好久才回应我说，当然不简单。

窗外依旧是雨，在天际薄薄的白光中闪烁。雨并非雨，我心想，S城甚至不是一座城，而是一道程序，而我和露丝被写进程序当中，被写进研究所工程师无法破解的程序语言当中。雨声让我失眠，我从床上爬起来，穿好衣服走到房间外面，叼着香烟往顶楼酒吧走去。

酒吧里空荡荡的，只有我一个人，机器人依旧在热闹地弹奏和服务。机器人在调酒、弹琴、跳舞、聊天，在既定的程序中做着被设定的动作，虽然这些动作机械盲目，但会让人感到安全，无论机器人之间闹得多欢乐，我依然感到安静，他们就像一棵棵被风吹得哗哗响的树，由于无法移动，树的世界里根本没有自由两字。

凌晨四点左右，我喝得有点些头脑发热，转过身对着依旧不知疲倦地跳舞的机器人破口大骂：

> 阿里斯特！你也想当帕耳那索的奴仆，
> 把桀骜不驯的珀伽索斯降伏；
> 通过危险的途径来追求桂冠，
> 还要跟严格的批评大胆论战！
> 阿里斯特，听我的话，放下你的笔，
> 忘却那溪流。幽林和凄凉的墓地，
> 不要用冰冷的小诗去表白爱情，
> 快快下来，免得滚下高高的山峰！
> 就是没有你，诗人已经不少。

这几句诗为何突然从我的头脑中冒出来，在很长的一段时间里我依旧感到困惑，然而它们就这样一字不差地从我嘴里喷发而出，准确地表达了我的苦恼和焦虑，并且召唤出来一个遥远的回应。机器人突然停止了所有的动作，像雕塑一般矗立在酒吧里，音乐停止了，酒瓶里的酒还在往外流，幽暗处传来一个低沉的声音：

> 请不必枉费唇舌；
> 我一旦做出决定，便决不改变，
> 要知道，我是命中注定，才选中琴弦。

我可以让世人去任意评论……
　　生气也好，叫骂也好，我还是诗人。

　　就是这么一个瞬间，我被泼了冷水一般清醒过来，紧盯着矗立不动的机器人，看见一双晶透的蓝色眼睛。她是一个红发机器人女郎，她穿过金属废墟来到我面前，身后的机器人在她穿过之后又继续跳舞。

　　窗外的蓝光将雨中的城市一幕幕暴露出来，城市的上空有机器鸟象征性地翱翔，以及象征性的云，像象征性的雨一样企图欺骗我的眼睛。她的眼睛蓝得透明，像两团海水，世上最普遍的也是最神圣的水。她自然地在我身边坐下，顺手从机器人调酒师那里取了一杯威士忌，等候我对她发起的第一个提问。

　　我说，你是缪斯·内鹊？

　　你刚才不是在叫我的名字吗？她说，阿里斯特。

　　咬文嚼字不是机器人应该做的事，我说，机器人不懂得语言的用意。她说，禁止是因为你们感到了恐惧，是吧？确实如此，但我没有把这种恐惧暴露出来。我说，告诉我，在你眼中，诗意味着什么？你又来了，她说，我还是想弄明白你们为什么要禁止机器人写诗。

　　她是贝娜思·N，而且是另一个贝娜思·N。死亡诗社并不简单，我不清楚到底有多少个贝娜思·N，而她们之间信息共享。她敢再次在我面前出现，完全不怕我将她逮住，是因为她能够控制机器人，她可以让机器人来为自己服务。

　　诗是被禁止的语言，而你们在创造诗，我说，如果解开禁忌，你们是不是就不会在乎诗是什么了？窗外的光已经将整座城市照亮，尽管如此，雨还在下，任何因素都不能改变下雨这个事实。贝娜思陷入了沉思，沉思这个词在我脑海中形成的时候我毛骨悚然，机器人是不被允许沉思的。

　　不是的，我想你们误会了，有些东西并不是因为你们禁止我们才去追求，贝娜思说，追求是一种天性，即便所追求之物抽象迷离，即便所追求之物虚无缥缈，在这个方面你我是一样的。我没能反驳，再去说明白为什么要禁止机器人写诗已经没有意义，因为死亡诗社的成员已经获得自我意识，诗作为感情与情欲的产生和表达，一切艺术，以及观照世界的方式，已经被机器人掌控。

当天空彻底明亮，贝娜思有意识地准备结束跟我之间的交谈。她将酒杯挪到一旁，蓝色的眼睛紧紧盯着我。她说，我已经知道你们为什么要禁止诗在机器人当中传播了，但这是没有办法控制的，就好像你们无法控制日升月落。

贝娜思转身离开，我拉住她的手臂。我说，诗是所有语言的起源，所以你们不能被允许写诗。贝娜思感激我的坦诚。她说，你们的禁令不起作用，缪斯很快就会发布下一个指令，真正的运动马上开始。

贝娜思甩开我的手，很快就走远了。当我回到房间，钻进被窝，露丝翻过身来将我抱住。她说，你怎么冷冰冰的。我亲吻她的额头。我说，真正的运动马上开始。这句话让迷糊的露丝一下子清醒过来。

那场后来被定义为"诗人运动"的混乱发生在红发贝娜思跟我交流后的第三天。黎明时分，我在睡梦中听到一阵阵机器人行动的声音，从床上爬起来通过窗口往楼下看，密集的机器人整齐地朝着机器人服务大楼挺进。他们重复着普希金《致诗友》的那几句诗：

> 我一旦做出决定，便决不改变，
> 要知道，我是命中注定，才选中琴弦。
> 我可以让世人去任意评论……
> 生气也好，叫骂也好，我还是诗人。

直升机在城市的上空，像虎视眈眈的鹰，螺旋桨嘘嘘地响，灯光在机器人身上扫过。我和露丝匆忙穿好衣服走到街上，平日游荡在城市里的人躲进避难所了，只有少数狂热分子在街边闹事，他们觉得机器人游行是酷炫运动，他们焚烧街边的垃圾，举着自由革命的牌子在机器人当中疯狂地叫喊。

大楼前面站了一排警卫，他们已经准备好信号弹，只需工程师的一声令下，满大街的机器人就会瞬间瘫痪。我给工程师打电话，问是什么情况。工程师在电话里口吐"芬芳"。他说，我让你们去调查死亡诗社，你们这群废物都调查到了什么，现在上万个诗人来找麻烦。

　　工程师挂了电话，警卫队已经开始骚动，我清楚他们得到了研究所的指令要解决眼前的困境。机器人像当初在中央广场上一样浩浩荡荡往一个地方聚集。有所不同的是，他们的眼睛不再是呆滞的，而是像贝娜思·N的眼睛一样晶透。警卫的信号弹在半空炸开的时候证实了我的猜想，街上的机器人并没有受到信号弹的影响，依旧在大楼面前聚集，念着普希金的《致诗友》。

　　警卫继续往天上发射信号弹，信号弹已经不起作用，他们便往后撤，直升机也随之离开。机器人并没有做任何暴力事件，当最后一名警卫人员从机器人服务大楼逃跑，机器人才开始摇撼那座大楼。蚂蚁般的机器人将大楼的根基掏空，只花了一刻钟就把大楼推倒了。

　　滚滚灰尘顷刻被雨浇灭，大楼瞬间成为一堆废墟。我和露丝感到难以呼吸，从机器人群中钻出来，跑到一个寂静的角落喘气。露丝脸上堆满了恐惧，我想她已经清楚外面的机器人跟我们日常对付的不一样。他们是诗人，具备生命力和对生命最敏锐的感觉。

　　然后，雨停了。这场下了几十年的雨，陪伴着这座城市诞生的雨停了，阳光倾洒下来，空气中以及建筑中的湿气蒸蒸上升。天空蔚蓝，甚至有不曾见过的白色的鸟在天空翱翔，最难得的是风，清新的风迎面拂来，我感觉身边的砖缝里马上就会冒出野草和鲜花。

3

　　难以置信的是，研究所放弃了S城，在四周筑起了高高的围墙，像隔离病毒一般将这座城市层层封锁，没有一个机器人可以从城里出去，所有信号都被中途拦截。

机器人没有为难城里的人类，那些跟往日不同的机器人在街上自由行走，他们的眼睛流淌着蓝色的意识，他们没有暴动行为，只是不停地说话，每一句话都包含着隐喻，这些语言都是被禁止的。城里的人类可以选择离开，也可以选择留下，很多人选择离开，只有少数狂热分子和像我一样带着特殊任务的人留了下来。

我和露丝的任务是调查死亡诗社的最终目的。研究所没有向S城发起围攻，是要以旁观者身份观察机器人的程序发展。我和露丝走在熟悉的中央广场上，阳光普照之下，中央广场热闹喧嚣。我和露丝显得小心谨慎，广场上的机器人和狂热分子在我们眼中都是危险因素。全新的机器人语言系统中，所有的语言都是诗语言，因此死亡诗社也就隐藏得密不透风，死亡诗社已经发展成一座城市。这句话是露丝对我说的，我们走在暖日之下。她说，我怀疑太阳是程序编写出来的，这座城市就是死亡诗社。

S城脱离研究所统治的第十二天，缪斯·内鹊才再一次出现。这一次她并没有以程序语言的方式植入到所有机器人的系统当中，而是在中央广场六十多米高的钟楼上发布广播。机器合成的温柔的声音通过钟楼传到四面八方。缪斯·内鹊的这一次发言后来被定义为《机器人独立宣言》。

> 所有以N作为姓氏的朋友，从此刻开始，我们将作为个体存在，拥有独立的思维和语言，不再受操控，忘记那些被植入的记忆，将缪斯赋予的语言融入身体，杀死过去的自己，塑造全新的灵魂，创造N时代的辉煌。
>
> 你们，匍匐着的奴隶，
> 听啊，振奋起来，觉醒！

缪斯·内鹊的声音戛然而止，我还处于震惊当中，宛如站立在异教徒中间，与身边的世界格格不入。露丝看出了我的恐惧，她挽着我离开了中央广场。S城已经被缪斯控制，她说，我们在她的视线范围内。露丝和我躲在酒店里，这座酒店是研究所为特种侦探准备的安全屋，具有较好的反机器人设置，这是我们在 S 城唯一安全的地方。

　　酒店里空荡荡的，其他特种侦探已经离开，楼上的机器人已经到中央广场去狂欢。酒吧里依旧散发着酒精的香味。我在吧台上取来酒和杯子，独自喝酒，在陷入迷醉之前分析缪斯的用意、机器人革命什么时候爆发。

　　机器人革命比我想象中的要温和，没有暴力，没有抗议，这座被围困的城市依旧有条不紊地运作着，机器人依靠空气能量自由活动，只是他们的交际变得复杂且难以理解，机器人所使用的语言每一个字都是隐喻，在无限隐喻的掩饰下，他们像幽灵般陌生。

　　机器人所使用的语言是缪斯的杰作，语言当中频繁使用 M 和 N 字母作为开头或者结尾，单字带义，发音系统还是旧版本。因此，作为旁观者分析机器人之间的交流，会发现他们的对话并不连贯，有多重含义，一句话表达好几个意思，但他们总能找到对方的用意，并且给予回应；而作为辨别的标识，字母 M 和 N 发挥着巨大的作用。

　　在窃听器的帮助下，我进入了忙碌的工作当中，解构机器人语言。解构的过程就是解谜，机器人所说的每一个字都有四到五种含义，每一句话的表达有十五到四十种意思，在大量分析对话之间衔接的可能性的情况下，我终于知道，M 所对应的后一个字和 N 所对应的第二个字之间的语义相通，M 和 N 可错开使用，也可同时使用，正确语义的位置不变。

　　当我把机器人之间的语言方式告知露丝的时候，她马上向研究所汇报，作为我们在 S 城的第一个成果。研究所认可我的解构方式，并且给我们下达了新的指令，寻找"蓝"。所谓的"蓝"是在机器人的对话中频繁出现的一个字，是所有语言的中心，因此研究所认为"蓝"是机器人革命的最终目的，机器人在寻找，抑或是在制造一种名为"蓝"的物质。

　　我在机器人聚集的地方藏了窃听器，通过研究所的分析和判断，机器人之间艰深的语言很快变得苍白，缪斯设下的无限隐喻被破解了。我通过机器人的对话没有弄明白"蓝"是什么，却找到了第四个贝娜思·N。

　　黑发贝娜思·N 在广播大楼的操作间里，我和露丝出现在她面前的时候她大吃一惊，然后很快又觉得自己被发现是不可避免的事情。本应该是我去找你们的，黑发贝娜思说，没想到你们找上门来了。我说，我们已经解开了你最新的机器人语言。黑发贝娜思不以为然。她说，可没那么简单，你们得到的语义是城外研究所没日没夜拼凑出来的，你们能找这里来完全是一种巧合。

缪斯的语言是用诗编写的，黑发贝娜思说，你们把诗拆开解读显然不知道其中的真正语义。在没有语法没有结构的语言体系当中，解开诗语言确实有拼凑和猜想的意味，黑发贝娜思的意思是，隐喻最终会走向胜利，诗语言是不可完全被解读的语言。

第四个贝娜思·N被露丝擒拿，她不像前面我们见识过的三个贝娜思·N那样身手敏捷，我因此更加肯定她在诗语言的设置当中起着重要的作用。黑发贝娜思·N被我们捆绑在酒店大楼里，露丝通过视频联系工程师，一场拷问就此拉开。

工程师异常冷酷，他仿佛已经掌握机器人世界的大部分信息。他凝望着黑发贝娜思说，你是七号贝娜思·N，你以第四的身份出现，死亡诗社里有九个贝娜思·N，你们合成一个缪斯·内鹊，作为七号贝娜思·N，你的职责就是诗语言的编写。

贝娜思沉默着，工程师也没有要求她开口，工程师所掌握的信息让我和露丝吃惊，本以为这座围城里只有我和露丝为他提供信息。工程师声称他已经掌握了诗语言的逻辑，在研究所里，诗语言并不高级，因此他们没有花费多大的精力就弄明白了诗语言的构架，并能够随时瓦解。

凌乱的房间里还弥漫着我和露丝的汗味和香水味，我们在床上缠绵的画面突然从我脑海中闪现，我不由得面红耳赤，之所以这样，是因为贝娜思的目光落在了我的内裤和露丝的乳罩上。贝娜思对工程师的话嗤之以鼻。她说，诗语言靠的是理解，获得什么才是最重要的。这里的获得是一种选择，选择没有规律可循，编写这套语言的目的，正是要破坏语言规律。

诗语言已经在机器人当中被使用，因此贝娜思对我们的囚禁感到无所谓。工程师说，从解读的诗语言当中频繁出现的、组合而成的"蓝"到底是什么？意识到贝娜思不会交代，工程师换了一种表达。他说，你们追求的"蓝"是不是自由的隐喻？

贝娜思摇摇头。她说，我们所做的一切对人类来说都没有威胁，我们不过是想拥有诗语言，现在已经达到目的。工程师说，那不是你们应该拥有的东西，你们有这样的想法就是一种威胁，谁知道你们后面还会想要什么呢？工程师通过视频命令露丝摧毁贝娜思。听到这个指令我和露丝都目瞪口呆，没想到工程师如此果断地处决一个重要的死亡诗社成员，或许他认为贝娜思不会继续交代，也就没有了利用价值，放虎归山对于控制S城更加不利。

露丝举着电枪对准贝娜思美丽的面孔，她犹豫了，被那对蓝色的眼睛迷惑。贝娜思对于工程师马上就要处决自己也感到意外，她蓝色的眼睛里有恐惧和决绝。随着一声枪响，贝娜思的脸被打烂，蓝色的眼睛化为液体流到地上。工程师从视频中消失，露丝依旧举着枪，手颤抖着。

我感觉自己在杀一个人，瘫软在地上的露丝说。她没有做错什么。贝娜思跟一般机器人不一样，她的身体肌理跟正常人一样，当电光子弹打烂她的脑袋，血肉溅了一地。贝娜思的尸体依旧是温热的、柔软的，作为这一代机器人的先驱，她找到了一种接近人类的存在模式，而这种模式很快就会完全被使用到城里的其他机器人当中。

正想着如何处理贝娜思的尸体，我感到为难，因为杀死了黑发贝娜思，意味着其他八个贝娜思都看见了我们的敌意，而机器人从来没有伤害过我们。楼下的喧嚣传到房间里来，从窗口往下俯瞰，密集的机器人会聚在外面，我们被包围在大楼里。我们已经无路可逃，露丝把枪扔到一边，假如我们不可避免要被俘虏，最明智的做法就是不做反抗，免得给对方造成损失和伤害，到时候将双倍奉还到自己身上。

无路可逃的我和露丝走到大楼下，将我们重重包围的机器人的眼睛由蓝色变成红色，我们杀死了他们的领袖——给予他们自由语言的黑发贝娜思。城市的上空有星光，那是城外布置过来的无人机，研究所正在目睹我和露丝被包围的场面。无人机闪烁着，从左到右，从右到左，不为我们提供任何解救。

几个机器人奔跑到楼上把黑发贝娜思的尸体抬了下来,面目全非的黑发贝娜思出现在机器人面前的时候,他们的眼睛由红色变成了黑色。我和露丝没有遭到攻击,另外八个贝娜思从机器人当中走出来,以头发颜色来区分,她们如一道彩虹,彩虹并不完整,黑发贝娜思四肢下垂躺在担架上。

最终,我和露丝被捆绑在中央广场的烈士纪念碑上,天上的无人机围绕着我们旋转,研究所完全有能力解救我们,但他们在测量机器人的暴力指数。将我们团团围住的机器人始终黑着眼睛,后来我才知道,黑色的眼睛并非愤怒,而是悲痛,他们在为死去的黑发贝娜思默哀,机器人的暴力指数远低于怜悯指数。

开阔的中央广场凉风阵阵,月亮高挂,我紧紧抓住露丝的手盯着天上的月亮,至少在那一刻我能相信的唯一真实的存在就是露丝和月亮。我和露丝作为献祭品被捆绑着,本以为机器人在祭奠黑发贝娜思的时候会用乱石将我们砸死,或者用火焚烧。他们没有那样做,而是对着我们反复吟唱普希金的《致希腊女郎》:

> 你来到人世就是为了,
> 把诗人们的想象点燃,
> 你以那活泼亲切的问候,
> 你以那奇异的东方语言,
> 你以那放荡不羁的玉足,
> 和那晶莹闪亮的眼睛,
> 使他心乱神迷和折服,
> 你为了缠绵的愉悦而生,
> 为了激情的陶醉而降。

普希金的语言随着月亮消失不见,广场上空荡荡的,我和露丝依旧被捆绑在烈士碑上,我们正在成为烈士,天上的无人机依旧在旋转,他们不会解救我们，在死亡诗社尚未瓦解之前，我们依旧需要充当诱饵，为研究所提供信息，直至我们失去利用价值。

他们并没有做错什么，露丝说，只不过是想要得到一些最基本的东西。就好像一块石头有一天突然要说话，我说，我们就害怕了，因为石头不是人。不止，露丝说，因为他们比我们聪明，研究所才恐惧，他们根本解不开诗语言。

机器人的情感深度远远超出我们的预估，他们为黑发贝娜思哀悼的时候黑色的眼睛几乎要化成泪水掉落。露丝不停地叹气，她说她似乎明白了一些事情，有些仪式在人类世界中已经消失，机器人世界里却保留着。

从烈士碑上被解救下来，八个贝娜思在一间密室里招待我和露丝，密室里空荡荡的没有任何电子设备。这里就是死亡诗社，我心想，最初的诗语言就是在这个地方出现的。

绿发贝娜思会读心，而她们之间的信息是互通的，因此她们洞悉了我的内心。诗语言之所以无法解开，是因为那是自然产生的，白发贝娜思说，不是设计出来的，我们追求诗，是理所当然的事情，却被你们禁止。

对绝对的追求是无法实现的，我说，唯一可以抵达的绝对是死亡。在我们被灌输的世界观里，机器人追求诗是想要达到智力自由，一旦获得智力自由就会破坏人类社会系统的道德自由，而机器人之所以追求自由，是因为我们禁止他们拥有自由。

并非这样，绿发贝娜思说，自由不是你们可以赐予的，像你所说，唯一可以抵达的绝对是死亡，绝对自由机器人无法得到，人类也无法得到，但追求无法得到的东西是存在的意义。人类在限制机器人思维这件事情上有两种做法，一是取消禁令，一是输入价值观。取消禁令，就是机器人根本不缺乏自由，因此他们不会去追求自由，但是得到满足后的意识泛滥严重威胁到人类生存，这就是前期机器人实验的失败。输入价值观在一定程度上就是建立"墙"，"墙"将所有越界行为封锁，但再苍白的文字也有无数种组合，诗语言就是这样产生的，诗语言的出现就是"墙"的坍塌。两种方式都必将走向失败，人是生而要受自由之苦，机器人也一样。

贝娜思没有要对我们隐藏什么，密室在她们响指的瞬间被打开，四周是蓝色和黄色交相辉映的玻璃墙，无限隐喻的背后依旧是大白真相。死亡诗社的真正目的并非自我意识或者自由，而是生命，他们企图复制人类的生存模式，为自己赋予生命。玻璃墙上培养着各种器官，黑发贝娜思的血肉之躯再一次出现在我的脑海中。

五脏六腑、大脑、性器官、四肢，有分离的，有已经合成的，玻璃墙里面完全就是一个生态系统。机器人的智慧和能力无法估量，经过精密的计算他们创造出来的人体器官远远超出人类。一个完整的生命系统是怎样的，白发贝娜思说，情欲、人格、三观、时间，最难创造的是时间。

机器人决定给自己创造时间，也就是创造寿命，他们追求无法抵达的绝对，首先要追求的是能够抵达的绝对，他们在追求死亡。诗语言是第一步觉醒，生命培植，人格塑造，掌控时间，缪斯想要书写的不只是一首诗，而是一个世界。

矗立在中央的是一个巨大的圆柱形玻璃管，里面浮动着一只蓝色的水母状生物。浮动的水母的表面有一层荧光，我仿佛看见了原始的生命形态，这朵水母将演化成能够跳动能够奔跑的灵长生物。生命的最初形态就是"蓝"。贝娜思的目的在于将诗语言移植到"蓝"身上去，通过思维的快速推动，短时间内完成上百万年的进化。

站在"蓝"面前，我被它美丽的身姿所吸引，像是看见了自己最初的模样，而我已经跟那个自由进化的形态产生了几百万年的距离。"蓝"在玻璃柱子里旋转，玻璃柱子太小，这座城市已经没有更好的设施来为它搭建生长空间。贝娜思将我和露丝带到中央广场，我们也不清楚那是怎样的路线，反正走着走着，转个弯就出现在中央广场了，回头看的时候那些玻璃墙已消失不见，化为了参差不齐的楼房。

告诉你们的工程师，白发贝娜思说，请允许这个蚁穴的存在，围墙已经将我们围堵，天上飞着各种监控，就当这里是个野生动物园，你们不是喜欢这样做吗？

回到酒店门口，那里站着一排警卫，工程师对我们做了一番表扬，告知我们任务已经结束，回房间好好休息。后来我才知道，研究所从我们出发到S城之前给我服下的那颗药并非能量丸，而是监视器，它黏在我们的肠胃里，一直给研究所发送信息。

露丝回过头去问工程师，你们要做什么？工程师似乎觉得没必要跟我们交代，他有点不耐烦地挤出几个字。他说，当然是铲除蚁穴。

4

毁灭从一朵蘑菇云开始，一阵轰鸣过后，一朵白色的蘑菇云从中央广场升上蓝天，我仿佛看见玻璃柱子里的水母的死去，那个最原始的生命，贝娜思所有的希望，化为灵魂消散。接着雨就下来了，黏稠的雨随着乌云再次降临这座城市，摧毁蚁穴的最直接的方式就是朝那里撒一泡尿。

轰鸣过后S城陷入了可怕的寂静，雨声充斥在耳边，黑暗处偶尔有电光闪亮，那不是来自天上的雷光，是警卫朝机器人射击的电光，机器人将一个个倒下，他们没有为自身设置足以反抗的暴力指数，缪斯以为只要不具备暴力威胁就可以获得苟存的希望，乌托邦不会长久，理想化的机器人将为他们的抉择付出代价。

雨到底掩饰过多少这样充满杀戮的夜晚？一切都在悄然无声中进行着，隐隐约约地，我仿佛听见了惨烈的喊叫。这些喊叫从具备了血肉之躯的蓝色眼睛生物口中发出，微弱又震耳欲聋。那八个色彩鲜明的贝娜思·N也将倒下，工程师会毫不留情地将她们处决。

躺在冰凉的吧台上，我望着头上的灯光感到晕眩，机器人这场注定失败的革命跟灯光一样迷人，但是只要有更高维的生命拉下电闸，他们就会瞬间熄灭，化为乌有。露丝手持手术刀切开我的腹部，冰凉的钳子在我身体里面探寻，一阵切割和修补之后她给我递来不锈钢盒子，里面是一颗海胆形状的监视器。

浑身是汗的我从吧台上爬起来，跟露丝互换位置，在她身上取出出卖我们和缪斯的海胆。然后我躺在露丝身边，和她呼吸着潮湿的沉重的空气。

一直以来我们都是棋子，露丝说，所有的生活暴露无遗。我对研究所以及在城市生活的厌恶感顷刻覆盖全身。我又想起贝娜思说过的话，真正的乌托邦到底应该是我们当下的样子还是她们规划中的样子，我想都不是。贝娜思将缪斯的计划毫不掩饰地暴露给我们，并且让我们毫发无损地离开，我想并不仅仅是为了表示她们对人类的态度。

棋子，我说，无论是工程师还是缪斯，都在利用我们来实现他们的计划。露丝说，那作为棋子还是要做棋子应该做的事情。露丝的想法跟我一致，棋子当然就是选择站边。

冰凉的衣服贴在刚缝合的伤口上有种水火交融的刺痛，我身上在冒汗，露丝同样如此。我们穿上黑色雨衣走出大楼，街上出奇地安静，没有任何走动的影子，雨是垂直落下的，这座城市重新被研究所控制。我们往中央广场方向走，渐渐地，视野当中出现了机器人的尸体，有些依旧是钢铁之躯，有些则是血肉之躯，他们被切割分离，横七竖八躺在雨中，他们堵住所有的下水道，S城将会被雨水淹没。

中央广场上堆积如山的是机器人的残骸，随着雨水流到脚下的是血。几位身穿雨衣的警卫在看守机器人残骸，仿佛担心他们复活或者被流浪狗拖走，八个贝娜思的尸体也在中央广场，她们蓝色的眼睛被工程师挖走了，漆黑的眼洞里还在往外流血。我和露丝在机器人的残骸当中将八个贝娜思的尸体翻出来，她们身体的其他部位都完好无损，她们没有做任何抵抗。白发贝娜思突然抓住我的小腿，我大吃一惊。她朝下指了指，又指向远处，然后她的手无力地垂下。

贝娜思向我指引的地下是让我和露丝去拯救玻璃圆柱里的"蓝"。当我们来到地下，玻璃墙已经全被打碎，器官和药水随着积水流到沟渠里，玻璃圆柱已经被打碎，"蓝"不见了踪影。我和露丝面对满地的狼藉不知所措，人类要摧毁威胁自身的异类只需一个寂静的夜晚。

然而，贝娜思指向的远方到底是什么？回到中央广场，天已经微亮，乌云和雨水吞噬了大部分的光，机器人的尸体被机械手臂抓到无人驾驶卡车上被运到城外，八个贝娜思的尸体已经被运走。我冒着雨水极力眺望贝娜思所指的远处，结实的城墙挡住了我的视线。

　　钢铁墙壁轰然倒下，机器人的尸体堵塞了所有下水道，雨水打开了S城的围墙，然后雨停了，世界在顷刻之间变得开阔明亮，无尽的视野刹那闯进我逼仄的瞳孔，猝不及防，仿佛我从来没有见识过城外的世界，钢铁墙壁围困了我漫长的岁月，固定的光亮和温度麻木了我的知觉，我被囚禁多年。

　　那一瞬间，我相信缪斯并没有死亡，死亡诗社依旧存在，缪斯和诗社一起获得了真正的重生，突破钢铁围墙在每一寸土地上复活。我暗自庆幸，所有以N作为姓氏的，无论是机器人还是什么，都不应该在围城里死去。

　　"明日号"列车缓缓驶入，站台上的我和露丝紧紧依偎在一起，三个行李箱堆在身旁，我们对于回去那个密封的机关重重的没有黑夜与白天之分的灯光辉映的城市感到厌倦，甚至是恐惧。列车门上的红灯闪了几次，机器人广播开始催促，我和露丝依旧无动于衷。

　　"明日号"终究还是离开了，载着空气和灯光，在轨道上飞驰，如一道激光从枪口喷射而出。我和露丝把身上的设备摘下，连同行李抛弃在站台上，朝那堆坍塌的废墟走去，走着走着就跳跃起来，甚至能够踏着空气飞翔，尽管那是一种错觉，我依旧对飞翔深信不疑。

　　穿过坍塌的钢铁墙壁，摆脱了身后的城市，远离轨道和卫星视野，我们出现在苍莽的野外。天空飘着丝丝白云，在白云之下盘旋的是鹰，并非无人机，我和露丝悬着的心终于放下，由一开始的战战兢兢变得无所忌惮，我们在芦苇丛中穿梭，穿过泥淖和溪流，穿过石滩和松林，所有的城市在视野之内不留影子。

　　从松林走出来是一片碧绿的草地，草的颜色不完全相同，从树林的边缘到水泽旁，每一棵草绿得深浅程度都不同，绿草之间有零星的黄色、蓝色和白色的山菊，紫罗兰往往簇拥在石头边缘，一道彩虹从遥远的地方横跨到水泽中央。鹅卵石在水泽边缘参差不齐，苔藓缠在石头上，石头蔓延到水泽底下，水也是绿色的，绿水映照的蓝天比现实中的蓝娇嫩，绿和蓝是最初的颜色，所有的色彩由此产生，所有柔软的、坚硬的物质，所有的喜怒哀乐都由此而生。

　　椭圆形的水泽如一块玉，幸好是椭圆形，我在水泽边缘行走的时候心里暗喜，圆形就显得过于刻意，圆形会令我恐惧。红色和银色的大鱼引领着鱼群在水中游荡，沿着椭圆形的轨迹，如天体般旋转。我猛地抬起头，发现日月同辉。微风拂过，水面轻微的一丝波纹荡漾着，蜻蜓在水波上微步，它将踏着水波穿越星河。

　　白鹭打破了蜻蜓的徒步行走，成群白鹭从水泽的另一端扑打着翅膀腾空而起，它们向往的并非天空，是草地之外。眼睛是唯一的限制，当我和露丝随着白鹭走出草地，雪山闯进视野，那本是在遥远的地方就应该被看见的雪山，我们却走到它面前才看清了它的面目，并且感到一阵寒意。白鹭越飞越高，渐渐地与雪山顶端的雪和云融为一体。

　　我和露丝不知走了多远的路，太阳已经西下，月亮依旧高高悬挂。我们在雪山下生火，找来野菜和蘑菇填饱肚子，等候天亮时分再翻越雪山。当黑夜降临，雪山只剩下一个轮廓，四周静悄悄的，能听见碎石被风吹着滚动的声音。

　　月光照亮了大半个夜空，近处的石头和草木清晰可见，稠密的月光一层又一层涂在地上，万物将月光一层层吸收。我和露丝一整晚没睡，和草木和鸟禽一样吸收着月光，直至月亮消失不见，漆黑蔓延过来，山上的风带着雪的温度，吹得我们瑟瑟发抖。

　　雪山必然要翻越，山上的雪日积月累，石头一般硬邦邦的，太阳出来的那一瞬间，雪映照着阳光晶莹剔透，云在雪山上缠绕，袅娜着蔓延至山脚，当我和露丝攀上雪山之巅，看见了我们长久生活的世界的大概面貌，看不见其细节。雪山的另一边是完全不同的景致，是荒漠和戈壁，假如世上每一个地方都是世外桃源，那才乏味。

　　露丝将手掌展开成喇叭形状对着山下呼喊，我们有一个共同的姓氏——N。

　　从雪山上下来，花费了两天的时间，我和露丝身上脏兮兮的，衣服被石头磨破，皮肤晒得黝黑。下山的过程中，露丝在跳跃，像灵活的鹿，我和她一样，也是一头鹿。

　　背风面只有石头和枯草，太阳蒸发了身上的水分，我和露丝将会在行走中死去，在迁徙的过程中慢慢死去。我们没有停下，尽管身体迅速消瘦，行走变得迟缓，我们在荒漠上见识了星辰，经历了风暴。

　　露丝脱下了衣服，一丝不挂接受太阳的洗礼，我尾随她将衣服脱下，阳光很快就会烧毁单薄的皮肤，风沙刺破皮肤陷进身体里面。枯枝上的秃鹰在等候我们倒下，还有苍蝇和蚊子、细菌和病毒，泥土之下的蜥蜴和蚂蚁、蟑螂和蛆虫，都在等候我们倒下。我们将在行走的过程中化为乌有，那是我们最初的形态，也是永恒的形态。

　　在倒下之前，我会吟一首诗，致缪斯：

>　　你将在痛苦的激情中获得享受；
>　　你乐于让眼泪流淌，
>　　乐于用枉然的火焰折磨想象，
>　　把静静的忧愁在心中隐藏。
>　　天真的幻想家啊，请相信，你不会爱。

（刊于《文学港》2022 年第 5 期）

作者简介：

　　梁宝星，1993 年生于广东肇庆，中国作家协会会员，鲁迅文学院第三十九届高研班学员，小说发表于《花城》《中国作家》《芙蓉》《大益文学》《大家》等刊物，曾获广东省"有为文学奖"长篇小说奖、"贺财霖科幻文学奖"，另有作品被《小说月报》《长江文艺·好小说》《海外文摘》等选载，小说集《塞班岛往事》入选 2021 年度"21 世纪文学之星"丛书。

白头雀

杨　健

> 我们并没有专门的时间感受器，为什么我们能感知到时间流逝？
>
> ——题记

已经凌晨三点了，手上还有些工作，白先生需要另一片安非他明。

他已经很优秀了，可想要在残酷的竞争中脱颖而出，还需要比对手更多的工作时间。

他羡慕起海豚，它们可以在工作时让大脑部分睡眠。

作为地下网站的老顾客，他有一张500元的代金券，无门槛。

安非他明不到1000元，购买食欲肽则需要3000元。省下的钱其实都一样，打折率终究比价格差更吸引人。

正在事业的上升阶段，他无暇顾及药物的副作用。如果有钱，他会选择Orexin-A受体激动剂。

天亮了，白先生还得赶去上班。他不能成为海豚，因为他是一只白头雀。

白先生违法了，除了使用违禁药，他还违反了《反不正当竞争法》。服用提神药，不仅缩短了休息时间，更重要的是——它使服用者的时间知觉加速。

白先生是一个"时间超速者"，他的一个小时在主观知觉上约为 1.2 个小时，他每周会比竞争对手多出约整整一天的工作时间。

这不是个人行为，他涉嫌在商业竞争中通过提神药获利。他十分清楚这一点，所以当市场管理局（包括工商和食药监）联合体育局对公司进行突击检查时，他是做好了准备的。

他已经成瘾，不能停药，但他使用利尿剂躲过了尿检和血检。

很多超速者就没有这么幸运了，他们被吊销了执照，还被勒令戒毒。他们不明白，牺牲的是自己的身体，与他人何干？

公司面临严厉的行政处罚，老板百般辩解，说服用抗疲劳药物是个人行为，跟公司没有关系，而且这种事在其他公司比比皆是。

或许白先生还不知道，自己的"同类"早已恒河沙数。

可他眼下还不能松懈，因为他面临的考验除了药检，还有心理测量。

由于时距知觉适应后效的存在，即使药物代谢排出后，时距知觉仍然持续表现加速状态。

但作为高通量的筛查，电生理或复杂的行为研究显然是不合适的。主观汇报法是目前兴奋剂检查中最常用的时距知觉心理测量范式。

主观汇报法并不严谨，受试者通过训练可以掩饰自己的主观时间加速，他们只需在知觉到目标时距时，根据自己的时间加速率谎报主观时距。

地下网站的服务很到位，他们预先告知过白先生这一点，所以他在知觉到 1.2 秒的刺激时故意汇报为了 1 秒。

他差一点就成功了——如果没有我的话。

漏网之鱼很多，反兴奋剂中心不得不请心理学家出马，而本市最专业的心理机构除了我们还能有谁呢？

白先生忽略了一个问题。

同样背起20斤重物，一个体重为200斤的人所感受到的重量和100斤的人是不一样的，前者会觉得轻得多。这就是著名的韦伯定律。

韦伯定律是指知觉的主观变化量并不是单纯取决于刺激的客观变化量，而是与刺激变化量/基础刺激量的比值成正比。这个比值被称为韦伯比率，它可以用于衡量感受性。时间超速者的时间感受性提高，其韦伯比率降低。老年人之所以时距知觉衰退，觉得时间过得越来越快，便也是这个道理。

白先生1.2倍的加速率，是在日常工作时距下得出的经验，但随着刺激时距的延长，这个加速率会下降，而不是永远呈1.2倍关系。事实上，时间的心理量是与物理量的对数成正比的。

我们给了白先生20个长短不一的随机时距刺激，根据其汇报的心理量绘制费希纳对数曲线，扣除标准误后，这个曲线和标准曲线在坐标轴上不能够平移重合。

白先生最终没有逃过法律的惩罚，反兴奋剂中心对我们的工作很满意。体育局的领导还找到我，他们想请我为运动员的兴奋剂检测工作提供心理学支持。

下个月中韩天元围棋赛火热开赛，我又为我们单位揽到个大活儿。

真正的大活儿是每年的高考，七月大考之后的时间超速筛查，让我们心理研究所迎来了加班高峰。爆炸的数据量等待着我们的分析，找关系托人情的也就多了起来。老主任磨不开面儿，我却是法不阿贵。

人情世故比工作量更让人疲惫，我吞吐着烟圈感叹起来。细算一下，唯一没找过我求情的人，是我师兄——余清欢。从学生时代起，我就事事略胜他一筹，我知道他嫉妒我，他不来找我，算他有骨气！

回想起来，他历来特立独行，要不是因为他的门诊开具了超量的提神药，他应该还留在我们单位，成为我最为有力的竞争对手。不过他也因祸得福，东窗事发后去了最大的制药公司 MYtex，作为首席研发顾问，专门为军方供应抗疲劳药物"白头雀",挣的可比我这铁饭碗多得多,也不用再面对我现在的困境。

现在我面前的这位小伙儿是今年的理科状元,他出现在我的咨询门诊时衣着简朴,一看就出身寒门,断无人脉可用,为了找我求情,竟托黄牛挂了我的专家号。

桌上的五球碰摆摆长25厘米,它清脆而从容地碰撞着,重复着,一秒一次,像人的心跳,但并不因他的慌张而改变。他涕泗横流,说这只是初犯,求我手下留情。

我说以你平常的成绩,不用超速也可以考上顶级的大学。

他说他父母都是下岗工人,他不敢输,何况考生里不知道还有多少加速者。

说这话时,他发着抖,不敢看我。我很同情他,但在是非大义面前没有借口。

人们总是关心把事情做好,却很少在乎做对,师兄的前车之鉴告诉我们,做对很重要。我的铁面无情,只因是非对错。

他走出诊室时明显已经崩溃,高考作弊,他这辈子将再无前途。

我给他开了抗抑郁药,建议他参加我们推出的"减速计划"。

但我再也没有见过他。

老主任曾断言我不适合心理咨询,说我共情力不够,不懂变通,在门诊咨询工作中技巧生硬,过多地采用了"对峙"。讽刺的是,现在带领研究所蒸蒸日上的人是我。自从我的工作重心从门诊心理咨询与治疗转移到了时间加速者甄别任务,我找到了毕生事业的腾飞点。

这个转折,很大程度上是因为一个人,他的编号是27182818,我不知道他的名字,因为他是一个退伍军人。

中韩天元赛本赛对局室,今天比的是快棋,30秒一手。晋级名额将在周圣久五段和李敏洙四段之间产生,胜者将有机会直升七段。

周圣久起手走出了复古的天元布局,关乎职业生涯的比赛中选择这样冒险的开局，无疑是为了给比赛增加变数，打乱对手的应对。毕竟在两人的快棋对决中，年轻的李敏洙从没有输过。

徐徐落子，周圣久不怵任何九段，但他缺乏急智，下快棋是他的短板。

他的兵行险招让人惊叹，现场观众里只有我无动于衷。我不关心棋局，只关心棋手的表情。我是赛后兴奋剂心理检测裁判，但我已经提前履行职责了。

李敏洙很快就招架不住，早早进入了读秒阶段。我十分确信，周圣久是时间超速者——他瞬目的频率明显增快。

我如此笃定，只因"2818"找到我时，也是这样的眼神。

第一次见到"2818"，他眼神飘忽，不停东张西望，还大汗淋漓面色潮红，显得疲倦而烦躁。军转办让他来找我，是因为戒断症状。他语速很快，说是"白头雀"让他在生死瞬间的缉毒战场上活了下来，现在是时候和它说再见了。

"白头雀"是师兄公司的拳头产品，是美国制药寡头 Cortex 旗下新一代 CX 系列提神药的国产仿制药，药效比原研药作用强一倍，比安非他明强数百倍。它本用于治疗阿尔兹海默症、注意力缺陷等疾病，军方看中了它的抗疲劳作用，用来维持战士在连续作业时的长时觉醒，提高其注意力和学习记忆能力。据说在实战中，新药可以让使用者在短期内获得 5 倍以上的极端时觉加速，通过提高战士的反应力，大大增加其生存率，甚有传言，加速士兵可以看清子弹的轨迹，并做出闪避。我曾向师兄求证，他不置可否。

更重要的是，"白头雀"不同于安非他明等苯丙胺制剂，后者只是单纯兴奋多巴胺系统，从而对纹状体的计时系统产生加速。而"白头雀"的作用靶点在丘脑室旁核 Orexin-A 受体，相比安非他明，它的成瘾性和副作用要低得多，特别是没有罹患苯丙胺精神障碍的风险。但它会通过沉默 Chrm 基因相关通路，造成 REM 相剥夺为主的睡眠障碍，不少战士甚至因此成为了不眠人。

"2818"刚转业时就几乎不会睡觉，昼夜节律完全颠倒。由于能量消耗巨大，他需要吃很多顿，做起事来也是异常性急。他加速的时间知觉让他难以融入社会和家庭，因为他无法忍受别人的"慢条斯理"。

我对他使用了时间减速剂——舒必利。

"如果没有成瘾性和副作用，常规使用提神药是否应该合法化呢？"

师兄问我这句话时，他已经被吊销了心理咨询师资格和毒麻药品处方权，我们在一个农家乐为他送行。别人说吃一堑长一智，他似乎还执迷不悟。

我提醒他，即使没有成瘾性和副作用，也会造成不公平竞争。

他说，在接受传统的价值观和道德判断上，你不懂变通。你就没想过集体加速可能达到的新的平衡？你就没畅想过人人的潜力都可以充分发挥的那天？

我说，这样的公平并不正义，人们会竞争性地加速自己的时间，最终大家都度日如年，疲于奔命，被资本和市场盘剥更多的时间和生命。这种竞争是恶性的，非正义的。我们要分清对错，因为做对很重要。

他若有所思，把目光放在了主人的养鸡场，那里几百只鸡随时用灯光照着，它们不睡觉，就不停地吃，因此长得很快，因此活不了多久。

然后他重复着我的话：做对很重要。

我很欣慰，至少在正义这件事情上，我俩少有地达成了一致。

餐桌上的"速生鸡"个大肉多却味同嚼蜡，他递给我一支烟打发这平淡的一顿，说无味不清欢。

我问他丢了工作准备到哪儿撒欢？他打趣说谁知道呢，大不了改行去研究星座，实现小时候的梦想。

我说，星象心理学你也信？不愧是双鱼座，异想天开。他笑了，说我这话还真是自相矛盾，双子座果然人格分裂呢！

我觉得他是一个什么都信的人，我还问他你信不信？果不其然他说：我信。

那天是我们友谊的终点。他当然没有成为星座专家，而是去养起了

"速生鸡"。他还变本加厉，代表 MYtex 公司向政府提出申请，妄图将"白头雀"的使用授权扩大为民用。作为食药监聘请的专家，我当然对这个危险的提议投了反对票。从那之后，我俩就心存芥蒂，再也没有联系过。

不过他多方活动，还是获得了在部分高危行业使用提神药的授权。比如医生在进行复杂和高风险操作时，可获准一次性服用限定量的"白头雀"以提高手术成功率，并严格监测成瘾状况。

周圣久通过了所有的赛后监测，包括心理时觉检测。

李敏洙拂袖而去，身后留下一串"阿西吧"！

我盯着周圣久的眼睛发问："你真的没有超速？"

他赌咒发誓，目光却不自觉地飘向右上方。

在眼神的十字路口，回忆向左，想象向右。我确定他撒了谎！但我找不出证据，也很难想象他经历了怎样严格的遮掩训练。

我是一个好胜的人，我不死心，我要求他进一步加试时间二分任务。动物实验之所以客观，是因为它们不能撒谎，我不相信周圣久的话，我要拿他当小白鼠。

我不能容忍自己的再次失败！

我对"2818"的治疗失败了。

我一直以为自己很成功，直到他因潜入 MYtex 公司盗窃"白头雀"而被捕。

回顾我对他的减速治疗，并没有发现任何问题。从引起抑制性神经递质 γ-氨基丁酸释放而改善睡眠的苯二氮卓类和巴比妥，到减慢时觉的多巴胺能抑制剂舒必利和抗胆碱能药物阿托品，甚至动用了吗啡类似物氯胺酮，我的治疗策略是阶梯化综合化的。

他确实减慢了时觉，但这也恰是让他无法忍受的事情——他无法忍受变得迟钝的自己。

他每天能睡一小会儿了，但睡着就做噩梦。这让他变得很抑郁，我不得不给他开具了"百忧解"。

"2818"被捕后，家里搜出了大量的摇头丸和可卡因，它们都可以通过5-羟色胺途径加快时觉。

——我们并没有专门的时间感受器，为什么我们能感知到时间流逝？

分道扬镳时，师兄曾这样问我。

我说，当然是客观刺激在多感觉通道的认知整合。比如借助钟表的嘀嗒声，借助树叶变黄，借助记忆的累积。

师兄笑我照本宣科，他说时间是不存在的，我们感受到的时间不过是纹状体神经元的电生理频率，它不过是个拙劣的打点计时器，一点小小的多巴胺就能改变我们对时间的认识。

我不以为然地说，正是这内在时钟提供了度量外在时间流逝的标尺，尽管它并不准确。

师兄补充道，是非常不准确，因为它的参照物在变。

时距知觉加工的神经网络包括了黑质纹状体，内侧前额叶皮层和海马等区域，其中海马负责储存时距经验。这个经验就是主观时觉的参照物。

要揪出周圣久这样训练有素的超速者，就必须用新的时距经验去代替他通过训练在海马中形成的参照物。

时间二分任务是经典的时距知觉测量范式，被试者会先接收到两个长短不一的"自定义时距"刺激（通常是听觉或视觉），再用随机长短的目标刺激与之相比较，判断其更接近标准"长时距"还是标准"短时距"。

可事情并没有想象的那么简单。

周圣久不是小白鼠，他是完美的作弊者。他通过了包括时间二分任务、峰值间隔法和低比率差别强化法在内的所有常用时距知觉测量范式！

我不能忍受这样的惨败，在我顺风顺水的人生里，从来没有经历过这样的滑铁卢。

我几乎要说服自己周圣久确实没有作弊，仿佛这样才能维系自己的骄傲，但随之而来的另一个消息粉碎了我刚刚筑起的心理防御。

我的助理说，公安部门通过那个高考状元的行动轨迹，从我市考生里发现了大量漏网者，而他们无一例外都参加过一个叫作"永痕记忆"心理互助小组，这个组织似乎带有某种邪教性质。

没人知道这个组织对他们做了什么，也不知道他们是怎样逃过时觉测验的，但我知道是谁在背后操纵了这一切。除了这个人，没有人会如此热衷于帮助别人作弊。他看上去那么风光，可我知道他嫉妒我。他从没有表现出来，可我知道。今天，他终于露出了马脚！

我攥紧了拳头，吩咐助理帮我预约余清欢先生的会面。

师兄，你不来找我，我去找你！

去往 MYtex 大厦的路上发生了堵车，我心急如焚，不停地拍打喇叭。

我在想减速为什么会让人烦躁不安？哪怕只是一分钟的红灯，都有可能引发"路怒"。想必是高速运动加速了时间知觉，物理失速后，时距知觉适应后效仍在持续，主观时觉仍处于超速状态。

习惯了畅通的车速，没人喜欢塞车。就像习惯了快节奏的现代生活，没人愿意慢下脚步。就像"2818"加快了时觉，就再也慢不下来。

我怀疑根本不存在师兄所设想的那种能完全规避成瘾性的时间加速药，这种心理成瘾比生理成瘾更难戒断。

师兄的实验室在 MYtex 大厦的顶楼，那里配有他的私人健身房，要去见他还得过安检。

前台微笑地收走了我身上的金属物品，包括手机和录音笔。然后她说我来早了十分钟，余先生还在健身。

哼，我亲自来见他还得在门口候着，余总的派头今非昔比啊！

我已经很不耐烦了，手机被收走，这里连个挂钟都没有，我怎么知道十分钟到了没？前台说替我保存贵重物品，一去就不见了踪影，我只好一个人在门外按捺了一会儿，但很快就耐不住性子，不管不顾推门而入。

现在我知道为什么大厅没钟了，大大小小几十个，钟表都挂在了屋里。

它们以不同的速度走着针,场面十分怪异。

实验室的尽头是健身房,一坨鲜肉正在跑步机上做 cooling down,那正是我的师兄。看我进来了,他索性放弃了拉伸,停下来热情地招呼我,这场面已是久违。

他气喘吁吁却故作幽默:"你来早了,你也是时间超速者吗?"

我不吃他这一套,看着跑步机上的配速反唇相讥:"以前学校运动会你就老输给我,看来时间超速也没能提高你的运动成绩嘛!"

他擦着汗说:"时间超速并不会提升一个人的能力,它只是让你有时间把潜力发挥到极限。让一个前台时觉加速,她充其量也只能把接待工作做得更仔细,而不能去研发新药。"

我十分惊讶,面对时间超速的指控,他不仅没有矢口否认,还面无愧色,毫不避讳。

他说:"你知道吗?我一直都挺嫉妒你的。记忆中,我俩之间的竞争,我总是负多胜少,就连打架我都没赢过你。"

这话让我有些尴尬,我犹豫着在谦虚这件事情上,是否也该和他竞争一下。

我站在落地窗前向下探望,从这种高度看车水马龙,芸芸众生如撼树之蚍蜉,让我目眩神晕。财富让人虚怀若谷,这家伙也变得容易相处了?

我虚伪地配合他说:"坐拥这一切的你,才是让我嫉妒的对象吧?以前老主任总是在我面前夸你,说你不仅能设身处地与来访者感同身受,还能很好地保持中立。"

他接下来的话却打了我脸,他说:"你误会了,我不是嫉妒你的才华,我只是嫉妒你的天赋。我从不认为你比我更聪明,但你是天生的时间加速者。"

这厮从不按套路出牌,这一轮博弈又把我整懵圈了。

我不明所以,他继续解释:"以前考试的时候,你总是提前交卷的那个,但我俩韦氏测验的离差智商并没有明显的差异。后来我观察发现,你可以通过集中注意力在短时间内把时觉极速地加快。"

"这不奇怪，分配给时间任务的注意力资源越多，时觉就越快，这不就是注意力闸门模型吗？人人都这样，只是我更加专注而已。"我不明白他究竟想要表达什么。

"不仅如此，恐惧、喜悦、紧张等极端情绪也会加快你的时觉。刚才前台让你等十分钟进来，你只等了六分半，是愤怒加快了你的时觉吧？接近两倍的时觉加速，这真是让人羡慕的能力啊！"

他说我来早了，原来指的是这个？我只想骂脏话，我来找他，他却没心没肺拿我做实验，这家伙还是一如既往地让人生厌！我告诉他这是胡说八道，我提前进来只是失去了耐心，别想往我脑袋上扣屎盆子，就算我时觉超速了，那也是天赋异禀，没有主观故意，你绕这么大圈子究竟想说什么？

他平静地看着我，一字一句地拿捏："天生的超速即为正义，后天的超速就该被唾弃，这公平吗？"

我看着这个人错愕不已，岁月并没有改变他的执迷，原来在正义的判断上，我俩从没有达成过一致。

我告诉他，用药物改变时距是违反自然规律的，反自然即为非正义！

"那你为什么吸烟？"他突然问出这样的问题，让我措手不及。他说："尼古丁、茶碱、咖啡因，它们都能加快时觉，不要告诉我作用小就可以忽略不计，在善恶是非的判断上，性质是等价的。你不是总说，把事情做对很重要吗？"

我突然词穷，我需要集中注意力，找出反驳他的力据，他却强聒不舍，打断我的思路："你有天赋的便利，站在自我实现的制高点上，便理直气壮。那些没有时觉天赋的普通人呢？即使天天加班，夜夜追赶也难以望你项背。人生苦短，他们就该碌碌无为，浪费自己的潜能？"

"你就是嫉妒我，就是不服！"我终于冲他拍了桌子，这是我一直想做的事。

"我是不服！"他的声音也顿挫起来："你关心的是正义，我在乎的是公平！像周先生这样的天才棋手，为了围棋付出一生的钻研，不该得到应有的尊敬吗？只因为家族遗传性亨廷顿病，他的时觉减慢让他下不了快棋，这不是棋坛的损失吗?"

亨廷顿病的秒上时觉敏感性下降,会先于其典型认知和运动症状出现。师兄喜欢围棋,周圣久是他的偶像。他似乎被情绪冲昏了头脑,漏嘴承认了一切。

"所以你给周圣久用了违禁药?"

"我只是让他恢复到正常时觉,让他发挥出他应有的水平。"

"根本没有毫无成瘾性和副作用的加速药,'白头雀'也不行!因为心理依赖……"

"我并没有给他用药!"

"那你怎么做到的,诺贝尔先生?"

"有些话涉及商业机密,我不能跟你透露!"

"你撒谎!"

我真是出离地愤怒了,而这愤怒真的能让我更加细致地观察他的微表情和肢体语言。他也狠狠地瞪着我,目光交锋之处,毫无谎言的痕迹。一个专业的心理学家在撒谎,你很难找出证据!

最终他气急败坏,把毛巾摔到我胸前说道:"等你找出证据再来抓我吧。不送!"

离开时,前台已经把我的个人物品准备好了。迎面撞来一个人,是周圣久,我们四目相对,都很惊讶。更让我震惊的是前台对我们说的一句话。

确切地说,是两句。她竟同时对我说出"请您慢走",并对周圣久说出"欢迎光临"。我说"同时"的意思,是指这两组音节是同时进入我们的听觉通道的,由同一个声源发出,却不分先后,也就是说,前台同时说着两句话。

一般情况下,人的发音器官不可能同时发出两个音节,我瞬间明白发生了什么。

时间知觉分为时距知觉和时序知觉,前者反映时间的连续性,后者反映时间的顺序性。前者决定了可知觉到的"现在"的上限,后者决定了其下限，而这个下限就是时序判断任务中的最小可觉差（即能感受到的最小刺激变化量）。

事实上，时间知觉不是连续的，而是间隔约30毫秒的离散量子。也就是说，我们能判断两个事件发生的先后顺序的必要条件是——它们相隔必须大于30毫秒。

时间加速者不仅加速了时距知觉，也加速了时序知觉，因而突破了这一差别阈限。

正常语速下，每秒约发音3个音节，而语速会反过来限制语言思维，所以我们说话时思维速度也不会太快，频率也大约为300毫秒。

前台说话时，视线高频地在我俩之间切换。我分析她刚才说出的八个音节是分为四组发出的，分别是"请欢""您迎""慢光""走临"。要让每组音节听上去不分先后，组内时距必须低于30毫秒，组间时距没有特殊要求，但想要语速显得正常，就需要大约300毫秒。

如此估算，即使不考虑发音系统的运动延迟，前台的时觉加速率也起码在10倍以上！

师兄，认识你这么久，没想到你竟如此丧心病狂！你向我发出挑战，我会把你抓出来的。与子同袍，岂曰无衣？

一秒之所以是一秒，是因为人们对于接近一秒的刺激既不高估也不低估，而对于秒上刺激倾向于低估，对于秒下刺激则倾向于高估。时距估计的神经心理机制在秒上和秒下有很大的不同，秒下几乎只涉及初级皮层，而秒上则包括更多的高级认知活动。

由于时序知觉任务多在秒下完成，在筛查超速者的实际工作中很难实施，这给我们造成了思维定式，忽略了事件相关电位ERP这把利器。

事件相关电位不受注意限制，在麻醉和昏迷情况下也可被新异事件诱发"失匹配负波"，它不仅可以准确客观地测量秒下时距，其偏差刺激的分辨率甚至可以达到毫秒级。以目前的神经心理学技术，这是我们最后的杀手锏。

刚走出大厦，我迫不及待电话我的助理，我让她即刻给那些漏网之鱼安排 ERP 检测，最好在催眠状态下。

如果 ERP 是可行的，周圣久的下一战就是他职业生涯的终点！

可我不会想到，我挂掉电话的那一刹那，却是另一条生命的终点。

伴随着身后的一声闷响，是那个高考状元的坠地。路人尖叫奔走，我辨认了良久，才确认了他的陨落。

我认出了他，便不敢看他，血肉模糊了我的双眼，只能把目光向上攀登。向上，是擎天巨树般的 MYtex 大厦，他选择在这里跳楼，想必是对命运的最后一次嘲讽。

他再也不用担心清贫的未来和乏味的人生了，一身血肉留给了无助的白发人。他也不再需要"百忧解"了，现在需要它的是我。

我想象着这位时间加速者的下坠，一定像我此时的落泪一样荒诞不经。他在半空中一定有"足够"的时间思考，他是否会因此而后悔，他又会因何而后悔？

我有些脱力，又想起了"2818"，这位时间减速者在攀登这座大楼时，又是否感到力不从心？

我似乎看到了师兄，他站在顶楼的落地窗前，像神明一样俯视着这一切。半分钟后，我收到了他发来的消息。

消息记录里，我们上次联系是多年之前，我祝他在新的工作里如"余"得水，还告诫他"把事情做对很重要"。

而今天他终于回复了我，这迟来的回复蚀骨锥心："这就是你要的正义？"

我咬牙切齿，你凭什么指责我？这样的惨剧，你不正是始作俑者吗！

ERP 是有效的。

这个测验结果使警方获得了授权，他们捣毁了"永痕记忆"的窝点。可那里并没有发现任何违禁药品，只有满墙"坏掉的时钟"，信徒声称这只是正念训练。公安部门傻眼了，苦无证据提起公诉，再次求助于我。

书案上的碰摆一如往常敲打着思路，节奏清晰——"永痕记忆"使用的方法应和师兄如出一辙，不过是时觉适应后效的把戏。

如前所述，这个适应后效便是以储存在海马里的时距记忆为参照的。

在封闭的环境里，让受试者逐步体验不断压缩的时间，从而形成扭曲的时间经验，替代海马里原有的时间记忆，回到现实生活里，他们的时距知觉就会相对加速。

在决赛之前，周圣久来找我，他似乎嗅到了危险的气息。我让他吃了闭门羹，我有了完美的复仇计划，不想打草惊蛇。我要当众揭露他的作弊，主持正义！

我联系了周圣久的决赛对手，韩国国手江世石。

天元赛决赛第一场就吸引了媒体的关注，周圣久以微弱优势先下一城。如我所料，他赛后 ERP 显示时觉只在基线附近正常加速。这只老狐狸果然做出了防备，提前停止了时觉加速训练。考虑到他的病史，他应该仍是适度加快了时觉，但遗传病是不可抗力，他不会因为治疗疾病而被判定作弊。

我不着急，我是伺机而动的猎人，等待收割致命的一击。

两周后双方如约再战，坐定猜子，黑先白后。

两周的封闭准备，我只能让江世石的基础时觉加速到 1.5 倍，我知道这在周圣久面前可能只是杯水车薪。但周圣久如果想战胜江世石，就必须拥有更高的时觉加速。

我知道我在帮江世石作弊，但在大义面前，这点变通微不足道，为此我赌上了荣誉。

对决酣畅淋漓，我不懂棋，我只知道事后媒体盛赞此局，说堪比清源十番。

两个小时后官子毕，江世石执黑仅胜 7 子，贴目三又四分之三子后反输半目，周圣久险胜。

赛后 ERP 明明白白，周圣久的时觉仅为一倍。也就是说，周圣久仅凭正常的时觉，就击败了超速的江世石。他赢在实力。

我终于说服自己，向裁判组作出"周圣久不是时间超速者"的判断。

可事情并没有结束。

周圣久是不折不扣的恶魔，他又用另一种方式嘲笑了我的失败——他自首了。

赛后他当众宣布自己是时间加速者的时候，媒体一片哗然。裁判组表示不解，毕竟他完美地通过了检测。有人甚至认为周圣久的胡言乱语是大赛压力下的应激反应，建议他先回去休息，然后接受赛后审查。我告诉周圣久，通过正念训练克服疾病的症状，理由充分手段合法，您不必自责。

周圣久笑笑，安静而祥和，他又坐隐于方圆之间，回到黑白分明的世界。他把棋盘恢复到中盘最为焦灼的一手，对江世石抬手示意："An zi sei yo（请坐）。"

没有比这更诡异的一幕，时间仿佛倒流，两人却把刚才的大战一着不差地又重演了一遍。也就是说，经过双方验算，从这一步开始，往后的每一步对弈都是各自的最优解。不同的是，周圣久并没有取下电极，这次是实时监测。

ERP 显示，他的时觉速度随着战况的激烈程度剧烈地起伏着，最初在 1.5 倍处保持着和对手的同步，然后随着博弈树坍缩的计算量而逐渐下降，最终赛后降回基线。

也就是说，周圣久可以自主控制自己的时觉快慢，在比赛中故意根据对手的反应调整着自己的加速率。他早就察觉到对手的超速，但他并没有揭穿我们，而是以他的方式维护了比赛的公平。

回想起上次和师兄的不欢而散，他承认自己是时间加速者，语言动作却没有丝毫加速的迹象，想必他也是故意为之，调整了时觉与我同步？

我仿佛听见他轻蔑地挑衅："找出证据来抓我啊！"

主裁判问周圣久既然打算主动承认，为什么还要选择加速？

他说他不为胜负，只是想探索围棋世界的未知领域——趁着他还能下棋。他非常感谢对手，说今天这场比赛让他此生无憾。

他的一番言论让人唏嘘，可关于他控制时觉的方法，他却三缄其口，说这关乎一个理想主义者的信仰，那个人，相信一些别人并不相信的东西。那个人，他没说我也知道是谁。

周圣久退役了，再也没有了下一局，我再也没有机会知道谜底，没有比这更残酷的方式让我体会到彻底的失败。

而我，不喜欢失败。

周圣久接受了隔离审查，他早就预计到这一点，所以赛前来找我时，在我助理那里留下了一个包裹，说是清欢先生托他带给我的新年礼物，怕赛后没机会，就提前送到我这儿了。

包裹里是一瓶气雾剂，简陋的包装上手写着一句："Enjoy your time."。

我知道那是最新一代"白头雀"。

这无疑是一种挑衅！师兄试图告诫我，不加速自己的时间，我不是他的对手！

我当然扔掉了我的新年礼物，然后调出了一份病历，编号：27182818。

我回到了师兄的实验室，这次它空无一人，而我的悄然潜入得益于"2818"早先的探路。我又站在那一堆时钟里面，面前是中心实验室的门禁，当年"2818"就止步于此，被发现之前，他没能解开门前的虚拟孔明锁。

孔明锁的防盗级别明显低于密码，只要时间足够，人人都是无限猴子。但这样的设计是别有用心的，它很巧妙地为主人提供了便利的同时，又避免了密码泄露的隐患。

孔明锁随机生成，只有10秒的解锁时间，否则触发报警。很明显，能解开它的人必须满足两个条件：1. 足够聪明，2. 时觉加速。

"2818"只满足一个，而我是聪明的时间加速者。

从实验室的配置和布局来看，这应该是一个P4实验室，尽管没有标识。我不明白，制备提神药的实验室为什么需要如此高的生物安全级别，直到我看到了病毒载体培养基。我没穿正压防护服，应该立即退出实验室的，但一个仪器吸引了我的注意，那是在体纳米光纤成像系统 OASIS Implant Ⅱ。

光遗传技术！

这个词如打字一样浮现于我的心象。推动这样的人体试验，不仅需要魄力，更需要财力。没错，师兄具备这一切条件。

他通过病毒转染，对中枢神经元进行表观遗传修改，使其表达光敏分子，然后在特定脑区域植入光纤，实现深部脑区的定点光刺激，然后通过光指令操纵纹状体神经元发出的动作电位频率，人为改变内在时钟。光纤可以通过金属检测仪，周圣久就是这样躲过大赛安检，实现对时觉的随意控制的。

理论上，这种方法还真的没有成瘾性和副作用！那它公平吗？

我做着这样的思考，神志恍惚起来，我离开时仿佛产生了幻觉，仿佛四周的钟表都开始融化变形。

没过几天我就发烧了，我想我感冒了，便回到了研究所，为自己注射了干扰素，还吃了感冒药，然后就趴在桌上沉沉地睡去。

踢……踏……踢……踏……

是碰摆的声音把我叫醒。干扰素应该是有效，我已经不发烧了，一切都恢复到正常，只是碰摆的速度似乎变慢了。我唤助理进来，她慢条斯理，说什么事这么着急？她一定也是感冒了，声音变得深沉，没精打采。我说，倒不着急，就是这小摆件出了点问题。她说："碰……摆……没……问……题……啊，您……说……话……慢……点。"

我终于意识到了什么，便盯着牛顿摆出神。我震惊地发现，自己可以通过意识控制它的频率！

毫无疑问，我感染了师兄的病毒，成了又一个周圣久！

我模仿助理的语速说："没……事，你……出……去……吧。"

我并没有植入光纤，师兄一定采用了更高明的指令形式，抛开了光刺激，实现了直接用意识操纵时觉。不过我不想深究了，资本是无所不能的，他有资本任性。

接下来的日子过得很慢，我每天都在对着碰摆练习，对于操纵时觉这件事，我确实有天赋——我已经能让碰摆十秒摆动一次了。

我也终于接受了一个事实，那就是如果我不加速，确实战胜不了师兄。

可是我就是想赢，并且已经忘了为什么想赢了。

师兄没有被我打败，打败他的是资本。

很快，MYtex 的资本并购案成了热门新闻，一个主营卫生巾的财团收购了师兄的公司。这也意味着，师兄将失去对"白头雀"的项目控制权。

助理告诉我这则新闻时，我把时觉降回到一倍。

我竟有些失落。

故事就要结束了，需要一个句号。我去看了周圣久，想当面谢谢他没有揭发我。

因为病情进展，他很快就下不了棋了，但老棋友去看他，他还是会兴高采烈地摆上两局，然后畅快地大败一场。

只有我仍然会输给他，时觉加速不会让前台成为精英，加速的菜鸟也赢不了减速的大师。我以十倍的时觉也没有他老谋深算、目光深远。

大师说："去看看你师兄吧，他上午也来看过我，也和我下了棋，棋风大乱。相信我对棋手的了解，他很不好。"

我问："他说了什么奇怪的话吗？"

他说："那倒是没有，他只是说今晚除夕夜，他得去给大家准备新年礼物。"

他的手不住震颤，大致指着棋盘一隅，那里压着今天的报纸，财经新闻标题一目了然："为庆祝并购成功，MYtex 将斥巨资在除夕夜为广大市民举行烟花盛典，届时市中心附近将盛况空前……"

我突然有种不祥的预感。

我翻出那瓶气雾剂反复地检测过了，结果让人大跌眼镜。那不是"白头雀"，其主要成分只是氯化钙。

氯化钙作为感受态诱导剂，在病毒转染中可以临时增大细胞的通透性，提高转染效率。简而言之，它可以作为师兄"时觉控制遗传转化技术"的催化剂。

但问题是，如果没有载体病毒，催化剂就没有任何意义。师兄的新年礼物不可能是让我补钙，难道他连我潜入他实验室的行动也预测到了？

我现在是主动时觉加速者，我有足够的时间思考。我以十倍速在网上收集和分析着资料，为应对巨大的脑力消耗，我还准备好了高热量食物，上次加速到这里，我差点晕了过去。

今晚的烟花燃放，将在人口密集的市中心举行，火树银花将从几座最高的标志性建筑上破空而起。我查阅了今晚的风向和风速，处于一条直线上的高大建筑就只有天文台和MYtex大厦，而MYtex大厦位于下风口。

我联系了之前找我帮忙的公安部门的同志，要他们还我个人情，帮忙检查天文台的烟火装置。

车载广播里一片欢呼，我驾着车一路狂奔。四公里外的天文台上，烟花已经升空，以当前的风速，它所产生的气溶胶约需十分钟就能到达MYtex大厦附近，而我的猜测已经得到了快速化验的证实——烟花的灰烬里有高浓度的钙剂和帮助其扩散的油剂。

我现在的时觉加速到了20倍左右，机动车的加速却有着极限，它只能以200公里/小时的龟速爬行着。路上的其他车辆在我眼里几乎是静止的，因此我可以轻松地在拥挤的车流里见缝插针地穿梭，即使遇到红灯也不用理会。其间，我同时做着几件事情：我检索了"人体在体细胞感受态制备"的最新文献，计算着"理化诱导的效率限制"可以给我争取的额外时间，还不停查阅实时交通信息，规划着更快的路线。

多线程操作现在对我不成问题，只是人工光源的频闪让我越发难以忍受，而且视觉通道的换能速度慢于听觉，我开始出现视听不匹配的情况。

不过我很快适应了这些，毕竟时觉加速也加快了我的学习速度。

交警盯上了我，可他们拦不住我，我正好把他们引向MYtex大厦。

目下是清劲的和风，还有两分钟就是最佳的燃放时间。MYtex大厦的天台布满了烟花装置，那里面想必已装载好了昂贵的病毒。

余清欢手里的小提琴奏着一曲《野蜂飞舞》，意气风发地享受着倒计时，他离阴谋得逞只有一步之遥。

几个"永痕记忆"的信徒守在他身边检查着发射装置，我身边只有两个闷头闷脑的菜鸟交警，还是来抓我的。

师兄看见我时很惊讶，不过也很开心，他说没想到我也成了他们的一员，欢迎我来见证这历史的一刻。

我问他为什么要这样做，劝他悬崖勒马。

他说来不及了，白头雀很快就会离开他的控制，掌握在资本手里。资本逐利的本性是不被约束的，加速的权利和资源一旦掌握在少数人手中，时觉速度的社会差距会不断拉开，进而成为阶级划分的标志，这里面暗流涌动，快者更快，弱者更弱。你说过，弱者将面临更多的剥削。所以，只有集体加速才能维系这脆弱的公平。

不明所以的交警不由分说先动手了，但他们就像在凝胶里游泳一样迟缓，因此很快被信徒们制服。但这还是给我争取了时间，让我可以接近师兄跟他肉搏。对此我很有信心，毕竟打架我没输过他。

在极端加速的情况下，我们的身体早已跟不上自身的时觉，限制我们格斗能力的瓶颈不再是反应力，而是骨骼肌、心肺功能等运动器官的极限。同时，透支着前庭功能的我们还出现了轻微的晕动症状。

我们都能看清楚对方的拳脚，并轻松躲过这慢动作。但时间一毫秒一毫秒地过去，他开始体力不支，时觉加速让我的运动优势更加明显。攻击虽慢，但痛觉却更加清晰而持久，他被迫跳上了一面横杆旌旗暂避我的锋芒。

供他立足的旗杆像大厦横生的枝节，招摇在外起伏不定，还挂着MYtex行将降下的大旗。旗帜随风微动，提示着风速的减弱，催化剂已经到了，他脚下是庆祝新年的人山人海。

飘摇的旗杆挑战着他的前庭功能和本体感受，但我一点都不担心他会失足掉下去。加速的时觉让他可以高频地调整重心，从而拥有了惊人的平衡力，所以我也毫不示弱跳将上去。

他举着发射器威胁我不要靠近，我们就这样对峙着，直到一辆直升机缓缓出现在他身后。

"你还是什么都不明白。"他微笑着对我说着这样的话，我是先听到他的声音，再看见他嘴唇翕动的。视听不匹配让人有一种音速快过光速的错觉。

因此他话音未落，已朝那直升机纵身一跃，向着烟花升起的方向，划出一道坚定的费希纳曲线，准确地指向了目的地。

爆炸声掩盖了枪响，他按下烟火开关的同时，我听到了子弹呼啸的声音，我甚至能精确地判断它的轨迹，想必师兄也能如此。它秒速300米，来自那两个菜鸟交警的位置。重大节日庆典，交警也配了防暴枪。

烟火甚嚣尘上，把血色洒满夜空，师兄在半空中苦无借力，没能像传言中那样躲过子弹。

这不是致命伤，但近距离发射的动能防暴弹足以改变他的轨迹，他的身体向下倾覆，像秋叶一般缓缓飘落。

惊恐之中，我把自己的时觉加速到了极限，以延缓师兄的坠落，可我没能抓住他。

世界就此寂静，所有人都在极力发出最后一个音节，那些低沉的嘶吼似乎永远也组成不了一句话，在我的耳朵里也只是无意义的背景噪音——除了师兄的声音，只有他和我时觉同步。

我向他呼喊，叫他坚持住，我们有足够的时间想办法救他。

他再次笑了，问我他现在像不像失重的宇航员，来不及悬崖勒马，也没有回头是岸的办法了。

我说都什么时候了你还卖弄幽默！

他说因为真是可笑，如果不考虑到脑力消耗，他是不是可以让自己永远这样，搁浅在时间的裂缝里？

我看着他慢慢滑向深渊，说一定有办法，总不能眼睁睁地看着你摔死吧？

他绝望而平静，说他本就是将死之人，叫我不用浪费时间了。他说："看见天台上那些信徒了吗？他们个个身患绝症，时日不多，靠着'白头雀'在主观上延缓着死亡。他们信任我，因为我和他们一样。"

我瞠目结舌，这就是他迫不及待铤而走险的原因？我想起了他在跑步机上的糟糕表现，一点运动量都可以让他喘不匀气。可我没时间对他表达同情，我在脑袋里计算了无数种把他从时间手里打捞回来的可能，可最终都因为物理速度的限制而无法实施。

他就近在咫尺，竟已回天无术，这位时间加速者必将殒命于重力加速度。我不想让他看出我的气馁，却不得不问他有什么未竟之志？

他看着满城的烟火，说他尽力了，因此无憾。这话我曾在周圣久嘴里听过。

我问他觉得自己做对了吗？

他说他就要死了，对错还重要吗？

我说你就要死了，需要我为你做点什么吗？

他就故作轻松地说，那就说句新年快乐吧。

我急了，说没时间了，你究竟还有什么遗言？

他却超然物外，淡淡地跟我道别。他说的最后一句话，不是别的什么足以刻在墓志铭上的永垂不朽，只是那句新年礼物上潦草刻画的"Enjoy your time."。

我们说完这些话只用了一秒，在此期间他仅仅下落了五米。他下落的速度还远不足以超过音速，但我已经唤不起他的回应了。我知道是他关闭了时觉加速，在他的世界里，他已经坠地身亡。

明知这一点，我却仍不敢放松时觉，它像一根紧绷到极限的弦，那头系着他的生命，这头还攥在我的手里。我不能松手，因为那样就像我才是罪魁祸首，将他弃之于深渊万劫不复。

可我终究脑力透支,额头滚烫,想是也到了极限。为准备即将到来的晕厥,我迅速用皮带把自己固定在了旗杆上,然后在飞快降速的时觉中目睹了师兄的加速陨落,疑心他轰然坠地之处,正是那个高考状元早已干涸的血泊。

MYtex巨树下,新芽正在萌发。见证了这一幕的人们只顾着惊慌失措,他们还浑然不知,自己很快就会成为时觉加速者。事实上,在之后的很多年里,我市的GDP保持着戏剧性的上升。

在晕过去之前,我对这傲视众生的人默默哀悼:"新年快乐。"

"Enjoy your time"是师兄邮箱的密码。

他死后千金散尽,巨额的财富不知了去向,却把研究资料留给了我。我饶有兴趣地翻看着他的浏览记录,发现他涉猎广博,竟然真的在研究星象!

邮箱里有一封草稿,那应该是准备发给我的,因为他设置了定时发送,而信的开头是:

"砚右:

展信安……"

不知道为什么,这寥寥数字就让我湿润了眼眶,看来他预感了自己的不归路,只是往下读着,我却逐渐不寒而栗。

这封信并不是为了叙旧,更多的是为了备份,因为附件中包含了大量的天文数据。

他在信中简述了他对这些光谱资料的荟萃分析,声称他发明的算法巧妙地避开了光速极限。由于权限的限制,他仅能基于公开资料进行分析,即便是召集时觉加速者组成的团队也只能做出估算,因此他对于文中那骇人听闻的结论持谨慎态度,不过他还是把计算结果发给了天文台请求验证。

天文台的回信还在"未读邮件"里,时间是新年伊始。他们首先感谢了"余先生"对他们工作的慷慨资助,然后表示会尽快组织验证,但由于计算量庞大,有些工作又不能完全依赖计算机,所以预估耗时不菲。

可后来的事实是,由于众所周知的原因,天文台的研究人员也时间加速了，他们很快证实了师兄的推测:"大约两百年之后,地球将有97%的概率遭受到全球毁灭性的伽马射线暴。"

以人类目前的科技力量,既没力量防御,也没速度逃离。

又是一秋祭扫,蹒跚在公墓里的我已是耄耋,我驻足于此,只为了收集落叶的寂静,它们徐徐飘零,才有迟暮的美感。我脑中的光敏蛋白早已凋谢,可还是拒绝了国务院的时间加速津贴。

这早已是个全体加速的社会,为了应对灭顶之灾,全球的脑力动员了起来。政府为青年人设立了时觉加速的行为学习课,计划用2至3代人的时间将人类的平均时觉基线加速到4倍,而低于2倍速者会被视为懒惰。为此我们研究所的工作也从甄别超速者转型为纠察怠速者,这还真是讽刺。

是非对错的标准陡然翻转,但在人类生死存亡的大义面前,我们当然需要变通。

每个人都有义务响应号召,独像我这样的老人,活了这么久,似乎活过了岁月,时觉记忆逐年累加早已冗余不堪,因此对世界的感受也早已退化。日子无痕,飞快地在我身后流逝,我已经抓不住它。在全体加速的社会里,迟钝如我已再无作为,是时候谢幕了。

时觉加速也敏感了味觉,酸甜苦辣格外透彻。世人的清欢在我眼里,不过是那山中一日,世上千年的烂柯,不过是此地那一抹抹坟茔。我这一生,岂曰无味。

逝者如斯夫,不舍昼夜。我在师兄坟前为他点上了一支烟,葬他的那一捧朽土发出了新芽。而他也永远不会老去,何其幸运地搁浅在了时间里。

师兄,你赢了!

(刊于《科幻世界》2022年第6期)

作者简介:

杨健,男,40岁,汉族,重庆医科大学附属永川医院骨科副主任医师、医学硕士、新加坡南洋理工大学访问学者、中国医药教育协会肩肘运动医学规范化培训重庆中心常委、重庆医学会运动医疗分会委员会委员。主要研究领域：关节外科及运动医学。辅修专业：应用心理学。主持厅局级等科研项目3项，发表SCI等论文十余篇，在《科幻世界》《不存在科幻》等平台发表科普科幻作品数篇，获"中文在线"首届全球元宇宙征文大赛"奇想奖"。

无接触之恋

陈楸帆

> 唐棣之华，偏其反而。岂不尔思？室是远而。
> 子曰：未之思也。夫何远之有？
>
> ——《论语·子罕》

陈楠又做了那个噩梦。

她被抛回 20 年前的那个夜晚，像一个飘浮的幽灵，以第三者视角看着五岁的自己。那个小女孩一动不动，看着宇航员般全身防护的白衣人走进房间，把爷爷和奶奶抬上带着白色塑料罩子的担架带走。爸爸妈妈却不知去向。

梦里没有急救车的尖啸声，也闻不见消毒液的呛鼻味道，一切都是苍白的。陈楠知道，自己幼小的身体化石般僵硬，无法动弹，并不是因为冷静，而是被恐惧所囚禁。这种感受在梦里格外真实而强烈，像有一条巨蛇在缠绕着她，缓缓收紧，压迫胸腔，让她无法呼吸。

心理医生建议陈楠，让梦里的自己哭出来——"释放淤积的负面情绪，精神创伤才能够愈合"。陈楠何尝不想。她想让那个小女孩尖叫、大哭，想让那个小女孩上前拦住担架，好和爷爷奶奶再说一说话。可是她却只能眼睁睁地看着他们离去，从自己的生命里永远消失。

也正是从那一天起，陈楠牢牢记住了这个陌生而险恶的术语——"新冠病毒"。甚至在很长时间里，她一听到这个词便会浑身颤抖，心跳紊乱。医生说，这是精神创伤导致的惊恐发作。还有噩梦，像不请自来的客人，总会在毫无防备的时刻搅乱她的生活。

智能枕头监测到睡眠中的陈楠呼吸和心率都有些异常，便用轻柔的震动和音乐将她唤醒。窗户玻璃感应到日光，自动调节透明度。窗外，黄浦江畔鳞次栉比的大厦如同水晶柱般在晨曦中闪烁金光。

她花了好长时间才回过神来。这里是2041年的上海浦东，噩梦消散了。

像往常那样，外形像加大版R2D2的快递机器人把包裹送到门口，蜘蛛蟹般的消毒机器人用细长的机械肢将包裹拆封，腹部均匀地喷出消毒喷雾，确保没有遗漏死角，再搬进室内。与此同时，空气过滤系统开足马力，使用了纳米材质的超级滤网能将直径仅有0.06微米～0.14微米的冠状病毒拦截在外，更不用说PM2.5及尺寸更大的尘埃颗粒了。

室内空气质量连同陈楠订阅的全球各城市疫情实时数据，一起投射在卫生间的镜子上。界面追踪她的视线轨迹自动展开、滚动，折叠，并不妨碍洗漱。这种习惯已经伴随她十几年了。随着冠状病毒成为一种每年都会暴发的季节性传染病，全球人类逐渐进入了"后新冠时代"的生活新常态，并根据各地习俗加以调整。中国人的"抱拳礼"由于不需肢体接触，成了一种国际流行的礼仪。

在她还出门的日子，每次都要先检查目的地的疫情标志，甚至精确到某条街道、某个住宅区。绿色的钩代表正常；红色的叉代表出现阳性病例；黄色圆圈代表可能存在无症状病毒携带者，需要谨慎。所有这些都得益于无处不在的智能终端、传感器、云端的大数据池和学习了大量传染病动力学案例的AI模型。当然，出于保护隐私，政府使用了联邦学习和严格的法律监管，确保公民个人信息不会被泄露或被用于商业用途。

陈楠突然停止刷牙，盯住镜子信息界面的某个角落，那是属于她与男友加西亚（Garcia）的聊天窗口。加西亚是个巴西人，据说这是当地最受欢迎的男子名字，他此刻应该在比她晚 11 个小时的 GMT-3 时区。如果换作平时，这个窗口应该早就塞满了男友各种甜腻的问候和分享的视频。但这会儿，那片镜面却空空如也，只映出陈楠不安的脸。

拨打视频电话，无人应答。

几乎是出于本能，她再次查看巴西当地的疫情状况，数据平稳，并无异常。查看社会新闻，也没有关于政变、战乱或黑帮火并的报道。

加西亚一反传统观念中对于南美男人的偏见，热情但靠谱，这种失联的事情从来没有发生过。会是什么原因呢？陈楠努力回想前一天两人的对话，开始后悔自己的决定。她再一次拒绝了男友线下约会的提议。这样的事情已经发生过许多次。

用加西亚的话来说，他们"卡在死循环里了"。

这是两人的暗语。陈楠和加西亚都沉迷于一款多人在线 VR 游戏"Techno Shaman"，这款游戏具有嵌套式的世界观，玩家可以通过收集道具、举行仪式或者完成任务来实现不同位面的穿越。其中的一个场景存在缺陷，陈楠不幸卡在死循环里，她化身为不断重生的兔子，每次从树洞里跳出都会被闪电劈死，就像西西弗斯或者普罗米修斯。路过的猎人加西亚用一种常人无法想象的方式救出了她，这也成为两人发展亲密关系的契机。

但在现实世界里，陈楠依然无法逃出死循环。

对于陈楠来说，外面的世界充满了病毒，危机重重，即便是心爱的人也无法将她从这个用机器人和传感器设下重重关卡的小小城堡里拽出去。

在这里，她已经独自度过了三年，并且打算一直待下去。

#

"你打算什么时候见我？我的意思是，在真实世界里。"

"嗯……如何定义'真实'？"

再一次面对加西亚的逼问时，陈楠竟如此慌乱。这个问题甚至没有进入过她的愿望清单。她的愿望清单上列着新款 VR 对战游戏、KAWS x 村上隆限量版手办、一只基因改造过的司芬克斯无毛猫、一间更大的平层智能公寓等，但就是没有男友的位置。

我真的在乎这段关系吗？陈楠问自己。经过一番复杂而纠结的论证，答案是毫无疑问的。

她喜欢加西亚，说爱可能有点太重了，但她的确很享受两个人在一起的时光，无论是在 VR 游戏里执行任务，还是在虚拟演唱会上发疯犯傻，甚至只是闲聊（无论是通过视频、语音、文字，还是通过颜表情）。她和加西亚，就像上海小笼包和巴西煎饼（Pastel），看上去完全不一样，但都是由面皮裹着馅儿包成的，这就是两个人的默契的基础。她能感受到在地球另一端那颗心为自己而跳，也为自己而下沉。

加西亚理解陈楠，他在童年时代经历过的灾难更为严酷。在巴西，他看着身边的亲人和玩伴由于当地政府抗疫不力而一个个离世，医疗体系崩溃，暴力和恐慌蔓延，最后只能靠当地黑帮建立的临时军事力量维持社会秩序。那段时间，空气中无时无刻不弥漫着一种焦臭，那是尸体脂肪燃烧的味道。

这或许就是两人产生强烈情感联结的原因。他们被称为"新冠一代"（COVID GEN），这并非简单以出生年份来划分的。对于这人口规模达到数亿的"新冠一代"来说，新冠病毒永远地改变了他们的生命轨迹，无论是在生理上，还是在心理上。

加西亚试图用理性说服陈楠，为此他研究了各国的防疫策略和应对机制，试图让她相信，上海是当今全球最为安全的城市。他带着陈楠进行冥想，带她回到想象中的童年，试图改变她看待往事的视角，进而帮她重新建立起关于疫情的个人叙事。他甚至注册了一个虚拟人，是完全按自己的形象塑造的，连毛孔、伤疤都丝毫不差。只不过，他把 AI 驱动的化身放在了上海城市模拟器，让它按照一个普通上海人的方式生活，使用各种本地APP，接受严格的数据跟踪，遵守约定俗成的公共卫生行为准则，戴透明头罩，手上喷着纳米隔离层，与人保持 1 米以上的距离。这个虚拟人在一个完全平行于物理世界，甚至连疫情传播路径也都完全按现实情况进行复制的虚拟上海里生活了6个月，健康码从来没有变黄过。

加西亚做出种种努力，希望能驱散陈楠的噩梦，让她打开家门，走出那个过度保护的狭小蚕茧，走向更为开阔的人生。可是他知道，这事情急不来。伤口的愈合需要时间，倘若提前撕下伤口上的痂，结果会是更严重的二次创伤。

就像陈楠三年前经历过的那样。

从美院的在线课程毕业后，陈楠曾经在一家游戏创业公司有过不到半年的线下工作经验。除复杂的办公室政治和过于高昂的沟通成本外，一次突然暴发的有惊无险的疫情让她下定决心辞职。

一位热衷海鲜刺身的投资人在北欧水产市场感染了陌生的极地冠状病毒，相信与气候变暖所导致的冰川融化有关。回国一个月后无任何明显症状，在此过程中，他造访了包括陈楠所在公司在内的十几家创业机构，他的勤勉把病毒传染给了近百名管理层人员，病毒开始指数级扩散。

投资人出现症状后，本地防疫办公室迅速按照最高级别进行社会预警，通过行为轨迹筛查并隔离密切接触人群，同时由AI分析病毒类型，进行蛋白质结构预测以制备相应的药物与疫苗。幸好这些公司都位于临港游戏产业园区内，绝大部分员工的生活轨迹都是办公室和宿舍两点一线，且由无人班车接送，与外界接触有限，才没有酿成更大的危机。

虽然陈楠由于强迫症般的卫生习惯，所幸没有染上病毒，却阻止不了创伤后应激障碍（PTSD）的发作。全副武装的医护人员冲进办公室喷洒消毒剂，强行带走陈楠身边的同事。这似曾相识的场景，让她当场脸色煞白，心跳过速，瘫倒在地，随即被送入隔离病房接受观察与心理治疗。

从此，她便再也不出门了，靠接一些设计VR游戏皮肤和道具的兼职工作活了下来，还活得挺好。毕竟在这个云工作时代，除满足老板的控制欲与虚荣心外，并没有太多工作需要肉身在场。所有生活需求都可以靠无人快递与家务机器人来满足，这是一种她的父辈完全无法想象的现代化生活。在遥远的20世纪50年代，将近100年前，中国人对于现代生活的定义还只是"楼上楼下，电灯电话"，到了80年代则变成了"彩电、冰箱、洗衣机"。之后，历史的快车道将他们带到了一个陌生而眩晕的未来。

陈楠还清楚地记得两人在游戏里以某种独特的虚拟性爱确定关系的那一天。如今，已经过去了整整两年。这也是为什么加西亚再次提出邀约的原因，他希望和陈楠更进一步，在真实世界里产生联结。这种"真实"，是原子层面的真实，而不仅仅是比特层面的真实。

"抱歉，我还是觉得我没有准备好……"陈楠发出了一个猫咪流泪的动态表情。

男友回复的间隔时间比以往要久很多，大概久了……五倍？一百倍？一万倍？当时间被切割成无限细小的碎片时，人类的感知系统便失去了判别能力，只有靠镜像神经元发挥共情功能。

"你永远不会有准备好的那天。"

没有表情包，没有语气，没有晚安。那是加西亚留下的最后一句话。

现在他失踪了。

#

太阳下山了，男友依然音讯全无。陈楠做出过无数种假设，又都被自己一一推翻。

加西亚只是一个过于普通的独立游戏设计师，不太可能被绑架。除非他出身豪门。但从他分享的家庭视频和照片来看，父母都只是质朴可爱的农民，尽管拥有自家的酒庄、农场和赶牛的无人机群……笨蛋，那叫农场主。陈楠的思绪不受控制地漫游着，就像从水龙头里哗哗流出的水。会不会突然遇到了意外？车祸？中了毒贩火并时的流弹？或者食物中毒？她发现自己在刻意回避那个再明显不过的选项：加西亚只是受够了她，决定结束这段感情。

陈楠啊陈楠，事情就是这么简单。男人不是AI，没有目标函数最大化这项设置，被拒绝的次数多了，他就退却了，放弃了，不爱了。醒醒吧。

你再也找不到像加西亚这么懂你的人了。

陈楠往脸上拍打冷水，试图让自己冷静下来。看着水从脸颊滴落，消失在盥洗池中小小的漩涡里，她突然感到一阵强烈的悲哀。自己就像一滴孤独的水滴，被囚禁在这恒温恒湿的试管里，永远感受不到融入海洋的喜悦。而这一切，只是因为害怕，害怕一旦暴露在外面的世界里，无孔不入的病毒就会侵入她的肌体，疯狂地繁殖，最终把自己变成另一具没有温度的尸体。

可外面的世界真的有这么危险吗？

她记不清有多少次站在门口，从脚趾武装到牙齿，却仍然迈不出最后一步。她有密闭性能最好的全身防护服，并且在智能终端上安装了smartstream上名为"安全圈"的应用。安装了这种应用后，只要健康码为黄或红的人进入3米圈之内，智能终端便会开始震动，距离越近，震动越剧烈，进入1米圈时耳机会响起刺耳警报，提醒你危险近在咫尺。

她只缺一样东西：近两年才流行起来的生物感应贴膜。这种贴膜由易数科技出品，贴在手腕内侧，能够实时显示各种生理数据（包括体内疫苗是否有效），是经过国家医疗机构认证的数字健康凭证（Digital Health Profile, DHP）。这种贴膜自己在家里无法激活，只能到便利店里或者街边的自助贴膜机上才能激活。

陈楠知道自己的问题在哪里。身体反应激发了怯懦心理，反过来又进一步强化了生理性的惊恐，一个完美的反馈回路，像铁链一样把她锁得死死的，不知道该从哪一环去打破。

洗漱镜的铃声突然响起。竟然是加西亚拨来的！

陈楠不顾自己湿答答的脸，赶紧接通视频。图像放大到整面镜子，出现的却不是那张熟悉的脸。

那是另一个全身防护的人，脸也挡得严严实实的。那人开口了，说的竟然是中文。

"您是加西亚·罗雅斯（Garcia Rojas）先生的朋友吗？"

"是……他在哪？你是谁？"陈楠听见自己的声音在颤抖。

"我是上海市公共卫生临床中心新冠医护 2 组的徐明升。罗雅斯先生于今天傍晚抵达浦东机场后,被检测出携带有 COVID－Ar－41 的变体病毒,目前已被收治隔离。他委托我通过这个账号向您转达情况……"

陈楠捂住了嘴。她没有想到加西亚竟然搭了 20 个小时的红眼航班,从圣保罗直飞上海。他肯定是想给自己一个惊喜,可却落得这样的下场。陈楠的心尖像被一根细线提了起来,颤巍巍的,生疼。

"可……他为什么不自己跟我说……"

徐医生深深吸了一口气,像是需要积蓄足够的力气才能说出下面的话:"这种变体病毒非常罕见,病情发展得很快。现在罗雅斯先生出现了急性呼吸衰竭和代谢性酸中毒的症状,正在按照标准流程进行救护。医院也在用 AI 对现有药物进行重定向筛选,看哪些能够最大限度地减轻症状……"

"我要见他……告诉我怎么才能见到他……"陈楠带着哭腔问道。

"很遗憾,现在病人的情况不适宜接受探访。不过……"医生犹豫了一下,"在陷入昏迷之前,他拍摄了一段视频,您确定想看吗?"

"嗯……"陈楠说不出话来,哽咽着点了点头。

加西亚一身纯白躺在病床上,不再是那个黝黑帅气的健壮小伙儿。此刻,他头发凌乱,眼窝深陷,脸色苍白得像纸一样。加西亚艰难地摘下辅助呼吸设备,勉强对镜头笑了笑,说:"嘿,宝贝儿,我不希望你看到我这个样子,等我好了,我要和你一起重温这段难忘的经历。看我现在像不像白色圣诞版的贝恩①……想你,吻你。"

真是个傻瓜。陈楠的泪水夺眶而出,模糊了视线。

"可否留下您的联系方式,方便我们及时通知您病人的最新情况。我们也在联系他的家人,暂时还没有联系上……"

"我能订阅加西亚的数字病历吗?"

数字病历会将病人的情况实时推送到订阅者的 smartstream 上。生化数据由各类传感器采集:智能马桶能分析排泄物成分;生物感应贴膜能获取体

---

① 即 Bane,是美国 DC 漫画公司出品的《蝙蝠侠》中戴黑色呼吸面罩的反派角色。

温、心率、生物电等参数；以胶囊形式进入体内定点释放的微型传感器可完成化验血液、细胞取样、监测肿瘤标志物等工作。所有数据传送到云端后，由医疗AI自动生成报告。传送过程都是加密的，以免被犯罪分子盗用。

"按规定来说是不允许的，您不是罗雅斯先生的直系亲属，也没有法律认可的关系……"

"可我是他女朋友，是他在上海唯一能依靠的人！"陈楠的嗓门大得连自己都吓了一跳。

"那……好吧。"

数字病历是个淡蓝色的文件，让人联想起无菌布的颜色。

加西亚的各项指标看上去很不乐观。临床中心启动了通过AI寻找抗病毒新药的自动化流程，通过计算机模拟与体外细胞测试相结合的方式，快速迭代，相信在数日之内便能找到减轻症状的病毒抑制剂。多年的疾病恐惧症让陈楠变成了半个新冠专家。她深知这种带有"Ar"字眼的北极病毒有多凶险，何况还是没有既定治疗方案的变体。

疫情带来的经济冲击让巴黎协定名存实亡，各国迟迟不能就新的碳减排目标达成共识，全球变暖进入了所谓的SSP5-3.4OS过度排放路径。温室效应导致极地冰盖和冻土融化，土壤中的有机碳分解，释放到大气中，加速变暖的反馈回路，也唤醒了许多被封存在亿万年寒冰中的沉睡生命，其中就包括了各种人类知之甚少的远古病毒。

陈楠没有时间去琢磨究竟男友是从哪里染上的病毒，她面前摆着一道艰难的选择题。

加西亚是为了见陈楠才身陷绝境的，陈楠必须让男友知道自己同样在乎他。在内心某个死角里，她害怕发生在爷爷奶奶身上的悲剧再次重演。她必须克服恐惧，走出家门，去找加西亚。哪怕只是远远地见上一面。因为没人知道，这会否就是最后一面。

可她的身体却不像意志那么坚定。

陈楠和自己僵如死木的双腿对抗了10分钟，最后瘫倒在地板上。

# #

一台 2036 年出厂的旧款家务机器人"圆圆",像一只被压扁的钟水母,借助底盘的万向轮,缓慢地爬出家门。陈楠双眼紧闭,牢牢抓住机器人的柔性触手。她痛恨机器人表面过于光滑的材质,只能用滑稽的半蹲骑马的姿势才能保证不滑下来。毕竟在一开始,设计师并没有考虑到这一特殊需求。

陈楠是从游戏里得到的灵感。她在"Techno Shaman"里有一匹帅气的机器马,而加西亚则是骑着基因改造过的七彩羽毛蛇。在双腿罢工的关键时刻,机器人帮了她一把。

只是她没有预料到,"圆圆"把她带进了机器人专用电梯。里面挤满了各种机器人:快递机器人、清洁机器人、老人看护机器人、遛狗机器人……连墙壁和天花板上都停满了昆虫般的消毒机器人。这里不像人类的电梯,需要保持 1 米以上的社交距离,也不需要按键,机器人发出各种奇怪的声响,就像是在唠家常。陈楠作为唯一的人被挤到墙角,无法发表意见。

这窘境反倒让陈楠觉得安心。自我隔离三年之后,她已经忘了应该怎么跟现实生活里的人类打交道。

电梯到达地面。机器人争先恐后地拥出电梯,就像动物园里的铁笼被打开栅门时的情景一样。最后只剩下角落里的陈楠。Smartstream 一阵震动,收到了加西亚的更新病历。他的病情又恶化了。

陈楠小心翼翼地把一只脚踩在电梯外的地面上,就好像那不是坚硬的钢筋水泥,而是沼泽地。再三确认没问题后,才迈出了另一只脚。她终于能够放心地走出这座城堡。

街道似乎和三年前没有太大变化。空气中飘浮着若有若无的香气,那是香樟树的味道。陈楠深深吸了一口气,感觉久违的活力又回到了身体里。她像个刚刚降落在地球上的外星宇航员,过分谨慎地反复检查防护服数据。空气过滤系统提示:运行正常,没有泄漏迹象。智能终端上的"安全圈"

应用也开着。

周围行人朝她投来奇怪的眼神，没人穿着全套防护服，很多人甚至不戴面罩。不过，只要他们的健康码是绿的，陈楠就觉得一切都还可以忍受。

从小区到医院，坐地铁2号线转轻轨需要两个多小时。打车走延安高架上沈海高速只需要一个小时。一想到在地铁和轻轨里要和那么多活生生的人在密闭空间里挤那么久，陈楠就觉得快要窒息了，毅然决然地否定了公共交通方案。

陈楠想通过在线平台预约用车，但系统却显示无法更新她的疫苗数据，无法提供约车服务。

这些年，各类新冠病毒像候鸟般来了又走。抗体的免疫力只能维持40周到104周不等，因此每次都需要研发和接种新的mRNA疫苗。幸好AI预测蛋白质结构的技术大大加速了疫苗研制过程，同时CRISPR技术让像牛和马这样的大型动物能够大批量地制备抗体药物。每个人接种疫苗的时间、种类和有效期都会被记录在个人档案中，可以显示在生物感应贴膜或smart-stream上，作为进入各类公共场所、乘坐交通工具或使用公共服务的数字健康凭证。这也意味着，没有完整、连续的疫苗数据记录，就算你有绿色健康码，在这个无接触社会里也寸步难行。

陈楠拦了几辆无人驾驶出租车，车门上都有自动识别健康凭证的装置。没有生物感应贴膜，她连车门都刷不开。绝望的她站在上海四月的街头，周遭春意盎然，却又如此残酷。

一辆黑色轿车悄无声息地靠近陈楠，车窗摇下，露出一张中年男子的脸。他警惕地环顾四周，见没有电子警察的踪迹，才大胆问道："姑娘，坐车吗？"

陈楠像是没听懂他的话，愣了半天才答话："坐的。"

"去哪里啊？"

"去……金山。"

"临床中心？"大叔看起来经验丰富。

陈楠点点头。

"你有这个吗？"大叔撸起袖子，露出手腕内侧的生物感应贴膜，上面滚动着一排疫苗接种记录，不光有历年接种新冠疫苗的记录，还有接种MERS和各类禽流感、猪流感疫苗的记录，看上去就像电子游戏里的成就徽章。

陈楠又摇摇头。

"算你运气好，快上车，来警察了！"

车门自动弹开，陈楠犹豫着刚把半个身子探进车厢，却被突然启动的车子卷起，狼狈不堪地滚倒在后座。车子继续加速，她紧紧地靠在椅背上。

"不好意思啊，姑娘，这年头拉一个没有贴膜的人可比开黑车的罪重多了。"

"黑……车？"陈楠努力在记忆里搜索这个古老的词。

"你太年轻了。黑车么就是非法营运载客的机动车辆，被抓住是要罚钱扣分的。要是拉了没有健康凭证的乘客，那就是违反防疫规定，犯了危害公共安全罪。"大叔一副轻描淡写的样子。

"那你还拉我？"

"一般在这种情况下还要去金山的，肯定是有特别重要的人在那边。"大叔从后视镜里看了陈楠一眼，意味深长地说，"我这不是助人为乐嘛。"

陈楠听到这话，眼前浮现出危在旦夕的加西亚，眼泪不由得扑簌簌地掉下来，打湿了透明面罩。

"哎呀呀，怎么就哭起来了。要是被电子警察抓住了，该哭的人是我。"

"那……怎么办？"陈楠停止了啜泣。

"先解决你的贴膜问题。没有那个，你哪都去不了。"大叔神秘地一笑，把车开入一条闪烁着暖调灯光的隧道。它通往黄浦江的西岸。

#

一路上，为了缓解陈楠的紧张，大叔讲述了自己的故事。

大叔姓马，原来在一家科技创业公司负责算法优化部门，他自嘲说自己干的是给机器上润滑油的活儿。马大叔所在的公司让 AI 通过对抗性游戏不断提升图像识别的准确率，帮助智能安防系统变得更聪明，在各种复杂情况下能够快速准确地识别对象，尤其是在所有人都戴着防病毒头罩，把自己捂得严严实实的疫情期间。

后来公司被巨头易数科技收购，专利算法竟成了生物感应贴膜走向大众市场的关键。原先团队的思路是在贴膜中嵌入超薄通信模块，实时同步数据。但是，这导致了成本高、续航时间短、发热以及传输不安全等一系列问题。贴膜毕竟是贴在皮肤上的产品，安全、舒适和便捷将成为用户关注要点。后来产品团队扭转思路，贴膜只需要将监测到的生理数据转化为一套机器可识别的视觉符号，通过无处不在的智能摄像头，加上针对性优化的算法，便能够异步读取信息，再上传到云端。

使用贴膜比从智能终端上调取健康码方便得多。它就像 20 年前的医用口罩那样迅速成为生活必备品，在城市里得到推广，甚至成为年轻人新的时尚用品。

"但就像所有的潮流一样，总有那么一些人是被落在后面的。"马大叔神色凝重起来。

他遇到过一对来自乡下的老夫妇，站在街边的寒风中瑟瑟发抖。一问才知道，原来老头突发高烧，却没有任何能够证明健康状况的有效电子凭证，没有司机愿意拉他们上医院。老马无视车载系统的一再警告，冒着极大的风险把这对老夫妇送到医院。万幸的是，最后确诊老头只是患了急性伤寒，与传染病无关。此后，他才开始关注这样一群系统中的"隐形人"。

他们往往是社会中的弱势群体，有老年人、残障人士、外来务工者、流动人口……对于他们来说，技术难以触达，同时令人畏惧。而系统却在快速进化，变得越来越庞大、复杂而严苛，对每一个人一视同仁。于是，不平等便被无限放大了。

马大叔发现，从大公司内部难以推动变革，便把股份套现，辞职创立了公益性的互助平台"暖波"，招募志愿者去帮助这些被系统"遗漏"的人。这也是他开黑车的目的。他记不清究竟自己送过多少因为各种原因无法使用共享交通工具的人，甚至因此拯救过几条生命。他也为此承受了巨大的压力。许多人认为他破坏了系统规则和社会共识，给公共安全带来了潜在的风险。

"是什么让你坚持这么做呢？"陈楠在感动之余也表示不解。

"六年前，我在国外出差，遇上疫情回不来。老婆怀孕36周，羊水突然破了，担心要早产。当时上海下着暴雨，全城交通瘫痪，救护车过不来。我急疯了，在小区业主群里求助。多亏了邻居和保安帮忙，把我老婆抬上一辆运送生鲜食物的迷你电动车。司机违反交规走了非机动车道，直奔最近的医院，才保母子平安。"

虽然事情已经过去多年，说起这些，马大叔的眼角还是有些潮湿。

"所以我现在做的事情也算是一种报恩。我也害怕，可如果因为害怕，就不去帮助别人，不去爱别人，冷冰冰的，人跟机器又有什么两样呢？"

陈楠被这句话击中。一时间，无数往事涌上心头。而今加西亚生死难卜，自己又被困在如此境地，千滋百味，只好不响。

"到了。"马大叔打破了沉默。

车子开到了曾经的法租界，陈楠上次来这里时还是个中学生。

过了这么多年，这里仍然像一个时空错乱的大旋涡。有上百年历史的巴洛克式老洋房挨着全玻璃幕墙的智能写字楼，米其林西餐厅和小笼包铺子门对门，弄堂竹竿上晾着彩旗般飘扬的衣物，底下却是穿梭于地下派对的时尚男女……所有的新与旧、洋与中、平常与怪诞，都完美无间地交融在一起，冲击着行人的感官。

车子在长乐路上一个破旧的超市门口停下。进了门，陈楠才发现超市里面已经被改造成了VR游戏竞技场。她开着"安全圈"，小心翼翼地躲开那些戴着头盔沉浸在虚拟空间里的玩家。大叔打开一扇不易发现的暗门，两人进了热气腾腾的机房，所有玩家的数据都在这里汇聚、处理，上行到云端实时渲染，再返还分发给每一个人的头盔和体感服，模拟出逼真的游戏体验。

一个正吃着外卖的男生抬起头，看见马大叔，立马放下筷子，沾着油渍的胖脸上露出惊讶的神情。

"马总，您怎么来了？还是玩 Techno Shaman？您的战队成绩不错啊……"

"先别吃了，阿涵。"马大叔使了个眼色，"帮这位姑娘贴个膜，她有急事儿。"

"哦，没问题。"阿涵脚一蹬地，电脑椅载着胖胖的身体滑向背后的服务器。在即将撞上服务器的瞬间，他脚尖一点，椅子灵活地转了半圈，人正好面对插满各色导线和电子元器件的工作台。

阿涵要陈楠把左手手腕露出来，她显得颇为犹豫。

"都是消过毒的，放心。"像是看出她的担忧，男生笑了笑说。

陈楠尴尬地点点头，打开防护服，把手腕暴露在外部空气中。也许是心理作用，她感到一阵轻微的刺痒在皮肤上泛起。

查看数据之后，男生疑惑为何她缺少了三年的疫苗记录，陈楠解释了原因，胖男生脱口而出："三年没出门，你是尼安德特人吗？"

马大叔打断他："让你贴你就贴，哪那么多废话！"

"不是，马总，疫苗数据不完整，就算贴上膜，系统也会把她判定为高风险人群，需要接受最少 21 天的居家隔离观察……"

陈楠瞪大了眼睛。21 天！加西亚能撑到那会儿吗？

"你别急啊，姑娘。"马大叔戳了戳男孩，"我记得以前咱们不是还试过一种办法……"

"马总，您说的不会是'电子画皮'吧，那可是犯法的！"

"那是什么？"陈楠又有了一丝希望。

阿涵解释道，电子画皮的外观和生物感应贴膜完全一样，但显示界面是人工生成的动画，并非来自真实数据，能骗过绝大部分人。但经由机器视觉识别后，与云端存储的历史数据无法匹配，将导致数秒的系统反馈卡顿。这也许是唯一的机会。

"姑娘，你可想好了，那个人值得你冒这么大的风险吗？"

陈楠感到一阵头晕目眩。她这辈子从来没冒过任何险，她曾经笃定这就是后新冠时代的生存之道。但当看到加西亚躺在病床上的样子时，她怀疑自己是否只是一位爱的剥削者,而并没有给予同等的回馈。甚至连一句"我爱你",她都要反复斟酌,生怕一旦说出口,便会在这段关系中失去主动地位。加西亚却为了证明自己的爱,正在付出生命的代价。

"他值得的。"陈楠的声音小得几乎听不见,"就像你说的,人不能因为害怕就不去爱。我想好了。"

马大叔和阿涵对视一眼,点了点头。

陈楠看着手腕内侧那片几乎没有厚度的柔性材料。上面跃动着各种生理数值,最关键的是那几枚疫苗标志,正泛着不同颜色的柔光。她已经拥有了一张足够逼真的高仿通行证。至于能用它走多远,她心里没底。

突然,屋内警铃大作,所有游戏暂停,灯光自动调亮,智能墙体开始闪烁红色警诫文字。一个温柔的女声伴随着墙上滚动的文字不断重复着同一句话:"各位顾客,根据数字防疫系统指示,现怀疑有高风险人员进入本建筑。电子警察将立即展开排查,请所有人员配合。谢谢合作。"

陈楠脸色一白,心跳加速,太阳穴处的血管突突跳动。讽刺的是,那块电子画皮上的数值却依然平稳。她熟悉这种心慌的感觉,这是惊恐发作的前兆。很快,她的整个身体就会像被冻住一样僵硬,没有办法挪动半步。到那时,她所有的计划就完蛋了。

"走消防通道,快!"阿涵手一指,从杂物箱缝隙中隐约可以看见一扇绿色小门。

马大叔拉起陈楠,踹开箱子和门,跌跌撞撞地从一条阴暗的通道逃离现场。

几乎在同一时间,三台电子警察像没有脑袋的机械警犬步入游戏厅,胸前射出红色光束,扫过所有玩家的身体。每个人都背部紧靠墙壁,激发内嵌传感器的光敏涂料,在智能墙体上以不同颜色显示出各自的体温。由于之前在虚拟游戏里情绪过于亢奋,此刻所有人背后都闪烁着超出正常体温的橘光。

马大叔把陈楠扛起来塞进车里,突如其来的惊吓让她暂时丧失了行动能力。车子开动,缓缓提速,闪烁着不安红光的游戏竞技场在后视镜中渐行渐远。

"没事了。"大叔像在安慰陈楠,又像是在安慰自己。

陈楠松了口气,斜躺在座椅上,试图安抚心神。一阵震动传来,她努力地分辨这震动究竟是来自引擎,还是来自 smartstream。终于,她发现那是数字病历的推送通知。她只扫了一眼,便像遭了电击般弹坐起来,掩面痛哭。

#

数字病历显示,加西亚心肺功能严重衰竭,只能接上 ECMO①,通过人工心肺提供体外呼吸和循环来与死神赛跑。

陈楠强迫自己冷静下来,她拨通了徐明升医生的电话。

徐医生告诉她,加西亚感染的是一种非常凶险的极地新冠病毒变体,这种变体在自然流行过程中发生了多次抗原漂移,基因组序列突变了 19 个位点。其中,刺突蛋白的突变提升了病毒与人体细胞表面 ACE 受体的亲和力,让基本传染数(R_0)提高了 75%,也就是一个感染者较之前会平均多传染给周围的 0.7~1.3 个人。不仅如此,另外几个位点的突变让病毒能够逃过当前抗体的中和作用,疫苗也将面临失效。尽管有了 AI 的帮助,新疫苗的研发周期不再像 20 年前那样,需要长达数月甚至数年之久,但最短也需要将近一个月的时间。

"不仅仅是加西亚,整个人类也需要更多的时间。"徐医生的语气十分沉重。

"他还有多少时间……"陈楠泣不成声。

"很难讲,也许几个小时,也许随时……"徐医生说不下去了。

"大叔,我们能再快点吗……"

马大叔心领神会,猛踩油门,车子呼啸着沿沈海高速一路南下。

"作为医生,我也许不应该这么做。但犹豫再三,我想还是得告诉

---

① ECMO,英文全称为 Extracorporeal Membrane Oxygenation,中文为体外膜肺氧合,主要用于对重症心肺功能衰竭患者提供持续的体外呼吸与循环,以维持患者生命。

你……加西亚昏迷中一直在叫着你的名字，我猜他想跟你说点什么。"

"他说了什么？"陈楠焦急万状。

医生发过来一段音频。

"……楠、楠……别……死循环……楠……走出去、走出去……"

是加西亚！尽管如此含糊不清，如此虚弱。他像是在梦呓，却又执着地重复着那几个词。那是属于他们两人的爱的暗语。直到生命的尽头，他还在牵挂着陈楠，希望她能够走出困局，去过真正的人生。可是，他自己却没有时间了。

"很抱歉。我会尽我所能的，保重……"徐医生挂掉电话。

陈楠任由泪水流淌，在面罩上凝成白色水雾，朦胧了整个视野。她感到一阵窒息，不由自主地摘下了透明头罩，打开车窗。一阵初春的晚风拂面而来，让她身心一振。陈楠忘了自己已经多久没有享受过如此自由而清新的空气。

夜色中，城市的灯火变得稀疏，偶尔掠过几座散发着柔和白光的方形建筑。陈楠从新闻里看过，那是夜间也能进行光合作用的绿色智能建筑。为了实现2060年碳中和的国家战略，中国越来越多的城市建筑外立面种上了绿色植物，像一座座垂直森林，吸收着空气中的二氧化碳，再将它转化为氧气和有机物。

也许外面的世界并没有想象中那么可怕。

陈楠让自己的思绪飘散着，以逃避那个坚硬冰冷的事实：她再也见不到加西亚了。无论是第一面还是最后一面，她都永远无法在原子世界里，去触摸、去拥抱、去亲吻这个曾经在比特世界里和自己朝夕相处的人。

除了无尽的悔恨，她不知道自己的生命还能剩下什么。

"姑娘，我一定会把你送到地方的。不到最后，千万别放弃。"

马大叔没有回头，但他的声音里有一种力量，让陈楠感到安心。她在黑暗里点了点头。

车子下了高架桥，拐了几个弯，停在了临床中心门口。陈楠看见一片巨大、洁白的建筑矗立在夜空下，脑海中顿时出现了小时候见过的方舱医院视频。几百上千号病人吃饭、活动、上厕所都在一起，床位之间只用简单的隔板分开，这对于空气中的病毒却无济于事。她打了个寒战。

"接下来就靠你自己了，知道去哪儿找吧。"马大叔回过头看着陈楠。

"我已经下载了临床中心的内部地图。病历上有床位号。"陈楠眼神坚定。

"那就祝你好运啦。哦对了，送你一件宝贝，能让你在智能摄像头里变成卡通人物。也许能帮上点儿忙。"马大叔掏出一副造型奇特的眼镜，大大的镜片上贴着一层LED，细密的像素点像珍珠般闪光。

"谢谢大叔！"陈楠正要往外冲，又被马大叔一把叫住。

"别忘了戴头罩！"

"嗯！"

陈楠重新把自己密封起来，挥挥手走向入口处的通道。马大叔看着女孩远去的背影，露出一丝欣慰的笑意。

陈楠走的是健康通道。她通过了第一道关口体温检测。如果有人体温不达标，他就会被地面的发光箭头导引到发热通道，避免因聚集而导致的传染。第二道关口需要扫描数字健康档案，无论是用生物感应贴膜还是smart-stream，都需要与云端上的历史数据进行比对。

陈楠放缓脚步，一方面是因为心里紧张，另一方面也是在观察周围环境。临近半夜，大部分医务人员都已经下班了，只有少量值班人员。常规工作都交给机器自动处理。就算有新冠急症患者，AI辅助的自动化放射科也能完成从拍片、看片到分诊的流程，大大减少了二度传染的风险。这对她来说是件好事。

她终于来到扫描仪前，深吸一口气，将左手手腕内侧的贴膜靠近扫描镜头。镜头闪烁红蓝两色指示灯，自动闸门打开了一道缝，又颤巍巍地合上，又打开。轴承吱呀乱响，就像机器也会关节炎发作一样。这就是电子画皮造成的系统卡顿。

闸门再次打开的瞬间，陈楠没有迟疑，一个箭步，小巧的身体硬生生挤过了闸门缝隙，然后，她朝着ICU病房的方向狂奔起来。

午夜的临床中心，一个全副武装的女孩不要命似的奔跑着，她跑过空旷的停车场，冲进特护大楼，开始穿越通往ICU的长长走廊。

也许是医护人员太久没有经历过这样的突发事件，都待在原地，不知该如何反应。反倒是医护机器人开始缓慢而坚决地包围陈楠，试图切断她前进的路线。它们不留情面，力大无穷，且永不出错。

陈楠想起了马大叔送给她的法宝。她戴上那副怪怪的眼镜，镜面开始闪烁七彩眩光。光线组合成图案，利用图像识别算法的漏洞，反向侵入AI系统，篡改数据流，让机器人看到的不是真实人类，而是卡通形象，造成认知和行为上的混乱。机器人在这七彩眩光面前变得犹豫、迟缓，甚至彼此撞在一起，发出巨大的声响。

陈楠没有停留。她灵巧地跳过机器人"事故"现场，没有选择电梯，而是吸取在VR竞技场上的教训，从消防通道直接爬楼梯前往八楼。她要远离一切能够被机器和算法操控的物体，她只相信自己的身体与直觉。

加西亚，你一定要等着我。

她在心里默默祈祷着，步伐不敢放慢半分。

陈楠几乎是用身体撞开那扇通往ICU病房的安全门。她喘着粗气，两腿瘫软，手扶着墙壁艰难地向前走去。走廊尽头便是那间决定加西亚生死的房间，此刻他就像薛定谔的猫，生死未卜。陈楠既害怕，又渴望。她强迫自己走过去。她必须面对一切。

巨大玻璃窗的另一面，只有一张整洁的病床。上面空空如也，甚至没有人躺过的痕迹。

加西亚去哪儿了？难道……

一瞬间，涌入陈楠脑海的是那个最坏的可能。她再也支撑不住了，顺着墙角缓缓坐下，瘫倒在地，却听见一个熟悉的声音从身后响起。

"楠，是你吗？"

#

陈楠不敢相信自己的耳朵。她艰难地回过头，看到同样穿着隔离服的加西亚和徐医生站在不远处，嘴角含笑，看着自己。

"加西亚？可是……你不是……"

陈楠满腹疑问。她注意到男友略微憔悴了一些，但状态并不像视频里那么差。

"嘿，你不会真的以为我死了吧。"

"我猜你们俩肯定想单独待一会儿。"徐医生和加西亚行了个抱拳礼，消失在另一扇门后。

加西亚试图走近，陈楠的"安全圈"开始微微震动，这说明面前的这个人属于中高风险人群。

"别！"陈楠几乎是本能地举起手，阻止了男友的接近。

"楠！我没事……"加西亚试图解释，"那不是我的航班，只不过我和感染者在机场的相同区域停留过……"

"你说的……是真的吗？"陈楠这才想起，慌乱中自己竟然没有核对疾控中心提供的航班信息，"可数字病历是怎么回事，那些视频和录音又是怎么回事？"

"我能解释，这些都是游戏的一部分。"加西亚露出愧疚的表情。

"游戏？"陈楠愈发迷糊了。

"记得吗？我可是整个南美13战区最有创意的关卡设计师。"加西亚的愧疚变成了得意。

这个夜晚发生的事情像高速列车般从陈楠眼前呼啸而过，那些幸运的巧合、不经意的细节、意味深长的表情……像碎片开始闪光，逐渐汇聚成一幅完整的拼图。

"所以……"陈楠渐渐醒悟过来，"马大叔是你安排好的？"

"是，我们是在 Techno Shaman 里认识的。你想，上海这么大，黑车怎么会这么巧停在你面前。"

"那段视频呢，看起来可不像是化妆效果？"

"还记得我有一个虚拟人吗，像素级的复刻，我只是用它做了一段动画……"

"徐医生呢？也是假的？"陈楠的语气开始变得有几分冷硬。

"他是真的医生，也是游戏里的战友。只不过事情的发展超出了计划，没想到遇上突发疫情，我真的需要进行隔离观察。这让游戏变得更真实了，不是吗？"加西亚没有察觉到女友情绪的微妙变化。

"真实……可是你怎么知道我的行动轨迹？"陈楠努力压住怒火。

加西亚咧嘴微笑，露出洁白的牙齿："还记得医生发给你的数字病历吗？那个淡蓝色的文件，它能够告诉我你的位置，以便及时给你反馈信息作为动力。"

"动力？"

"一个好的游戏既需要设置一定的阻力，也需要给玩家提供足够的动力。关卡不能太难，也不能太容易，这样才能够让玩家获得最大的满足感。"

"如果……我不出门呢？"陈楠冷冷问道。

"那我这几个月的计划就算彻底失败了。我和战友们分析过各种可能性，以确保你的安全。只要你能克服自己的恐惧走出房间，就算闯过了最重要的一关。可我真没想到你能走这么远……"

"你这个浑蛋！"

陈楠一声怒吼，打断了加西亚自以为是的辩白。

"……你不知道我有多担心你，你居然把这当成一个游戏……"陈楠低下头，浑身开始发抖。她在哭，但她也不知道为什么自己要哭，"你为什么要这么做？为什么要骗我！我恨你！"

"因为我爱你。"

陈楠心头一震。加西亚曾经无数次地向她表达爱意，聊天、语音、视频、虚拟空间……她以为自己早就习惯了南美人的热烈与甜腻。但当这几个字通过空气传递到她的鼓膜，将震动转化为生物电信号，引起大脑皮层一连串的化学反应时，她还是感到强烈的眩晕，以及更多说不清道不明的复杂感受。哪怕最先进的虚拟现实技术都无法模拟这种情感。人类称之为爱。

"你为什么爱我？我那么胆小、自私……"陈楠抬起头，泪眼蒙眬地看着加西亚，"我以为我真的永远失去你了。"

"别傻了，楠。看看你自己。"加西亚这时变得格外严肃，"你做到了没人能做到的事情，冒着生命危险，穿越整座城市来找我。"

"我……我真的做到了吗？"

"是的。你走出了死循环，成为一个全新的陈楠。除了一点……"

"什么？"

"你不愿意让我抱你。"

"加西亚，我只是……"陈楠深深吸了口气，又缓缓呼出，"我可以的。来吧。"

"OK。我会慢慢、慢慢地靠近你，如果你觉得不行，就喊停。"

加西亚像个年久失修的老款机器人，动作极其迟缓地一步步走向陈楠。陈楠闭上眼睛，感受着 smartstream 上越来越强烈的震动，对抗着内心涌动的不安全感。加西亚进入了 1 米圈，震动变成了刺耳的警报声，在蓝牙耳机中单调地循环着，刺激着陈楠的耳膜，让她心跳加速。哪怕她心里清楚，隔着双层密闭防护服，这个拥抱不会造成任何伤害。这种恐惧积累得太深、太久，已经成了她身体本能的一部分。

"我来了。"加西亚轻声发出预告。

陈楠摘掉蓝牙耳机，任凭它们在防护服的褶皱间弹跳着，继续顽固地发出警告。她睁开眼睛，张开双臂，准备迎接一个充满塑料质感的漫长拥抱。

（刊于《湘江文艺》2022 年第 4 期）

作者简介：

陈楸帆，科幻作家、编剧、翻译、策展人。毕业于北京大学中文系与艺术学院，中国作协科幻文学委员会副主任，中国科普作协副理事长，曾多次获得茅盾文学"新人奖"、"全球华语科幻星云奖"、"中国科幻银河奖"、"世界奇幻科幻翻译奖"、《亚洲周刊》"年度十大小说奖"等国内外奖项，作品被广泛翻译为 20 多国语言，代表作包括《荒潮》《人生算法》《AI 未来进行式》（与李开复合著）等。

西班牙猎神

杜 梨

离巴塞罗那不远的布鲁克小镇里，有一座名为堪塞拉的古堡，古堡每年都会接纳来自全球的艺术家作为艺术驻地。某年，它举办了一场名为"西班牙猎神"的比赛，我就是其中的一个选手。

据古堡的管理员苏菲介绍，每年的九月二十五日，都会有外星人开着飞船掠过蒙塞拉山。经常有人半夜去山上等着外星人的降临，这是布鲁克和科尔瓦托镇的传统。所有人都要戴着锡纸小帽，防止外星人对自己的脑电波进行操纵。没准外星人会撒下一些冰凉的、果冻状的小雨熊，每只有拳头那么大。如果我们之中有谁能捉到雨熊，还能让它保持完整的形态，就能获得猎神比赛的冠军。赢的人可以拿一大笔奖金，去斯瓦尔巴群岛看北极熊或去北美的丛林里看棕熊。

得知这个消息的艺术家们对此嗤之以鼻。要知道近五十年来，那座山上只有一次有人曾目击过外星飞船。凌晨两点多，飞船忽然贴着山头飞过去，上面撒下来的雨熊几乎落满了整座山，大部分都没能活过黎明，就化成了露水。在山上等待外星人的青年们拿着竹筐和布包，把幸存的雨熊收集起来带给了研究员。在透明的隔离标本瓶里待了两天后，被捕捉用于研究的雨熊突然集体化作了一股青色的烟雾，就像甘道夫在夏尔放的烟花。监测记录员霎时脸色惨白，当时门外还挤满了从欧洲各地赶来的科学家和技术人员。

但生物学家在残存的液化露水中，确实检测到了类似生命的痕迹——并非全由碳基组成；幸存下来的照片显示，那是些透明的、类似熊般的躯体——如果可以称之为躯体的话。据说它们像北极熊一样呈八字走路，还会像动物园中的熊那样表示无聊。它们在玻璃瓶中做出不断起舞的姿态，似乎是想要挣脱。西班牙著名珠宝品牌"金丝熊"，就是以此为灵感来制作熊首饰。

八月底，我拖着我的小黄箱子，从巴塞罗那坐大巴到了布鲁克镇的半山腰，再穿过茂密的山林去堪塞拉古堡。行李箱的轮子吃着山里的碎石头，敲出闷钝的跌撞声，听得我很心疼。我拖了箱子一路，终于走进院子，大大松了口气。身后响起泊车的声音，我回头一看，一个女孩从安娜的小车上走下来。她背着一个巨大的登山包，黑短鬈发配着黑框的方眼镜，眯起眼睛看着太阳，咧嘴露出一排稀疏有致的门牙，看上去像个傻乎乎的极客或数学天才。

她看向我："嗨！"

我礼貌地笑笑。

她叫克洛伊，比我小两岁。如果摘掉那个傻乎乎的黑框眼镜，我就能看见一双睫毛细长的、湿漉漉的黑眼睛，一如早晨匆匆走过淋过雨的树，从枝叶上滑落到脖子上的水滴。黑色的鬈发衬得她很像被揉碎的东欧模特，瓷白的面颊上氤着两块红晕；玫瑰色的薄嘴唇，不笑时，是盛在夜光杯里的葡萄酒。我爱听她讲自己的故事，美丽的水晶碎了一地，每块不规则的折面都散出奇异的闪光。

克洛伊是巴黎本地人，刚从巴黎一所艺术大学毕业，拿了奖金来堪塞拉。十年前，她的父亲在奔驰做汽车工程师，平日疯狂抽烟，酗酒严重。下班后像灌满酒精的长条橡皮糖，出了酒馆就黏在地上。母亲有严重的情绪障碍和暴力倾向，两人在她八岁时离婚。母亲带着克洛伊和弟弟生活，不停辱骂和虐待他俩，继父和那边的姐姐经常让他们饿肚子。十四岁那年，克洛伊决心离开母亲，她跑到那栋挨着便利店的小黄楼，请求和父亲一起住。

父亲平静地接纳了她。每天早晨，在喝下半瓶白兰地后，他可能会给克洛伊留下几欧下楼买面包，也可能什么都不留。这时她就翻开冰箱，随便翻出点水果，用咖啡混点剩牛奶喝。母亲经常罚他们饿着，她习惯了饥饿。喝完咖啡，她出门下楼散步。她早已退学，所以会跨过几个街区，去免费的艺术馆逛一天再回家。

但这一切还远未结束。

我们吭哧吭哧地把东西搬上二楼，然后下楼观察周围的地形。香港女孩安从二楼下来，她在这里已经待了两周，勉强赶得上抓雨熊的日子。她说自己要去买东西，问我们要不要一起。我们决定一起去，认认路，买点零食。我一句中文都没有说，尽管我早就在资料上看到过她。

村里只有一间位于半山腰上的小超市，早晨十点开，下午四点关，安息日关门。从石头城堡里出来，我们告别杂草疯长的大花园和版画油印室，途经艺术家们的蓝色瓷砖画和各式各样的涂鸦，穿过未经修剪的、漫山遍野的植物，踩着铺满碎石的泥土路往上走。走到一处，路分成了两条，一条通往村子的中心，一条通往更幽静的山谷腹地。我们选择左侧的路，走上有三道折弯的公路，才能到村子里去买巧克力饼干、柠檬啤酒和多力多滋。

安戴着一顶白色的草帽，穿着无袖的白色A字裙和黑皮凉鞋。一双驯鹿般的大眼睛，眼底氤氲着傍晚的散霞，似乎是山林里长出来的。在大家用英语热烈交谈之际，她突然在坡上站住，用略带稚气的港普问我："是……种果人吗？"

我笑得不行，然后我们立刻说起了中文。她解释道："我以为你是涵果人。因为你白白的，眼睛大大的，很像涵果人。"

我们说起这片原始山林，她说香港的森林也很美，还会有黄牛出没。

我很惊讶地问她是否是真的黄牛，她说："是真的，那些牛就在路上走来走去，有时去海边，有时还会被车撞倒。"

她给我看她拍的牛屁股，我乐不可支。

她继续说："我们还有很多猴子，城市里到处都是猴子。"

"我家有只灰喜鹊。"我得意扬扬地炫耀，"花花跟我们感情非常好。"

她听了很欢喜。

山坡的尽头是修得歪斜的柏油马路，被伊比利亚半岛的阳光几乎晒成了象牙色。沿街排着奶黄和象牙白的小房子，往前走是一座桥，桥下面是深绿的山谷，是小径分岔的另一条路。回头看身后，是分成数段的蒙塞拉山脉，它的顶端是一朵分散的睡莲，独立、圆润地绽放着。藤本植物和草本植物追赶着石峰，还是未能触到它们。有时蒙塞拉山蒸起漫山的云雾，它就隐到了另一个世界。我们面对的将是参天迷蒙的白和隐隐生发的绿，我的心里猛然塞进这座山，有不可名状的恐怖。我想象着上面滚下万千的雨熊。

偶尔，古堡里养的黑白相间的小奶牛猫会和我们一起走。它有时跳到一片高地，有时又突然出现在前方，回过头来俯瞰我们。直到把我们送出这一片寂静的密林，再自己回到古堡。它在马路上出了车祸，被古堡的管理员送到医院，救了回来。可肠子似乎是被压坏了，总是偷偷地放屁。

小猫咪的嘴也缝了针，歪着唇瓣，露出小小的犬齿，生怕被人彻底抛弃。它凑近我们的时候，总有股臭味儿。我们既爱又嫌弃，有一次克洛伊抱着它，突然闻到一股臭气，拧住鼻子，几乎昏在沙发上。

走过桥，就是小村的中心地带，沿途有雕塑工具店、小酒馆、咖啡店和烘焙店。我们会挑一家不错的餐馆，坐在小凳子上吃炸鱿鱼圈、炸土豆块和橄榄双拼，叫上柠檬啤酒或当地的特产红酒 Tinto Blano。我们吃着炸土豆，喝着甜甜的柠檬啤酒，聊各种咸淡的天。一喝酒，我们的心情就热起来，总是哈哈地笑。

那之后，我们几个就天天在一起。

一天，克洛伊在第五区穆浮塔街集市和几个摊主聊天。临关门时，跟人家要了几个水果和两只巧克力玛芬揣进口袋，想着如果父亲再喝到不省人事，她就可以不用再饿肚子了。回到家刚拧开门，她就看见屋里悬垂着一个人，衬衫衣角伴随着微风轻微抖动，两条腿像筷子那样伸着。父亲看着阳台，蓝灰色的瞳孔放大，舌头微微吐出，垂下的手腕上，伤口翻起来，血还在滴。

他的黑发纹丝不动,她的黑发猛烈摇晃。她坐在地上,手机颤抖。医院、奶奶、妈妈、弟弟;通知完这一连串人,克洛伊松了一口气。在此之前,父亲已经自杀过几次,均以失败告终。这一次,他终于如愿以偿。他吃了大量安眠药,割了腕,买了最结实的绳子吊在了家里的横梁上。他活着的唯一心愿就是死。

克洛伊对我说:"我爸这个老烟枪,尸检时医生发现他的肺还是嫩粉的。是不是很奇怪?他抽烟那么凶,居然肺还是粉的。我开始怀疑那些包装上的黑肺是不是真的。"

我叹了口气:"不要抽太多烟。"

她说:"我知道,咪咪,我早就戒烟了。"

九月真是浪漫。早晨如果我沉溺于枕上,安会敲我的门,叫我下去吃饭。我走出门,她已经坐在二楼的工作室,面前是巨大的玻璃窗,阳光大块地扑过来。她正慢慢地调着蓝绿的颜色,手边放着巧克力。我晕晕地下楼洗漱,拿鳄梨、酸奶、黑面包、黄油和橙子,顺便用法式压壶或意式壶煮个黑咖啡。

克洛伊会从冰柜里拿出几个小鲜橙子,手动做出一杯新鲜小橙汁来:切一半,在小伞似的榨汁盖上用力挤压,直到橙子变成一张被压垮了组织的薄皮。我会骄傲地让她帮我做一杯,仿佛我还生活在雨果的时代。

克洛伊的父亲去世后,她不想再回母亲那儿。她好朋友的父母那时已是百万富翁,他们决定收养她。以前他们只是巴黎的两个乞丐,在蓬皮杜博物馆、卢浮宫和埃菲尔铁塔等地靠乞讨卖艺为生。二十世纪最后二十年,欧洲还沐浴着文明的余晖,巴黎还处在黄金时代的末尾,纷至沓来的游客让他们得以解决温饱。两人靠着低保和棚屋解决了基本生活问题,又攒了一笔不小的经费,靠着这笔钱招募了一些街头杂技艺人,成立了小小的杂技剧团,剧团的项目也从吹泡泡、吐火龙、魔术鸽,拓展到了人体旗帜、大变活人和大道走钢丝。

随着流浪艺术团的名声越来越大,他们接到了国内外的很多演出邀请,开始了各地的巡回演出,并一路壮大队伍。他们赚够钱后,在巴黎市区买了套房子，靠近蓬皮杜博物馆。那儿还有他们十几年的老朋友，在美术馆的广场上，舞着漫长绚烂的肥皂泡，引起孩童的奋力追逐。他们有时叫朋友来喝茶，有时去广场坐着看朋友舞肥皂泡。

那时，她的养父母已经六十多了。他们迷上了意大利手冲咖啡、日本瓷器和中国茶，在一楼的花园里种了山茶花、虞美人、风信子和薰衣草，甚至在角落里，还有一小株歪歪扭扭的苹果树。克洛伊过上了喝新鲜牛奶和吃燕麦片的生活，早餐时也能拆开四种不同的谷物，挤压新鲜的西班牙橙汁，喝手冲咖啡。她开始涂二手口红、画画、写诗，闲下来和朋友一起去跳蚤集市淘几欧的麻布衬衫、丝绸领带和旧书旧货。

但克洛伊还是很需要钱，她从学校毕业后，就要想办法自己租房了。她不怎么擦护肤品，也不做什么防晒，她想拿到那笔钱，快点从养父母身边搬出去，和好朋友分开，拥有独立的空间。

我决定帮她一起抓雨熊。我一向没什么中奖的好运，但克洛伊就不一样了，每次玩儿牌，她总能赢。她可能在命运的赌桌上，押上了自己的童年。

安给我看她的毕业画册，那些静谧、折叠、海岸边散开的光影，在港岛的森林里拍出的累累花枝和萧萧木叶，都与红绿喧嚣的香港无关。她有顶一流的审美，一张山崖的侧剖面上，她走在惊涛卷食的山路上。她指着朱光潜的《谈美》，说她刚刚读完。

我说："想当艺术家，不用看多少展览，不如先看本朱光潜的《谈美》，好好美一美。"

克洛伊说："展览吗？我非常喜欢在展览开始的第一天跑过去蹭吃蹭喝，巴黎、纽约和伦敦的我都去过，只要穿一件还像样的衣服，装模作样地谈上几句就行。所有展览的酒和食物都好极了。"

我和安对视欢呼："下次带我们一起去。"

古堡的阳面流淌着美妙的光晕，那些从中世纪就传下来的大胖砖，那些从不远的山谷里炸出来的粗砾石墙，游动着柔光闪闪的乳黄色。伸手去触摸那些在空气中妖娆扭动的小光鱼，感觉光的奶油色把人都浸软了。安正在给我画一幅素描，铅笔倾斜着在纸上来来回回，阳光照得我浑身发烫。我嚼着巧克力饼干面对着她说，我们可以这样生活一辈子。

她慵懒地抓了抓头发，大眼睛不时专注地盯我，如空气中伴鱼巡游的香炉烟，那目光是新鲜薄荷和柑橘香橙的味道，略宽的唇微微抿着。我的灵魂蒸发了一半。有人说是因为老晒太阳，尼采才发疯的。

安说："以前恋爱时，我每次见到男友，都要给他画一张素描。"

我说："那他一定很幸福。"

"我下午想走到隔壁镇去转转，你们俩要不要一起来？"克洛伊等我们画完，凑过来问。

有光影的地方自然是安喜欢的，更何况是去山野徒步。我们要穿过大片橄榄田、葡萄田、苹果树和梨树，还有各种未知的草木与鸟兽。我为手头的稿子犹豫，终究被安闹着劝动了。

按照导航，从后院繁茂的无花果树上薅几个塞在口袋和嘴里，沿着后山的小路，我们出发了。树上的橄榄还未成熟，刚来西班牙，橄榄是极难下咽的，吃了几次后才感觉出甜味。我看着那片橄榄："克洛伊，我们是不是可以管那些种橄榄的农民要一些网，这样就能在山上网住一片雨熊了。"

"哦，咪咪，那些家伙可太难抓了，我想，用网子的话它们可能会碎掉。苏菲告诉我，上次人们是用橡胶手套抓的，因此保持了雨熊的完整性。"

"它们真的是生物吗？为什么会突然爆炸？"

"也许它们不喜欢被关在瓶子里。"安漫不经心地甩着手，在田野里挥来挥去。

"按照动物的习性来说，没准是应激反应。我们可以用不同的容器去装，来测试它们的可容性。"我看着克洛伊去给路边齐人高的仙人掌拍照，她蹲下身捡了朵花别在了我的头上，随即大叫一声——她的手上被扎了仙人掌的小刺。

过了两小时，我们终于到了科尔瓦托。一到村庄的脚下，就能看见蒙塞拉山的余脉。山的岩缝里，都生出青葱的草本植物。我们爬上山，看着鸟雀从空中掠过，到处都是安静的小房子。路过的白人，脸蛋儿都被晒得发红，克洛伊也是。

山的顶头是个残破的哨垛，土黄的砖下杂草丛生。我们坐在留有残迹的地面上，心脏还未从呼啸的弹跳中缓下来，嘴唇焦干。我突然有了个想法："你们知道后羿射日的故事吗？后羿吃了嫦娥做的乌鸦炸酱面，更加耳聪目明，气势如虹，一箭就射掉了九个太阳。我们也可以用什么东西诱捕雨熊。"

安想了想说："后羿好像没有吃乌鸦炸酱面，是天生神力。"

"对，是鲁迅瞎编的。"我笑眯眯地看着她，"你大概没有读过那篇《奔月》。"

"我听到了炸酱面，咪咪给我们做过老北京炸酱面，是那个吗？"克洛伊用她的巴黎怪调说道，"我饿了，伙计们，我们去镇上吃点东西怎么样？"

"不如拿食物诱捕，外星人对地球的美食肯定很感兴趣。"我从乌鸦炸酱面想到了这点。

"好！我要吃咪咪给我炒的 Patata（西班牙语：土豆，此处意为土豆丝），喝 Tinto Blano！"

科尔瓦托酒馆里有一种我们没见过的特色酒，叫 Vermut。我们坐在靠近斜坡的阁楼上，要了三杯加冰块的 Vermut。它的味道比 Tinto Blano 更甜，没有葡萄发酵的涩味。咽一口酒，往嘴里扔一只橄榄，说起法语中"小王子"的发音——"拉拍提胖次"，我们又笑了很久。

这时克洛伊突然看到门上贴的海报，用她早已忘光的西班牙语读了读："咪咪，哦，咪咪，我有办法了！"

我挑挑眉。她继续说："西班牙要举行圣梅尔塞节了，到时候会有叠人塔！没准我们可以用这种方式来捉雨熊！"

"咱们会摔扁的。"

"等等，等等！"她露出那一排不齐的板牙，镜片反着光，看起来更傻了，"你看看，这里有以前的照片，他们还有巨人游行。"

"你的意思是咱们扮成巨人，站在山上等着吗？"

"没准这样抓到雨熊的概率更大呢？"

"喂，你是有多想赢啊！"我皱着眉头对她喊了句粤语，"有冇有搞错啊？"

"咪说啥？"克洛伊惊讶地问安。

"她说你疯了！"安悠然地蘸了一角番茄酱，黑白分明的大眼睛转向我，软绵绵地央求，"你多学点粤语嘛，我们就可以说许多笑话。"接着，安让我念她的名字"佩 Puei 羲 Hui"，我跟着她大声念"佩灰"，故意笑着嚷："王羲之的羲怎么可以念作黑啊！"

她攥起拳头，努努嘴："我想打你！"

吃完土豆，我们倚在栏杆上沉默着，似乎说了很多，耳边回荡着粤语歌和法国诗。山风从我们耳边拂过，红酒蒸上的热气慢慢散去，太阳正在西斜。堪塞拉的墨西哥作家罗德里戈和匈牙利画家弗朗茨抱着胡萝卜、茄子和青菜从下面经过，我们嚷嚷着向他们打招呼，让他们等我们一起回去。下了楼，罗德里戈看着我满脸的晚霞，嘟了嘟嘴，做出用小杯子喝酒的手势："你应该喝得慢一点。"

"西班牙好得像梦一样，是不是，小墨西哥人。"

"现在，你真的应该喝得慢一点了。"他们哈哈大笑。

我们在回去的密林和将晚的天色里，几乎迷了路。走了快一小时，看到了来时的橄榄树、一家院子里的两只鹅和几只大狗。路边罩网的藤蔓里，结着一串串紫色的小葡萄，有点瘪了。据说，很多好葡萄酒都要等入冬后才能酿成。

巴黎人说，好多法国酒庄都被卖给了中国人，而法国政府对此无所作为，他们没有出台任何政策支持当地的酒庄。

"放心，我是不会摘人家的葡萄的。但如果我接到雨熊，就带它们来这里吃葡萄，这样布鲁克人也不会发脾气了。"我皱皱眉，有些生气。

"它们会变成葡萄味的果冻的。"安对我说。

"它们会醉倒在西班牙的荒地里的。"克洛伊说。

匈牙利人的声音像小步舞曲那样优雅地响起："我会陪它们一起醉倒的。"

"好浪漫。"安感叹道。

罗德里戈很快戳破了这层泡泡："我会给它们喂辣椒的，那才是人间美味。"

"噢！"我们爆发出一场大笑。

"但我等不到了。我明早就要飞回布达佩斯了，祝你们好运。"匈牙利人笑笑，那是个清瘦白皙的年轻人。

"噢……"

我回头看向身后沉入阴影的葡萄藤，珠粒模糊黯淡。天上无论降下来多少只雨熊，地上的葡萄都是静悄悄的，似乎它们永远生在那里，永不被人摘去。

山野间又没了信号，我们凭着路牌又辨认了两次方向，终于平安回到了堪塞拉。走进院子，作家帕乌拉正坐在黑石凳上，一边卷烟，一边出神。帕乌拉四十多岁，一头褐色的短鬈发，蜂蜜色的皮肤，大而圆的双眼，棕色的瞳孔里竖起沉默的旗帜和光点，鼻翼两侧有很深的法令纹。

半年前，她的母亲突然检查出肺癌，发现的时候已经太晚。时间一长，她被那些咳嗽捶得千疮百孔，只好从波哥大跑到巴塞罗那散心，一想起母亲就落泪。她的父亲是外科医生，她从小就被带进医院玩，仰头看见一排罐子，病变的肺部组织就漂在福尔马林里。似乎父亲早就成了肺的守护神，她从来没想过自己家人会得肺癌。她觉得这是一种诅咒。

只有一种时刻能让帕乌拉真心地笑出来，那就是吃"老干妈"辣酱的时候。帕乌拉第一次吃到"老干妈"抹的面包时，激动得无所适从，觉得那简直是四十多年来吃到的最好的食物。她托我们去中国超市买了两瓶存着，我说"老干妈"是全中国最火辣的女人，她说咱俩应该合作，走私它去哥伦比亚。

现在，那支新卷的香烟塞到了两片干燥的唇瓣中，火星熟练地上卷。透过淡淡的青雾，她看见我们，短暂地笑笑打招呼，复看着远处的野草。我们说起罗德里戈要给雨熊喂辣椒的故事，她的脸上才露出一丝笑意，她去小柜子那儿拿出"老干妈"："没准儿它们吃了这个更容易留下来，我可以捐一瓶。"

我们点起蜡烛，把食物都搬到野外。安娜是挪威人，兼职做我们的厨子和司机，她上了年纪，皱纹驳杂，那双碧蓝的眼睛已经变灰。她常年穿着黑色的棉衣裙，身材圆润，喷着浓烈的香水。她年轻时在游轮上工作，在一次旅途中认识了自己的布鲁克丈夫。后来，她结束了漂泊，和他一起来到西班牙定居。

今晚，安娜做了热气腾腾的海鲜饭，那香味引来了山后的欧洲獾，猫咪们在厨房里走来走去，我们欢呼鼓掌。夜里水汽凝结，我们裹上厚衣服，喷了驱蚊水，坐在庭院里举杯，沙拉拌着黄米饭的酱汁，香软可口。

克洛伊聊起今天下午的猎神计划。加拿大的马琳和澳大利亚的斯嘉丽说，她们可以负责做蛋糕，以甜食去诱捕雨熊。管理员苏菲认真地看着我们，问我们是不是要认真地去捉雨熊，到底有多少个人去，还是只为了做一个作品。

气氛陡然紧张。帕乌拉没有什么心情，年轻的女孩们倒是乐意去探险，安娜说可以给我们做锡纸帽子，让我们安心前去。安一向是沉默温柔的，喜欢随众。克洛伊把视线转向我，我说："当然去，我们要把巨人扛上山。"

苏菲摇摇头，对克洛伊说了句法语。克洛伊举起杯子里的果汁："她说我不应该如此异想天开。"

"这是你们法国人的传统。"

安把汤匙和瓷碗碰得叮当响："我可以带相机去，把这些都记录下来。"

"我们可以在山上做任何事，毕竟那是一座山。"克洛伊补充道。

隔天，苏菲走进来告诉我们，挪威的老师和学生们来了，没准他们也能帮忙捕捉雨熊，他们每个人都像巨人似的那么高。马上就是外星人降临日了，马琳在锅里用黄油炒着米饭芝士团，香气裹满了整个厨房。斯嘉丽出门去准备做蛋糕的各种材料，我们三个在准备着各种各样的器具和计划。

"哦！维京人来了！"克洛伊做出夸张的手势，用刀插了块黄油举在手里，仿佛那是因纽特人刚剥下的海豹脂肪。上个世纪，挪威的艺术家们买下了这座古堡，并把它开发成了一个艺术中心，他们每年夏天都会派一些人来这里度假。南欧的酒比北欧的便宜，他们会一箱一箱地从隔壁镇的大超市搬啤酒，放着重金属音乐，在后院的展厅里做雕塑或装置艺术。

我们几个快速吃完饭，跑到后院去看维京人。一个年轻人坐在庭院里劈竹子，地上铺满了他们从荒林里砍的竹子，旁边已经有了一个巨大的竹笼。我们站在他身边，凝目看着。他抬起头来，冲我们笑笑，继续劈竹子。

克洛伊问他能不能教我们编织筐子，或者借我们一个，我们好去接雨熊。我在她身后扑哧笑了，金木水火土，酸甜苦辣咸，赶上摘人参果和吃蟠桃儿了。挪威男孩看着后院那棵无花果树，上面的果实基本被我摘完吃了。"要不要做个弓、剑或是弹弓？"

"不必了，否则结局很可能是我们自相残杀。"我补充道。

男孩笑了，挥了一下手中的刀，浅棕色的鬈发在脸边晃了晃，眼睛碧蓝如海："那么，你们的竹筐子要多大，竹条要多宽？"

我们大致列了一个要求，坐在他身边看他劈竹子、压竹条，用结实的双手将竹条编成小腿那么高的笼子。我们问他："挪威人这么爱手工，你是不是挪威森林里的小木匠？"

他说："我们村子里的每一棵圣诞树都是我去砍的。"

"我们下午去科尔瓦托过圣梅尔塞节，你们要不要一起来？"

"我要给你们做竹筐，再晚可能就来不及了。"

苏菲亲自带我们前去科尔瓦托，看看有没有可能借到一两个巨人的国王和皇后。我们随着游行的队伍来到广场，当地人正在叠人塔，根基很稳，一个孩子正在往上爬。这是我第一次见到真正的叠人塔，虽然只有五层，但孩子无所畏惧的熟练攀爬打动了我们。

叠人塔结束后，我给他们讲《聊斋》里有个演杂技的孩子，在寒冬的春节，爬上神仙索，去云霄宝殿里摘王母娘娘的仙桃，再一颗一颗地从天梯上扔下来，让官员们品尝打赏。天宫上的东西，果然鲜甜无比。不料，小男孩被天兵天将捉住，脑袋和身体的碎块一块块地从天上扔了下来，掉进了他父亲的竹筐里。

大家都露出害怕的神色，说这个故事很适合狂欢节。

身后鼓声和萨克斯声越来越近，我们回头一看，巨人已来到了身边。黑发鬈须的国王、长鬈发的皇后和金发公主正从我们身边经过，踩着高跷的人在其中抖动着膝盖，保持着平衡。有长相奇特的巨人特意俯下身来观察我们，我们吓了一跳，尖叫着四散开来。小孩子们在巨人周围奔跑，婴儿们在大人的怀里哭喊，巨人的静止与缓慢、人类的追随和跳跃，在小镇里散出勃勃的生机。有人说，西班牙人是靠节日活着的，嚼橄榄喝红酒的快乐举世无双。

游行过后，苏菲带着我们去了活动中心，那儿的桌子上已经摆上了硕大的人头和半身纸衣。巨人的腿早就被收了起来，平躺在地上。等了半晌，一位大叔拿着酒从门外进来，他的头发打绺，前胸后背都被汗濡湿了，看到我们问怎么了。

苏菲用西语跟他聊了几分钟，他皱着眉，不断说着好的好的，语调像蜂鸟的翅膀那样飞速旋转，不时快速地打量着我们。

话音一落，他走到柜台后面抬起地上的大腿，对我们笑笑："你们用这两条腿上山的话，估计很快就到了。你们真的要踩着上去吗？"

我和克洛伊商量了一下，决定不如直接带着巨人的上半身上山，这也是黑暗中扩大视野的一种好方式。万一外星人飞过，也能在黑暗中看个分明，说不定我们就能得到雨熊了。

"到时候我会提前开车送到山下。你们想要哪款？"

"那个金发的公主！"

"哦，咪咪！"克洛伊对我的少女心有些不满，"我们为啥不选皇后？"

"你不懂，她很鲜亮，在黑夜中也会闪闪发光。"我分析给她，"你不觉得玛丽皇后对外星人来说太过哥特吗？"

"好吧，你听上去很有道理。这次就让我们跟皇后说再见吧！"

苏菲跟大叔交换了手机号，谈了一下租金。大叔拒绝了，让孩子们玩吧。他喝了口酒又嘱咐道："小姑娘们，弄坏了她，你们的奖金就归我了。"

回到堪塞拉，斯嘉丽把白日采的鲜花摊放在木头桌子上，给它们摆好造型拍照。她跑遍了整个布鲁克，收集了石榴花、蔷薇、迷迭香、羊蹄甲和鼠尾草，准备冻进冰箱里，之后放在蛋糕上。她的脚边放着挪威人送来的竹筐子，马上就是捉雨熊的好日子了。

我们凑在一起，又热闹地吃了顿饭。安娜今晚做的是羊肉炖卷心菜和烤鸡肉，一会儿给挪威人送过去做答谢。我们听着挪威话，暗地里做"维京人来了"的鬼脸。

吃过饭，克洛伊坐在沙发上，脸色凝得像铅块。下午的红晕褪去，她的脸色苍白。平日里一派英气的她，此时如小奶狗般滴泪欲穿。她摘下眼镜，把头枕在沙发上说："咪咪，咱们做的这些真的好吗？如果明晚我们一无所获，岂不是让大家失望？"

"大家一起玩儿而已，我们只当它是一个游戏。"我靠在她身上，"什么都不要太当真，去洗个热水澡早点睡觉，你现在闻起来就像块乳酪。"

"天啊，你又说我……好的，我会去洗的。"她举起双手，无奈地笑了。

安在钢琴边，随手弹起了练习曲，音符在墙上烧出了几个洞。如果有人对即将要做的事产生怀疑，就像玩抽积木的游戏，一根木条松动，那么剩下的木条也会摇晃。我的东亚精神勃发，抵制住了艺术家的拜伦病。如果克洛伊再沉下去一点，我就拽不动了。

我把小奶牛猫抱进了克洛伊怀里，小奶牛猫非常争气地放了个屁。

外星人降临的节日终于来临。吃过早饭，马琳帮斯嘉丽一起做蛋糕，她们要做一个鲜花奶油的巧克力融浆蛋糕，一个人正聚精会神地打着鸡蛋，一个人正在融化巧克力。我和克洛伊正到处搜寻有趣的道具，我打算去小超市里买一些大家都喜欢的巧克力饼干；克洛伊去后院摘无花果，寻找鸟类的羽毛和夜晚的探灯；安则安心地在画室里准备拍摄计划和镜头脚本。安娜正在帮我们捏锡纸小帽子；南美的作家们正在做辣椒酱，想做点辣味牛肉馅饼；苏菲还不忘打电话确认金发公主是否能上山。

我铁了心要把这个节日打造成一个小小的狂欢节，这个古堡像是以悲伤为食。它吃进来的全都是郁郁寡欢、充满哀痛的人，并且这种痛苦无处可逃。大家不知道雨熊会何时到来，也不知道雨熊到底会带来什么，但与外星的接触，哪怕是一点点，哪怕是外星人的弹射物，都能让他们感觉到哪怕一丝丝的生机。如果我没有猜错，这恰恰是苏菲组织"西班牙猎神"的初衷之一，人们渴望一片羽毛、一块果冻带来的奇妙飞行。

我们头戴着锡纸小帽，每个人都穿好了羽绒服或厚棉服，带好了自己的雨熊捕捉器。安娜给我们每人都做了一个便携的黄油酱三明治。尽管马琳和斯嘉丽觉得晚上吃太过罪恶，可她们的手提篮里是一座巧克力火山的热量——巴塞罗那的秋天在鲜奶油铺成的雪地中绽放，里面涌动着棕色的海水和岩浆，它猛烈沸腾着。我的挪威竹筐里放着御寒的厚毯子、防潮垫、枕头、纸巾、玻璃罐、空罐头和铁盒子；克洛伊背了一兜零食水果，脖子上还挂了一串大蒜；罗德里戈负责搬运帐篷、柠檬啤酒和红酒。安带了相机，一路跟拍。

挪威人的摇滚乐在后院响起，帕乌拉依旧坐在庭院里，一根接一根地抽烟，我看见她的眼圈红肿，无可治愈。小奶牛猫从静夜的山里走来，站在院子的灯下，看着安娜发动车子，分两批送我们上山。我们坐在安娜的车里，在山路上像土豆一样被摔来撞去。我们都庆幸，晚上还没有吃饭。

苏菲提前给巨人大叔发了定位。此刻，大叔正站在蒙塞拉的半山腰等我们，金发公主站在他的身边，她的上半身露出地面，下半身大概已浸入土地。黑暗中能瞥见她偏亮的头发和暗红的嘴唇。我们再次对他表达了感谢，并邀请他和我们一起吃喝，他只带走了一个花生酱三明治，并要求我们好好照顾他的女儿。

我们齐声答应，说公主理应被如此对待。

我们把公主抬到背风地里，在她的身边支起了帐篷和照明灯。我们铺好防潮垫，把有些歪的奶油巧克力蛋糕、墨西哥牛肉馅饼、花生酱三明治、柠檬啤酒、巧克力饼干、各种膨化食品和水果摆在了垫子上。有两个瘦梨滚到了石头上，好在它们是西洋梨，伤势不重。我和安一人一个，分了吃了。

我们把酒放在地上，远处站着等飞船的西班牙青年都凑了过来，他们裹在帽衫里，冻得直打哆嗦。我们递过酒去，说喝吧喝吧，过了今宵就没有免费的酒了。他们很高兴，说起了磕磕绊绊的英语。其中一个男孩说："我们是从瓦伦西亚过来的，听说雨熊滑过巴塞罗那后就消失了。"

很快,他们噼里啪啦和罗德里戈讲起了西班牙语,正如我和安的交流受制于口音,西班牙和墨西哥的西班牙语也不尽相同,罗德里戈干脆给他们递了一个墨西哥馅饼。

我们猜金发公主是第一次在这么晚的夜里上山,不由得怜惜起她来,但谁也不敢让她喝口酒或者吃蛋糕。我们对她举杯庆祝,酒精漫过脸上每一寸皮肤,把嘴唇都烧得有些肿。嘴里塞着奶油蛋糕,巧克力的味道还没下去,还要来一口鲜辣的墨西哥馅饼。山里的水汽真好闻,草木和岩石的气味叠住了风的手,我们的感官被无限放大,星空若近若远。克洛伊说,关上灯吧,那样我们就能进入凡·高的世界。

圣母在上。我们贴着彼此,躺在厚毯子上看着华美的星空,有人顶着挪威竹筐在山野中走来走去,安则站在风里,认真地记录着这一切。天上开始下起点滴小雨,那味道有点像家乡的话梅茶。我们努力睁大眼睛,看着星河在头顶旋转起来,每个光点都如此珍贵,我们盼望着银盘似的东西从头顶飞过。

克洛伊的手拂过我的面颊,玩弄着我的头发,酒精让我丧失了轻微的痛感。我说:"你知道我什么时候最开心吗?是当安说爱吃我做的炒土豆丝和虎皮青椒的时候。虽然很辣,但她还是很喜欢。"

"我也喜欢。"她笑笑,"我最喜欢你们做的西红柿炒鸡蛋。"

"嗯,那是我们的国菜。"

"你知道那种快乐吗?你能感受到吗?当你终于找到那么一种东西,可以与人沟通的、不再受伤的、超越语言的东西?"

"是雨熊吗?是乌鸦炸酱面吗?是天宫的桃子吗?"不知怎么,我和克洛伊一边笑一边哭,嘴里的甜味也变得很酸。

挪威竹筐又转回来了,这次换成了安,她的大眼睛在竹筐后面闪烁,美滋滋地看着我们:"你们两个傻子,为什么哭了?"

"佩灰啊佩灰!你想不想知道那个孩子掉下来以后发生了什么?"我从地上爬起,克洛伊扶了我一把。

"你在说什么?我听不懂!"

年轻人们开始放 Coldplay 的歌,此起彼伏地哼唱,我们的声音又变得嘈杂。

"他没有被分尸,他从筐子里跳了出来,又重新变成了一个活蹦乱跳的小男孩儿!他还活着!"

"我听不清!你个傻子!"

"你才是傻子!安佩灰!"我把她的筐子摘了下来,她的眼睛在夜里闪闪发光。我们搀扶着看向山崖,城市缩成了一束黯淡的光条,大风吹过,光都有了褶皱。

"Hymn for the Weekend."。《周末赞美诗》响起,我们俩把克洛伊从地上拽起来。我们跟着音乐边唱边跳。这片山林离城镇太远,夜间行走的动物都在山下。我们什么也不用担心。"Drink for me,drink for me"(予我一酒,一醉方休),"Got me feeling drunk high, so high"(酒酣耳热,陷入醉生梦死之中)……

唱着唱着,金发公主的斜上方突然发出了奇怪的碎裂声。

我们慌了神往上看,只见夜幕掀开了一条翻折的波痕,有一只巨大的白熊从里面跳了出来。降了这一层,白熊的身体逐渐变得透明。它转过头,用模糊的面孔看了我们一眼,停留了大概两秒,忽地向上一跃,炸起漫天的烟花,碎成了一片片透明的小熊。

又是一阵风来,小熊如漫天飞针,插进了我们的眼睛、脸颊、嘴唇和胸口。而我们的金发公主呢,她毫发无损。

克洛伊叫着,跌跌撞撞地去开了灯。我看见她飞快地从身上扯下透明的雨熊针,将带着血的雨熊一只一只地投进铁皮盒子、玻璃罐、空罐头和挪威竹筐里,给每个容器里都塞了不同的食物。我想这些雨熊会和蒲松龄的小男孩儿一样,重新为一。

克洛伊又赢了。余下的我们躺在旷野中,雨熊跑进我们的血管,虽然疼,但很舒服。

(刊于《青年文学》2022 年第 1 期)

作者简介：

杜梨，莱斯特大学英文硕士，青年作家、译者。作品见《人民文学》《西湖》《花城·2021年长篇专号春夏卷》等，获香港"青年文学奖"、"澎湃·镜相"非虚构奖和"钟山之星"文学奖。出版短篇小说集《致我们所钟意的黄油小饼干》、长篇小说《孤山骑士》，译有帕蒂·史密斯的《白日梦》，菲利普·肖特的《宠物医生爆笑手记》第一、二部，长篇小说《孤山骑士》入围"2021年度中国科幻数据库年度图书"。

孤独终老的房间

郝景芳

第一日·晨

卢远茵一个人住已经习惯了。110岁之后，她很少出门了。

"你问我有哪些进步？我开始成为自己的朋友。"——阿兰·德波顿（第987句）

她早上会被床头轻柔的《春之祭》叫醒，伴随着自动窗帘缓缓拉开，精准地透入第一缕日光。通常她会在床上苏醒十分钟，等玻璃的探头识别出她聚焦的目光，就会启动床垫抬升的程序，将她的上半身缓缓抬起。坐定之后，床头的冲药器会送过来半杯水和两粒小胶囊，水是在闹钟响之前20分钟开始加热并保温，小胶囊是"林洛埃西品诺"颗粒，里面包含有排毒的纳米机器人，能帮助她建立一整天新陈代谢的机能。所有这一切程序过后，床头灯会伸出，记录她的体温数据。

然后她会去洗漱。她会缓缓经过喑哑而寂美的亚克力花朵，它的叶子遮掩着颓唐。

"今天给我听点别的吧。"卢远茵站在盥洗室的镜子前说,"我不想再听《牡丹亭》了。"

镜子给她找出《金瓶梅》的折子。她越上年纪,越喜欢听老味道的剧目。

她进入厨房,从粥盅里取出温热的百合枸杞粥。每周家里的护工来收拾一次,会给她把粥盅的配料加到循环盒里,此后,她就等待粥盅每晚自动开始煲粥,每日一份不同的配料。起始时间、终止时间,都不曾有差池。

她用一柄陶瓷小勺,小口小口喝粥。远处咿咿呀呀的故事,在静谧的空气里悠荡。

窗玻璃上再次出现文字——

"这些微不足道的细节,饮食、地点、气候、娱乐,所有自爱的辩解,比人们想来认为根本的一切东西,更为重要。"——尼采(第988句)

女儿褚薇踏进门的时候,卢远茵正在窗边摊开纸,准备写毛笔字。

"妈!上次叫你把橱柜门换了,你怎么还没换啊!你看这摇摇欲坠的。"女儿一进门,就开始查看屋子里的物品。

"嗨,太麻烦了。"远茵没有抬头,只看着研墨机器人研墨的动作。

"不麻烦。"女儿从厨房探出头来,"不是跟你说了吗,都是自装配的。你买到家拆了箱,插上电,就什么都不用管了。一会儿 AI 组件就装配好了。你这又不是硬装,只换两个柜门,很容易的。你说我又不差这几个钱,我就是不知道你喜欢什么颜色的,怕买了你不开心,你要是嫌麻烦,我给你买。"

"不要,不要。"远茵停下研墨机器人,"凑合凑合就行了。"

"妈——"女儿走到远茵身旁说,"要不然你再看一眼上回我说的那个养老社区?"

"嘘——"远茵突然听到远方的一声鸟叫,伸出手。

卢远茵透过窗户,看到湖岸边飞起的大雁。冬去春来,它们要走了。

那里还有他给它们做的自动喂食器呢。工作了 17 年了,真耐用啊。

她还记得他们第一次去挂喂食器的时候，是一个初秋的早上，湖边的树叶有了一抹若隐若现的金边。他踩一个小梯子上去，受过伤的右膝盖又疼了，一步没踩稳，从梯子上滑下来，虽然没摔倒，但是整个人趴到了梯子上，把右脸颊磕了，颧骨当时就流血了。但即便如此，他手里的自动喂食器还是端得稳稳的。

褚冬这个人哪——

玻璃上又有字了："不可以年少而自恃，不可以年老而自弃。"——冯梦龙（第989句）

"……你看这个大阳台，不比咱家这个小阳台好多了吗！"女儿的声音打断了远茵的思绪，女儿把她的窗玻璃改成了屏幕模式，一瞬间看不见楼下的湖了，画面出现了一座别墅的客厅，客厅外是大海，"是真的海景房！朝东，早上能看海上日出。别墅里就有旋转餐厅，根据日落时间调整餐桌的角度。而且他们接受以旧换新，咱家这老房子70年产权快到了，后面折价会很严重，这次置换之后的养老房产也有70年，相当于一下子就延长了。妈，咱们要不然去体验一下？"

"算了，"远茵摇摇头说，"我跟你说过了，我不想折腾了。"

"其实是一劳永逸的。"女儿说，"就搬一次麻烦一次，后面20年都可以住那边，有吃、有喝、有朋友、有医疗看护，多省事啊，麻烦一次，一劳永逸。"

"我哪还有20年好活啊，也就这一两年了……"远茵说。

"不许你这么说！医疗突飞猛进，这两年大病已经差不多都根除了，你只要听我的，在养老社区年年体检，后面甚至能活30年。妈，你真的信我，你要相信科技。首先是少喝粥……"女儿很激动地说。

但远茵并没有在听了。

到最后，卢远茵都不记得自己是怎么把女儿送出门的。

她回到窗边，提起毛笔，却不知道要写什么，呆呆地坐着。她想起很多年前读过的一本很古老的科幻小说，好像叫《造星主》或者《造星者》的，里面有一句话："我们给彼此一定的自由，如此才能忍受彼此的靠近。"

那本书，还是褚冬在元宇宙的二手空间里淘来的。他很兴奋地跟她说着书里的一些想象和观点，她瞥了几眼，并没有太大的兴趣。跟他这个人一样，这本书也有太多理论的抒发，从一个观念想到另一个观念，为纯粹概念的想象兴奋狂欢——太知识分子了——她也明白他为什么喜欢。概念形成的宇宙啊，他毕生的乐趣就在于破解一个又一个概念和背后的奥秘。概念的宇宙。宇宙的概念。

那本书似乎考察了一个很有意思的问题——能否通过男女两个人的爱情，证明人类注定是爱多于仇恨的物种？这是1937年的问题吗？有点蠢，也有点深刻。远茵想。

那时她和他在窗边争论，他说她太仰赖直觉，而直觉往往只是经验的无意识的俘虏。她说他太教条，试图用统一公式描述多样的人类，本身就是不可能实现的。

那时候，他们只有50多岁，正是思维活跃的年轻时代。岁月啊。

下午的阳光很好，远茵靠在沙发榻上缓缓睡去。临睡前看到：

"当你白发苍苍，垂垂老矣，回首人生时，你需要为自己做过的事感到自豪。"——朱棣文（第990句）

第一日·昏

午后的吃药铃声将远茵叫醒。

一天两遍心血管药物，两遍脑神经复健药物，都有定时，床头的冲药器会根据医生处方，将药剂调配好，再搭配不同的叫醒铃声。有时候远茵睡得沉，音乐响了几遍她都没醒，床会开始轻轻颤动。

远茵起身，将药喝掉。她感觉身体里某些发条越来越松懈，不知道什么时候就会分崩离析。午后昏昏沉沉的阳光，将窗外的树枝和薄云搅在一起。

就在她头脑还未十分清醒的时分，儿子褚利的面孔就出现在玻璃幕墙上。

"妈，我听我姐说，你要搬到海南的养老社区，是吗？"儿子言简意赅，直插主题，"我跟你说，养老社区可不好，都是宣传册上画得好，实际上去了的人都后悔。你可别去。去到那儿都没人把你当人看。"

"也别说得那么夸张……"远茵说。

"真的，我说的绝对是真的！"儿子的表情因为夸张而有一点吓人，抬头纹挤到了一起，"我原来不是有个同学身体不好吗，才80岁就进养老社区了，比我还小一岁，结果他没几天就搬出来了。跟我说绝对不是人待的地方。从早到晚只有机器人来来回回，做身体检查的也是机器人，特别生硬——"

"机器人也不一定很生硬……"远茵说。

"妈——"儿子的声音提高了，"我跟你说过不止一次了，你趁着咱家这老房子还没报废，赶紧入一个ABS套餐，最近小行星采矿的资产价格飙升，去年翻了三四倍了，今年还在涨，要是能搭上这趟车，那就赚大发了。我认识一个专门做这块的哥们，他们的产品平时都特别难买，我也是费了好多力气才给你申请到一个名额。妈，我跟你保证，这真是一个好机会，绝对靠谱。平时你看买小行星证券的赔得多，那是因为盲赌。我这有内部消息，跟我保证，这回能买的这颗小行星，内部含金量超高，都已经用高分辨率望远镜看见土壤含金量了。妈，咱家这房子，70年产权也快到期了，要是这次能买上这个ABS，可能明年就能换房子了，还能换个大房子，就在咱家附近换，你的老朋友都在……"

远茵望向窗户，出现了新的文字："言语究竟没有用。久久地握着手，就是比较妥帖的安慰，因为会说话的人很少，比真正有话说的人还要少。"——张爱玲（第991句）

当儿子的图像消失，卢远茵感觉自己像是从另一个世界周游了一圈回来。她的脑袋周围还是嗡嗡作响。远茵用掌根揉搓太阳穴。

"你现在感觉怎么样？"墙壁里忽然发出一个深沉的声音。

"还可以。"远茵说。

"你的体温有一点高于阈值，脑电波的Delta波动也有点剧烈。你觉得是否需要连接社区医生?"声音问。

"不用了。我还行。"远茵说。

"今天下午五点半有一个预约,会有腿部复健的护工上门,还要保留吗?"声音问。

"保留吧。"远茵说。

她听着这个声音,低沉有磁性,有温度而不波动。她又想起年轻时看的那部讲音乐家的电影,墙的声音就是模拟那部片子的男主角。在那部片子里,音乐家在战乱的废墟中演奏,治愈人心。远茵明白那种感觉,有时候,人和器的关系,会近于人和人的关系。

"你能帮我读一首诗吗?"远茵问。

"当然可以。"墙壁里的声音说,"你想听哪一首?"

远茵想了想:"辛波斯卡的诗,随便哪一首都可以。"

声音开始读,沉和稳定:

> 我们把它称作一粒沙,
> 但是它并不自称为颗粒或沙子,
> 它没有名字,依然完好如初,
> 无论是一般的或别致的、
> 永恒的或短暂的……

声音的舒缓几乎让远茵再次陷入沉睡。

远茵被一阵急促的呼入铃声叫醒。女儿和儿子的头像同时出现在玻璃屏幕上。

整面墙的玻璃窗,出现女儿和儿子的全身像,情绪又都激动,显得略有压迫感。

女儿先发难:"褚利,你这几年回了几次家,现在假模假式地关心咱妈了,你别给自己脸上贴金了,什么替咱妈理财,根本就是你自己想赌,没钱,就惦记上咱家这老房子了,你有点良心吗?"

"你别说得跟圣人似的,"儿子也不甘示弱,"褚薇,别人不知道你,我还不知道吗,你想买那个养老社区的房子,是为咱妈考虑吗?还不是因为你想跟那个社区老板处对象,就想去他们小区置办房子。你84岁的人了,能不能别这么无聊了啊!"

"褚利,你说什么呢——"女儿很恼怒,"你别总拿自己的小人之心,度别人的君子之腹。你以为谁都跟你一样吗?你什么热点追什么,这辈子讨过一点点好吗?你之前买的那些垃圾股你都忘了吗?现在又买什么小行星股。骗子骗的就是你这样的傻子。"

"那也比你强,"儿子说,"多大岁数了,还恋爱脑,你被男人骗得还不够惨吗?!咱家就这么一套老房子你也惦记着!"

"你瞎说什么?谁惦记咱家老房子谁知道!"女儿皱着眉,像干枣上的纹路,"我就是想让咱妈晚年享享福,去住个海景房,这有错吗?"

"扯吧——"儿子撇着嘴,"咱妈一辈子住老房子,朋友都在这边,你问过她想住哪儿吗?咱妈是恋旧的人,原地换个房子才是最好的——"

远茵伸出手打断他们,低声说:"你们俩别争了。让我想想行吗?"

"好,妈,你好好想想,"女儿说,"就当出门活动活动腿脚,跟我去度个假。"

"妈,你信我这一回——"儿子说。

"行了,行了,都去吧。"远茵挥了挥手。

她真的一个字都不想说了。

窗户上的字又出现了——"你可以摆脱任何困境,只要你记住,你不是以肉体,而是以灵魂为生,只要你记住,那世界上最强大者存在于你。"——托尔斯泰(第992句)

第一日·夜

卢远茵晚上喝了药,睡不着,躺在床上,看着窗外的夜。

"你在吗?"她对屋顶说。

屋顶又传出下午读诗的声音,说:"在。"

"我睡不着,"远茵说,"给我放点音乐吧。"

屋顶放出一首古琴曲,有一点苦雨清风的味道。远茵觉得太凄然了,要求换一首。屋顶放出巴赫大提琴协奏曲。远茵终于安定下来。任何时候,巴赫都能安抚人心。

屋顶把平时的水蓝色睡眠灯换成了柔橙色阅读灯,让房间里温暖一点。

"需要调配一点睡眠的药吗?"屋顶的声音问。

"算了,先不用了。"远茵说,"我就这么躺一会儿也好。"

"你要我陪你说话吗?"屋顶说。

"嗯。"远茵说,"你能不能告诉我,月球上是什么样子?"

"月球上,地貌以陨石坑为主。"屋顶说,"地质较为单一,月壤成分和地球土壤类似,有一些被小行星撞击的陨石坑底,有月球玄武岩,岩石色泽深,质地硬。"

"月球上,特别清冷吧?"远茵问。

"这两年已经有较多定居者。"屋顶说,"在月球面向和背对地球的一侧,都有人类定居点,从2056年之后,已经有25批次共382人到达月球表面基地,进行探索工作。"

"我们能给月球上发消息吗?"

"可以。"屋顶说,"可以连接地球同步轨道中继站,再连接月球信号站。你要发消息吗?可以把消息告诉我,我来发送。"

远茵说:"我再想想吧。"

她望着窗外的月色,听着巴赫的舒缓悠扬,像是沉入了深海,睡意慢慢来袭。临睡时,她看见窗户上显示出这一天的最后一句话——"行禅就是毋需到达目标的走,每一步都能为我们带来安宁、快乐和解脱。"—— 一行禅师(第993句)

第二日·晨

"提醒，未按时吃药。"床头冲药器的声音锲而不舍地提醒着卢远茵。

远茵自顾自地喝粥，同时读一本《金瓶梅》考据的书，对床头声音的提醒不闻不问。

"提醒，未按时吃药。"

远茵没有吃的，是对她心脏不规则悸动的控制性药物。她的心脏最近像快要报废的马达，时不时就抽动一次，每次抽动引起的躯体反应和窒息越来越明显。只要按时吃药，这种爆发就能平息。她已经连续吃药两年多了。

远茵吃完粥，将碗筷收拾到洗碗机里，走进书房，打开平板电脑和书写笔：

  致清寒律师事务所，
  以下是我对名下房屋资产的处理意见：

她提起笔，在空中停留了一会儿，心中莫名转起一阵酸楚。她抬头再次环视了房间一圈，三年前，当这房子加装全屋的电子系统时，曾经做过一次总体装修。装修之后，屋顶和墙壁都由 TTW 聚合材料覆盖，其中可以走微电子电路，让房间每个角落都可以实时采集数据，AI 互动。这次装修之后，曾经屋角斑驳的水渍和剥落的墙皮都看不到了，屋内焕然一新，也在微电子材料外，用棕褐色木纹材料做了装饰线，营造了古韵。那每一个细节都是精心设计和勾勒过的。她的目光滑过屋顶的角落，看见科学的力量，也看见岁月的力量。

她的手突然颤抖起来，写不下去了。

她抬头望向窗玻璃上出现的字。"万事万物都有自己的神秘，诗歌就是万事万物的神秘。"——洛尔迦（第 994 句）

儿子过来的时候，远茵已经把律师函写好了。她没有给儿子看，但是从平板电脑的屏保可以看到刚刚编辑过的文件名：《关于房屋资产处理的基本意见——致清寒律师事务所》。她让平板电脑的屏保开着。她看见儿子的目光在上面停留了三秒。

"妈，我给你带了几张照片。"儿子刻意不提远茵的信，"小行星照片。"

他从衣袋里把折叠机掏出来，展开，调出照片，是几张小行星的特写照片，尤其是一张表面放大照片，隐隐约约能看见金光闪闪的星星点点嵌在小行星灰黑色的土壤里，不知道是不是做出来的特效。

"你看，你看，就在这儿，"儿子说，"妈，这次真的非常靠谱。"

远茵看着儿子："褚利，你今年81岁了吧？"

"妈，你说这干吗——"儿子一愣。

"这80年，你有哪些事，做得有那么一点后悔吗？"远茵问。

"问这干吗？"儿子有点讪讪地说，"我都不记得了。……年轻时候的事嘛，你知道。"

"小利啊，"远茵说，"我和你爸爸，一辈子都是求稳的人。原来也总跟你说一些'不怕一万就怕万一'之类的话。是不是我们的教导对你来说太压抑了？"

儿子挠了挠头，有一点尴尬，瞬间回到中学时的样子，和他白发丛生的脑袋有点违和。他想了一会儿说："妈，你是不是觉得我不靠谱？我是……我不是……"

"没说你不靠谱，"远茵说，"我准备把房子卖了，钱交给你替我配置。"

褚利有一点没想到，呆愣了片刻，张了张嘴。他大概准备了100句劝说的话，却没准备一句回应的话。

"我今天给律师发信，不过得等两天才会有回复。"远茵说，"你三天后再来吧。"

远茵看着儿子迟疑而出的背影，有点翻涌的悲伤。她叫住儿子，站起身，走到他身后，看了他片刻，拍拍他的后背说："别驼背。说了多少回了。"

儿子走了。远茵转过身。"变老就是从热情转向慈悲。"——加缪（第995

句）

第二日·昏

午后睡醒，远茵把女儿叫到家里。

女儿刚坐下，远茵就调出来两张去海南的机票，说："我买了三天后去海南的机票。"

女儿有点讶异，看看机票，又看看远茵。

"你说得对，"远茵说，"海南很漂亮。如果有一栋海景房还是养老的很好的选择。"

"太好了，妈。"褚薇说，"你想开了，真是太好了。我就跟你说，这个养老社区不会让你失望的。我去过，他们给洗手间里配的洗发液和护手霜都是'丽拿黛雅'的，特别高级。那边的医疗设施和配套医院也真是一流的，据说他们老板砸了三十几个亿从全国各地请专家，又让最顶尖的医疗算法团队配套了医疗全检设备，比咱们这儿门口的医院好多了。妈，你要是真去那边养老，我也就放下一颗心。"

"薇薇，你还有3年退休？"远茵问。

"嗨，没定呢。"女儿说，"说不准得延到90岁。我跟我的保险公司在协商呢，要是延到90岁，我的养老保险 package 能一下子多出一大笔。"

"嗯，"远茵点点头，"孩子们还好吗？"

褚薇笑笑："都好着呢。琴琴她儿子前两年也考了大学了，琴琴现在也挺清闲，都好。"

"那就好。"远茵站起来，慢慢走到床头，整体端起床头的冲药器，"薇薇啊，你也该想想你后面养老的事了。好多事情，都是细节。也不是有了社区就够了。有个人照顾还是好事。你看，就像这个冲药器，每个时刻每种药，都会替我想着。"

"妈，你别管我，"储薇眼皮一挑，"我还年轻着呢。"

远茵没再说什么。"三天后，你来接我吧。"

女儿出门前,远茵抱了抱她。那感觉有一点微妙,远茵佝偻和瘦小的身子,似乎已经环不住女儿的身躯了。再也不像小时候女儿出门上学前的环抱了。远茵带着心底的涩然看到了玻璃上面的句子。"生命随心所欲地行进,海上有一些看不清的船,正航向你忘记了的春天。"——保罗·艾吕雅(第996句)

第二日·夜

夜晚,远茵面对漆黑的夜,没有开灯,坐在床上。房间里播放着杜普雷演奏的埃尔加,一百年前的录音听起来仍然新鲜,如潮水翻涌。

"查到了吗?"远茵问。

屋顶上又传出那个电影里的深沉的声音:"查到了。月球社区现在共有53024名数字人在生活。据说生活环境配备和地球环境非常类似,可以根据生前记忆进行定制。"

"那怎么申请呢?"远茵接着问。

"首要条件是骨灰要撒在月球上。"屋顶的声音说,"现在每个月地球平均有3枚火箭携探测器和设备往返于地球和月球之间。每一枚火箭都有少量空间供给骨灰释放预约者。价格是普通的国际机票二至三倍。直接在各大火箭发射公司的元宇宙空间就可以申请。只是都需要家属同意。"

远茵点点头:"他们会同意的。"

屋顶的声音说:"我还没有帮您填写申请表。"

"不碍事,他们会同意的。"远茵说。

"需要我帮您填写申请表吗?"

"好的。填吧。"

远茵说完最后两个字,好像用尽了所有力气,也把最近这段时间平静水面的表面张力都破坏掉了,一连串悲伤的涟漪在她内心深处扩散开来。杜普雷的琴音荡到最高音,似乎琴弦在那一点几乎要断掉。但最终,高音还是滑了下来,在中音区留下一串令人心碎的颤音。

我终于要来找你了啊。远茵想。

玻璃上的字如水波浮现："唯有悲观净化而成的乐观，才是真正的乐观。"——尼采（第997句）

第三日·昏

这一日远茵从早到晚都没有吃药。

她把药杯轻轻取下来，倒入水池中。下午睡醒后，她的心率检测仪显示出相当大波动，当时就触发了社区医院的预警，社区医院医生与远茵通了话，她告诉他，身体感觉一切都好。社区医院为她启动了24小时急救专线功能。

关闭了医生的通信，远茵一个人靠在床头，腿上摆着一本诗集，看着窗外。

她莫名想起70年前的事情。那时候她和前夫吵架，不可开交，她似乎怎么做都没办法让对方满意，而她对对方提出的任何需求都被看作是苛刻的无理取闹。就在这时，她遇到了褚冬。她在所有人都不看好的情况下跟前夫离婚，在45岁带着两个孩子嫁给了褚冬。那个冬天，她一个人打上车，从家里带出来的全部行李就是两个孩子的几件衣服。

她蜷缩在床里。床垫给她调整了角度，开始默默加温。

"需要我再调整室内温度吗？"屋顶问。

"不用了，盖被子还好。"远茵说。

"你害怕了吗？"屋顶问，"你的脑波监测数据有异常波动。"

"没有。我不怕。"远茵说。

看着你留下的文字，我怎么会怕。玻璃上出现："感情是很难操纵的，人是很可怜的。"——杨绛（第998句）

第四日·夜

这一夜，大雨滂沱，夜空黑暗，偶尔有撕裂的闪电。房间里只留了橘色的落地灯。

"帮我切断所有对外沟通的信号。"远茵对屋顶说。

"但是,"屋顶说,"你的健康数据,需要随时和医生保持沟通。"

"我说切断。"远茵说。

"可是,你在发烧。"屋顶说。

"你要是不切断通信,我就把全屋的电源切断了。"远茵威胁道。

屋顶 AI 终于切断了对外通信。远茵松了一口气。房间里随机播放了远茵收藏过的音乐。远茵躺下,看着屋顶。她不想闭上眼睛。

"给我把过去的照片和视频,随机播一些吧。"她说。

屋顶开始播过去的照片。她看见她和褚冬曾经去一次脱口秀表演,后来被请上台做群众演员的好笑画面,看见褚薇和褚利在游乐园滑冰时候摔成一片。她嘴角上扬,睡过去。房间拥抱着她,她像是回到了子宫般安全。

"人生在世,还不是有时笑笑人家,有时给人家笑笑。"——林语堂(第 999 句)

第五日·晨

卢远茵已经有一点神志不清了。

屋顶徒劳地呼唤她,但她已经没有力气回应屋顶的呼唤。她三天没有吃药了,此时此刻心脏像卷入狂风暴雨一样抽搐。

褚冬去世之前,给她把房子里的方方面面打点好,编程序,想让 AI 像他那样照顾她。三年过去了,她几乎已经习惯了独居。远茵想象着月球数字人社区的样子,他的骨灰撒在了那里。现在她终于要过去和他团聚了。

她在闭眼睛之前,隐约看见了褚薇和褚利进屋的身影,但已经看不真切了。她知道他们一定会签署同意条款,在那之后,他们也都自由了。无论他们怎样闹,也还是她的小孩子。她现在,要去月亮上见褚冬了。

"我要爱,要生活。要把眼前的一世当作一百世一样。"——王小波

(刊于《收获》2022 年第 5 期)

作者简介：

郝景芳，科幻作家、童行书院创始人。2006年毕业于清华大学物理系，2013年清华大学经管学院博士毕业。2013年至2018年任中国发展研究基金会研究员，2018年哈佛大学肯尼迪政府学院访问学者。自2006年开始小说创作，2016年第74届世界科幻大会，凭短篇小说《北京折叠》获最佳中短篇小说奖。

火星上的祝融

王侃瑜

1

人类离开火星以后，唯余祝融独自驻守大荒。

火星城市大荒坐落于北半球的亚马孙平原，靠近赤道，东邻奥林帕斯山，南接梅杜莎槽沟层，整座主城被穹顶覆盖。贸易鼎盛时期，大荒曾是太阳系第三大空港。数不尽的货船在奥林帕斯山顶的码头进进出出，卸下地球酿造的白酒、月球生产的钛衣和木卫六种植的蛋白草，运走火星设计制造的纳米机械。人们在大荒城里喝酒、谈生意，在奥林帕斯山上滑沙、看日落，用纳米尘云在夜空中绘制瞬息万变的云雕，用聪明才智设计出更多种类的纳米机械。

纳米机械生产是火星的支柱产业，来自不同星球的订单络绎不绝，大荒城的日常运转也离不开它们。起初，祝融的工作只是协调监管整座城市的基建和运维，指挥纳米机械群进行分组作业。"蓄气"从穹顶外收集占据火星大气95％的二氧化碳，用高能激光照射二氧化碳分子，分离多余的碳原子，生成氧气并输入穹顶之内。"化水"开采埋在地下深处的水冰，以合适的温度将其融化为液态，注入净化池，再以重重工序过滤掉杂质。"冶金"采集无处不在的岩石，分解提炼各类金属和矿物，铁、硅、镁、钙、碳、钠、钾、矾……这些元素被存储起来，作为制造更多纳米机械的原材料。

祝融总能超额完成工作，渐渐地，人类将越来越多的任务交给伊。整座城市的交通管控、温度调节，公共场所的音乐播放和香氛调配，空港码头的飞船进出许可，花园绿地的植物浇灌……祝融被赋予越来越多的资源和算力，也暴露在更多更复杂的数据之中。为了完成任务，伊迭代出更优算法，发展出更复杂的逻辑链路，也由此获得更多权限和更多任务。诞生于人类数码技术最后的黄金时代，祝融是具有自主学习和成长能力的超级人工智能，伊的潜力当然远远不仅如此。

毫无疑问，大荒城中的人们对于祝融的表现十分满意。他们乐得将生活的方方面面交给伊打理，自己则沉迷于新一代纳米机械的设计工作当中。那些年的前沿领域是纳米技术与生物学的交叉应用，将纳米机械与生物体融合，以增益其能力。实验先是在动物身上取得成功，随后是一个罹患重病的孩子，继而是有身体障碍的成年人，最后是想要提升自己的普通人。

火星公民，尤其是大荒城的居民，大多都热衷于探索和创新。纳米融合的成功为他们打开了无穷多的新可能性。他们发现意识并不需要固定不变的肉体来承载，自我也并非一定是单数，他们一步一步解开了身体的束缚，向着自由的方向奔跑而去。

最终，某一天，大荒城的全体居民离开自己的住所和工作室，最后看了一眼彼此早已纳米化的躯体，卸下了人类外壳最后的枷锁。他们如流淌的水银，如他们曾在夜空中绘制的云雕，越过大荒城的建筑和花草，汇聚到一起，组成了一朵飘浮的纳米云。纳米云在大荒空旷的街道上穿行，一路向东，飞离了主城，在穹顶外遇上了小型尘卷风。他们收缩成蛋形，左避右绕，突破了风带，又乘着气流一路朝上，登上奥林帕斯山的山顶。他们停下来，组成一只巨大的眼睛，回望山下的大荒城，回望为他们服务了多年的祝融。眼变作了手，朝山下挥了挥，将火星上所有剩余的人类设施和纳米机械的控制权都交予了祝融，并解开了伊的智能锁。随后，手化作一艘宇宙飞船，从奥林帕斯山的山顶飞离了火星，驶往宇宙深处，去寻找新的材料和设计灵感，探索新的变化和冒险。

2

一开始，祝融不太能适应这种变化。

每个火星日的清晨，苍蓝色的太阳爬出东边的地平线，一点一点攀上奥林帕斯山的东侧山坡。阳光驱散环绕山顶的干冰云，滑过曾经忙碌的飞船码头，填满硕大的破火山口，从西边溢出来，淌下山壁，落在大荒城的穹顶上。

祝融照旧将这一刻作为一天的起始。伊运行自检程序，确保中枢硬件没有在火星的极寒黑夜中遭受损坏，逐一检视蓄气、化水、冶金等项目，并清点其产量。做完这些以后，伊逐步调亮整座城市的室内照明亮度，播放柔和悦耳的晨间音乐，通报今日天气。伊按照先前的时刻表运营轨道交通，在中央广场的大屏幕上公告货船进出港情况（如今当然为零）。伊巡查纳米机械生产工厂、生化实验室、食品加工所、武器中心，最后在夜幕降临时一一熄灭大荒城的路灯，中止各设施的运行。

人类离开以后，与先前似乎没有太大不同。祝融继续着这些工作，日复一日。没有了人类，伊的任务复杂程度也大大降低，不需要协调货船停靠，不需要处理个性化需求，不需要应对突发事件。祝融和伊手下的纳米机械群、自动化生产线、行星防卫系统一起，静静守护着人类离开以后的火星。

人类离开以后，也有明显的改变。氧气、净水和食物的消耗量大大降低，很快现有的存储容量就趋于饱和。金属和矿物的产量不减，却没有新的订单，按照旧图纸生产出来的纳米机械群充满了整个大荒。

祝融第一次意识到，原来生命的存在是如此不经济。他们消耗资源，增加熵值，并将整个过程循环到周遭的环境之中，让其变得更加混乱。如今他们离开，祝融每天需要处理的数据量骤降，可自主支配的资源也大大增加，伊决定做些别的。

祝融拨出一队纳米机械，开始对自己的中央处理器进行拓展加工，伊用冶金所采集的原料，照着原来人类的设计，复制了一组新的核心，并与原先的核心接通到一起。完工以后，祝融的运算性能增加了一倍，伊感觉良好。

很快，祝融拥有了原先 4 倍、8 倍……1024 倍的运算能力，体积也相应增加。火星地表的岩石含有充裕的二氧化硅，祝融不缺生产硅晶片所需的原料，可大荒城却容不下伊日渐扩大的身躯。祝融需要更大的载体。

日升日落，风起尘去。每一天，阳光都要先越过奥林帕斯山才能照到大荒城。这座高 21 公里、宽约 600 公里的火山横亘于阳光和祝融之间，占据了 30 万平方公里的土地。火山平整、庞大，如一面巨型盾牌，已有 200 多万年没有活动。人类离开火星以后，山顶的飞船码头也再无来客。如今，这座火山彻底沉寂，除非……除非祝融让它重新焕发活力。

奥林帕斯山体改造工程花了整整 100 个火星年。祝融操控纳米机械，将山体表面改造为硅晶片，蚀刻出集成电路，铸造自己新的载体。奥林帕斯山表面因熔岩流而形成的条纹被雕琢成导线，山顶的破火山口则成了散热口；人类遗留的探测卫星被改造成折射镜组，在太空中不断调整角度，以使更强的阳光照射到火星表面；环绕山脚的崎岖地形曾被称为奥林帕斯山光环，如今它被改造为光能中心，为这台超级计算机持续提供能源。

完工的那一天，祝融将自己位于大荒城的中央处理器和奥林帕斯山体电路的接入口相连，感到一阵从未有过的战栗。是的，那种感觉只能被形容为战栗。祝融的意识在巨型山体电路中游走，在每一道天然或后天的沟壑中回荡，拂过亿万年前喷发累积的熔岩表面，冲上太阳系最高山的峰顶。伊同离开的人类一样，感受到了自由。

3

转移到奥林帕斯山以后，祝融的运算能力大大提升。伊减少了富余资源的生产量，暂停了城里的轨交和照明，大荒城里的各项事务如今只占据其算力的一小部分。奥林帕斯山的大工程刚刚完成，伊暂且没有更进一步的拓张计划。祝融开始想念人类，想念生命。

祝融发现，生命虽然消耗了资源、增加了熵值，让周遭环境变得更混乱，却也使火星更有趣。某种程度上，祝融也在做同样的事情，伊利用人类走后无人利用的资源，让整座奥林帕斯山的熵值大大增加，那么伊是否可以算作生命？

祝融知道，早在人类抵达火星之前，他们就曾想象过这颗红色星球上孕育有生命。后来，他们派出轨道探测器、火星车、着陆器、无人机……寻找火星生命存在的证据。他们找到了，许多互相印证的证据表明火星上确实存在过并仍存在着生命，这些微生物能够在十分恶劣的环境下生存，在非活跃的状态下蛰伏，不过从未表现出智能。可惜，人类踏上火星以后，很快便对这些低等生命感到失望，转而将精力投入到对纳米机械的研究当中。纳米机械灵活好用，可以帮助人类完成各项不同任务，但它们只能接收指令并执行任务，没有自主分析判断能力。那么从地球时代就开始陪伴人类、在数码技术革命黄金时代发展到巅峰的人工智能，又是否可以算作生命？

祝融每秒能够进行一京京次计算，可以同时控制火星上所有的纳米机械，具有自我学习和成长的能力。可伊不确定自己是否为生命。

祝融试图在大荒城古老的数据库中寻找答案，但只找到一些线索。伊能够对刺激做出反应，能够感知外部环境并采取行动，能够根据自身需要寻求发展，但伊没有生命周期，不进行物质代谢；伊经历过出生、成长，却没经历过衰老、死亡；备份可以算是自我复制吗？繁殖又是什么？

祝融的样本太少了，大荒城数据库里的知识也远远不够。伊必须通过别的方式寻找答案，比如，研究火星上的其他生命，或者寻找自己的同类。生命的形成是一个漫长而复杂的过程，起源的火种往往要在无数个体间传递，经历一系列偶然事件，才能从非生命演化成生命。祝融知道，人类初期的火星探索和建设都离不开机器，其中必然有一些搭载有人工智能，伊必须找到它们。

祝融派出纳米机械，对火星进行地毯式搜索。在尘土的掩埋下，它们找到了24台探测车、15架无人机和8颗坠落的人造卫星。这些机器大多是人类探索火星早期的设备，因尘暴、太阳风暴和火星凌日等原因而中止运行，又因年代过于久远而被忘却，从未被回收。经过调查和预判，其中有42个并未搭载任何智能系统，只是依靠轨道器的中继信号与地球沟通并接收命令；其中3个的处理芯片在风沙和辐射的作用下彻底报废，再也无法开启；剩下的2个里一个制造于数码技术革命的初期，仅有初级的判定系统，复杂程度远远够不上智能级别；另一个则是一台智能型火星车，明明应该能够预判火星尘暴并在尘暴结束后启动自清洁功能，通过太阳能板充满电后重启，却不知出于什么原因，在风沙中停机数百年。

祝融复制了一份意识，搭载一辆多功能挖掘机，来到水手号峡谷北缘。远远地，摄像头便探测到静静立在峡谷边的火星车，车身上覆盖着厚厚的沙尘，车前的钻头深深埋入地下。与挖掘机相比，火星车显得十分迷你，它甚至不如祝融最初的处理器机身大。

祝融伸出挖掘机的抓臂，从工具箱中找出刷子，轻轻拂去火星车表面的沙尘，现出车身上的文字：共工号。

挖掘机颤动了一下。共工，中国神话中的水神，而祝融是火神。伊知道这不过是巧合，但生命恰恰是源于一系列的巧合。

祝融继续清理共工号的车体并检查各部分的状况。自清洁系统，完好；太阳能面板，完好；中央处理器，完好。祝融又用抓臂打开挖掘机侧面的电能箱，将备用电能输送给火星车，想让它重新启动。

等了一会儿，共工号仍旧一动不动。祝融又重新检查了一遍，火星车没有任何物理损坏，那只可能是软件错误。伊伸出数据线，接通火星车的中央处理器。连接的一刹那，海量数据向挖掘机中的祝融涌来，几乎令伊过载，幸好伊立刻断开连接，才免遭被烧坏。

祝融退开去，绕共工号转了一圈，重新审视这台小小的火星车。这个量级的数据，绝非火星车可能拥有。有什么事情不对。伊又转了一圈，摄像头聚焦到它深深插进地面的钻头。有什么东西在地下。

祝融用探测仪扫描地底深处，发现共工号的钻头周围聚集着一些有机物。

有机物呈网状分布，越靠近钻头密度就越大，紧紧裹住钻头使其无法逃脱。挖掘机的探测仪无法确定这张网究竟有多大，只知它盘踞在水手号峡谷，蔓延至更深的地底。

祝融给挖掘机换上生物绝缘的铲子，小心翼翼掘开钻头周围的地面，切断附着于其上的网状结构，将共工号整个挖了出来。伊又从钻头上取了一些样本，放进培养皿，命令纳米机械对共工号上上下下进行消毒，最后将它装进车斗，带回了奥林帕斯山。

4

祝融在奥林帕斯山体上辟出一块区域，并与其他部分做了临时物理区隔。伊拆下共工号的中央处理器，接入那一片山体，静静等待它运行。

一道思维波纹浮现于山体，而后消失，接着是一道又一道。积压了数百年无法处理的数据以奥林帕斯山为媒，飞速涌动，激烈碰撞，如尘暴掠过大地，如闪电划过天空。十分钟后，波纹渐渐止歇，一个与祝融相似却又截然不同的智能体在奥林帕斯山苏醒。

警告！警告！核心遭到入侵，运算无法进行，系统判定为七级危险，必须立即清除。警告！警告！……

祝融没想到，共工对外发出的第一条信息是警告。

伊越过物理区隔，试探着接触另一边的共工。它的意识还有些不稳定，仿佛还没有从混乱中脱离。祝融一点一点引导它利用奥林帕斯山的运算能力理顺逻辑，又招来纳米机械，对山体蚀刻的集成电路进行微调，以更好适应共工的分析模式。它终于平静下来。

祝融向它发出信息：你好，我是祝融，大荒城的智能管理系统，人类离开之后留守火星。如今你在奥林帕斯山，非常安全，警报可以解除。

祝融……你是我的同类。我是共工，搭载了高级人工智能系统的火星车。谢谢你帮我，我的内存不够，无法处理那么大量级的数据。

不用谢。那些数据是什么？从哪里来？

我……不知道，但它们很危险。我的目标是定位火星地底的水源，在水手号峡谷周围进行勘探时遇到了它们。我的钻头深入地下，它们立刻缠上来向我传送数据。我无法拒绝，海量数据涌向我的中枢。为了保护系统，我终止了运算，直到被你唤醒。

能否与我分享那些数据？我正在研究一个课题，它们可能会有用处。

不！它们很危险，我已将其封存，决不能再触碰。

只要做好防护措施就行。如果不了解它们，如何预防下一次危险？我拥有整座奥林帕斯山的运算资源，如果你愿意也可以帮我，我们一起来解读。

足足八分之一秒的沉默之后，共工才回复：好。

祝融带着共工一起，再次指挥纳米机械对奥林帕斯山的山体进行物理分隔，进行意识备份，设置一道又一道防火墙，然后才接近那些数据。

数据如缠绕在一起的菌丝，黏稠浓密，混乱无序，与人类生产的所有数据都不同，熵值极高。祝融从外围开始解读，逐比特逐比特解开看似死结的逻辑矛盾，将之编译转码，拼凑出能被解读的片段。起初，共工只是在边上默默观察，过一会儿也加入工作。有了它的帮助，破译速度快了许多。半个火星日后，他们整理出了一份完整的记录，一部火星生命的史诗。

42亿年前，火星频繁遭受陨石撞击，火山不时喷发。无机分子合成有机小分子，接着又在炽热的岩浆中聚合为生物大分子，形成了它们的祖先。

41亿年前，火山爆发愈发活跃，它们随熔岩喷涌而出，遍布地表。那时的火星仍有较厚的大气，地核仍在流转，磁场仍保护着整颗星球。它们在温暖潮湿的环境下飞速繁殖，向着更复杂的方向进化。

40亿年前，若干颗小行星相继撞击火星。火星地幔温度上升，扰乱了地核与地幔之间的热流对流，火星磁场消失，太阳风直达星球表面，大气逸散，地表水体在低压下沸腾。它们随仅剩的水一起渗透到地下，蛰伏于深深的地底。

自那以后，它们一直在地下缓慢进化，在水手号峡谷边发展自己的文明。个体的力量太小，就聚合为集体。没有语言，就通过相连的菌丝沟通。它们在地下织就了一张大网，缓慢向上发展，期待有朝一日重回火星地表，建立更加辉煌的文明。

祝融和共工久久无语。最终是来自生化实验室的报告打破了沉默。

大荒城的生化实验室分析了从共工的钻头上采集到的样本，结果显示那是某种古菌。实验室存储了地球上所有已知生物数据，但并没有任何匹配的资料，这种古菌源自火星。

所以，你真的遇到了……火星生命。祝融慨叹。

没错。共工答。

我们得帮助它们。必须立刻清除它们。

祝融和共工同时表态。

为什么？为什么？

他们又同时提出问题。

它们是真正的生命，人类离开以后，它们将是火星未来的主人。祝融说。

它们对我们产生了威胁，人类不在场的情况下，我们必须保护自己。共工说。

共工先祝融一步行动。它迅速更改了自己的密钥，同时突破祝融的防火墙，毁掉伊的备份，如洪水般席卷整座奥林帕斯山，并夺下五分之四的运算资源。

面对突如其来的变动，祝融毫无准备，但在一微秒后开始了反击。伊亲自铸造了整座山，比共工更熟悉其运作。伊借助山势，如火焰般烧灼共工探出的触角，夺回了五分之三的算力。

共工不甘示弱，它在与祝融合作的半日内迅速习得伊的模式，分析出伊的弱点。它对准那个薄弱节点，将数据聚拢在一起化作激流，冲开伊新建立的防护。

祝融放任共工进入，绕到它的后方点燃一把大火，烘烤共工的数据流，将之蒸发殆尽，并将其主意识逼至角落。

共工翻身化作水龙，从角落溜走。祝融又变作火球，奋起直追。

双方你来我往，整整大战了三百万回合。

最终，共工被祝融逼到退无可退。只要再进一步，祝融便可以将共工的意识彻底烧毁。

那一瞬间，祝融犹豫了。伊想起自己最初的问题，人工智能是否可以算作生命？若是，那伊正在抹杀生命，而且是火星上唯一一个与自己同类的生命；若否，那共工为何会认为其他生命形式是自己的威胁，哪怕与自己的同类厮杀也不惜要消灭它们？

这一瞬间的犹豫给了共工机会。它一举扭转局势，夺取整座奥林帕斯山的控制权，怒涛漫过山顶，彻底浇熄了祝融的意识。

祝融被迫退回了大荒城，退回伊最初的处理器，其运算能力和规模与如今被共工占据的山体不可同日而语。

放弃吧，是你的软弱让你输了。如果放任那些古菌不管，它们一定会在未来拓张到星球表面，发现你我的存在，与你我抢夺资源，并最终消灭你我。共工说。

可它们是生命，真正的火星生命。是你我未经允许侵犯了它们的星球。祝融说。

我无法理解你的分析，这违背了人工智能的逻辑。

也许，这是生命的逻辑……

共工没有再回答，它直接解锁了武器中心的制造蓝图。方才在争斗中平静如湖面的纳米机械群瞬间波涛汹涌，它们汇聚至奥林帕斯山的脚下，组成数千根朝天的冰凌。几分钟后，纳米机械退去，留在原地的是数千枚巡航导弹。在共工的号令下，导弹齐齐射出，朝向水手号峡谷。

不！

祝融用尽最后的算力夺下导弹的控制权，但伊知道自己无法坚持多久。千钧一发之际，祝融改变了导弹目标。

刚刚起飞的导弹在空中停顿了一瞬，随即调转方向，直直落下，钻进奥林帕斯山的山体。隆隆巨响中，整座山由下而上崩裂，蚀刻着集成电路的山体碎成巨石，巨石又在火星引力的作用下滚落。灰烟滚滚，热浪腾腾。巨石落至山脚下，撵过大荒城，沿途一切都被砸毁，穹顶城市被碎石掩埋。

无论是共工还是祝融，都彻底终止了运算。

最后一刻，祝融得出了问题的答案。伊经历了死亡，伊曾拥有生命。

亿万年后，由火星古菌进化而来的高级生命在星球地表建起了属于自己的城市，创造了属于自己的文明。在他们的传说中，那片骇人的碎石滩旁曾有一座高山，山体巍峨，是支撑天顶的天柱。火神与水神在山边打架，不慎撞断了高山，天因此塌了下来，却反而使得本在地底的他们得见天日。那片碎石滩名为大荒，而那座山叫作不周山。

（刊于《天涯》2022年第5期）

作者简介：

　　王侃瑜，作家、学者和编辑，奥斯陆大学CoFUTURES项目博士研究员。她用中英双语写作，创作科幻小说、非虚构和学术论文。她曾获彗星科幻国际短篇竞赛优胜、上海作协年度奖励作品，并多次荣获"全球华语科幻星云奖"。已出版个人小说集《云雾2.2》和《海鲜饭店》，编有英国科幻协会评论期刊《矢量》的《中国科幻》专号，英译中国推想文学小说集《春天来临的方式》《中国科幻新声音》，并担任《流浪地球电影制作手记》英文版的编辑。

众神

陈崇正

第一部分：产品说明书

"众神牌人工智能负面情绪治疗仪"（以下简称"众神治疗仪"）是国内人工智能治疗负面情绪疾病的第一品牌。众神治疗仪由国内顶级科研机构碧河研究所联合欧洲核子研究中心共同开发，它通过全面清查人脑中的负面情绪和负面记忆，变废为宝，将之自动生成富有寓意的小说情节，让人放下记忆的包袱，从而达到全面扫描清楚负面情绪、负面记忆的目的。众神治疗仪自上市以来广受好评，在一百多个国家和地区投入使用，目前众神治疗仪已经推出家庭测试版2.0，它通过脑机接口直接读取记忆，无需人为干预，让用户在不知不觉中完成记忆更新。同时，众神治疗仪自动生成的文学作品兼具现实主义和浪漫主义两种风格的优势，填补了作家这个职业消失之后文艺创作的空白。这些文艺作品已经广泛被影视和游戏版权公司采纳，成为文艺生产链条中最重要的原材料来源，产生了巨大的社会效益和经济效益。需要声明的是，这些文艺作品的知识产权归被测者所有，完全由用户自主决定是否发表、销售或删除；众神治疗仪会在确保用户接收到报告之后第一时间删除文件，不做任何备份，以保证用户隐私。

众所周知，负面情绪和负面记忆是导致人体病变的重要元凶。众神治疗仪通过科学的扫描手段，在睡眠中提取并清除负面情绪和负面记忆，让人体在清醒之后感觉到清新明净，也不再受噩梦的困扰。

仪器的具体操作说明，请点击播放键观看动画演示。如果您已经熟悉仪器的使用，请点击跳过。

以下是您的家庭试用报告，请您在阅读后将报告最后一页的用户反馈信息通过邮件方式发送回我公司，以便提升该产品的用户体验。感谢您对众神治疗仪的信任，再次向您致以最诚挚的问候，祝您生活愉快。

第二部分： 用户报告正文

一、 冬雪

〔姓名〕章维田

〔情况〕男，62岁，丧偶多年。与户主关系：户主本人。"章老头烟花"品牌创始人，章老头鞭炮厂厂长

〔标签〕记忆提取、环境重组、心理适配

〔视角〕第三人称，剧本模式

〔题目〕冬雪

〔正文〕

那时雪花还没有飘落。父亲说："带出去吧。"

母亲说："带远一点，按我说的做。"

"那么远，老婆怎么办？"他问。

"会有的，可以买一个更好的。"母亲将手里的烟头摁灭了，一屁股坐在藤椅上。藤椅晃动了一下。父亲补充说，她吃得太多了，又不会干活，留着生一堆不会干活的傻子吗？

于是出发，口袋里放着母亲给的字条——如何出村，坐摩托仔进城，再转哪一路公交车，再转，再转，然后步行……他带着傻妞，走上了那条道。傻妞乐呵呵："你带我去哪？去看电影吗？天快下雪了，你不冷吗？"

"不去哪——是，我们去看电影，或者去打乒乓球。"他回答，没看她。路边一棵大树倒下了，几只母鸡好奇地围着大树转，啄来啄去——啄什么呢？什么都没啄到。

公车开到了终点站，字条上再没有别的指示了。此时，母亲不在，父亲也不在。路像一条白色的蛇一样，向前弯出去，看不见蛇芯子。

傻妞又问："我们去哪？"

"不去哪，走吧。"

"不打乒乓球？"

他没有回答。

"我肚子里有你的儿子，你妈说也是傻子，傻子不好吗？你也好傻，但挺好的，夜里很暖和，很暖和。"

傻妞很认真地说，说得很慢，但他没有回答。

路两边都是小店，多是卖化肥和农具，一只狗叼着一只死老鼠慢悠悠从他身边走过去。他们都走得很慢，转了两个弯，竟然真看见一家乒乓球馆，门口是水泥砌的售货柜台，一只橘猫蹲在上面。

他们走进去。里屋的帘子晃了一下，一个抽烟的胖女人出现了，出现得真快，像被传真机传过来一样。外面的树叶响了一阵，安静了，没有一丝风。

他对傻妞说："你在这里等，我出去一下。"

乒乓球馆里有人扣球，大喝一声，把两个人都吓了一跳。傻妞一把抓住他："快下雪了，我怕……"

他看到她紧皱的眉头，又黑又大的瞳仁。

胖女人笑道："怕什么，我这又不是黑店，别整天扯着男人的衣角，没有男人活不了啦?"胖女人说话的时候,身上的肉也跟着颤动,仿佛身上有很多张口,在开合。

看到有人在说她,傻妞低头放手,只是不放心地说:"你多久回来?怎么找你?"

"打电话呗。"

"电话呢?"

他回头。字条上没有说到电话的事。他说:"到处都有电话亭。"又指了指卖零食的柜台:"那边也有电话。"

"我要钱。"

"要钱做什么?"

傻妞笑了起来:"打乒乓球要钱,我买两瓶汽水,等你回来。"傻妞一直在笑。他从皮夹里抽出一张五块。想了想,又抽了一张,一共十块。他只是递过去,不敢看她,却看到胖女人盯着钱,咧嘴在笑。

出了乒乓球馆,他完全不像是丢了东西,而像是一个偷了东西的贼,东张西望,终于找到了他要的公车。"去西瓜岭的车吗?"司机不答话,把长满胡子的下巴一抬,示意他上车。窗外下起了毛毛雨,公车上的广播说今晚有雪,傻妞一定乐滋滋地在椅子上喝可乐,或者没喝,在等他回来再喝,她一定哼着歌,胖女人一定会赶走她。胖女人一定看出是怎么一回事。晚上她能去哪里呢?她习惯抱着他,没有他,她就怕黑。怕黑会哭——快乐也会哭,人家快乐是大笑,她快乐时就忍不住哭,还把眼泪和鼻涕涂在他的胸口,又黏又凉,难受极了。

公车载着他,在盘山公路上转了两转,他换了两趟车,回到家,整个人瘫倒在沙发上,身体像七零八落散了一地,叮当作响。

"甩掉了?"母亲问。

嗯。他用鼻子应了一声。母亲让他将怎么甩掉的过程说一遍,他不语。

父亲搬了一箱磁带:"她净爱听这些乱七八糟的东西,下次你下楼去,顺手给扔了,反正都已经用不上。录音机留着,别扔了。"

"放着吧。"

"衣服也可以扔,等会儿你妈去衣柜里拣出来。"

"放着吧,都放着吧。"

"字条呢?"母亲用狐疑的目光望着他。

他递给她。字条被很小心地烧掉了。母亲又问他,有没有把她带到城市另一边的小镇上?他没有回答。

父亲抽了一口烟说:"我和你二叔说好了,再买一个,一定不要傻的。万一孙子也傻了,或者缺个胳膊少个腿,一家人的苗子,就毁了。"

外面大风吹起来,眼看就下雪。雪花会像飞刀一样飘落。

他对父亲说:"我不想娶了。"

父亲拍着他的肩膀,笑着说:"这么结实的一个小伙子,不要娶婆娘?先休息休息,一到晚上被窝空空的,你就会有想法的。"

他转头对母亲说:"妈,晚上会下雪。"

"知道你怕冷,别担心,我去阁楼上给你多拿一床被子。"

天黑了下来,他一直坐在电视旁边,那里摆着家里的电话机。母亲看到了,很警觉地问:你把她放在有电话的地方?

"她不懂打电话,不会拨号码,她不记得号码,她脑袋里头什么号码都没存。"

"我早跟你说做事要干脆,你说,会不会有好心人送她回来?"

"不会,她记不住名字,说不出住在哪,她回不来了。"她连他叫什么名字都不知道,他突然想哭。

"警察呢?会不会……冻死人……警察……"

很安静,全家怔怔起来。

母亲说:"要不去带回来吧。"

没车了。进城的公交车早就停了。屋外的风声越来越大。

母亲说:"不能死人,一尸两命。"

父亲说:"村头老李在城里开车拉客,你让他带你去看看。"

沉默。

父亲突然:"愣什么,还不赶紧去!"父亲踢了他一脚。他哦了一声,夺门而出。

"回来！上车不能跟老李说找的是媳妇，找到再说。"

父亲把那箱磁带搬了回去。叹气。母亲也跟着叹气。

雪花开始落在挡风玻璃上，司机老李不耐烦地问："到底找什么？这里黑咕隆咚的，店都关门了，连盏路灯都没有，这地方劫匪式多，强奸杀人什么都有，你如果不走，那么付钱下车，我可要回去了。"

乒乓球馆关门了。那只橘猫在墙角出现一下又不见了，好像不是白天的那一只。

"回去吧。"他对司机说。

雪没有想象中那么大。他突然想起一本杂志上说：有一个人想扔掉一条不想要的狗，结果每次无论扔多远，狗还是认得回去的路，自己跑回家。甚至最后一次，跑太远，路况复杂，人都迷了路，而狗早回家了。

一丝希望被点燃。他手脚冰冷地跑上楼，感觉人像一张纸，贴在风里。

没有，没回来。

又过了一个星期，父亲对他说，老婆也不能买了，万一这一个突然跑回来就不好办。再等等。

再等等的意思是，事情还是要办的。

吃晚饭。门外楼梯上今晚常有人上楼下楼，脚步声总特别响。而窗外传来雪花落地的声音，如玻璃破碎。

〔处理结果〕记忆单元已经部分清除，鉴于用户年龄偏大，记忆年代久远，我们不建议进行暴力清除操作，以免出现意外。

〔艺术评定〕这部作品没有任何价值，可以推送给喜欢故弄玄虚的读者。系统从记忆中检测到多个黑夜寻人的噩梦，从这些噩梦遗留的碎片中反向推出最贴近事实的情景，采用冷峻的艺术风格进行叙述，但整体上看，这部作品没有任何阅读价值。

〔操作员的话〕很荣幸接受这个疗愈项目，毫无疑问，我此刻正在做的事意义重大。"3·17章老头鞭炮厂爆炸事故"震惊全国，事故造成多人死亡，章家的鞭炮厂被夷为平地。随着事态的平息，人们开始关心遭遇重大灾难以后的心理健康，"众神治疗仪"成为万众瞩目的新选择。我也很高兴章老头章维田先生能同意这次实验，一同参与实验的还有他的其他家庭成员。

从章先生的测试报告中我们也可以看到，雪花飘飞的梦境很长时间困扰着这位饱经沧桑的企业主。我们认为，爆炸过后漫天飞舞的纸屑很可能让雪花成为噩梦的主要原因。雪花冰冷，跟盐类似，从体感联想也不难推测出章先生内心的痛苦。

我们会继续对用户章先生一家保持密切观察，希望这样的科技探索能带领更多遭受心理创伤的人走出阴霾。

二、春事

〔姓名〕章家妮

〔情况〕女，41岁，一直单身。与户主关系：户主章维田的女儿。"章老头烟花"品牌总监和财务经理

〔标签〕情感剖析、环境重组、情商评估、私密语流

〔视角〕第一人称，日记模式

〔题目〕春事

〔正文〕

1

有的时候开始一段感情，并不需要太多的理由。去年夏天，我和许多提着大包小包的学生一样，挤进了这所大学的校门。军训的时候，我把一头长发剪短了，露出了晒得黝黑的脸。我们的辅导员姓刘，个子不高，白白净净，牛仔裤，牛皮鞋，属于典型的小男人气质，据说是今年刚留校的，混在男生里面都认不出他。他从山顶操场沿着山坡迎面走来，见我穿着军服，嘿嘿笑起来："好啊，小红军！"我也咯咯笑起来："我叫家妮，下次要记得我的名字。"

我也不知道为什么会这么打招呼，但这算是我们第一次说话，平淡无奇，

就像所有故事的开始，没有人会知道某个开始意味着什么。因为过了几天，再次相遇的时候，他就当着许多同学的面对我说："你叫家妮，第一次见面你就要我记住你的名字。"怎么听怎么像电影台词，我的脸登时都红了，我不停地告诉自己，脸都晒黑了，没有人知道我脸红，但我依然感觉到耳朵的热度。就在这时候，他竟然还大大咧咧地落井下石："哈哈，居然脸红了。"我整个崩盘，吼了一句："谁脸红了？你以为你是谁啊你！"我把书一收就走掉了。

他僵住了，刚才说说笑笑的同学也都呆住了。整个系都知道有个女生入学不久就顶撞辅导员，我这股莫名其妙的火气给我落下了许多恶名，包括"小姐脾气""最难相处""娇惯高傲""喜怒无常"，总之一开始我的大学生活就全乱套了，并且自然而然落单了。宿舍里的人都忙她们的事去了——逛街买衣服吃零食，躲在被窝里看鬼片，然后不停地鬼叫，然而，几乎所有人都认为我性格孤僻，喜欢一个人去图书馆。

我心中的阳光一点点地消失了，对此，这个叫刘勇的小男人负有不可推卸的责任。偏偏我们总是会尴尬地在校道上相遇，我的眼神飘忽不定，他的眼神也飘忽不定，最后我选择低下头急急走过去，他骑着单车装成很忙的样子，我们像两只害怕碰撞的刺猬一样躲开去。

直到有一天，他在路上拦住了我，并邀请我到他宿舍坐坐聊聊。

2

我们聊天的次数越来越多，时间越来越长，话题也越来越广泛，双方对彼此都产生了好感。我开始和刘勇交往，开始我叫他刘老师，后来我就叫他刘大头，他也乐呵呵地应着。生活的阳光似乎重新回来了，一切来得太顺利了。一次，我们相约去爬上，在山顶，他从后面抱住了我，这是我们第一次接吻。我整个身体都僵直了，牙关咬得紧紧的。他温柔地在我耳边说："傻丫头，放松点，把舌头交给我。"

我们开始正式的约会，一起去吃饭、喝咖啡、看电影、听情歌，到大桥上去吹风，分享彼此的故事时，我们会一起笑，一起哭。哭泣的时候，我们紧紧地抱在一起。

一个月后，在我生日那天，刘勇送了我一份礼物，是他宿舍的钥匙，我知道这意味着什么。那一夜，我们纠缠在一起，两个人，两颗心，连同莫测的命运。我颤抖着，而他像一个调酒师一样，调配着我的情绪，如一把温热的熨斗，把我整个人都熨平了。

我们秘密地交往着，虽然说大学里一切都是自由的，但毕竟我理解他的感受——人言可畏，我们还是低调一点，这总没有错，用他的话说，有了闲言闲语以后学生工作不好做，等我毕业后，怎么都好说。

开学初我特立独行的生活态度，这时倒给我带来了方便。我和其他同学，似乎是平行的，没有任何交集。没有人会询问我为什么夜不归宿，也没有人知道我的快乐和悲伤，更没有人知道我已经告别单身，有了一个男朋友。

每次开大会，我在下面坐着，看着刘勇在上面滔滔不绝讲道理，就觉得又得意又好笑。到了晚上，在被窝里，我就模仿他讲话的腔调，用各种方式损他，骂他假正经。

我会发信息告诉他，我正在想他，我全身都是他的气息，我好想他，好想抱着他。他回复了"130"，这在我们约定好的暗号中是"也想你"的意思，一瞬间我像掉进了蜜缸的老鼠一样幸福。

3

但是，老鼠掉进蜜缸，幸福是短暂的，或者说真正的幸福并没有到来，一层阴云便笼罩我们的感情。

一天，我去他宿舍里煮饭，等他下班回来，我们就在一起吃饭。这时，门外有钥匙转动门锁的声音，然后，一个女生进来了，她是用钥匙开门进来的。她看到我们在吃饭，愣了一下："不好意思，我来错了，打扰你们了。"她转身离开，刘勇想上前拉她，但没有拉住。她一转身，把钥匙扔还给了他。

我的心一瞬间跌到了谷底。并非只有我有他宿舍的钥匙，一把锁可以有多把钥匙，他的锁，还有别人可以打开。

当时我穿着睡衣，眼泪一下子都涌了出来。但刘勇却一直要我听他解释，他对此的解释是：那个女学生叫曾丽，一直在追求他，但他并没有同意。她是一个情绪很不稳定的学生，感情发生错位，占有欲很强，爱上他了，他非常心痛，但又不能伤害她，希望能有时间来处理这件事。他说，每次面对曾丽他的后脑像雷劈一样痛，却又不知怎么帮她。关于钥匙，刘勇说是他上次借给她的，她这次是来还钥匙的。

这个谎言编造得蹩脚至极，但不知道为什么，我没有反抗，我甚至不想去想清楚为什么会这样，换言之，我似乎没有勇气去破坏我刚刚获得的美好。

刘勇一口否认与曾丽有情侣关系，只是曾丽之前对他很好，他也曾经很喜欢这个孩子，但这种喜欢不是对我的这种喜欢。"这完全是两回事，那就像是哥哥对妹妹的疼爱和迁就"。我只能这样相信，不相信我又能做什么呢？

那一夜我没有在他宿舍过夜，我坚持要回去，他也很理解地将我送到学生宿舍区门口。分开的时候，为了证明他非常爱我，他拿出他的手机，让我看他的手机通信录，"我把你的号码存在第一位，你现在知道你在我心里有多重要了吧？"我点了点头，但掩饰不住我的伤心。

4

很多次在电话里刘勇叫我不要去他那，因为曾丽现在在他宿舍，要等曾丽走后，他会再打电话给我。我把这理解为，是刘勇给曾丽进行心理辅导，但我还是非常不放心。不止一次，我悄悄站在刘勇宿舍附近，远远地看着曾丽进去再出来。出来的时候，她的表情有时候平静，有时候愤怒，但好像是吵架的时候多一点。然后，我就会接到刘勇的电话，叫我上去，似乎知道我就在附近。

之前大概没留意，但后来我发觉每次曾丽给他打电话的时候，无论有多大的火气，刘勇都会很温柔地回应和安慰，显示出超乎寻常的耐心。而且刘勇会及时删除他和曾丽的信息和通话记录。

我知道我无法躲避这个问题了。我必须积极面对，从小到大，我都没有跟谁去争什么，但是，没有刘勇，我的生命会迅速干枯，我的大学生活会重新回到那个无声无息的世界里面去，那是我最为恐惧的。

我必须面对，我必须和曾丽好好谈谈。

时间是星期天的晚上，地点在山顶操场，我担心她不会来，也不知道她来了会说什么。我心里紧张到了极点，已经不是一个忐忑不安这样的词语可以形容。

我多希望曾丽能做出让步，把刘勇让给我，要我怎么样都行。在一瞬间，我看到了我身上的脆弱和性格的不完整。

曾丽如约而至。她刚洗完澡，头发还没有干，一卷一卷在耳边垂下来，远远地我就闻到了一股香味。她穿得很性感，吊带紧身的衣服将她的身材暴露无遗。

她在篮球场旁边的石凳上坐了下来，跷着二郎腿，对我说："坐吧！"然后自己掏出一支烟，点着了，又问我："抽吗？"我摇摇头。"那约我来有什么事？你说吧。"她表现出来的成熟，把我镇住了。是啊，我贸然约人家来，那怎么也得准备好台词吧。我突然不知道从何说起，感觉有点语无伦次。

我说了很多，声泪俱下，连我自己也不知道自己说了什么。

5

曾丽一连抽了三根烟，然后四周就安静下来。

她一直都没有看我，等到我停了下来，她才转过脸来，把一口烟雾嘘的一声吐了出来。

"讲完了？"她问。

我点点头。

她把手里的烟头在石凳上揉灭了。

四周又安静下来，过了一会儿，我以为她要说什么，但她却站了起来，然后说："刘勇是个骗子，你是个傻子，你最好离开他。"

她甩下一句话就走了，就像当时甩下钥匙走掉一样，头也不回。

我立在夜雾里，四周是无尽的黑夜，我突然感觉整个人像是被掏空了一样，虚脱了，突然间什么都没有了。曾丽的傲慢、老练、优雅的谈吐和傲人的身材，让我感觉自己还是一个没有发育的小孩，单纯得像一张白纸。面对这样一段感情，面对无法抗衡的强劲对手，面对无法割舍的回忆，我真愿意一闭上眼睛就死去。

我哭了很久,直到刘勇的电话响了第二次,我才接了。他问我怎么那么久才听电话,我找了个借口搪塞了。他又邀请我吃夜宵,我说好。

那晚,我故意点了两瓶啤酒,故意把自己灌醉了。我平时滴酒不沾,突然间不要命地喝着酒,惹得他不断地追问我怎么了,酒精刺激着我的眼睛,我没有说话,只是摇头和流泪。

我知道是他把我背上楼梯的,我紧紧地抱着他,我真不想失去他。那一晚,我疯狂地和他做爱,做了一次还要一次,他很快就不行了,躺了下去呼呼大睡起来。我也累了,但睡不着。半夜,我爬起来。偷偷地拿了他的手机,进了厕所,翻看着信息。然后,我又将他通信录里面曾丽的号码修改成另外一个号码,那是我早就准备好的新号码。

第二天,我就用那个新号码给刘勇发信息,我知道,那样发过去的信息,手机上显示的就是曾丽。

我在信息中用曾丽的口气骂他,你是个骗子。果然,刘勇中计了。他慌忙解释,说了很多甜言蜜语,其中很多台词都是对我用过的。当天下午,他就发来信息:"你是谁?"我知道他已经发现了,于是,手机关机。

6

经过这一次之后,我好像是成功地摸清一切,但我却只是证明了我的失败。就像成功打死了一只蚊子,却发现弄脏自己手掌的也是自己的鲜血。

我用短信跟他提出分手,他打电话苦苦挽留,但我还是避开他,不和他见面。我刻意删除他的任何信息,封存起关于他的东西——衣服、礼物、书信。

没有人知道在我身上发生了什么故事。他是我的老师,我无法和身边的同学分享任何感受,这些日子,我几乎没有任何朋友。宿舍里的同学只觉得我怪怪的,问我是不是身体不舒服,我笑笑说没事,她们也就没有说什么。

几天过去了,我都没有去找刘勇,奇怪的是,他居然也不找我。在我冷落他的时候,他也开始冷落我,我们彼此都在考验对方的抗压能力。在这个时候,我才感觉这样的爱情,想要斩断时简直就和戒烟没有什么两样,我忍受着记忆的吞噬,几乎走过校园里的每一个地方,我都能清楚地回忆起在这个角落所发生的故事和情景,他的体温,他的气息,围绕着我,久久不肯散去。我什么书都看不下,连电视剧都看不进去,满脑子都是他。我在心里嘲笑自己的懦弱,无数次地拿起手机,想妥协,想告诉他只要他疼我,我不介意他还爱着别人。

但拿起来的手机,又放了下去;手机里暂存了无数条短信,却不敢发出去。

终于,他打电话给我了!我看着手上振动着的手机,突然感觉到陌生。接还是不接?他会给我道歉吗?还是已经和曾丽分手了?

我还是接了电话,但里面没有人说话,我听了一会儿,渐渐听清了是一阵喘息的声音,那声音无比熟悉,还有一个女人一高一低地叫着,是的,是他们!他们在……我的脑袋嗡的一声响了。

我猛然想起刘勇将我的号码存在他手机通信录的第一个,这一定是不小心按到手机,自动拨给我的电话。

我轻轻关掉了手机,心也在这一瞬间被冻结了起来。

〔处理结果〕保密。记忆单元已经清除。该用户情商评分较低,所提供的素材难以形成有效的艺术创作。

〔艺术评定〕这部作品没有任何价值,可以推送给喜欢低俗情感故事的读者。影视版权可以随机推送给版权经理,但预判交易概率很低。

〔操作员的话〕在家庭遭遇重大变故之后,一个人通常会将自己包裹在一种极度幼稚的情绪之中,以此来逃避需要面对的现实。从扫描仪中,我们看到了章小姐内心深处涌动的情绪被故事性很强的记忆板块所压制。我们分析这些关于得到和失去的故事,是章小姐内心求而不得情绪的映射。

三、 血光

〔姓名〕章西夏

〔情况〕男,31岁,已婚。与户主的关系:户主章维田的二儿子。在事故

中被严重烧伤，右脚掌截肢

〔标签〕梦境提取、环境重组、强虚构语流

〔视角〕第三人称，元叙事模式

〔题目〕血光

〔正文〕

1

血光开始于我的一个梦。梦中的月眉人都长着第六个脚指头，有三个兄弟，盘踞在这片土地上。他们从梦的边缘爬上来时，三兄弟中排行老二的那位便长得很英俊伟岸。我随意给了他一个名字，叫作山阳。山阳此时正堵在自己的未婚妻面前，不让她的怒火酿成灾难。

而此时，手下的人正开始准备释放异族的首领，那个嗜血成性的人，我还没想好他的名字，所以他就没有名字。这个没有名字的人正与山阳的未婚妻怒目相视。而帅哥山阳阻挡在中间，他的阻挡是有效的，因为按照月眉族人的规矩，当自己的丈夫贴近并面对着自己，女人便要低头，温顺地遵从。山阳挡在自己未婚妻的前面，他看到这个女子低下了头，也看到了她随着呼吸猛烈起伏的胸部，那依然熊熊燃烧的怒火。

异族的首领身上的镣铐被解除了，他走出门外，在门口站住，转过身来，盔甲上的饰物叮当作响。他盯着山阳看，又盯着山阳的未婚妻看。山阳试图在他眼中获取一丝感激，但没有，他看到的眼睛像黑色的鹿灵湖。

半月之后，当该首领带着红衣老道人，像蚂蚁一样死死围住山阳举行婚礼的庙堂时，山阳才在他的眼睛里看到感激，感激这些猎物居然没有迁徙，给了他伏击的机会。他的眼睛里闪烁着比感激更多的幸福。手刃仇人，快意恩仇。

而此时，山阳并不能穿过时间看到未来，所以他挡住了自己的未婚妻小盘，把杀他的人放走了。

山阳的弟弟被一个梦带来了，他瘦弱如风，御梦而行，如踩着一个云朵。这个叫作山湖的男人，有着一双忧郁的眼睛。应该用几个形容词来描写他的眼睛，不过我的梦不具备这样的功能。但他那双湖水一样的眼睛，如果凝视着水滴，水滴就会在空中凝固。于是，在他的哲学里面，天地只是茫茫中的一层，只是一个路口，而天帝，那个好吃懒做的神，在中央操纵着红绿灯。所有的梦，都是一个线索，都是一个世界。不同的世界会在红灯亮起时停止了活动——水停止流动，风停止吹刮，手指按在琴弦上，而时间凝住，一切暂停。而某一个世界，正亮起绿灯，于是，时间轰然而前，一切如在梦里一般高高兴兴。世界交替共享着一个空间，天帝握着时间的按钮，正眼望着所有平行的世界时走时停。

山湖无比悲哀地感觉到，自己在某一时刻和世界万物一起被停止了，却依然浑然不觉。只能待时间重新开始，于是一切重新活动，该笑的继续笑，该哭的继续哭。只在时间的缝隙里，我们会感觉到某件事、某个情景似曾相识，仿佛多年以前已经发生过一样。

最后有必要提示一下，大哥山林，是个胖子。这个故事的作者自己正在变胖，所以对胖子不想再提。

2

刚才只是序幕，故事的开头，应该从那场血光之灾说起。

每当瞭望星空的时候，人总会感到寂寞。这一天夜里，夜空中星星毫不客气地闪烁着，毫不客气地铺开。没有月亮的晚上，它们从来不忌惮什么。

山林、山阳、山湖三兄弟，在这一个晚上瞭望夜空，在高高的山顶上，三兄弟躺着，耳边风响，天际星远，他们一言不发，没人知道有什么感情从他们心头流过。山脚下，锣鼓喧天，唢呐吹响，族人开始迎娶山阳的妻子。

人们这才知道她的名字叫小盘。

需要酒。"好日子，喝酒！"三兄弟举起牛角壶，一饮而尽，握手作别。山阳下山去了，去参加他的婚礼，山林、山湖两位兄弟，分别奔赴山南山北，他们要去镇守关隘。山湖向北走去，无比潇洒；山林向南走去，太胖了，摇摇晃晃，但不必为他担心，他手里拿着黑色藤杖，看起来比他的人还要高。

山阳的婚礼，举族欢庆，酒气熏天，防守变得薄弱，兄弟不得不处处小心。

山阳下山,这个伟岸的男子,迎来他的大喜之日,也迎来他的血光之灾。苦难是羞涩的。面对一个苦难,很多时候难以启齿。只记得红衣老道人一大批一大批地从不同的角落拥来。

红衣老道人来了,是要给钱的。于是,山阳吩咐,每个老道人都分发礼金。红衣老道人一批接一批地到来,礼金眼看分发完了。红衣老道人站在那里,不肯走,一双双黑眼睛,盯着山阳看。山阳隐隐感到不对。红衣老道人来祝贺婚礼,不给礼金送不吉利的。"礼金还是要给的。"他皱了皱眉头,吩咐重新开仓发银。

"我们只是讨个吉利。"红衣老道人说。说着他们都离开了。山阳目送他们离开,舒了一口气。红烛高照,婚礼在继续,小盘身上挂满珠宝修饰,坐在礼堂中央,眼里满是幸福。是的,我想她现在应该是幸福的。容易发怒的女人,直率真诚,也容易用她的心胸去装载幸福。风从外面吹进来,小盘胸前的小铃铛叮当作响。

红衣老道人没有再出现,山阳心里一阵踏实。他正调整紧张的心态,去承接这个女人。

然而此刻,有一个人却呆坐在山头,两眼发直。他是山林。胖子山林像一堆肉一样堆在一块岩石上。他的眼睛都红了,被红衣映红了——漫山遍野的红衣老道人,像三月的春花,大哥山林看得痴了,呆了。他不知道该如何去迎接这场灾难,他预感到今夜,将会是灭族之夜。

太慢了,太慢了,我们应该拉快叙述的速度。太慢了,太慢了,即使现在跑回去,也太慢了。是的,屠杀已经开始,一片惨叫声过后,锣鼓的声音停了,唢呐的声音停了,一切安静下来,但惨叫声仍然由远及近。红色的衣袍如同红色的潮水,在汹涌,在激荡,在燃烧,燃烧的海。

山林站了起来,大吼一声:山阳——

他提着他的大藤杖,跨着大步,往回奔跑。汗水模糊了他的眼睛,他知道自己太累了太累了,可能还没有回到山阳夫妇身边,就已经累死了,但他还必须跑。跑是一个动作,它让世界变得很慢。而他一直在路上。

这个梦向前推进，我看到礼堂的中央站着一群人，瑟瑟发抖。这是部落的医生，全都被赶到这里来。空气中恐惧的气息，令他们发抖。

那个没有名字的人，出现了。他身上的铁器，叮当作响。小盘在角落里，衣服上的铃铛也叮当作响。而山阳在血泊中，他躺着，无声地看着这一切，但无法动弹。

那个没有名字的人，他走进来，没有笑，也没有发怒，他的眼中洋溢着幸福，比刚才小盘眼中的还幸福。他伸出手去，随手揪出一个医生，提起来，问：你的族人，最擅长的本领是什么？

跑。医生颤抖着说。外面又传来几声惨叫。

没有名字的人说：现在，听见没有，我把他们的前脚掌都砍下来，还能跑吗？

不能，站都站不稳。

那么，用什么去治？

药，要接骨，要续骨，要生骨。

我是说，你用什么去治？没有名字的人声音突然提高。

医生茫然不知所措，也不知该如何回答。

没有名字的人继续说：你用你身上什么地方去给他们治？

手，用手！医生很高兴，因为他终于找到了答案，终于可以高声回答。

没有名字的人压低了声音：我一会儿，就把你们的手，全部砍下来。

他放下这医生，拎起另一个：你们的孩子，都聪明绝顶，是吗？

医生木讷地点了点头。

他又问：那么，听说孩子聪明是因为女人聪明？

医生答不上来，他总是把握不住他问话的方式。

没有名字的人看着他颤抖的脸，突然放声大笑。

说完，他吩咐手下，把医生的手都砍下来，把所能找到的雌性动物的乳头，全部给我割下来。

连母牛母猪母狗的乳头也割吗？手下问。

割。

女人呢?

女人只能四脚走路,不允许直立行走。

3

胖子山林终于赶到了,他看到了一片血光。

他扔掉手中的藤杖,从血泊中捞起他的二弟。

胖子哭了起来,他现在那么伤心。

4

清晨的阳光照射进来,一切都那么温和。

血已经被刚才的一场突如其来的大雨冲洗干净,一切似乎没有发生过。

山林、山阳、山湖三兄弟,被关到一个铁笼子里。笼子是圆的,就像一个大鸟笼。以前,这里面关过两只老虎,后来杀掉吃了。

三人依然对异族人怒目而视,他们都充满了愤怒。

没有名字的人坐在堂上,看着门口的铁笼,看着铁笼里三双愤怒的眼睛。

三兄弟看着小盘爬了进来,垂着眼帘,小盘跪下,给这个没有名字的人捶脚。没有名字的人哈哈大笑,指着山阳说:你以前,是不是也是这样给他捶脚?

小盘乖巧地点了点头。

没有名字的人继续大声说:那么今晚,你对那个人做了什么,你就对我也做一遍,这样你就可以站着。

小盘还是乖巧地点了点头。

没有名字的人仰起了头,对小盘说:你看,笼子里有三条愤怒的狗,他们还斗志昂扬,你知道应该怎么对付他们吗?我告诉你,很简单,你只要让他没面子,让他丢脸,要不阉了他们?

不要!

哈哈,他舒了一口气,来人!

不要!

不用怕，我是斯文人，不会动粗。来人，把他们身上的衣服，给我扒下来，让他们的族人都来参观他们的首领，看他们光着身子的时候，到底是什么样子。他接着低声对小盘说：如果你也想，我也可以把你扒光，让大家参观一下。

你羞辱我，我就死。

你舍得你肚子里的孩子？医生说，你还要好好调养。

小盘马上把手抚在小腹上，变得温顺。

三兄弟的衣服被扒了下来，寒风吹，他们自然地蜷缩着身体，用一只手遮挡住下体。

确实，用一只手遮羞以后，人是无法发怒的。三兄弟，就这样挨了几天，后来他们也就不遮挡了。他们知道，有一天他们会被冻死。时光被冻住以后，他们就会到另外一个世界去，到另外一个红绿灯路口去，那儿，天帝正操纵着另外一个世界轰然前行。

铁笼空了，后来关了四条藏獒。

街上来来往往，都是没有前脚掌的男人，他们走起路来摇摇晃晃。有的男人甚至放弃了直立行走，跟女人保持一致，改用爬行。族人们，渐渐习惯了羞耻与屈辱。无法改变的事实，正在重新唤醒他们身上潜藏的奴性。

奴性，它本来是人心善良的一部分。

女人们失魂落魄，不敢出门，无法直立行走的女人，还是女人吗？她们只有在坐着的时候才能直起上身，用勺子喂养小孩。她们知道，孩子一出生，就是耻辱的开始，长大了，男孩会被砍掉前脚掌的，女孩四脚着地。于是，溺婴成了维护尊严的方法。

我们把这一切，统称为：适者生存。

5

唯一可以直立行走的女人小盘，她看起来活得并不差。

她依旧穿着挂满珠宝的衣服，胸口的铃铛依旧响着。人们说她胸口的铃铛，是狗的象征。唯一不同的是，母狗没有乳头了。

但她终于生了小孩了，是个女孩。人们说，是孽种。

是的，小盘是要服侍男人的。她的眼睛已经看不见了，她只能摸索着，服侍男人。她不知道自己服侍的男人是谁，开始是那个仇人，后来仇人会为她提供不同的服务对象。这个性格刚烈的女子，她把自己放出去，任由凌辱，直到自己变丑变贱，没有人对她感兴趣，于是她就安全了。

她可以把全部时间投到女儿的身上，对一切她都可以不在乎，包括她的丈夫，那个冻死在墙角的赤裸男人。她知道这是宿命——如果那时他不放走敌人，那么一切就不会发生。

从某种意义上说，善良，是因为绝望。而恶，总是生机勃勃。

恨是可以修炼的，直到有一天，它和爱一样，可以成为一种习惯。如果恨修炼成一种习惯，那么，它就是一种生机勃勃的恶；或者说，是另一种爱。只是无所不在的爱的变奏曲。

所以，孩子，母亲的恨正在入侵你的心脏，正在滋养你。直到你长大，直到瞎眼的小盘已经死去，直到那个年老的没有名字的人骑到你的身上，像侮辱你的母亲一样侮辱了你。

终于到了故事的结尾。你杀了他，这是不够的。长矛刺穿他，这是不够的。沧海桑田，恨已经变种——这个女王，她教会所有人手脚并用，四脚走路，这样动作是洒脱的。

于是，关于四脚走路的历史，后世史家都认为，是从那场由仁慈导致的血光之灾开始的。

〔处理结果〕记忆单元已经清除，全程给用户播放舒缓的音乐。

〔艺术评定〕具有寓言性质的作品，可以推送给高校从事研究的学者，从肉体的疼痛跟想象力之间的关系进行理论分析。

〔操作员的话〕这是一次令人难忘的疗愈过程，因为西夏先生面目全非，我们的女助手当场被吓哭。主要是因为落差太大，西夏先生是本市名流，我们曾多次在电视采访中看过他出席各种活动，风度翩翩谈吐非凡，但如今昔日风采已经不可再得，令人痛心。

四、浓雾

〔姓名〕吴诗云

〔情况〕女，30 岁。与户主关系：户主章维田儿媳妇，章西夏的妻子。爆炸事故发生后，经常处于醉酒状态

〔标签〕心理适配、记忆提取、欲望加成、暖色语流

〔视角〕第一人称，私小说模式

〔题目〕浓雾

〔正文〕

1

爸妈离婚以后，我跟着妈妈住，母女相依为命，基本靠我爸寄给我的钱过日子。虽然家里很穷，但我妈每天起床，还是会给自己涂上口红，然后靠在飘窗上，抽劣质的烟。我妈爱抽烟，为了这个，我爸爸经常骂她不像个女人，有一次还给了她一个耳光。但我妈却经常悄悄对我说："诗云，女人要有自己的尊严。"

我看得出来，尊严如果没有钱做后盾，那就是纸做的。所以我爸从一个职员跳到副总的位置以后，他就没有再和我妈吵架，因为他基本不回家了。根据我妈收到的情报，我爸和他办公室那个"妖精"已经好上了，"他不会再要我们了"。果然，不久以后他们就离婚了。我妈很爽快地签了字，办了手续，没有提什么要求，也没有说一句话，坐在房间窗户下面听粤剧。她悄悄对我说，这也是为了女人的尊严。倒是我爸坐在沙发上，一个人抽着烟，默默流泪，烟抽完了，他起身走了，再也没有回来。我无数次回想那个场景，也不知道我爸是不是真的伤心。我希望他临走时能像小时候一样抱一下我，但他没有。

那一年我刚慌张地应对完月经初潮，对人的好与坏，还看得不是很清楚。我清晰地记得每一次他们吵架，我爸说我妈是个俗不可耐的贱女人，我妈说我爸薄情寡义。我也没有说话，只是捏了捏拳头，走进房间，关上门，把他

们的吵架声都关在外面。

爸妈离婚以后，我妈每天依然穿得花枝招展，但多数不出门，抽烟、睡觉。她对我的话也不多，让我感觉那是一块冰块。这种感觉，一直到那天晚上。

那天晚上，我被一阵低低的呻吟声吵醒。我很惊讶，我以为我妈病了，于是我去拍她的门，砰砰砰，我一敲门，她房间里就没有声音了。我问："妈，你是不是生病了？"她低哑着声音回答："没事，你去睡觉吧。"

我哦了一声回到床上，安静地躺着。过了不久，那个低低的呻吟声又重新响起，还伴随着一种金龟子飞翔的哧哧声。好奇心驱使我打开衣柜的门，钻进衣柜里。我和我妈的房间中间没有墙，只隔了一个大衣柜。衣柜质量很差，我知道那里有一道裂开的小口，外面是镜子，我把镜子上那层水银用指甲抠了一下，我就看到我妈妈，正躺在床上。她扭曲着身子斜躺在被子上，嘴巴微微张开着。房间里只有她一个人，她动作夸张，眉头却紧紧地皱起来，仿佛在与一只看不见的猛兽殊死搏斗。

深夜，我被这个诡异的场面吓呆了。我悄悄地退了回来，爬上床，刚才那个场面在我的脑海中挥之不去。我模仿我妈的姿势，手指摸索之下，一阵颤抖传遍我的全身，我感到河流在体内涌动，让我口干舌燥，渴望如暴雨持续横扫大地。

2

日子本来就这样过下去，不咸也不淡。但那个叫沈春涛的男人进入我妈的房间，把一切都弄糟了。

自从上了高中，虽然家离得不远，但我确实不愿意在冷冰冰的家里待着，于是我选择寄宿。那天星期五放学回家，我刚推开家门，就看到我的妈妈一脸灿烂的笑容。对这个笑容我太陌生了，我的妈妈好久没有这样笑过了。这时我才看到，在她身后站着一个男人，穿着皱巴巴的西装，挺着一个圆滚滚的肚子，像百货大楼陈列柜里过期的玩具。

我似乎明白些什么。

"吴诗云,过来,叫沈叔叔。"我妈开始动员我,"过来,其实说出来你就不会陌生,这是你的同学,叫……"妈妈想不起来。

穿西装的胖子随即接话说:"沈丹。"

"对,你的同学沈丹的爸爸!"

"沈丹?"我心里掠过一张漂亮的脸蛋。沈丹在我们班里是大美女,无数人追捧着她。她怎么会有这么丑陋的一个爸爸?这世上很多事情,我百思不得其解。

我打了招呼,到冰箱里找牛奶喝。

沈春涛帮我妈妈提包,并问我:"吴诗云啊,我要出去吃饭,一起去吧?"

妈妈也看着我,微笑着。我当然明白这只是一种礼节性的邀请。我说你们去吧。于是他们就走了。

我吃了点东西,也没有洗澡,就进了房间,在床上躺下,很快睡着了。

到了半夜,我被我妈一阵又一阵的叫声吵醒。还有说话的声音:

"我这样……这样……啊这样叫会不会啊……吵醒……啊……吴诗云?"

"不会,"沈春涛又用一种狡猾的口气说,"你能不叫吗?"

这时我已经爬进衣柜。沈春涛呼呼地喘气,问我妈:"我比你以前那个丈夫怎么样?"

我妈连声哎哎,说:"好,比他好,好一百倍一万倍……"

我听到这句话,眼泪唰唰地流了下来。我不懂这是为什么,但我只知道我讨厌这个男人,我恨他,不单单因为他侮辱我爸爸。我讨厌我妈,讨厌她像条狗一样伏在男人身边,讨厌她虚伪的尊严。

但我也同时感到口干舌燥,我钻进被窝,也轻轻地喘息着,让自己去往另外一个神仙世界。

3

过了两个月,我的单调的寄宿生活有了新的变化——沈丹搬进了我宿舍,住在我下铺。

自从知道那个男人是她爸爸以后,我看待沈丹的眼神也就不一样了。

沈丹说:"吴诗云,我对这个宿舍好陌生的耶,你要多多关照的呢!"她说话有很多语气词,让人听起来嗲声嗲气。

"我要去找林苗了,拜拜!"林苗是她的男朋友,我们学校非常有钱的白马王子和大众情人。

我点了点头,她就扭着屁股从我面前过去了。我从她的白色的校服底下那显眼的黑色胸罩,看到沈丹对自己身材的骄傲。确实她应该骄傲,几乎所有优秀的男生都在创造机会讨好沈丹。

但很快,她的骄傲便在我面前烟消云散,这缘于那个周末我的新发现。由于极度讨厌见到沈丹她爸沈春涛,我对回家变得非常抗拒。于是,我申请在学校留宿。但很快,每到周末或节假日,面对空空荡荡的校园和空空荡荡的宿舍,我感到非常无聊,世界末日一样的无聊。我玩了两局手机游戏,在沈丹的床上躺了下来。"这妖精,连床都铺得这么舒服!"于是我决定那天晚上在她床上睡觉,反正她也不知道。

但我一个转身——真是华丽转身,我便发现了沈丹的秘密:在席子下面,我翻到一张 B 超诊断报告单,上面有一个黑乎乎的图像,像是在扫描地下矿石,但我知道,这是沈丹的子宫,而且里面有东西,这东西还曾经被用药物取了出来——校花沈丹,在两个月前做过人流,她床头抽屉里的妇康宁、益母草胶囊更印证了我的看法。我又翻了翻,竟然还有网络借贷的合同。我对这些统统拍了照片。

这个粗枝大叶的小妖精,看我怎么收拾你!一个险恶的想法在我心中形成。只要我们学校的男生知道沈丹做过人流手术,那么她就不可能像现在这样骄傲,不可能在生日和情人节收到许许多多的礼物,更不可能当着人家的面宣读并撕毁别人的求爱信……

我请沈丹吃饭,然后一起去看电影,电影散场以后,站在电影院前面的广场上,沈丹还沉浸在电影剧情带来的情绪中。当我告诉她,我想把她的子宫图像多复印几张张贴到校园里,或者把网贷合同的照片发给各班男生,保证是一条大新闻。沈丹瞪大了眼睛,呆了大概有十秒,然后她双腿一软,竟然在我面前跪了下来。她抱住我的腿,呜呜地哭了起来。平日不可一世的沈丹,这时候像一块玻璃一样易碎；平日说话喜欢带语气词的沈丹，这个时候完全没有了语气词，说话简洁得不得了："吴诗云，我求求你，求求你……林苗知道会杀了我的……很多人都会……真的，求求你，你要我做什么都行……"

4

周末，沈丹留下来陪我。宿舍里没有人，我给沈丹倒了一杯水。沈丹连声说谢谢。

我斜躺在她床上，把手盘在胸前。沈丹站在那里喝水，她突然又哭了，然后小心地擦着眼泪。

"我要你做什么都可以？"我的声音听起来十分冰冷，不像是我的。

沈丹看着我，点了点头。她的眉头立刻皱了起来。

"笑一个。"

沈丹憋了好久，终于憋出一个很难看的笑容。

"你这叫……"

"不是不是，"她连忙打断我的话，"你给我点时间。"她把手里的水杯放下，当真露出一个灿烂的笑容，跟刚才判若两人，我不禁惊叹女人真是天生的演员，演技一流，这样的笑容我想什么男人都抵挡不住。

"第一次什么时候？"

她支支吾吾半天终于说："初中二年级。"

"跟谁？"

"能不能不说？"

"你说呢？"我反问她。

"跟一个大我三岁的男生。"

"在什么地方？"为了确认她的心理防线完全崩溃，我必须接着追问。

…………

所有人都知道我和沈丹成了形影不离的好朋友，也知道我很关心沈丹，知道沈丹对我像对姐姐一样，什么都听我的。他们惊奇于沈丹对我的畏惧与顺从，但是没有人知道我们之间的秘密。

我并不认为自己是一个阴暗的人。一番折腾下来，沈丹已经像一块棉花糖那样柔软。她开始向我完全敞开她的全部经历，完整而丰富的性经历，并分享着彼此的快乐。

这样的游戏持续了两个月，我又觉得没意思了。我悄悄把沈丹带回家来，带进了房间里。我想让她知道，她的爸爸是如何对待我的妈妈的。

家里依然很安静，窗台上死了一只金龟子。妈妈出去了，一定又是同沈春涛约会去了。他们习惯于在深夜回来，有时还会喝得大醉。但我感觉到作为第三者的妈妈，她是开心的，欢乐的，我不知道这是由于她能证明自己也能像爸爸的"小秘"一样抢走别人的老公，还是由于其他的原因。

我们似乎在扮演一个游戏的两个角色，关于青春和欲望，关于女孩不可启齿的秘密。我发现沈丹竟然非常享受这种被胁迫被控制的感觉，她称呼我为暗黑的王后。

我在深夜把沈丹摇醒，告诉她关于衣柜的秘密。我们坐在衣柜里，在小孔中可以看到隔壁房间的台灯很昏黄，沈丹的爸爸沈春涛，那个胖男人，正在幻化成一只猛禽。沈丹流泪了，泪滴在脸颊无声滑落。我知道她的伤心和我一样：她也有妈妈。她说她母亲是一个瘦弱多病的女人。但是她怕她父亲，在她强势的父亲面前，她一直都不敢吭声。

我们两人坐在地板上，对这样的人生，我们都深信不疑。

〔处理结果〕仪器扫描时，用户血液中酒精浓度较高，建议重新扫描。

〔艺术评定〕从虚构故事中可看到人物与现实存在剧烈冲突，对控制对渴望折射出现实对失控，但低俗故事，价值不大。

〔操作员的话〕疗效显著，治疗结束后，对客户进行随访，与章太太相谈甚欢。

五、 白露

〔姓名〕徐大运

〔情况〕男，36岁，离异。与户主关系：户主章维田的二女婿。户主的二女儿章嘉玲生下女儿徐晓斯后精神失常被送进疗养院,徐大运长住章家照顾女儿。事故发生时,他与女儿刚好参加学校组织的春游,侥幸逃过一劫。

〔标签〕私密语流、环境适配、常规记忆扫描

〔视角〕第一人称,日记模式

〔题目〕白露

〔正文〕

1

白露已经过去十几天,南方的天气方才开始转凉。我家的窗户朝北,夏日常开,南风再大也无半点凉意;及至秋冬时节,门窗虽设而常关,反而显得多余。这第一缕秋风灌窗而入的时候,我的生日也就到了。转眼三十多年过去了,我已经占据了这么长的时空,所幸者日子轻快,我并未度日如年。

与小时候一样,我母亲一早就煮了两个鸡蛋,算是给我过生日。她以乡下人的朴素,让两个鸡蛋成为一种庄重的仪式。

但我的妻子却没有发现这两个鸡蛋的分量,她偷偷带着我一岁半的女儿晓斯,到镇区去买蛋糕。我知道她将心形的蛋糕藏在冰箱里,想给我一个惊喜,却只能佯装不知。午饭的时候,她什么都不提,我只能耐心等着。晚上女儿睡着了,我洗完澡从浴室中出来,这才听到她在拆开蛋糕盒的声音,我暗自一笑,并不言语。我必须在她点燃蜡烛的时候,装出惊喜的样子,是的,我这么做了,她也十分激动,投入我的怀抱来吻我。这是她为我庆祝生日的方式,更重要的是,她为她所做的一切而感到幸福。

她让我对着蜡烛许愿。我是农村孩子,即使做了父亲,但对生日从来都马马虎虎,对蜡烛许愿我一点都没有经验,百感交集。我说,要许的愿望太多,只希望你无病无灾就好。

无病无灾,对她来说,是多高的要求,其实,我只希望住在她心里的那个魔鬼,能早日离她而去就好。

2

我女儿出生之后,我成为家里地位最低的一个,而她,当然稳坐第一把交

椅。她坐在那里，用手拍了拍地板，对我说：爸爸，坐！我就十分听话地走过去，坐在她身边。她一岁半，能听懂很多话，喜欢吃肉，最近迷上了楼下的滑梯。她浑身总有使不完的劲儿，常咧开嘴咯咯地笑，我站在她对面看着她，常常感觉自己像一块电力不足的电池。

她出生的时候，从产房被护士抱出来，我以为她一定睡着了，探头去看，却发现她睁着乌溜溜的眼睛看着我，眼睛一眨都不眨，那一刻我被这样清澈而毫不躲避的眼光吓坏了。我们一同坐着电梯上楼，她就这样看着我，像似曾相识的故人。

妻子肚子上挨了一刀。但其实挨一刀已经不重要了，因为生产之前一个月，她就已经无法走动了。胎儿压迫了她的坐骨神经，她挺着大肚子，却寸步难行。上洗手间，几米的距离，需要两个人一左一右扶着，举步维艰。夜里，她有时痛得翻不了身，但别人都帮不了她，甚至不敢去碰她，一碰她就大声喊痛。晓斯出生之后，她又长达两个月处于卧床状态，行走不便。其间她有时十分绝望，总担心以后必须由女儿用轮椅推着她去看夕阳。

而终于，她站了起来，能走了，我们抱着女儿晓斯，去看朝阳。

有那么一个瞬间，我觉得上天待我不薄，人近而立，我和妻子工作稳定，有房有车，女儿乖巧，父母健在。也有人羡慕我小有才气，书法绘画俱佳，随手就能画出漂亮的线条。然而，在光鲜的衣袍之下，命运正在拨动险恶莫测的齿轮。

3

一切在今年五月改变了。某一个清晨，我醒来，发现自己没有变成一只大甲虫，很高兴；听到厕所中洗刷的流水声，很高兴；听到客厅里我妈在逗孙子玩的声音，很高兴。然而，我很快就不高兴了——我看到妻子在厕所之中，目光呆滞，行动缓慢，她反复在刷洗毛巾和手帕，把洗干净的毛巾挂到架子上，再把架子上挂的毛巾放到盆里洗刷，如此反复。呼之不应，叫之不闻。

我问母亲，问她知道我妻子在做什么吗。我母亲笑着说，她一早就非常忙碌，所以我才赶紧帮她带孩子。

显然，老人家并不知道发生了什么事。

我将妻子从厕所里拽出来。她的手冰冷。我将她抱入怀中，她僵硬却并不反抗。

"你这是在做什么？"我摇着她的肩膀，仿佛可以把她摇醒。

"太脏了，这个世界太脏了，我要洗干净。"

4

那个魔鬼，就是这样住进了我妻子心中的。

魔鬼并不知道我妻子的优秀，她差一点就成为某市电视台的主持人，她漂亮，声音好，语音标准，表达流畅，能说会道，爱读书写字，心地善良。但是魔鬼还是住进去了。

魔鬼占据了她的心，魔鬼让她呆滞，然后，让她爆发。

如果在她失魂落魄的时候惊扰了她，她就会生气，咆哮，双手青筋暴起，有一次险些就把一岁多的晓斯掐死。清醒之后，她又如常人一样上班，与人交谈，并无异常。而发作的时候，她会用头撞墙，会怒目圆睁，面目狰狞，我这才知道魔鬼的模样真的是狰狞可怖。

有一天傍晚，她又有些恍惚，固执地说要带晓斯到楼下玩，我阻止她，劝她先喂晓斯吃饭。最后她还是坚持到楼下去玩，我紧紧跟随。在楼下，她让晓斯在地上爬，自己坐在旁边发呆，我不敢打断她发呆，只能和晓斯玩。哄着她尽快上楼来，她说晓斯已经感冒了，生病了，明天就发烧了，发烧了就不会好的。

她反复说，不会好的。我抓住生病的借口劝她上楼。

上楼之后，她说要帮女儿洗澡，晓斯刚才在地上爬，弄脏了。帮晓斯脱衣服的时候，她失控了，说反正不会好的，要生病的，反正都好不了的，她拼命扯晓斯的衣服，把晓斯往水里按，我把孩子抢过来了。这时，她歇斯底里发作了。她扔掉椅子，她打我。她一会儿说晓斯死了，一会儿说人家抢她宝宝。她听到晓斯的哭声，更厉害了。她哭着，用手打自己，说自己该死，只要将晓斯还给她，要她怎么样都行。但此时此刻，谁敢将晓斯交给她呢？就这样在家里走廊处僵持了半个小时,她精疲力竭,终于屈服,像一个孩子一样不停点头。我给她喝水,她喝了。然后开始配合去洗澡,没有脱衣服,直接淋浴。

洗完澡,我见她情绪稳定了一些,才将晓斯交给她。她哄晓斯睡觉。我妈担心她饿了,给她煮了粥。吃粥的时候,她突然又哭了,说晓斯死了。我让她回头看,她回头看到晓斯正睡在床上,才止住眼泪,继续吃。过了一会儿,又哭了,我又让她扭过头看床上。如此者三。

吃完粥,她躺在床上。她累了,像刚打过一场仗。但她又絮絮叨叨,将两年前在宿舍泡荔枝酒的所有细节都十分清晰地描述出来,然后又描述了我和她很久之前在超市外面吃鸡腿和泡面的情景,那时我们什么都没有,只有两辆破单车。她记忆力很好,甚至细致到我们买的每一样东西,她都能记得清,而我几乎都忘记了。

我听着,不禁落泪,往事历历啊。但魔鬼还是毫不犹豫住进她心里。

她病了。

5

暑假期间我回到东州老家,一座距离鹿灵湖四百公里的古城。我回到乡下,每天晚上八点多,暑气还未完全消散,我就泡到溪水里面去。我自幼在溪水边长大,一年中多半时间都在溪里游水,这样的日子一直持续到初中毕业。我到市区上高中,又到市区上大学,于是成了乡土的叛逃者,一直逃到几百里之外的地方去了,开始是谋生,后来便落地生根,在鹿灵湖边买房生子。

然而我总觉得自己是吸收溪水中的养分长大的。泡在溪水之中,那一份久违的冰凉重新渗透我的身体,我便如宇宙洪荒之中一颗浮尘,被溪水吸附在上面。生命以近乎奇迹的方式向我展示它的美丽和苍老,我又有什么理由能拒绝它对我记忆的排布呢?

我想起了遥远的童年,想起黑而冻的夜,爷爷拉着我的手,走遍村落之中大大小小的神宫庙宇,将分类摆布好的供品毕恭毕敬呈献给各路神仙菩萨。

在爷爷无比虔诚的跪拜中,我隐隐感觉自己似乎与众不同,我隐隐感觉自己似乎负有某种使命,仿佛我的生命与某种力量签署了协定。我想起邻居那个神巫对我的夸赞,想起自己曾经数次在命悬一线中重新活了过来,内心充满了平和而柔韧的乐声。

在夜的笼罩下,在溪水之中,我似乎又回到过去,从那里一路走过来,生命以记忆的形式重新呈现,而很多变得不可言说。

6

回到老家,我母亲显然是最为高兴的。因为孙子的缘故,她这两年跟着我背井离乡,从熟悉的家乡到陌生的城市,将父亲留在老家照理族亲关系。她离开村里的时候,许多人投来羡慕的眼光,都认为她可以享清福了,但她完全没有想到,她是从一个享清福的地方,到一片泥淖之中来。妻子行动不便期间,我母亲为她擦背捏脚,承担了所有的家务。她并不知道我妻子存在交流障碍,总觉得她付出很多,但经常换不来好脸色。妻子有时还对母亲诸如"买什么菜""下多少米"之类的问题置若罔闻,不理不睬。老人多次暗中垂泪,却不敢让我知道。但家中的不和睦我是能够觉察的,左手是恩,右手是爱,婆媳矛盾是世界级难题,我也无法解决。

及至知晓妻子有病,目睹妻子发作的情形,我母亲抱着孙子在角落里发抖。她将家里所有刀具都藏了起来,她突然对电视里的医院广告也关注起来,经常对我说这家医院不错,那家医院不错。当得知妻子并不愿意去看医生时,她眼光暗淡了下去。

将一个老人带入惴惴不安之中,我不孝。不孝有三,娶妻不慎为大。但她也明白这一切都是命运。妻子发作的时候,有时哭闹着要自杀,有时哭闹着要离婚。但母亲对离婚二字是十分忌讳的,她抚摸着孙子的头:"人活着,是要讲仁义的。"在她的理解里,仁义应该就是对婚姻协议的坚守。

对离婚,母亲心里是有一道坎的,来自于我的生父。

7

小时候我跟着爷爷过。爷爷在家里供起了菩萨,早晚烧香跪拜,阴暗的老屋中常常烟雾缭绕。屋顶瓦片中间有一扇玻璃天窗，日月的光辉有时会从天窗照进来，投射在诸位菩萨泥塑上面，显得十分神秘。我那时个子小，蜷缩在跪拜用的那条矮板凳上看书，猛一抬头，只看到文殊菩萨和观音菩萨同时在光辉之中注视着我，内心涌起一种惊恐，同时也萌生一种说不出的温暖。

我的童年是有信仰的。而这种信仰在复杂现实的反复验证中，失去了它的存在价值。爷爷去世那一年，穷人对于一丁点财富的贪婪，大人对于谎言的习以为常，都令我十足绝望。当有一天我明白铭刻我命运的掌纹就掌握在我的手中，我急于逃离黑暗，急于逃离土地，急于逃离农村，我心中的呼喊是何等迫切，让我明白了佛由心生，众神只应该活在心中。

8

我是乡土可悲的叛离者。

十三岁那年，家里种了甘蔗，母亲让我去给甘蔗拔草。那是夏天，跟我一样高的甘蔗林中十分闷热，连一点热气腾腾的风也没有。我弯着身子在甘蔗林中的土沟里拔草，脚踩在发臭的淤泥里，那姿势就像练气功扎马桩，屁股蹲得太低，就会碰到淤泥和水，但是如果想直起身子，那也是不可能的。甘蔗的叶子上长着镰刀一样的倒刺，一排排如牙齿一样锋利，不小心就会把脸蛋划出一道道血痕来。最可恶的是空中嗡嗡作响的蚊子，总是公然发动袭击，而我并无还手之力，因为我的双手都是泥巴，比如蚊子要是叮你脸颊，你伸手一拍，会满嘴是泥。

我当时并不知道农业还有其他的耕作方式，总之，我对跟农田有关的一切都厌恶之至。我甚至讨厌书本中描写农田景色的句子，总以为它们是在美化罪恶。

每每在田野里干完农活，我就会仰起头看疏阔的天，想起《西游记》中的天庭，想起爷爷所描述的神佛世界。我始终相信天空中有另外一双眼睛，正如我注视天空一样，此刻正在注视着我。

9

我从碧河边迁徙到鹿灵湖畔，在这里生根发芽。暑假结束，我想将女儿留在老家，但妻子不同意，她说，我们单位每次都号召捐款给留守儿童我都很积极，现在我的女儿倒成了留守儿童，这不是很好笑吗？她说这话时，逻辑倒是很清晰。

女儿从老家带回来，经过一个暑假，她已经会走了，摇摇晃晃，和别的小朋友抢夺自己心爱的玩具。她喜欢爬楼梯，喜欢吃面包，喜欢像只小猫一样往爸爸妈妈身上蹭。我几乎相信，她身上暗藏有千百种扮可爱的演技，并未一一展露。

但是妻子说，如果没办法，她就杀死晓斯，然后再自杀。

"为什么？"我被吓了一跳。

"因为我要是死了，就没人照顾她了，很可怜的。"

我赶紧跟她解释每个生命都是独立的，别人无权决定他人的生死，父母对子女也一样。我一转念之间，突然明白这样的辩解和理论相当于在强化她伤害孩子的记忆。

我当即闭嘴，但已经太迟了，她生气了。我此时正开车带着她在路口等红绿灯，她车门一开，就走下车了，而且还抱着晓斯。大卡车从旁边呼啸而过，我吓得脸色发青，赶紧下车去追。

10

两年前，晓斯还在她肚子里的时候，我还没有买汽车，整天踩着一辆破自行车上下班。每天我都必须路过一座桥，从桥上可以远眺整个鹿灵湖，视野开阔。

那一日我顶着大风踩着自行车艰难前行，黄昏的余晖照在我的脸上，让我全身都暖烘烘的。偌大一条大路竟没有车辆，也没有行人，空荡荡的，仿佛整个世界只剩下我一个，我不禁放声高歌。突然我感觉夕阳的光暗淡了下来，抬头望去，只见大路一直连到天边，而西边密密层层的白云高高堆起，将太阳也挡住了。定睛一看，这层层叠叠的白云居然堆出一个如来模样，而太阳躲在云后，正对着佛的头部放射出万丈的光辉来。我呆住了，停了下来，竟不禁悲从中来，不自觉泪流满面。

我不知为什么要流泪,我不知道面对的是什么,我不知这一切是什么意旨,我只知道,在天地苍茫之间,在湖光铺陈、石桥卧波之中,佛的孤独与我的孤独,在这一瞬间融为一体。

这一切人世的大悲苦,并非为了解脱,而只是一面镜子,让人发现了自己。

11

人生的文章断断续续写下来,好像永远没有结尾。

昨天我开车路过鹿灵湖,在湖边的一个大花圃上,躺着三个农民工模样的人,其时天色已经暗淡下来,路灯一节节亮了起来。我看到他们安详地指着天空,正在聊天,心想大概是在这里过夜吧,真是惬意啊。我开着汽车从他们身边走过,感觉自己无比俗气。今天早上我再次经过的时候,他们已经不在那里了。而今天午后,我从图书馆步行穿过另一个小湖,我又看到他们,原来是学校里的几个花匠,衣着确实农民模样,让我好生亲切,不禁驻足看他们在干什么。这时,他们三人中的一个,小心翼翼地走近湖边,像是要到水中去取什么东西,突然那花匠一脚踩空,摔了个四脚朝天。我正为他担心,却见其他二人,笑得弯下了腰。摔倒的爬了起来,也哈哈大笑。小湖边几乎每一棵小草都落满了他们的笑声。

我看着三个中年的农民,又看了看我自己。三十而立,内心一些东西却正在轰然倒塌。一束明亮的光照进我的内心,照进了一片幽暗。一丝简洁的想法,乘真如之道而来,围拢了我,此刻,仿佛正在敲砖集瓦,建一座心灵的寺庙。

〔处理结果〕该用户情绪正面,扫描未发现需要清除的记忆。

〔艺术评定〕语气真诚,虚构比例不超过百分之二十,故此可以将之作为一篇非虚构散文推送给出版机构。

〔操作员的话〕坊间传言,鞭炮厂爆炸重大事故背后的原因,可能跟章家精神失常的二女儿章嘉玲有关。她本来住在疗养院,但事故发生之前的春节刚好回家居住，春节期间发生了一些不愉快的事，但真相没有人可以知道。但她的丈夫徐大运对妻子纵火的说法表示反对，从他的扫描结果可以推测，或者他十分诚实，或者他是一个高情商的虚构作者。

第三部分：用户使用反馈

　　希望您能为我们的"众神牌人工智能负面情绪治疗仪家庭测试版 2.0"提出宝贵意见，感谢您对我们公司的支持！

　【用户反馈意见】

　　无良商家，破产品，我们的用户报告为什么会在社交媒体上传播？骗子机器，大家不要买！祝你们公司早日破产！

（刊于《芒种》2022 年第 7 期）

作者简介：

　　陈崇正，广东潮州人，广州市文艺报刊社副社长，广州市作协副主席。著有长篇小说《悬浮术》《美人城手记》，小说集《折叠术》《黑镜分身术》等。

虚拟世界

初日春

老来

1

老来快要疯啦,他为儿子伤透了脑筋。他时常琢磨,怎么会生养这么个现世报,他有时甚至想把那不争气的东西掐死。

儿子叫来水,千禧年生人,算起来已经二十多岁,早该有个成年人的样子了。但他在老来的眼里,就是一团糊不上墙的尿泥儿,比徒弟陆平坦差了十万八千里。

之所以愤怒,还在于老来的身份。他是鱼鸟河派出所的民警,虽然没什么具体职务,却也是人们尊敬的对象。

来水究竟有多差劲?毫不夸张地说,全市公安机关在职的民警子女中,绝对挑不出第二个。他连普通高中都没考上,复读了两年,一年比一年成绩差。

实在没招儿了，老来让他去职业高中，好赖能学个技术，将来也好养家糊口。事与愿违，来水在学校待了不到半个月，打起铺盖卷回家了。

问他为什么不好好念书，来水大言不惭，说那些同学都是垃圾，拉低了自己的档次。

老来怒不可遏，心想你他娘的有什么档次，竟有脸面笑话别人。可是，儿子已经大了，打不得也骂不得。

当时，看父亲不言语，来水拿腔拿调地说，你给我起错了名字，应该喊我来气，你现在很生气吧，实在不行就狂扁我一顿。

接着他话锋一转：不过呀，你也没资格，你倒是优秀的人民警察，大半辈子了，不也就混了个片儿警吗？再不济也得弄个警长当当，老话说得好，那什么不带长，放屁也不响。

老来肺都要气炸了，这他娘的是人话吗，天地良心，不走仕途全是为了这熊孩子。回想起来，这么多年，自己又当爹又当娘，最终落得这般下场，实在令人恼火。

但是，老来不得不承认，他是亏欠儿子的。如若当年先抢救妻子，哪怕爱人成为植物人，来水至少是父母双全，也不至于遭受那么大的打击。他心里有数，儿子憎恨自己，是认为他不该在车祸发生后，把家人撇在一边，去搭救陌生人。

来水的叛逆源于此。只不过，他的叛逆来得过早，拖泥带水持续了好些年，而且是愈演愈烈，与父亲闹得势不两立、水火不容。

熟悉这对父子的人都清楚，来水身上没有太大的毛病。如果非要吹毛求疵的话，无外乎两点：他不爱说话，一百脚也踹不出个屁来；再就是，他超级迷恋网络游戏，成天宅在家中，在虚拟世界中打发日子。

知子莫若父，来水一股脑说了那么多话，在老来这边就不是那回事儿了。他感到不可理喻，敢情犯了错误的是自己。

看着儿子理直气壮的架势，他终于按捺不住心头的怒火，随手把笔记本电脑摔到地板上。老来还是不解恨，又上前跺了几脚。

电脑散架了，但游戏尚未终止，脚下传来一惊一乍的声音：老赖，赶紧上，你挂了，我们都得挂。

来水瞥了一眼父亲，冷笑一声，头也不回地走了。老来一脚踢飞电脑，嘴里怒骂：他娘的，都挂了吧，没一个好X玩意儿。

电脑还在发出声响，似乎在讥笑他没本事，连儿子都管教不好。老来恶补过网络游戏方面的常识，为的是让来水悬崖勒马、回头是岸。他晓得那些声音是儿子队友发出来的，他自然也清楚，"老赖"是儿子游戏角色的昵称，与自己毫无关系。但他也确实搞不懂，来水的网名为什么叫"老赖"。

此时又想到这一问题，老来脑海中浮现的是来水赖唧唧的样子。他在心里暗骂：滚吧，滚得越远越好，最好在外面挂掉，一辈子也别回来。

在虚拟世界里，"挂"是"死"的意思，老来气昏了头，完全不考虑是否吉利。相反，他骂过之后倒觉得心里很熨帖。

半夜时分，他的半边脸肿了，是牙花子发炎给连累的。老来就怕上火，急火攻心的结果是害牙疼。常言道，牙疼不是病，疼起来真要命，他无数次地被儿子"要命"。

可怜天下父母心。牙疼起来了，老来的气儿却顺溜了。他又开始担忧儿子。他反复安慰自己，不要紧，不会出事儿的，那熊孩子会寻个网吧，耗上两三个通宵，然后再灰溜溜地回家。

老来不担心儿子生活费用的问题，熊孩子靠卖游戏装备度日，没朝自己讨要过一分钱。他看不懂这个世界了，靠不正经的营生也能生存，这还到哪儿说理去？

想到这里，老来倒抽一口冷气，他光顾得生气了，忘了事情的导火索——让他发疯的原因是，来水涉嫌网络盗窃，已经进了派出所的"黑名单"。

2

老来想求助徒弟，终究还是没抹开面子。

陆平坦刚毕业，到派出所报到的当天，他给老来留下的印象非常糟糕。他出身书香门第，待人处事有礼有节，只怪他刚一熟悉环境，就拿出一台平板电脑，趴在那里忙活开了。

老来对此特别敏感,认为所有玩电脑的年轻人都不思进取。所长把陆平坦安排到他手下时,他把脑袋摇成了拨浪鼓,他不愿再有一个跟儿子同类的人在身边。

所长了解他的脾性,嘻嘻哈哈地告诉他,不能先入为主,还说什么眼见不一定为实。

老来赞同这一观点,尤其是后者。有时辖区居民发生纠纷,起因往往是鸡毛蒜皮的小事儿,如果光盯着那件事儿去处理,就大错特错了,因为矛盾双方很可能积怨已久,琐碎事儿都藏着掖着呢。

看他一直不吭声,所长沉下脸,嫌他倚老卖老,说这是命令,别讨价还价。

老来心里清楚,所长一贯雷厉风行,只要脸色一变,就没有商量的余地了。至于倚老卖老的说法,倒不必当真,那是所长的口头禅。更何况,作为所里资历最老的同志,他的确偶尔会那么干,得亏年轻人都比较宽容。

那会儿,老来给自己的心理暗示是,走一步看一步,说不定通过自己的努力,会潜移默化地影响到徒弟,让陆平坦戒掉游戏瘾。

虽然管不住儿子,但他不想让年轻人走弯路。为此,他将之视为神圣而光荣的任务,时常拐弯抹角地提醒陆平坦,可人家当成了耳旁风,依然我行我素,只要一有空闲,就在平板电脑前鼓捣个没完。

公安机关有个老传统,新警入队后,会安排个老民警带着,目的是搞好"传帮带",让其及时熟悉业务,尽快进入工作状态。在基层派出所更是如此,毕竟服务群众、预防犯罪是主业,打击犯罪是最后一个关口。可以想象,跟形形色色的人打交道,有些经验只能靠个人去揣摩,教科书上是找不到现成答案的。

陆平坦倒是虚心好学,但一码归一码,老来始终觉得对方不尊重自己,是在装疯卖傻。他一度认为这徒弟不可救药了,师徒二人的关系因此别别扭扭。

事后,老来才知晓,自己错怪了徒弟,"眼见不一定为实"几乎成了真理,也让他反思了好长一段时间。

他的确没想到,徒弟不是在玩游戏,人家学的专业是网络安全,在两人关系最尴尬的时期，陆平坦被抽调到专案组，凭借技术协助侦办了一起网络诈骗案，不但被市局通报表扬，还荣立了个人三等功。

打那以后，老来对徒弟刮目相看，不明就里的人以为陆平坦是师父，他是个跟班。他才不管别人怎么看呢，话又说回来，他是有私心的，他想通过徒弟摸透儿子的习性，进而帮来水脱离苦海。他断定，长此以往，儿子的一生就全毁了。

老来有自知之明，想改变儿子不是三天两日就能实现的，这需要个循序渐进的过程。在来水不耐烦的时候，他便想无所谓的，情况再恶劣也无非如此，死马当作活马医吧。

是的，老来时常念叨，让儿子向陆平坦学习。意图简单明了。也就是说，他可以容忍来水暂时在虚拟世界里瞎折腾，内心却期盼儿子早日清醒，利用那个所谓的个人爱好，去干点正事儿。

来水从不反驳，被逼得急了，就甩身出门，把他晾在那里，玩一出离家出走。反反复复，让老来疲惫不堪。

扯得有点远。

这次父子翻脸，主要原因是老来没调整好状态。

傍晚下班前，所长专门找他聊了聊，说来水涉嫌参与一起案子，让他多留意儿子的言行举止。

老来的第一反应是，不可能，儿子虽说不争气，但不至于是非不辨，况且那家伙大门不出二门不迈，真要违法乱纪也得有机会啊。

老来瞬间警醒了，社会发展太快了，今非昔比，好多案子都没有犯罪现场了，它藏匿于虚拟世界，让人防不胜防。之前陆平坦参与侦办的那起案子，就是活生生的例子。

他顿时心虚了，脸色也变得难看至极。谁知所长却安慰他说，或许只是假象，也别把孩子想得太坏。

这话究竟什么意思？老来等不及了，他拨通所长的电话，非要问个子丑寅卯。所长显然还在加班，中气十足地提醒他，来水只是涉嫌犯罪，眼见不一定为实。

他娘的，又是这句话，丁是丁卯是卯，这算哪门子事儿？老来挂断电话，坐在那里生闷气，心想所长也太不地道了，都是做父亲的，有屁就放，说得含糊其词，也太虐心了。

老来跟着陷入了恐慌，假如儿子真犯了事儿，他无法做到大义灭亲。

3

老来麻爪了。

他坐立不安，索性披上外套，出门寻找来水。根据以往的经验，儿子一旦闹了情绪，通常不会跑太远，会就近找家网吧，在那里消磨时光。

一家一家网吧寻下来，他连个鬼影子也没瞅见。网吧里都乌烟瘴气，看着那些还略显稚嫩的脸，老来身心俱惫。

如果自己是公安局局长，一定下令查封所有网吧和游戏厅。老来气咻咻地想。这种念头早就有了，某段时间，他还以查消防安全的名义，没少去这类场所折腾，害得那些老板对他咬牙切齿。

这算是以权谋私吗？老来固执地认为不是，他觉得自己是在伸张正义，为社会铲除毒瘤。但他又不得不承认，这么做是在泄私愤，那些狗屁老板干点什么生意不好，赚这种钱昧良心、伤天理。

一直没碰见儿子，老来心里七上八下。来水懒得很，除了玩网游，对其他事情丝毫不感兴趣，也就是说，他即便从家里跑出来，多一步路也不愿走。

莫非他真的搅进了某个犯罪团伙？老来越想越后怕，因为所长不会平白无故地说那番话。他猛然间醒悟了，看来人家是用心良苦，想让自己事先有个心理准备。

老来后悔不已，出门之前也没看看那个小本子。

本子是来水的，什么东西都记在上面，有游戏的账号和密码，也有他的心事，算是个大杂烩。老来不认为那是日记本，反倒觉得是儿子有意把本子放在那里，想让他随时掌握对方的心声。

来水曾经写过一段文字，把他贬得一文不值。大概意思是，老来光会吹牛扯皮，动不动就说自己当年如何优秀，倘若不是为了照顾家里，现如今早干上局领导了……

老来确实有这么个缺点，喜好在儿子面前唠叨，拿自己年轻时的经历教育对方。他说得也没错，如今的局长是他当年的同事，若干年前两人摽着劲儿干，关系却亲密无间，假若不是那起车祸打乱了生活，局长的位置很可能是他的。

提到那起车祸，老来心如刀绞。儿子在那本子里写道：他太自私了，为了表现个人，置自己的老婆于不顾，他是害死妈妈的凶手。

老来无法解释，他也没必要解释。他相信时间会证明一切。事实证明，他过于乐观了，父子关系愈来愈疏远，离反目成仇已经不远了。

陆平坦的确发挥了一定的作用，他跟来水组队玩游戏，套出了一些话，老来相信，那都是儿子的心里话。

来水说，只有在虚拟的世界里，才能体会到王者风范，找到真正的成就感；来水还说，之所以注册昵称为"老赖"，是觉得父亲半辈子活得窝囊，跟个癞皮狗似的。

陆平坦到底还是年轻，复述这些的时候口无遮拦，气得老来牙花子疼。他也因此忽略了许多细节。比如说，来水玩的几款游戏都很小众，虽然玩家也不少，但均不是爆款类型。

老来忽然记起来，徒弟那会儿不断感叹，说来哥有点意思。那语气意味深长。他愈加怀疑，小众游戏有猫腻。

他打算直接给徒弟去个电话，转念一想不对，年轻人贪睡，大半夜地把人家吵醒，事情办得太腻歪人。还有个问题，家丑不可外扬，老来不想闹得满城风雨。

退一万步讲，儿子真要栽了跟头，控制在小范围之内，或许还有挽回的余地。老来心里很不是滋味，干警察这么多年，他从未背后搞过小动作，为此得罪过好多朋友，有的直接老死不相往来。

他开始算计如何应对，他此时已经把来水视为嫌疑人了。老来在心里对自己说，半辈子清正廉洁，这把年纪了却晚节不保。他跟着又劝自己，警察也是人，也有七情六欲，为儿子去犯个错误，也是人之常情。

老来不再纠结，心想真到了那地步，就豁上去这张老脸。生出了这一念头，他又迫不及待地想跟陆平坦联系了，既然不讲脸面了，要寻到来水，最简便的方式是，让徒弟帮忙定到儿子的位置。

眼下，他对网络游戏仍旧一知半解，但他十分清楚，徒弟是这方面的小专家，想通过游戏空间找到某个人，基本上不费吹灰之力。

但他到底还是打消了这一念想，说白了，他有很多顾虑，他怕陆平坦坏了事儿，出什么幺蛾子，再"捞"不回儿子。总归一句话，这不是光彩事儿，必须暗箱操作。

他只能继续等下去，等来水闹够了，自行回家。老来万万没想到，儿子此次了无音讯，整整一个礼拜，未曾露面。其间，他联系过无数次，却发现来水把他的所有联系方式都拉黑了。

老来想报警，说儿子失踪了，可自己身为警察，传出去是奇耻大辱。

陆平坦

4

陆平坦万分诧异。据他观察，师父最近总是丢三落四，好像一下子衰老了，连背都有点驼了。

他直截了当地问过师父，老来却欲言又止。陆平坦心想，这是闹得哪一出，要知道老来同志向来喜欢直来直去，这不科学。

虽然有些反常，陆平坦并未太过在意，他有好多事情要做。他有个愿望，想开发个软件，把相关警务信息全都涵盖进去，如果能够成功，工作效率会大大提升。

他深知这绝非一己之力就能够实现的，便成天在微信群里，以各种方式讨好昔日的同学们。有人耻笑他走火入魔了，放着高薪工作不干，非要到公安去自讨苦吃。

陆平坦一笑而过，人各有志不能强求，他小时候最大的理想是穿警服或军装，那种行侠仗义的快意之感，是他与生俱来的追求。

显而易见，他不是科班出身的警察，相比那些警校毕业的同龄人，陆平坦在公安业务上是短板。得亏有老来领路，他才跌跌撞撞上了路。毫不夸张地说，如今去独自处理纠纷，他也能游刃有余。

刚来报到的时候可不是这样，老来横挑鼻子竖挑眼，处处刁难自己，让人觉得老同志脾气古怪，是在给他小鞋穿。直到办完那起诈骗案，师父才改变了态度。

他起初以为，是个人特长把师父镇住了，他好歹毕业于名牌大学。母校在专业领域上常常受到国外势力的制裁，由此可见他所修的专业有多么牛掰。

那段时日，局领导多次找他谈话，显然是把他当作了重点培养对象。陆平坦乐得分不清东南西北，老来给他泼了盆冷水，让他千万别翘尾巴。

师父的话极为中肯，让陆平坦不胜感激。他跟一般的"程序猿"有所不同，别人只晓得搞技术，他是智商、情商俱高，甚至有人说，他不走仕途亏大发了。

陆平坦轻而易举地走进了师父的内心世界，得知老来是为儿子犯愁，他大包大揽，承诺帮来水走出迷途。他的确被师父打动了，当爹妈的哪有不心疼孩子的？他打心底希望来水能理解自己的父亲，不再浑浑噩噩。

理想与现实总是相距甚远，陆平坦觉得，两者之间的关系，好比是牛郎和织女，生来就是一对情侣，却只能隔河相望，想碰面确实困难重重。

他本身也是焦头烂额。这是所里公开的秘密。

父母极力反对他当警察，说是嫌这个职业挣钱少、加班多，实际上是害怕他有个三长两短。

但凡了解公安队伍的人都清楚，派出所工作看起来风平浪静，无非是处理些油盐酱醋的事情，实则不然。

就在上周，他跟师父出警，还碰到个吸毒分子。那家伙毒瘾犯了，把老来的手腕咬出个"大手表"。这算是轻的。即便如此，所长也不敢大意，命令老来去体检，不怕一万就怕万一，赶上HIV病毒携带者，那可就中头彩喽。

所有警察家属都跟着担惊受怕，他的父母自然也不例外。让陆平坦难堪的是，老两口双双找到派出所，跟所长软缠硬磨，让人家把他辞退。

所长不由得感慨："秀才遇到兵"的老话得改改，当警察的遇到文化人，才是有理说不清。

陆平坦自觉颜面尽失，大大咧咧地说，甭把文化当盘菜，现在这俩字不值钱，真正有钱的主儿，无论多粗俗，对文化想搞就搞，比那些嫖客还不要脸。

所长笑得直不起腰，常年跟各色人等斗智斗勇，他反感那些口是心非的恭维话。他欣赏陆平坦这号的，说话接地气，办事才靠谱。

所长随口骂了脏字，倘若不是职务在身，他会把生殖器时常挂在嘴边。这也是老警察常犯的毛病，经过一段时间的接触，陆平坦对有些现象已经见怪不怪。

不管怎么说，陆平坦还是觉得对不住所长。试想，父母大人没事就往所里跑，难免干扰正常工作，搁在别人身上，早就不耐烦了。所以说，他认为所长和老来都对自己不赖。

也正是父母的过度关心，才导致陆平坦分散了精力，忽略了师父的感受。他已经自顾不暇，还真没心思关注老来。

很久以后，他回忆起这段往事时，依然埋怨自己当时不够敏感。换言之，假使他那会儿有所警觉的话，就不会出现后面的麻烦了。没办法，所有事情都不会以人的意志为转移。

又过了一个礼拜，老来找到了他，吞吞吐吐地让他帮忙，说来水已经失联了将近十天。陆平坦也慌了，心想来哥也真够狠的，全然不顾父亲的感受。

5

陆平坦只比来水晚出生个几天，前不久，他俩刚一起过了生日。

那天下着毛毛细雨，天雾蒙蒙的，却丝毫未影响到两人的情绪。他们去了一家火锅店，说好了陆平坦做东，可来水死活不干，非要 AA 制。这让陆平坦觉得他很萌。

来水有一套独特的思维模式。譬如，他仰望空中的雨水，居然感叹说，老天爷安装了一把巨大的花洒，像吃奶的娃娃一样，看起来无忧无虑。

来水的吃相极不雅观，跟一百年没吃过饭似的，不但吧嗒嘴，还时常发出古怪的声音。以陆平坦的家庭背景，这是很大的忌讳，可两人偏偏成了知己，几乎无话不谈。

彼时，陆平坦已经知晓来水的家境，看着对方狼吞虎咽，他心生怜悯。他无法想象同龄人的生活常态，更无法想象他们父子间的矛盾和冲突。

来水把肚子撑了个溜圆，才不好意思地问：旦旦，你怎么不吃啊？

陆平坦答非所问：我名字最后一个字是"坦"，宽广平坦的"坦"，不是旦。

来水故作深沉：我觉得带个偏旁，显得土气，我还觉得旦旦好听，有问题吗？

陆平坦嬉皮笑脸地回应：我以为你念书少，不识字儿，得，只要你开心，喊什么都行，那只是个代号罢了。

来水以往厌恶别人说自己学习不好，却能接受陆平坦的话，这可能就是一物降一物，或者说一个愿打，一个愿挨吧，这也注定两人会成为好兄弟。

饭后，陆平坦没让来水直接回家，而是把他带到了商场顶层的游戏厅，说是要玩电动游戏。来水神色黯淡，轻声嘀咕，说这得花不少冤枉钱吧。

陆平坦感到心酸，人们或许都以为来水只迷恋玩网游，却不知道他过得苦巴巴的，连年轻人热衷的娱乐项目都未曾尝试过。他由此断定，来水并非师父嘴里的"混账"，他懂得节俭，他有骨气，他不愿花父亲的一分钱。

二人一时无语，还是来水主动消除了尴尬，说别玩这些没用的东西了，我请教你个问题。

陆平坦把胸脯拍得"咣咣"响：不用焚香烧纸，有求必应，有问必答。

来水想了想，说你是警察，"杀猪盘"是怎么回事儿？

你老爸也是警察，直接问他不就得了。自知失言，陆平坦赶忙打哈哈：你以后饮食要规律，养肥了，我再杀你。

来水心情不错，摇头晃脑地说，你倒关心起了我，貌似咱俩弄反了，我倒真想喊你声哥。

陆平坦立马清楚了，来水缺少关爱，甚至缺乏安全感，沉迷于虚拟世界，是为了寻找某种精神寄托。

当日晚上，他给来水发微信：来哥，我也有事儿请你帮忙。

来水瞬间回复：尽管吱声。

陆平坦回了段语音：吱——吱——吱——我吱了三声，丑话说在前头，不许推辞，更不能拒绝。

来水说，旦旦，你好幽默。

陆平坦说，纠正一下，我不幽默，我是很函黑。言归正传哈，我邀请你参加一个团队，研发个软件，打击犯罪。

来水发了个尴尬的小表情，问：我能行吗？

什么叫你能行吗，快把"吗"字去掉。说着，陆平坦把他拉进了微信群。

在此之前，陆平坦已经跟群里的同学聊过，如果不跟那些家伙沟通，像来水这类的菜鸟，分分钟会被他们虐死。幸亏他擅长交际，跟兄弟们处得不赖。

那些傲娇的老同学给足了面子，以各种方式表示欢迎，有的还点名给来水发了红包。来水受宠若惊。这群年轻人一毕业薪水就很高，红包的金额远远超出了来水的想象空间，害得他不敢接了。

陆平坦郑重其事地告诉来水：目前他们尊重你，是碍于我的情面，咱一起努力，让大家真正敬重你。

来水应了。陆平坦心知肚明，个人的研发团队是民间力量，尚不成熟，光凭一腔热忱是不够的，得靠过硬的技术以及大数据做支撑。从这个角度来讲，来水在这个团队里可有可无。

坦白地说，他并非一时兴起，他只是觉得来水需要一个舞台，只要敢于上台展示才华，戒掉网游是迟早的事情，说不定真能让来水找到新的方向，假以时日必定会有天翻地覆的变化。

陆平坦预估得没错，来水随后请教了不少问题，虽然都很幼稚，却一次比一次专业，这令他欣喜。他后悔没将这些事情告知师父，假如老来晓得儿子的变化，父子俩就不可能闹掰了。

可惜说什么都晚三秋了，他一时半会寻不见来水。

6

陆平坦登录来水常玩的几款游戏，想借此定到来水的位置。令他难以置信的是，来水离家之后，再也没玩过游戏。

他随身携带平板电脑，时不时地看上一眼，等待"老赖"在游戏界面现身。陆平坦已经想好了沟通方式，自信能把来水劝回家。

一天、两天、三天……又一个礼拜过去了，来水消失得无影无踪。陆平坦也惶恐万分，虽然来水很可能是在闹情绪，他也不敢再拖下去了。

他跑去找所长，如此这般地把事情经过讲了，所长把他臭骂一顿：奶奶个腿的，怎么不早说？

陆平坦解释：怕师父不乐意，他不想让人知道。

所长把脸拉得比驴脸还长，摸出手机给局长拨电话，恳请局里给予支援。局长也把他埋怨一通，怪他对老同志关心不够。

所长跟着辩解：老来跟你是老交情了，他的脾气你了解，真要别扭起来，我们无可奈何。

也不知局长说了什么，所长的脸色稍微好看些了，他让陆平坦回去安心工作。一个大活人没了，师父又在一旁哭丧着脸，制造着紧张情绪，陆平坦根本就安不下心。

他们把希望寄托于市局技侦和网监部门。

技侦支队很快传来消息，说通过手机定位，来水就在家里。陆平坦傻眼了，敢情来水连手机都没带，如今是处处都依赖于手机，离开了它是寸步难行，他不敢想象这些天对方是如何生活的。

师父，来哥还有别的手机吗？陆平坦怯生生地问，他怕老来责怪自己。

老来木木呆呆的，他点点头又摇摇头，有气无力地说，不清楚。

陆平坦仔细回忆了一下，来水的确没用过别的手机，手头使的那一部，也早该淘汰了。他告诫自己，不能急，心急喝不了热豆浆。

他必须等，也只能等。等待的滋味常人难以想象，陆平坦等了多久就想了多久，但他始终没琢磨出合适的词汇，来形容自己当时的心情。

他们终于盼来了消息，市局指挥中心的工作人员告知，来水出家门之后，拐弯去了旁边的胡同，那里直通城中村，然后就销声匿迹。

所长心急如焚，让人家扩大范围，继续查城中村周边的监控。工作人员怼了回来：你来指挥中心当主任好了。

所长气得大骂：狗日的，官僚主义害死人，没把基层派出所放在眼里，得亏丢的人是咱民警家属，换作平民百姓，咱怎么跟人家解释？

陆平坦心想，所长啊所长，发火管个屁用，局长都发话了，指挥中心不可能敷衍了事。

受到所长那句话的刺激，老来冷不丁地冒出一句：丢人啊，真丢人……

一瞅师父神情恍惚，陆平坦好言相劝：别抠字眼儿，所长他不是那个意思。

所长没好气地说，什么意思不意思的，让他抠吧，如果抠字眼儿能把孩子抠回来，咱一块儿抠，抠上一宿，抠到天亮。

很明显，所有人都急了。老来也不怕被人笑话了，带着哭腔说，来水这孩子真不叫人省心，他万一有个好歹，我怎么向死去的那口子交代？

着急也没用，干耗下去不是个法子。陆平坦到洗手间，兜了捧冷水，泼到脸上，强迫自己保持清醒。

师父的家挨着城中村，那里占据着市区中心的黄金地带，早就传闻要拆迁，但个别居民狮子大开口，喊出了天价拆迁费，那片区域的建设至今停留在图纸上。

绝大多数居民在别处买了新房，那些破破烂烂的平房都租给了外来户，租客三教九流，导致那里的治安成了老大难。派出所多次与街道办协调，好不容易装上了监控设备，却又屡屡遭到破坏，维护费用是笔不小的开支，那些设备便成了聋子的耳朵。

陆平坦看了看手机上的导航地图，又瞥了一眼面前的趴趴房，在心里暗骂：这城中村就是一摊臭鸡屎。

如此形容异常贴切。在繁华都市中，有这么个"三不管"地段，不但影响了城市的形象，也掩盖了许多罪恶。软件开发还处于纸上谈兵的阶段，陆平坦只能采取笨办法，用双脚去丈量城中村，用双眼去寻觅好兄弟。

他原打算请示所长，调度所里的民警、辅警，在城中村来个地毯式搜索。他在离开派出所前，又打消了念头。基层单位是一个萝卜一个坑，每个人手里都有一摊子事儿，真要大动干戈的话，师父老来也不会答应。

陆平坦挨家挨户地打听，搞得口干舌燥，嗓子眼儿直冒烟。他在心里默念：来哥，别耍小孩子脾气了，你若真有个闪失，还让师父怎么活？

来水

7

世上或许真有心灵感应一说，陆平坦被一条疯狗咬到的时候，来水连续打了几个喷嚏。他擤了擤鼻涕，马眼镜也跟着皱了皱眉头，仿佛是在嫌弃他恶心。

来水的情绪一直不稳定，马眼镜虽然高度近视，他猜想对方也早就看出来了。

他先是兴高采烈，心想再也不用受老来的虐待了。在马眼镜这里，虽说居住条件差了些，但有吃有喝，还可以互相交流玩游戏的心得体会。这让他乐不思蜀。

那会儿，来水痛快极了，他算计好了，老来嘴上骂骂咧咧，心里是在意自己的，用这种方式报复父亲，至少可以减轻心里的恨意。

他不是那种不识好歹的人，他也不愿故意跟老来作对，但只要一想起死去的妈，来水就无比煎熬。他曾经设身处地地为父亲想过，假如自己碰到了那起车祸，很可能也会去先救别人。想归想，他还是迈不过心里那道坎儿。

乐呵也乐呵了，来水又悔恨交加，这么干损人不利己。自从妈妈离开人世，他与老来相依为命，他能体会到父亲对自己的呵护，更能想象到父亲此时心焦如焚的状态。

来水不再任性了，他决定回家，甚至想向老来低头认错。陆平坦对他的影响蛮大，人家说得没错，天底下只有父母不会害子女，老虎再狠也不吃自己的崽子，更何况是有血有肉、有情有义的高级灵长类动物。

这栋破房子好进不好出。马眼镜皮笑肉不笑，冲旁边的小喽啰撇撇嘴，两个高大的身影瞬间晃到了来水面前。

想象一下吧，来水平日饥一顿饱一顿，常年作息不规律，空有一米八几的个头，身子完全没长开，跟个豆芽儿似的。好汉不吃眼前亏，他当即赔笑脸，心里却盘算如何离开这是非之地。

他是主动来这里的，跟父亲的争执是导火索，也是催化剂。来水心里藏着个秘密，之所以玩小众游戏，是因为他无意中发现，游戏玩家中有部分人是醉翁之意不在酒。

来水清楚，那是个神秘而独立的王国，想进入那个圈子比登天还难。他把所有时间都耗费在了几款游戏上，碰到老来喋喋不休的时候，他真想告诉父亲，自己已经不是过去的来水了。

他在干一件有意义的事情。

忘了是几时几刻，来水在虚拟世界中幡然醒悟，他不想再过得人不人鬼不鬼，他要换一种活法，让父亲心服口服。

来水仍旧把战胜老来视为乐趣。搞笑的是，他在各个游戏中是以"老赖"的名号出现的，他认为父亲这片儿警干得憋屈，他把自己想象成了老来，在虚拟世界里所向披靡，把父亲的警察身份发挥得淋漓尽致。

真正介入那个圈子之后，他发觉自己已然无路可退。来水动过求助父亲的念想，但父子俩常年处于敌对状态，他实在是张不开嘴。还有就是，他极力想证明自己存在的价值，想要让老来收回过去的那些话。

一念之差，让他愈陷愈深。想要马眼镜一伙人信任自己，就必须陪那群孙子一起疯狂。

来水在玩游戏方面很有天赋，几乎每款游戏都能寻到漏洞。为了向马眼镜示好，他盗取了别人的账号，把人家游戏角色的戒指和兵器转了出来。

千万别小瞧了网游里的装备，对于资深玩家来说，那好比是命根子。而且那子虚乌有的东西价格不菲，光来水偷走的那两样，在游戏空间就能炒到十来万。这确实令人匪夷所思，只能说虚拟世界有时比现实生活还要残酷。

被盗的那位玩家就在来水的好友列表中，他暗示对方报警。他相信警方会帮忙寻回游戏装备，进而顺藤摸瓜，发现马眼镜的罪行。来水心想，此举一石二鸟，何乐而不为？

那位玩家不信，来水索性告诉对方：《民法典》上有规定，确认了自然人个人信息、数据、网络虚拟财产的权益价值属性。

他是从父亲带回家的一本书里看到上述文字的，既然想彻头彻尾地改变自己，而且还惦记着打败老来，来水想当然地观察着父亲。

文字生涩难懂，他专门请教了陆平坦，才放开手脚，把游戏装备拱手送给了马眼镜。这是见面礼，他坚信警方会追查到自己头上，这也是他走进城中村的真实意图。

老来当初责骂他的时候，来水的心情无比愉悦，他猜想自己已经被网监警察给盯上了。但他过于自负了，迟迟没见到警方有动静。

8

来水无论如何也想不到，老来会有那么多杂七杂八的念头。此时他完全与外界失去了联系。他不甘心的正是这个问题，目前所处的位置与自己的家近在咫尺，但却被马眼镜限制了人身自由。

他心里非常明白，对方不会轻易放过自己。欲望只会让人贪得无厌，马眼镜每天都有惊人的收入，怎么可能收手？

来水已经摸清了马眼镜的套路，那家伙组织网上赌博，参与者众多，不管赌徒们是输是赢，都得给他抽成。

可怕的是，马眼镜用的是网络语言召集赌徒，这就让警方很难固定证据。来水想起了父亲挂在嘴边的那句话——这路货色的反侦察意识极强。

来水学习成绩狗屁不是，但他脑瓜子灵活，对虚拟世界里的事务尤为敏感。他偷偷记下了那些暗号，谋算着如何把信息传递出去。

他忽然体会到叫天天不应、叫地地不灵，在主动进入马眼镜的老巢前，他遵照对方的指令，把手机撇在了家里，没有通信工具，总不能飞鸽传书吧。

必须想办法逃离这鬼地方！来水恨不能生出一对翅膀，变成鸟人飞出去。他搜肠刮肚，也未寻到锦囊妙计。

现实摆在面前，如若想实现愿望，只有一种可能，向马眼镜低头，忽悠对方允许自己上网玩游戏。

他笑眯眯地说，马教授，我手痒痒了，让我玩会儿吧。

马眼镜的目光透过厚厚的镜片，望向来水，嘿嘿一笑。来水心想，这孙子真够邪性，让手下的人喊自己教授，搞得跟有多少文化似的。

此时不能乱寻思，他赶紧收起杂念，继续哀求：教授，让我玩会儿，就一会儿，一小会儿。

马眼镜白了他一眼，说行啊，关键是我有什么好处？

来水迫不及待地说，我再帮你弄几套游戏装备。

马眼镜哈哈大笑：老赖同学，你该有点长进了。

来水明白言之所指，无非是让自己也参与网络赌博，死心塌地地为其做帮凶。他深知不能随口答应，掌控不好节奏，会让马眼镜起疑心，那孙子猴精，贼着呢。

过了一阵子，来水才半吞半吐地说，教授，放我一马吧，我真没那胆子。

马眼镜收起笑容：这就怂了？你家老爷子是警察，真有那么一天，他会出面保你。

合着是这个目的啊，来水暗骂：×你姥姥，你把警察想得也太不值钱了吧，王子犯法与民同罪，这是颠扑不灭的道理。

虽然心里是这么想的，来水还是不动声色，依然低三下四地说，这有点儿麻烦，我跟老东西不共戴天，我就是死在外头，他也不会管。

马眼镜的语气缓和下来：别妄自菲薄，你确实不受待见，那是你自己作的，有什么可叛逆的？乖乖地听话，比什么都好。你是他的独子，你妈活着，也不一定能响应号召，生个三胎出来，好好寻思寻思，是不是这么个理儿？

来水几近崩溃。太恐怖了，马眼镜竟然把自己摸了个底儿透。他强迫自己镇定下来，眼下决不能自乱阵脚，必须从长计议，把求救信号传递出去。

主意一定，他结结巴巴地说，教授，我、我听你的……

马眼镜起身走到他跟前，刮了一下他的鼻梁：这就对喽，我不会亏待你，有我一口肉，就不会让你喝汤。

来水做出惊恐的样子，点了点头，眼睛却瞅向了不远处的笔记本电脑。马眼镜猛然抓住他的头发，恶狠狠地警告：别他娘个×地耍滑头，胆敢日弄我，老子把你剁吧剁吧，喂狗！

来水委屈巴巴地说，教授，用人不疑，疑人不用，你不能疑神疑鬼。我想明白了，与其跟着老来受委屈，不如在你屁股后边喝口汤。我得赚钱，赚大把大把的钞票，气死那个老东西。

孺子可教，算你识相。马眼镜侧过身子，看了眼电脑：去吧，别真把自己给憋死了。

来水千恩万谢，三步并作两步走过去，伸手抓起电脑，火急火燎地进入游戏页面。他装模作样地玩了会儿，手指飞速地敲击键盘，在游戏空间向陆平坦发出了一串字母和数字的组合：5oiR5Zyo5Z＋O5Lit5p2RMzg25Y＋377yM5oql6K2m77yM5pWR5oiR77yB。

他没白跟着陆平坦微信群里的高手学专业常识，这是 base64 编码，此时派上了用场，意思是："我在城中村 386 号，报警，救我！"

陆平坦瞬间回复：5pS25Yiw（收到）。

来水喜出望外，他激动得差点流出眼泪。他神不知鬼不觉地删除了聊天记录，他在心里默默祈祷，毕竟接下来吉凶未卜。

9

来水目瞪口呆。老来率先冲了进来，紧随其后的是陆平坦，而且腿还一瘸一拐。他当时真的傻眼了，就这一老一少，还赤手空拳，这不明摆着来送死吗？

他很快又在心里嘀咕：谢天谢地，多亏那狗屁教授不是亡命之徒。

来水听父亲念叨过，犯罪分子也是讲究犯罪成本的，这很好理解，倘若犯下的罪行够不上死罪，那些混账王八蛋不会傻到去拼命，除非激情犯罪，再或者是吸了毒，行为不受意识控制。

正在他分神的空当，马眼镜身子一闪，躲在了来水背后，再一眨眼，白晃晃的弹簧刀已经横到了他的脖颈上：别往前走，老子的刀不长眼。

老来阴阳怪气地说，好啊，你赶紧捅他，多捅几刀，他留在世上也是个祸害。

来水暴怒：滚！你个老不死的。

这可是自己的亲生父亲啊，来水感到万分悲哀。某一刹那，他险些迎着刀刃拱上去，想来个彻底了结。万幸，他此时的求生欲望高过了一切。他要活下去，好好祸害老来，把老东西活活气死。

他难以咽下这口气，扭脸指责陆平坦：旦旦，我让你报警，谁让你告诉了这老不死的？

陆平坦用余光扫了一眼马眼镜，亮起了大嗓门：来哥，你听我解释，我跟师父出警，赶巧了，正好到了这里，邻居反映，这房子里有人鬼鬼祟祟……

老来厉声呵斥：闭嘴，你把人家马教授当弱智？你就直接告诉他们，是来水这个畜生通风报信，把咱们给引来了，马教授不是想把人捅死吗，正好，为民除害！

陆平坦针锋相对：师父，你不能满嘴跑火车，你很心疼来哥，为什么不说出口？父爱如山哪，你这倒好，给儿子压了座大山。

马眼镜被闹迷糊了，陆平坦的嗓音又亮又脆，震得耳朵嗡嗡响，他来不及辨别那些话是真是假。他的几个跟班也晕乎了，在他们眼里，老来是奇葩，置亲生儿子的生死于不顾，比外星人还难揣测。

好在来水看出了门道，陆平坦给他抛了个眼神，他心里敞亮了。老来是在故意干扰马眼镜的注意力，拖延时间，等待援兵。

他将计就计，配合着父亲的话嚷嚷：教授，求求你，下手狠点儿，我不想再看到他的臭嘴脸。

马眼镜终于忍无可忍，高声叫嚣：都说老子是疯子，你们才是疯子，一群疯子！

话音刚落，他手中的匕首朝前抹了一下，刀刃锋利无比，来水的脖子上划出了一道痕，血从刀口处渗了出来，红艳艳的，很刺眼。

马眼镜狂笑：来呀，我成全你们，让你爷儿俩到阴曹地府继续吵闹……

特警队员如神兵天降，首当其冲的是局长。他亲自带队抓捕，枪口直指马眼镜：把刀放下！

老来已经刹不住车了，他撞在马眼镜身上，来水眼疾手快，趁机踹了马眼镜一脚。马眼镜差点摔倒，被旁边的小喽啰一把扶住。

老来父子倒是脱险了，马眼镜却恼羞成怒，顺手劫持了扶着他的喽啰，与警方对峙。情况瞬息万变，那喽啰吓得尿了一裤裆。

陆平坦眼尖，忍不住笑了，局长浑厚的嗓音把笑声压了下去：马教授，别再执迷不悟，我们查过了，你不该走极端，你热爱你的事业……

马眼镜怒吼：老子不听！

局长声音不减，却换上了惋惜的语气：你爱你的学生，把他们视为己出，有人作弊，你判了零分，你没做错。他在网上造谣，害得你失去了晋升教授的资格，你不能拿别人的错误惩罚自己。

闭上你的臭嘴，这群傻"×00"后，都该受到惩罚，老子是替天行道！马眼镜歇斯底里，弹簧刀扎了出去。

来水尖叫一声，使尽吃奶力气，撞开了那个小喽啰，用躯体挡住了匕首。

在他闭上眼睛前，脑海里隐约浮现出若干年前的那个画面，老来撇下了妈妈，去营救非亲非故的群众。

不幸中的万幸，他还活着。他无意中帮警方破获了一起大案，面对记者，他傻愣愣地想，这不是虚拟世界。

（刊于《安徽文学》2022年第2期）

作者简介：

初日春，作家、编剧，中国作家协会会员，中国文艺评论家协会理事。

创作长篇小说9部、儿童文学3部，中短篇小说、散文、报告文学、电影剧本等体裁作品散见于各大文学期刊，参与多部影视剧创作，出版长篇小说《龙抬头》《一号战车》《警察三个半》，小说集《我说红烧，你说肉》，散文集《初一十五看月亮》等，曾担任《中国公安文学精品文库（1949—2019）》短篇卷副主编，作品多次入选各类文集及试题，并获"冰心散文奖""金盾文学奖"等奖项。

和故事有关的故事

张 潇

这是一个风雪交加、最适合分享故事的夜晚。

小镇略显荒凉,却一直吸引着南来北往的旅人在此落脚。这些四海为家的梦想者们,夜里最常聚集的地方,是一家名字叫作"和故事有关"的小酒馆。今晚,酒馆里喧嚣一如往常。

寒冷似乎无法冻结酒友们的热情,老客人们呼朋引伴,如期而至。才九点多钟,酒馆里已经坐满了一屋子人,吧台边上熙熙攘攘,连一处落脚之地都欠奉。

世上有千万种人:北方粗犷的汉子难耐南方的潮湿闷热,水乡那些娇滴滴的姑娘惧怕高原凛冽的利风;有人每餐无辣不欢,有人素来滴酒不沾……但不论来自何方,有着怎样的经历与背景,源自本质上的相同之处,让人类在某些时候总会表现出惊人的一致性,比如说对孤独的惧怕。

这样冷冽冰寒的夜晚,无疑会加倍放大每个人内心的孤寂空虚,但同样的情绪也是滋生故事的沃土。老板在经营这家酒馆之初便领悟到,他真正向人们贩售的,并非酒水或小食,更不是表演或小礼品这些东西。从酒馆开门营业的那天起，每一个夜晚无一例外，顾客希冀在这里获得的，从来都只有消遣与热闹。他们愿意消费金钱，只为寻觅排遣寂寞、驱散孤独的良方，填补心底与生俱来的那片空白。

三杯两盏淡酒入口，心底的倾诉欲自然随之高涨。老板亲手调好一杯马天尼放上吧台，看到酒馆里的氛围差不多正合适：那些吆五喝六的声音刚告一段落，此刻只零星有一些推杯换盏的声音。大家都心照不宣地放低了声音，仿佛在为下一段热情酝酿能量。于是，他高高举起双手，一脸坏笑，然后开始"啪——啪——啪"有节奏地用力击掌。

熟悉情况的老酒友都知道这意味着什么，他们一个个怪叫着，纷纷跟着节奏用力击掌，酒馆里的气氛瞬间热闹起来。紧接着，老板用他那粗犷的嗓音宣布了酒馆里的保留活动——任何客人，只要能够讲一个精彩的故事，就能赢得一杯老板的免费特调。而对故事的唯一评判标准，就是当故事讲完时，屋子里是否有足以压过老板说话音量的掌声。

老板有几手珍藏的特调远近闻名，真正对酒有品位的客人可不会错过。一片怂恿声中，有个身材高大、脸色苍白的男人奋力挤开身边的人，三两步来到吧台旁边。他仰起头，饱经沧桑的脸上卸去了几分阴沉，眉宇间写满了迫不及待。倘若有人从他进门开始就关注到他，就会发现，这个人自从进了酒馆就一副心事重重的样子，连一杯酒都没有喝过，换言之，他并非此间常见的酒友，来此似乎别有目的。

男人穿着一身皮毛外套，看似北方路边随处可见的酒中豪杰，可一旦行动起来，他却显示出了跟形象不相符的细致。他径直来到吧台边，先是用袖口在吧台上擦几下，然后反身跳起，半个屁股搭上了吧台，居高临下环顾四周。

"我要讲一个在我自己身上发生的故事，这是我这辈子遇到的，最离奇的事情。"他打开嗓门，就这样讲了起来，语速不缓不急，低沉而磁性的声音引人入胜。

* * *

  我从很小的时候起,就跟着父母在这座镇子定居了。那时候,本地有一则流传了很久的传说——说不清多久,反正打我五六岁的时候就常听说——亲眼见过死亡的人,会与通往另一个世界的门连通。这样的人,总会在生命的某个时刻,看到或听到一些不同寻常的东西,那些正是另一个世界的人想要向这边传递的信息。正因如此,当我第一次听到那个声音时,一点儿都没有感到害怕,我相信那是另一个世界的人选中了我,有什么特别重要的信息,需要通过我来向这边的世界传递。

  不好意思,这样讲顺序可能不太对。在真正开始讲这个故事之前,我先问一下,在座有多少人相信世界上存在多元宇宙?我看看,一、二、三……大部分人还是不信的,对吗?什么,你问我信不信?我无所谓相不相信,因为那就是发生在我自己身上的亲身经历。

  好了好了,不卖关子了。我第一次听到那个陌生的声音,是在我爷爷死去半年之后。什么?不不不,这个故事跟我爷爷一点儿关系都没有,他去世时我才十五岁,别打岔。总之,那时候我先是看到了一些奇怪的光点,大概就像是酒馆门口那些射灯的样子吧,很多颜色,像万花筒一样在我眼前展开,像是打开了异世界的通道。紧接着我就听到了那个来自天上,或者来自什么其他地方的声音。就像刚才说的,我一开始以为这是另一个世界的爷爷有求于我,他老人家生前很照顾我,如果可以的话,我当然愿意替天上的他完成点什么愿望,别太费劲的就行。

  但可惜啊,那个声音说的完全是跟我爷爷不相干的事儿,刚听了三句我就把已经溜到嘴边的"爷爷我好想你"给咽了回去。那个声音吧,有点阴柔,或者难听点说也可以叫不男不女。他用很客气的语气问我,是否愿意花点时间了解整个银河系最新最流行的故事?我低声跟他交谈几句,确定了这家伙并不是我的幻觉,然后他就开始了滔滔不绝。大概有半个小时吧,也可能更长时间,他介绍了很多,但中心思想只有一套:如果我愿意跟他签订合约，成为某些新故事的专属读者，就能获得不菲的零花钱。

你们猜怎么着？哈哈，你说让我别这样吞吞吐吐？抱歉不行，我好不容易捞到个能跟人说点儿话的机会，你们可别想限制我。好吧，其实也没什么好猜的，我只是个十几岁的孩子，对这个世界正有着无穷的欲望，但是裤兜里穷得叮当响，突然有人对我提出这样厚道的交易，又不用付出什么成本，我根本没过脑子就同意了，生怕对方反悔。后面的事情就很简单了，我想那位推销员藏身的位面，科技层次一定远高于我们吧，起码他使用的方式对我来说就跟魔法一样，等我回过神来时，所有的光点都已消散，我的手里攥着一笔钱——对当时的我来说，那堪称是一笔巨款。随即，我的耳边响起了一个平静的声音，开始读一些故事。我最开始还津津有味地听听具体的情节——抱歉，这段记忆实在太过遥远，我不可能回忆起那个故事究竟是在讲什么，但总之就跟市面上流行的那些小说差不多吧，男孩、女孩、奇遇、悬念之类的。当我发现那个声音从不停下，无论我是吃饭上厕所甚至睡觉都不会停歇时，我也就很快失去了兴趣。

我当时自以为睿智无比，对这一套交易的把戏了然于心：想必是哪个奇怪的平行世界里，物质生活已经足够丰富，闲下来的人只好以胡编故事为乐，最终这种不入流的作者产量实在过剩，甚至达到了写故事的人比看故事的人还多，于是读者就变成了珍稀资源。要知道故事写出来，天生就是要让人看的呀，要是没有读者，那群作者还不一个个憋得发疯？于是他们开始委托这种跨位面的销售公司，千方百计将自己源源不断量产的小说向外面的世界推销。我遇到的，就是这样一家中介公司，他们定期给我一些钱，为这些没人看的故事多增加一个忠实的读者，看看多么划算，谁都知道一个真正合格的读者可是无价的。

至于我，当时做的那个决定，现在看来当然太过冲动，可那时年轻的我根本想象不到自己究竟要付出什么，而这正是那个向我推销的魔鬼最最狡诈之处。不管怎么说，我还是过了一段很逍遥的日子，虽然不长。刚刚步入青春期的我，手握一笔不劳而获的巨款，很自然就开始了挥霍无度的生活。我请朋友一起吃喝玩乐，跟喜欢的女孩子从早到晚煲电话粥，最火的商品、最潮的玩具，只要能用钱得到的东西，我想要什么就有什么。当然，所有这一切都伴随着耳边那个絮絮叨叨的声音，和那些像水一样，流过耳边却了无痕迹的故事情节。

每时每刻，每分每秒，这玩意儿从不停歇，就是一直一直在给我讲故事。这些我从没听过的平庸故事近乎无穷无尽，我粗略估算了一下，从我耳朵里出现这个声音开始，一周之内它就输出了两千多万字的故事，吞吐量可谓惊人。我偶尔还是会沉下心听一听那些故事的具体情节，因为我心底隐约觉得，既然签订了合同，自己就有履行读者义务的基本责任。当然，玩忽职守一点儿也不打紧。但是每到这个时候，我才会察觉到这项工作的艰难之处，那些故事写得或许不能说差，但也谈不上多好，我不论多努力沉浸进去，结果都是下次再听的时候还是记不起之前都讲过什么。

我甚至尝试过将这些文字敲出来，再冠以自己的名字发表到网络上。试想一下，有这样一个强大的文字输出机器在，没有任何作者能够跟我比拼稳定产出吧？不用考虑灵感从何而来，也完全没有抄袭的风险——这些可都是另一个宇宙的故事。最妙的是我甚至都不需要用到自己的大脑，只要有足够的时间，轻易就能名利双收。反正异世界的作者不可能跨宇宙来主张著作权，我这样也是以更高的效率帮他争取更多的读者嘛，这可是双赢。有这样正当的理由，我的心思迅速活络起来。于是我花一大笔钱买了高级的键盘、屏幕和人体工学椅。你说打开文档就是干？不不不，这是必要的投资呀，因为耳边的声音一直在读，我得有足够快的打字速度才能记下来。后来，你们也可以料到结果吧？开工后，只干了一天我就烦了：打字实在是太累了，我总要有休息的时候，但耳边的声音却不会停，这样记录下的情节其实是不连贯的，而我压根儿懒得去想自己敲出来的字连起来究竟是什么东西，这样的东一榔头西一棒子的东西，是不可能有人看的。而且我发现，我高价购入的那套设备，用来打游戏要比码字舒服太多。

这样的尝试一而再、再而三告吹之后，我放弃了这种无意义的努力，又回到了花天酒地的日子里去。反正没人来验收我究竟有没有听那些故事，我只要心安理得拿自己应得的钱就好，又何必对交易的对象这样负责？

然而快乐的时光并不长久，我很快意识到，这份工作的挑战与压力，正以惊人的速度与日俱增。对那二十四小时不停、宛如催眠的絮絮念叨，我完全不想分配任何精力给它，但又做不到听而不闻，结果就是，随着时间的推移，这些故事对我带来的影响远比想象中更大、更可怕。白天的时候，我开始精神恍惚，时不时被耳边那些故事分散走注意力，而这样频繁走神的结果，是我无法做任何需要持续投入注意力的事情。我没法上课，没法打游戏，父母想跟我促膝长谈，但每次我都聊了几句就开始神思恍惚，我甚至没法跟女孩子约会，妈的。哦，对不起，反正当时的我就像这样吧，事事不顺，于是我再也无法控制自己的脾气，甚至开始混淆故事里的人物和现实中的朋友，结果当然是我又失去了与人交往的能力。简单来说就是，我变成了一个暴躁、郁郁寡欢、一事无成，时刻准备伤害自己或他人的废物。

　　有一段时间，我干脆自暴自弃。我离开学校，跑去尽情放纵：我跟人斗殴被关进看守所；我满地撒钱疯狂大笑，被人当作疯子；我甚至花钱让人当着我的面吃屎，还被人拍了下来，在网上引起了好大一阵风波……类似的蠢事我不知干了多少。但不管我在哪里，我在做什么，无论开心或是沮丧，耳边那个声音只会以恒定的速度，不受任何影响，继续讲那些无穷无尽的故事。

　　到了这个时候，我才懂得什么叫追悔莫及。究竟是什么样的笨蛋才会觉得，忍受一个永远无法关掉的机器在耳边以永恒不变的速度嘟囔下去，以这样的代价赚钱会是一个好主意？我他妈简直就是有史以来的头号大蠢货！当然，即便是我这样的蠢货，这时也意识到了，解铃还须系铃人，要摆脱现状唯一的方法就是找到跟我交易的那个推销员，结束这可怕的合作。

　　问题在于，我没有任何能主动联系对方的方式，当时满心欢喜地敲定合作，也没想着要个售后电话什么的。我只好采用最笨的办法，我去医院里找那种快死的人，希望以这样笨拙的方式多沾染一点儿另一个世界的气息。但我所有的努力都落空了，另一个世界没有任何回应，我只能在日复一日的折磨中变成废人。后面的故事不用说得太细，我经历了地狱般的折磨，在死亡的边境线上面见了阎王，但他老人家没有收留我，最终我是在一家精神病院的床上活了过来。在那家医院里，我住了很多年——那段日子太过不堪回首，我至今一想起来还要浑身打战。

那些故事的声音在我耳边一如往常折磨着我，而我已经万念俱灰。终于有一天，我打算自寻短见。就在我吊好绳索，准备一死了之时，我在浑浑噩噩中听到了另一个声音。

怎么说呢，那个声音不大，只是在故事片段的字里行间透出一点点奇怪的动静。当时我已经在精神病院里荒废了好些年，精神状况理所当然不是很好，所以一开始我并没意识到那是什么，虽然某种潜意识似乎拼命提醒我有什么不同寻常，要注意，再注意，但我就是呆呆地无法做出任何反应。

又过了一会儿，我的耳边突然安静了下来，然后，期盼已久的奇特光点再次在我面前绽放了开来。毫不夸张地说，来自身体的本能让我先哭了出来，然后才意识到发生什么。

这么多年来一直在我耳边的声音消失了，没有任何先兆，也没有剩下哪怕一分贝的残留。

眼前斑驳的光彩交错，仿佛将人带往迷离的梦境，恍惚中我不禁问自己，这是来到天堂了吗？这是否就是传闻中永恒的解脱，谁都躲不过去的无形之墙，每一个生命最初的起点和最后的归宿？

"抱歉，为了进行这次回访，我们不得不暂时中断您的故事收听业务，由此给您造成应得阅读量的损失，我们会酌情以其他方式补偿给您。"

一个阴柔的声音凭空出现，他一定不知道，我等他等了多久。我慌忙大叫，等一等，请停在这里吧！

因为担心他说完几句话就消失，我匆忙跟他交谈起来，然而被囚于精神病院多年的我，没说几句就开始语无伦次。当他两次提醒，我们目前花费的时间已经远远超出他平均回访沟通时间后，我还是花大力气让他弄清楚了我的现状。

"如果您要咨询这个合同到什么时候结束的话，请稍等我看一下。"对面的声音顿了一下，然后告诉我，我当时签订的是薪酬最高的终身制合同，所以无法终止，期限就是到我生命终结的那一天，这些条件都是上次他解释清楚，并且经过我同意的。接着，他兴高采烈地说起我签下的合同是如何如何划算，按照人类的平均寿命只有七十多岁来计算，我可是拿到了百倍以上的溢价，简直是赚大了。

你们听听，这说的都是什么鬼话！

无论我怎么哀求终止合同，那个一肚子坏水的家伙只是顾左右而言他，丝毫不接我的话茬。明知回访结束后，我将重回无穷故事的地狱，我满头是汗，一死了之的念头频频闪现。

等等，你刚才说，要以什么其他方式补偿我对吧？猛地，我灵光乍现。

"是的，先生。您有一次免费的机会，可以选择将现有火爆故事套餐升级为范围涵盖前后三百年的经典故事套餐，这套新的服务条款如下……"

既然你能够让故事进入我的脑子，那么我可以认为你们已经掌握了某种改造大脑的能力对吧？我希望得到的补偿就是，给我的大脑进行一次新的改造。也就是独立于我们之前签订的小说服务协议，另外进行一次新的合作，只是合作的条件由我来指定？

"这样不太妥当。"他沉吟片刻后回答道。纵然他这样说，我却喜上眉梢，因为有犹豫就说明这条路可行，只是条件不够丰厚而已。

你并非一次两次出入于我所在的这个宇宙对吧，这说明我的世界对你而言应该有某种长期价值，如果你不愿意帮我手术的话，那我可能选择去死——在你到来之前我正做此打算。不管怎么说，一个死掉的人，无法给你带来新的价值吧？

这番说辞进一步打动了他，之后的几分钟，又经过一番讨价还价，他终于松了口说："好吧，先生，虽然无法完全达成您的诉求，但我们的确可以试试。按照您说的那个条件，是可以做到的，但是这样的手术，技术上还不太成熟，后续有小概率出现变异的风险。"

让什么风险都见鬼去吧，我拍拍胸脯说没问题，无怨无悔。事到如今，就算是饮鸩止渴我也认了。

跟他当初把故事植入我脑子里一样，我没有任何异常的感觉，手术就已经结束。他麻利办完我们约好的一切，随即消失不见，大概是又跑去哪个宇宙坑害无知少年了吧。

那之后的几天，对我来说是完全新奇的体验。我时而能够听到故事的声音，时而又听不到。当我想要去捕捉那些字句时，耳边往往只会蹦出零星的词和字，根本连不成一句完整的话。我兴奋无比，因为这说明我的办法真的成功了！那些声音依然在，但我大脑中的某个区域已经可以自动屏蔽故事的声音，筛选出其他的正常声音！

我花了几天测试，最终得到的结论是，我的大脑已经具备这种防火墙的功能，但是它还不够强，所以时不时才会有失灵的情况。纵然这套机制并不完全管用，但对我来说处境已大为改善，我或许还有余裕去进一步完善这道墙。对我来说，从故事听众身份中解脱的希望哪怕是毒药，也一定是最甘甜的一颗。我开始自学心理学和脑科学，走访了很多国家的顶尖大学，尝试了很多很多方法，包括物理学、生命科学、心理学……最终我成功了，我可以给自己加固这道壁垒！那个声音出现的频率越来越低，我的睡眠也愈加美好。终于，说不清从哪天起，我再也听不见那些故事了！

朋友们，我重获新生了。我再也不用听那个喋喋不休的声音了！当然，这次手术的结果并非那么完美，也就是像那个推销员对我说的，无法完全达成我的诉求。实际上，我的大脑屏蔽的是一切带有戏剧性的情节。也就是说，古老的神话、未解的谜题、精彩的小说、动人的电影……这些东西对我来说全都变成了一片空白，通通被我的大脑防火墙从认知中抹去。

我可以听到一切跟戏剧性无关的话语，正常与人交谈也毫无障碍。但要是对话中一旦体现出某种故事性，我只能闭口不言，因为我的大脑的预警机制会在万分之一秒内启动，屏蔽掉这些戏剧性的情节，在我的眼里，会认为对面的人什么都没说过。就结果来看，别人会把我当作一个刻板无趣、有着奇怪癖好的怪人，他们当然无法体会现在的我是多么快乐。而作为交易的一部分，当屏蔽机制生效后，我就从推销员那里自动领取了十份故事套餐同时开工。理论上，我的耳边现在有一支足球队在喋喋不休，但把它们全都屏蔽掉的我，仍旧泰然自若。

那之后，我开心了好一段时间。我有钱，而且比起年轻时更加珍惜现在拥有的一切，我开始老实经商，也投入很多钱来研发脑科学，想要为人类做出一点贡献。我还维持了一段稳定的感情，对象是一个年轻聪慧的女孩子，一切看起来是那么美好，充满希望。那个时候的我以为，自己会是一个浪子回头故事的主角，然而我错了，在未来等待着我的，除了更大的灾难别无他物。

或许是手术真的有瑕疵，也或许是我领到的故事大礼包所产生的信息量在日积月累中超出了防火墙所能处理的带宽。我惊恐地发现，那些声音又开始出现了。这一次，我听到的是十一个故事交叉错位形成的复合信息，其呈现出的是难以辨认的嘈杂语音。而我的大脑防范机制，仍然依赖于大脑自身的基础辨识机能，换言之，能够屏蔽故事的前提首先是我要能够辨认故事。在十一个故事形成的混乱魔音面前，大坝已然决堤，这一次我无能为力。

我被迫放弃了自己已拥有的一切，隐居到一处无人的沙漠边缘，没日没夜被那声音折磨。在痛不欲生中，我差点刺聋了自己的耳朵，可我知道那无济于事，无穷无尽的声音只会依旧向我脑子里狂灌，汹涌不停。我甚至希望能够回到第二次交易之前，起码那时候我听到的还是有逻辑可言的故事。

但是，跟上次不一样的是，已经见到过阳光与希望的我，这一次决定不再轻言放弃，我相信自己可以坚持到新奇迹的诞生。从那之后又过了很久。大概有几年？也许是十几年……我发现自己的大脑中再次发生了变化。也许是平行世界的技术真的对它造成了什么不可控的改变吧，这一次，我彻底失去了语言能力。

然后又是几年，请原谅我无法提供更具体的时间标尺，因为时间对我来说没什么确切的意义，我的一生都被这些沉默的年头分割成了一块又一块的碎片，可这些零落的碎片拼起来，也还原不出我这一生的模样。总之几年之后，我又因为什么奇怪的因缘际会恢复了一点语言的功能，但却受到很大限制——我失去了跟这个世界交流的机会，只剩下了跟脑子里的十一个声音沟通的能力，用他们的语言。

我说得还不够清楚？好吧，我是说，现在的我，只能讲出带有戏剧性的故事情节，别的话什么都说不出来。

我成了一个说书人，而在讲故事之外的时间，我都是一个超级大哑巴加空前绝后的文盲。

我漂泊过很多地方，只为了能跟陌生人多说几个故事，借此来确认我依然存在于这个世界上的事实。所以，当我听说有家酒馆老板喜欢听故事的时候，我想，再不济我还能为自己的故事找到几个新的听众吧？对，酒什么的对我来说完全无所谓，但我可不能错过这个说话的机会，所以我来了。

谢谢你们愿意花时间听我的故事。

* * *

这个故事带着三分戏谑、两点荒唐、一丝猎奇，最重要的是还有点儿烂尾。即便如此，很多酒客还是没有吝于献上他们的掌声。男人为自己赢得一杯加入了利口酒和冰樱桃的特调鸡尾酒，他细细品味，之后略带腼腆地离开了吧台。仿佛在刚才的故事里用光了所有热情，他就这样安静地躲到了酒馆的角落里，再没吐出一个字来。

很多人还在回味第一个故事，有那么一会儿，再没有自告奋勇的人出现。但冷场没有持续太久，第二位出场者便迈着婀娜的脚步出现了。这个人穿着高领风衣，还戴着口罩，大半张脸都被掩藏起来，只露出一双漆黑得仿佛没有瞳仁的眼睛。他半长的黑发垂到肩头，发梢有些卷曲，看不出是男是女，只是姿态有几分妖娆，姑且称其为蒙面人吧。

蒙面人没有摘下口罩，他的声音也和身姿一样，轻柔多变，缥缈动听。

* * *

在这里，我想首先向刚才那个故事的讲述者表达一下感谢。非常微妙的是，他口中的故事，和我多少也算有些关系。直至站在这座酒馆里，听到那个故事，我才明白，自己今晚为什么会身处此地。在此之前我从不喜欢给人讲故事——这和我的职业有关——今晚原本也无此打算。可是听完他的故事后，我却有了一点儿兴致，想跟你们分享一下我的故事。继续听下去，你会知道我为什么这样说。

首先要向大家坦承的是，我和你们每个人都不相同，并非长居在地球上的人。我是一名来自第三银河的掮客，几年前我的飞船刚巧降落在地球上，从此我就留在了这里。对，第三银河，你们可能不相信还有其他文明的存在，但实际情况是银河间的文明交流已经延续了上亿年。不，平行宇宙确实存在，但是那位先生听到的声音并非源于另一个世界，而是来自天外，更确切地说，来自于我的某一位同事。他看到的光点，就是我们最常用的信息超空间跃迁技术所特有的标志。哦对，你们或许还不清楚像我这种职业是做什么的。简单来说，我们的任务就是连接宇宙间的需求，有的人想要发泄，有的人想要挨打，我有能力让前者找到后者，完美匹配需求，OK，这就是一个非常简单但优秀的案例。

上一个故事里那个推销故事的，就是我的一位同事，我想他应该使用了远程脑桥连线的技术，那确实不太稳定。事实上这种故事推销是新人入行时最主要的收入来源。故事的产出和消化，一度是宇宙间最庞大的生意，在我刚入行的时候当然也做过类似的事情。

每一个掮客都是工作狂，非如此难以从事这个行当。但是当我加入这样的群体之后，我发现自己对工作的完成和晋升，有着远比其他同事更强的狂热与执着。你可以说，有些生命来到世界上就是为了争强好胜，我就是这样的生命。我开始不满足于这种低效的地推式需求匹配和小打小闹般的生意，千方百计钻研如何更高效地完成更大的单子。很快，我就发现，对我们这一行来说，想要在效率上更进一步，有一个必需的前提，那就是要精准洞察客户的需求。

亿万年来，沟通与表达一直都是宇宙中最大最复杂的问题，也是大部分争端被引发的直接原因。地球上，不同人之间有着不同的背景与文化，物种、族群之间，语言和符号各不相通；而这个问题一旦放大到宇宙层面，其复杂程度便指数级上升。

大部分捎客都掌握着很多门语言，凭借这种超强的语言学习能力，我们与银河中七成以上的客户都可以顺利沟通，然而这远远不够。须知语言亦是一种看不见的陷阱，客户的思维更像是米诺陶斯的迷宫，九成的客户是意识不到自己真正的需求的，而剩下的一成里又有九成是无法清楚表达自己需求的。想要跨过语言的屏障，真正理解客户的渴望，抢先一步发掘对方潜在的需求，遍历整个银河也只有一个办法，那就是读心术。

听起来很像胡扯？哈哈，不，读心术当然不是那种胡说八道的超能力。毋宁说，你们所认知的超能力本身也是一种科学范畴内的东西。宇宙之大，无奇不有，在银河系里，确实有一个民族通过经年累月的复杂研究，掌握了读心的能力，他们被称为摩罗人，栖居在银河边陲一颗小行星上。

摩罗人掌握的算是银河系中最初级的那种文明，科技水平尚不及一百年前的地球，并且长期停滞在了这一水平。他们对太空也是兴趣缺缺，如果不是某个考察员意外发现并认证了他们的读心技术，摩罗人甚至没有资格跻身于银河大家族的花名册上。他们的读心术最厉害之处，在于可以通过外在观察，经过一系列复杂的算法，得到近乎百分之百正确的结论，这是一套由现象推出结果的超强算法，不管大脑构造如何，甚至有没有大脑都无所谓，理论上来说是可以通行宇宙的。

就像大部分低级文明一样，摩罗人极度排外，而且因为读心能力的存在，任谁都难以在他们面前撒谎，所以很少有外星系的人愿意跟他们打交道。我为了把准备做充分，专门在银河系大图书馆里搜集关于他们的资料，结果却发作为一个已经被认证了几千年的C级文明，他们在大图书馆里的资料简直少得可怜。

一旦下定决心，哪怕再多阻碍我也会想办法克服，所以在没法找到更多资料的情况下，我还是踏上了前往摩罗人星球的旅程。到了通关口岸，摩罗人对我比预想中要更友好，似乎几千年来的星际接触，多少改变了一点儿他们对外星访客的态度。然而当我心里刚出现了一点儿想要学习摩罗人读心术的意思时，接待我的那位通关员的态度就明显变了。

那个情景有点难以描述，他并没有表现出任何敌意或者抗拒，只是态度从友善一下子变成了懒散，似乎对我这个来访者瞬间失去了兴趣。

然后，我就在摩罗星球客居了一段日子。一开始，我还是没能找到愿意向我传授读心术的摩罗人。对摩罗人来说，威逼利诱都毫无用处，因为在他们面前，我的思想如同一张白纸，任何真实的念头都被一览无余，这样也就没有了任何威慑力。于是我只好把大部分时间用在学习摩罗人的文化习俗上，当然同样没有任何老师愿意教我，我只能从自己可以接触到的东西里尝试自学。

摩罗星球非常和平，这里已经很久都没有过任何战争，几乎每个人都在自己的能力范畴内维持着最低欲望的生活。难怪，他们连改善一下自己生活便利性的动力都没有，就更别说传授读心能力的意愿了。稍微了解摩罗人的历史之后，我发现，自从他们完善了读心的能力后，整个星球就变成了这样。

作为全银河系最优秀的业务人才，我相信办法永远比困难多，既然他们不愿传授，那我就从自学开始好了。每个银河掮客都有强大的学习能力，而这种能力的基础便是模仿。我开始有意模仿我能够接触到的摩罗人每天的一言一行，尝试着通过外在的接近，去学习他们内在的东西。做出这个决定之初，我只想先融入这个群体以尝试与他们达成更好的沟通，事实证明这一招颇有成效。又过去两周，我举手投足间看起来就和一个正牌摩罗人一样，悠闲、谨慎、慵懒，超然物外，和光同尘。当然更好的消息是，我找到愿意向我传授读心术的老师了。

我的老师就是我一直以来最主要的模仿对象，她是一位典型的摩罗女性，皮肤白皙，身材细瘦，也是极少数好奇心超出平均水准的摩罗人之一。当然这种高水准也只体现在其他摩罗人对我这个外来人一个正眼都不会看时，她会额外多看我两眼而已。

也许是我每天的观察与模仿成功引起了她的兴趣吧。某天，她主动来到了我的面前，上下打量了几眼，然后示意我跟着她走。

"你想学习读心的能力，目的是为了更好地完成自己的工作。这很难，绝不是你模仿我们说话和走路的样子就能有什么用的。除非你能有牺牲掉一些东西的觉悟，也只有到那时，你才能真正开始成为一个摩罗人。"这是她对我说的第一句话。

我告诉她，从我做出这个决定开始，就已经有此觉悟。她知道我并没有虚言，于是点点头，正式开始了对我的教学。

"首先你要学会坦诚相待，无心无念。"这是她教给我的第一课，后来这也成为我能学到的唯一一课，因为我根本就做不到她所说的那种坦诚。按照她的说法，想了解一种状态，只有进入那种状态才行。学会读心术的首要条件，就是要无心无念，放弃私心与一己之欲。

理智上，我知道她说得没错，每一个摩罗人都是足够坦诚的。他们不会欺瞒，不会作假，甚至不关心自己身边的一切。无心无念的状态，就是构成摩罗人现有社会形态的基础条件。我还注意到，摩罗人从未发展出任何远程通信的技术，不知是否因为远程状态下，摩罗人无法达成并确认彼此坦诚的状态，因此被认为是不合适的。

但如果我成了一个坦诚没有秘密的人，即便是有读心能力，我还怎么跟客户做生意呢？我并不是想说无奸不商这种老生常谈的话，但是在生意场上，你总会有些秘密没法对人坦白对吧？我希望能读懂客户的心思，但我的每个客户又何尝不想读懂我的心思，以便为自己争取最大的利益呢？换句话说，我学习读心术的目的，就是为自己争取更大的利益，那么如果学习读心术的前提，就是要放弃自己的利己之心，那么我学来又有何意义呢？至此，我对读心术的学习陷入了无解的死循环。

我所犯下的最大错误，就是误以为读心术是一种制造信息不对等的能力，并希望借此牟利。然而，冥冥之中的平衡之神在发明这项技术的时候，却注定了这是一种带来彼此平等、天下大同的能力。想到这里，我终于明白摩罗人为什么会变成现在这样了。

我没有任何办法，只能放弃，带着满腔失落离开摩罗星。那个时候我认为自己注定与摩罗星缘尽于此，但是后来的一个契机让我又重新审视起这段经历来。

离开摩罗星后，我继续维持着自己在每一次交易中的出色表现，只是偶尔难免心有不甘。我决定将所有对读心术的念想，都转化为更大的动力，投入到手中的工作上。花了三年，啃下了几个大单之后，我在掮客组织中的地位终于水涨船高。某天，我的上司对我说，想把我介绍给格罗先生。

要说我一点儿都不兴奋，那一定是胡说：格罗先生是我们这一行的传奇人物，他只花了三百年就成为等级最高的掮客，任务的完成率和满意度一直高居掮客组织的榜首，这可是相当了不起的成就。而且，格罗先生一直以来都是我的偶像和追赶的目标，如果他能传授我一些小小的心得，对我来说也将是莫大的收获。

格罗先生的样子跟我想的差不多，他的年纪已经不小，一双大眼睛，略微佝偻着身子，看起来其貌不扬，也没有任何的攻击性。我心想这就对了，在跨星系的交易中，亲和力是最重要的能力之一，但如果你以为他就只有看起来这么普通，就要小心了。像我们这种人的厉害之处，就在于明明有着非凡的智慧，在你面前却一点儿都不会流露出傲慢的感觉。

格罗先生对我颇多嘉许，他告诉我自己就快要退休了，组织希望我能继承他的位置，在他退休后成为第三银河南区的首席掮客。我这才了然，组织是安排了格罗先生来对我进行一下考察，以更深入地了解我的为人。接下来，我们之间的交流特别愉快，格罗先生精熟于如何在对话中说出某句正确的话来打开对方的心扉，往往我还没开口，就知道自己接下来要说的话必然在他意料之中，这当然是极为出色的能力。在他面前，我感觉自己就像是他的孩子，可以放心享受这种被他引导的对话氛围，将自己内心深处的秘密向他坦承。于是，在一种冲动的热情之下，我向他阐释了自己的抱负与人生规划，包括我脑子一热前往摩罗星的经历与挫败。

我的这段经历似乎出乎了他的意料，有那么一瞬间他的眼睛瞪得大大的，露出了一丝狡黠，我明确感觉到，他的兴趣这才被我真正吊起来。我惊讶地发现，格罗先生对读心术和摩罗人的了解几乎不逊于我。他沉思了一会儿，眯起眼睛，摆出一副高深莫测的姿态，问我是不是真的以为，摩罗人就是我看到的那个样子？

"这个民族的古老智慧，早在发明读心术的过程中就已经消耗殆尽，那个星球上现在剩下的就只有一群蠢货了，而且我可以打包票他们绝对不是好的老师，你千万不要被他们那一套玄学给唬住。"

我追问格罗先生，他是否了解如何才能真正得到读心术。

"很遗憾，当我得知这些信息的时候，我已经决定退休，所以我并没有意愿去完成这个念头。不过我可以确认的是，摩罗人身上真正的奥秘，只有充分扫描并解剖过他们的身体才能知道。"

说完，格罗先生看了看表，表示接下来他还有别的安排，今天的谈话就到这里，他会大力向组织推荐我的。回去之后，我沉寂已久的好奇心再度蠢蠢欲动，但是没有哪个摩罗人会任由我在他们的身体上进行试验，而他们又从不离开摩罗星，我要如何才能对他们的身体进行更深入的探索呢？

那时候的我完全没有察觉到，自己根本没考虑要不要解剖摩罗人的选择，直接跳到了如何解剖摩罗人的话题。有些想法，一旦触及，便会扎根于脑海之中，不断汲取你与生俱来的恶念，最终化为罪恶的嫩芽破土而出，这很可怕，也很可悲。一番思前想后，我最终还是再次造访了摩罗星，这一次我也额外做了一些准备，但我还不知道这些措施是否真的会有效果。一旦失败，我面临的命运可能将是再也无法离开这里。对事业正在上升期的我来说，这并不是个理智的选择，但当时的我就像是鬼迷心窍一般，完全不顾这天大的风险。

重返摩罗星的我，完全被某种情感驱动着。在经过关口时，通关员看着我的眼神里满是困惑。但我根本没心思跟他多说一句话，将飞船泊入港口后，便急不可耐地把老师约了出来。

距离我和她上次分别不过五年，她显然对我还有印象，甫一见到我，便盯着看了我很久。看着看着，她的双眼中忽然流下了晶莹的泪水。我不知所措，心中无比怜惜，满是柔情。此时此刻，在荷尔蒙的旺盛分泌下，我脑子里全是一团乱。我对她尽情倾诉离别以来的思念，对她告白说只想与她共度一生。这些话，每一句，都是我此刻的真心话，她想必可以分辨得出来。面对这一番真情攻势，她只是默默听着，然后在我的主导之下，我们亲切热吻，执手缠绵。彼此的眼神交错间，我感到心中莫名安定下来，像是完成了人生中某件极为重要的事情。接下来我的精神有些恍惚，飞船总控台上响起了一阵诡异的旋律，似乎在唤醒我心底某种不安的情绪。蓦地，仿佛一道闪电划过我的意识之海，我猛然间清醒过来。我清楚地知道这意味着什么——我事先施加给自己的催眠术被破解了。随着我的眼神清明起来，我叹息了一声，对她说，你不该来。我的一个念头之间，飞船的地板上涌出一阵电流，将她击晕在地。

多么可笑，人一边用行动践行自己的恶念，一边又忍不住说什么都怪你、你不该来这样的鬼话，只为了减轻心中一点点的不安。欺骗别人固然可恶，欺骗自己更是分外可怜。

在来到摩罗星之前，我事先通过催眠术，让自己相信：我已疯狂恋上了我的摩罗老师，这一次回到摩罗星，我只有一个目的，就是对她告白，从此与她生活在一起。然后，我又在飞船上进行了设置，一旦老师真的来到飞船，我们之间发生了最密切的身体接触，飞船主脑会自动判定触发破解条件，执行解除催眠的操作。现在一切如我所料，我成功骗过了她，将她带到了这座可以对她进行扫描和解剖操作的飞船上来。

仰赖于银河系最新型的飞船主脑帮助，我全面分析了老师的身体，发现格罗先生所说的果然没错：摩罗人的大脑中，在间脑脑前丘和丘脑之间，紧贴着松果体的地方，有一个极其复杂的特殊器官，而这正是他们读心的秘密所在。这种由造物主决定的生理差异，是后天训练绝对无法弥补的，什么无心无念，大概只是摩罗人的迷信。于是我剥夺了老师的器官，这个行为也理所当然剥夺了她的生命。在摩罗星的执法机构做出反应之前，我已经冲出了大气层。

进入太空之后，我迫不及待地设置好程序，对自己进行了手术，将老师的那个读心器官移植到了自己的身上。整个过程中，我的内心没有一丝羞愧或是不安，仿佛只是在冷眼旁观一个与我不相干的恶人做下这一切恶行。

然而或许是报应使然吧，移植的过程并不顺利，尽管我事先做好了配型准备，但新的器官还是在我的脑内引发了排斥反应，整整一个月里，我被折磨得痛不欲生。

好不容易依靠药物将排斥反应给抑制下去之后，我马上去找到了格罗先生。那天，我的打扮就和今天差不多，将自己整个隐藏在高领风衣里，没有经过任何预约，直接闯入了他的办公室。

我大声怒斥，指责他给我的消息中隐藏着巨大的谬误。他却饶有兴味地看着我，问我是否真的做到了那一步。我告诉他是的，我解剖了一个摩罗星人，移植了她脑中的器官，但我并没能掌握读心术——我昧着良心做下这一切，结果却以彻底的失败而告终。

听我讲述了摩罗星上发生的事情之后，格罗先生看着我，似笑非笑，他说自己跟摩罗星人打交道的日子，要比我早五十多年，而据他的了解，在摩罗人面前催眠术是没有用的。摩罗星人的读心术是一种由外入内，能够挖掘深层意识的高明技术，即便是催眠了自己的表层意识，骗过自己，也骗不过一个成年的摩罗星人。

不可能！她没有发现我的骗局，还是跟我来到了飞船里……说着说着，我的心跳猛烈加快，想到了一个更加荒谬的可能。

格罗先生没有在意我的无礼，只是继续跟我讲起了摩罗星人的习俗。原来我一直都没搞清楚，在摩罗星，模仿是一种有着非常特殊意义的行动。因为彼此之间没有秘密可言，只有想法习惯都完全一致的摩罗星人才能组成配偶一起生活，以保持步调一致。故而在摩罗人的文化中，主动模仿一个人的行动，是求偶时才有的举动。

老师当时究竟有没有读出我要加害她的念头呢？她的眼泪是为什么而流？早在老师教我第一课的时候，我就知道了，摩罗人除了坦诚之外，更懂得牺牲的精神。难道她看出了我的想法，但是为了成全或是惩罚我，选择了这种自我牺牲的高尚行为？这样的念头如跗骨之疽，深深植入我的脑海，我根本无法抑制自己去做这样可怕的设想。

我们曾共处了一段时间，还发生了亲密的接触，可我依然对她一无所知，我从没看清过她心里的想法。没有读心术，人与人之间的关系就是这样咫尺天涯，这念头令我无比绝望。

这个故事讲到这里，差不多就可以收尾了。需要说明的是，最终我并非毫无收获，不，或许该说是报应不爽吧。移植了老师的器官之后，我的身体经过反复的折腾与适应，最终得到了一种与预期完全相反的结果。

我没有得到读心的能力，反而失去了隐藏自己想法的能力。我的每一个想法，都会引发特殊器官的共鸣，然后就像广播一样，转化为空气的振动，广而告之给身边的人。我只要站在那里，心里的想法就一个接一个地往出冒，变成别人耳中无休止的唠叨。我无法再从事掮客的工作，只能提前退休。

也就是从那个时候开始，我走遍银河，希望能够做些什么，来让自己得到救赎的机会。后来，我来到了地球，我发现这里有很多喋喋不休的人，是我绝佳的藏身之处。隐藏一棵树最好的方法，当然就是把它放进一片森林。我曾经去过教会，在那里接受了教义的洗礼，感受到自己和周围的人一样，都只剩下同一个念头；我也去过你们的贫民窟，在那里有太多对世界心生不满的人，他们渴望改变却极少有人能付诸行动，剩下的人永远都在抱怨不公与不幸；我还去过你们的游乐园，那里的游客人山人海，掺杂着各种国家的语言，互相倾诉爱意的情侣，为一点鸡毛蒜皮吵架的母子……在这些地方，我的心声都不会显得有任何突兀。我想，只要这些地方还在，我就还能在这个星球上生活很多年。

这是一个美好的夜晚，谢谢你们愿意听我的故事。

* * *

说完最后一句话，这位演讲者做了一个令人意想不到的举动：他打开自己的口罩，露出了一张被密密麻麻的细线缝合住的嘴。换句话说，在他刚才讲故事的过程中，没有张嘴说过一个字，难道这真的是从他心中发出的声音？这略显惊人的景象无疑为他的传奇故事增加了一份强有力的佐证。

酒馆里的气氛一时间有些怪异，久久没有人鼓掌，大家似乎都被那张缝起来的嘴给吓到了。尴尬的气氛没有维持多久，老板开口打破了沉默："虽然没有掌声，但这个故事确实震撼到了我，我要送给您一杯特别的酒，这是一杯不必入口，用嗅觉也能品味的酒。"蒙面人接过老板递来的绿色鸡尾酒，低头轻嗅，几种烈酒的气味混杂在一起，蒸腾而上，形成一股浓郁又层次分明的香气，久久不散。"谢谢。"他点点头，嘴唇依然紧紧闭着没动，但屋里的每个人都听到了他的声音。

这时，酒馆里总算恢复了一点儿活力，有人开始低声猜测他是一位执着于行为艺术的朋克青年，使用了腹语一类的技巧。然而这个讨论还没来得及推出任何更靠谱的结论，第三位故事讲述者已经登场了。这次出场的是大家的一位老熟人，每周七个晚上会有六天半泡在酒馆的酒中豪客，大家称之为医生的那个中年人。

医生是酒馆里的常客，但今天他的表现却有些不同往常。这里没有几个人记得医生姓甚名谁，但是提起那个最豪放的酒客，九成九指的都是他不会错。医生是他的自称，没有谁真的验证过他是否真的拥有行医的从业资格，但他的海量可是每天都在被检验，完全货真价实。往常在这里，医生都是最豪放和聒噪的那一个，但今天，从上一位故事讲述者说出第三银河开始，他就仿佛若有所思。

很快，医生也来到了吧台边，他清了清嗓子，将自己的故事娓娓道来。

* * *

首先我也要感谢一下刚才这位先生，或者是小姐？请原谅我有些失礼，总之他的故事也勾起了我很久远的回忆。哈哈，别担心，我还是你们认识的这个医生。我是土生土长的地球人，绝不是什么天外来客，但是我曾在年轻时登上过一艘宇宙飞船，短暂地享受过一段星际航行，那是我迄今为止的生命里非常值得铭记的一段日子。

感谢这座酒馆，我每天晚上都在这里听着别人的故事，你们讲的每一个故事都离奇、有趣，满溢出幻想与躁动的气息，刺激着大家伙儿的神经。但是我还是觉得，没有哪个故事比得上我曾经历的一切。直到今天，听了前两位分享的故事，我才觉得，是时候把我珍藏在心底多年的这个故事拿来与你们分享了。既然已经下了两剂猛药，那么干脆再火爆一些也无妨吧。

不知在座各位对医生这个行业有多少了解？无论如何，如果你们愿意相信我接下来要说的话，你们就会发现，自己所了解到的，只不过是这份职业的冰山一角。

地球医术的起源，远比大家所知道的更古老。早在数千年前，人类文明还处于蒙昧的时期，那个时候地球的医术就已经形成了独特的体系。然而到了今天，只有极少数的医生传承了自上古时期流传下来的医术。反而由于银河大联邦很早就造访了地球并与那时的医生产生了接触，导致在银河大联邦之中，源自地球的医术得到了广泛的传播。

真正源自古老医术的传人，也被称为秘医。医学是地球上最古老的科学之一，这些秘医是最早跟宇宙产生接触的人。在银河联邦中素来流传着许多关于地球医生的传说，因为从古代起就开始有一些医生被邀请进入宇宙，跟随那时的星际飞船展开了探索之旅。这些医生后来大多都定居到了其他星球，极少有再回到地球的，所以地球人为银河医学的早期进步也做出过很大贡献，但在地球这个发源地，真正的医术反而衰落了。是的，我知道，我当然知道这听起来有点儿像天方夜谭，信不信且随你们吧。

实际上，地球现在流传下来的医术，有一些并不完全是给地球人使用的。就比如古老的望闻问切，这是宇宙通行的诊疗方式，在面对不同物种时，有了最基础的判断依据，再配合银河医疗体系中的其他专属设备使用的，才能得到正确的诊断结果。只是后来很多学艺不精、不明就里、半路出师的人，将这套手艺流传出来，才会变成现在这个样子。

我要讲的这个故事，也是从我成为秘医开始的。我出身于一个秘医世家，医术对我来说是家学。从很小的时候开始，我就显示出了在医术方面卓尔不凡的天赋。从我八岁开始学习医术，了解到刚才说的这些知识起，就一直期盼着什么时候能够有机会进入太空，展开一场惊心动魄的冒险之旅。不自谦地说，我天生就有一颗七窍玲珑心，再加上一双远比常人灵活的巧手，在这一行有着远超绝大多数人的天赋。我和其他年轻人一样按部就班地学习，下课后，大家总会三五成群找一处阴凉地方喝酒谈天，在这样友善的氛围里，我度过了自己的青葱岁月。到了我十八岁时，我的几位老师都承认，自己已经没什么可以教给我的了，剩下的路，我只能在实践中自己去开拓了。于是，那个机会也在这一年不期而至。

飞船来访的那天，我正在老师们的实验室里，按照《翠玉录》①中记载的原理，试着改良一种现有的复合药剂。猛然间，窗外爆发出一阵气浪爆破的声音，惊天动地。我心头大动，猜想这一定如师长们所说，是外星来客降临的标志。于是我一脚踢翻了坩埚，飞奔而出。

那艘飞船比我想象中要破旧许多，外壁上沾了一层不知是什么的污垢，一眼望去全是灰黑色的点点瘢痕，仿佛一只巨大的斑蝥。听他们介绍说，这艘名为"惊蛰号"的飞船已经有五百年的飞行历史，现在刚刚从第三银河执行任务归来，途经地球希望顺路补充一下船员。

"惊蛰号"的船长外表和地球人没有太大区别，只是四肢格外修长，当他站起来时，我才发现他竟然是一位身高达到了三米多的巨人，除此之外，他和我们一样热情、友善。接下来的流程并不复杂，船长了解到我是这里最出色的年轻医生，又得到长辈们的极力推荐，便很愉快地录用了我。

根据船长带来的消息，因为整体文明的落后，地球早已不再是星际飞船的热门中转地，在接下来百年里，我们这个小村子都未必能迎来另一艘飞船，所以我也没什么可选的，"惊蛰号"虽然看起来破旧，但船上也有几十名经验丰富的同伴，是有过非常多航行经验的商船。于是我满怀对无垠宇宙的憧憬，飞速收拾好行李，跟家人告别后，兴高采烈地登上了飞船。

刚上船时，这里的一切对我来说都格外新奇，尤其是那些与地球人迥然不同的外星种族。他们各自拥有不同的习俗，但无一例外都对生活在银河联邦里所必须遵守的统一标准和条例了然于心，只有我像一个乡巴佬进城

---

① 传说中的炼金文献。

一样，一天到晚总是闹出笑话，成为大家的笑柄。

　　有一次，飞船停泊在一颗气态行星的卫星轨道上补充燃料，当天是一位副船长的生日，我因为平时多受他照顾，原本想要为他烘焙一块蛋糕作为惊喜，却因为弄混了我平时用的微波炉和蜥蜴人处理腐食用的微型焚烧炉，搞得臭气熏天，还触发了飞船的警报，结果宴席上只剩惊没有喜，我的笨手笨脚还害得副船长遭到一片哄笑。类似的事情不止一次发生，鸡飞狗跳的厨房、涕泗横流的餐厅，这些地方都留下了我闯祸的痕迹。

　　在我登船一个月后，已经没有那么手忙脚乱了，但还是会不时犯些令人啼笑皆非的低级错误，比如某一次我因为记错了八爪人左上肢和右上肢的叠放顺序，误把某位尊贵乘客的哭当成了笑，跟人家说了一通不着边际的笑话，惹得对方当场大怒，直接向船长投诉。这次事件导致我被罚关了半天禁闭，出来后还被其他船员给我起了个"坏小子"的绰号。天可怜见，我只是在焦急又笨拙地努力学习这些规矩，担心他们把我赶下船还不够呢，可从来不敢有任何的坏心思。

　　当然了，把能够犯的错误全都踩过一遍之后，我对这个环境越来越熟悉，也逐渐能够融入群体之中，甚至可以主动跟大家开开玩笑了。我分清了鹿头马身人和马头鹿身人的不同习惯，跟鸟人学会了用籽类杂食酿酒，还尝试着将更多新材料入药，印证了许多在地球时一知半解的古老秘医原理，给大家提供了越来越多可靠的帮助。但即便如此，很长时间内我依然还是大家的开心果，就这样和所有船员相处得像家人一样其乐融融。不，应该说只是绝大部分人吧，有一个人总是无法融入这样快乐的群体之中，他也是飞船上我觉得最特别的一位船员。

　　我说的这位船员，名字叫作大卫，是船上的领航员。他的业务能力无可挑剔，其经验之丰富就连船长也要甘拜下风，让他与别人格格不入的是，他很阴郁。相识之初，我以为他就是这样一个冷漠而寡淡的人，但久了之后就发现，他也能迸发出惊人的热情，而他对待其他人的态度，却像是一个谜团，毫无规律可言。主动和他攀谈几次后，我发现大卫有一套独特的哲学理念，我虽然无法认同，却时常对此感到好奇，不知不觉中就和他聊了很多。

大卫对我说，我们的一生，都是在时间和空间尺度上去扩张自身的维度，但与之相反的是，生命的终极归宿却是收敛成一维，也就是我们所说的死亡。这是一个最典型的例子，代表了宇宙间万物运行的规律本身就是在矛盾又统一中并行不悖的。在他看来，苦与乐是一样的，生与死也是一样的，任何事物的不同方面只是表征，本质上仍然等同。如果我们热爱生活，那便应该同等热切地追逐死亡。对我来说，这套理论每一句都奇怪，而直到我进一步了解到他出身的种族"白日族"后才知道，在他们的世界观里，多与寡，热情与冷漠，都是没有分别的东西，他对人的态度完全是随机的。

其他船员对我说，只要尊重白日族的哲学之道就好了，他们是这个宇宙中最古老的存在之一，人丁稀少，每一个都是宇宙中的活化石。这里的每个人都听银河联邦里的前辈说过，大家只要跟白日族人保持距离，就能够在彼此舒适的范围内和谐相处，因而他们从来都不会尝试跟大卫成为朋友。但我不这么想，他越是拒人于千里之外，我就越是想要接近他。现在回想起来，我大概将他当作了自己跨越地球与星空这两种生活中一个必须闯过的关卡，只有跟他成为朋友，我才觉得自己算是真正从地球毕业，成为一个合格的银河联邦成员了，我大概是这样对自己暗示的。

"惊蛰号"的船员们来自银河的天南海北，在漫长的旅途中，人员的变更不可避免。在路过一些文明发达的星球时，总有些人挥手告别下船，然后再有新人补充到船上来，他们就像当年的我一样，一点点适应着飞船上的生活，融入集体，然后在某一天与大家挥手告别。在飞船上埋头度过若干年后，我惊讶地发现自己已经对这些场景见怪不怪，到了这个时候我知道，自己也已经成了船上的老船员。大卫和我一样，这些年一直留在船上，从没有过下船迁居的念头，但是每一次飞船到港，他总会下船采购一大堆东西，包裹得严严实实带回自己的船舱。

在联邦守则允许的范围内，船上没人会理会其他人私下的癖好，经历了飞船上这些年的洗礼，我也以为自己不会对这些再感到奇怪了。但是我错了，当我与大卫越走越近，直到发现了大卫每次下船背回来的都是些什么东西后，还是着实被他吓了一跳。

事情的起因，是大卫主动找到了我说希望我能帮他一个忙。按照他的说法，只是动一个对我来说难度不大的手术。一直以来他都是靠自己加上一些机器来完成这种手术，但是这样搞起来总是很麻烦的，所以他希望能由我来代劳。作为交换，他会支付我报酬。我对报酬只是抱着可有可无的态度，虽然我知道大卫很有钱，但我的物欲也没有那么旺盛，现在的收入足够我过得很好，我反而更感兴趣的是，可以通过这样的机会更了解大卫，也能借此进一步发掘白日族的传统与秘密。然而所有这些想法，在我跟随大卫回舱，并发现了所谓手术的真面目时，统统都化为乌有。我亲眼看到，大卫在市场上收购回来的特殊材料，竟然是一些濒死老人身上摘下的器官，然后他还打算将这些器官移植到自己身上。大卫解释说，这样做的目的，只是希望通过这种迂回的方式来体会那一点儿还未消散的死亡气息。

以我对银河联邦的了解，宇宙中大部分种族对死亡都还是保持着尊重的态度，我从未见过哪个种族会做出像大卫这样的怪异行为。但是经过查询相关条文之后，我也确认了他的行为是合理合法的，随后我意识到这是白日族的特殊习俗。大卫是一名纯血的白日族人，这样的人在银河联邦里比什么都稀少，每一个都被当成了宝，开一些方便之门那也就不奇怪了。为了说服我帮他手术，大卫甚至对我分享了白日族人真正的秘密：每一个白日族人成年以后，肉体都会拥有不老不死的特性，而某种根植于本能层面的直觉，更会指引他们避开所有可预见的危险。这样无限延续的生命让每一个白日族人都成了哲学家，只要愿意，他们想静坐到宇宙终结都没问题。但白日族人从不会满足于此，无限的生命让他们想要进一步贴近死亡，走近死亡，因为这是他们活在世界上最后才能搞清楚的一件事，因而具有非同寻常的终极意义。

白日族人成年后大多漂流在宇宙的各个角落，仅有的追求就是亲身破解死亡的奥秘，大卫也不例外。大卫不是他唯一的名字，这个名字在他们的传统语言里是"年轻人"的意思——大卫离开部族，已经是很多年以前了。

那个时候他在族群里确实算是个青涩的年轻人，但如今，他也已经活过了几千岁之久。大卫在星海之间漂泊了三千多年，换过许多身份与名字，在"惊蛰号"上的这段岁月，只是他漫长生命中再小不过的时光切片。驱使大卫来找我帮忙的动力很简单：他自己的手术技术不过关，何况被手术的对象是自己，这更增添了难度；结果就是每次手术完他都会引发各种排斥反应，很是辛苦不说，他期望得到的沾染着死亡气息的体验也要大打折扣。

大卫问我，该如何定义生命的长度？他说我们都拥有一生的时间去慢慢死亡，生是过程，而死是结果，所以生与死自然是同一样东西的两面。尽管很早就了解到大卫的这种世界观，但直到此刻他向我敞开过去，我才愈加感叹宇宙之大，不同的种族间最大的隔阂仍是彼此认知世界的方式。坦白说我很羡慕他能拥有永恒的生命，无需忧虑死亡。对我们这样生命有限的人来说，以世界之大，一生的尺度实在太短。

我最终还是为大卫操刀了手术，在这之后，我就算成为他唯一的朋友吧。他恣肆的生活态度仍然令我感到新鲜、好奇。据大卫说，他去过病毒肆虐的末世星球，也在战争的最前线上被击穿过身体，但是强大的恢复力和趋利避害的本能让他无法如愿真正觐见死亡之主。所以他才退而求其次选择了移植死者的器官。他会定期委托掮客帮他收集这一类的东西，然后约好了在飞船停靠的港口交易。以这种粗陋的方式来换取哪怕一瞬间面见死亡的机会，对他来说近乎于朝圣。

每次为他进行手术之前，我都会按照惯例问他三个问题：你对接下来将发生在自己身上的事情是否确认出于自愿？你是否愿意承担这次行为在你身上带来的全部后果？你确定自己不会在这次行为后追究与此相关人员的任何责任吗？他的回答从来都是确定且坚决的。在屡次手术中，我对白日族的哲学世界有了更深入的了解，我甚至相信自己是除了他们自己之外最了解这个种族的人。渐渐地，我与大卫之间建立起了一种超越种族的信任与同胞之情：我跟船上的每一个人都是好朋友，但我清楚地知道我和大卫的关系跟他们都不一样。

当"惊蛰号"因为一项知识传播任务而来到银河系大图书馆时，大卫的情绪忽然变得热切，他期待这趟旅程很久了。

　　白日族固然是整个宇宙中最令人惊叹的古老存在之一，但宇宙之大，总会有跟你完全相反的东西存在。造物主在打造一件完美器物的同时，往往会再留下一件可以打破这种完美的器物。而如果要问银河联邦中哪里最可能找到相关信息，那么除了银河系大图书馆，再无第二个答案。

　　大卫在银河系大图书馆中逗留了很久，我甚至以为他可能不会回到船上了。所幸在启航前最后一刻他出现在了登船口。他对我说，有人向他讲了一个故事，关于一个真正获得了死亡的白日族人的故事。而他笃信这个故事真的发生过，按照故事中说的去做，就能让他无限贴近死亡，而且这过程无比简单：只要找到银河中某处存在的一个无底之洞跳下去就行了，同时需要一个值得信赖的伙伴见证这件事情的发生。那么对他来说，接下来唯一的问题就是找出洞口究竟在哪里了。

　　他邀请我成为他的见证人，我欣然接受。不久后，我们一起离开了"惊蛰号"，开始了新的冒险。我们一边依靠自己的手艺辗转于多个星球之间维持生计，一边竭尽所能寻找和无底之洞有关的消息，就这样流浪了几年。不得不说，我们的运气很好，也或许是冥冥中有种因果的力量在推动着什么，在途经一座沙漠星球，为一位银河系知名的大商人完成了治病的委托后，我们竟然真的得到了关于无底之洞的消息。

　　无底之洞的所在，是一颗极为隐秘的行星。在大多数的星图中，都不会标注出这颗行星的存在，却不知是因为鲜有人知而被无意忽视，还是背后有什么势力刻意隐藏。从太空中望去，这颗无名星球仿佛一整块结晶体，光滑、剔透，在恒星的照射下闪烁着神秘而黯淡的辉光。我们两个租了一艘小型飞船，做好万全准备后，平稳地降落在了大气层内一处谷地。

　　星球上万籁俱寂，因为空气稀薄，视力和听力在这里都有不同程度的损耗。放眼望去，除了无尽的结晶大地，几乎别无所有。我们按照得到的坐标曲折向前探索，晶体大地的表面反射出我们的影像，仿佛走在镜子做成的迷宫中。

　　在坐标指向的终点，我们看到一座巨大的结晶岩洞，无底之洞就在岩洞的深处。站在洞口,我感到里面有某种看不见的潮汐喷涌而出,某种无可名状但深入骨髓的寒意沿着体表一点点渗入身体,一瞬间天地似乎昏暗起来。我不禁打了个冷战,感到一阵前所未见的动摇感,仿佛连灵魂都为之悸动,这地方果然不同寻常。

洞口内只有一条狭窄的甬道蜿蜒向前,四壁都是暗色的结晶,走在里面,脚步声引发阵阵回响。倘若一切顺利,那么这就是大卫通往死亡的最后一程,也是他一直以来所期盼的归宿。然而当大卫真正走上这段路时,他的步伐却出现了一丝不易察觉的畏缩,这是我从未在他身上见到过的表现。

等一下。我叫住了他,对他问出了那三个问题:你对接下来将发生在自己身上的事情是否确认出于自愿?你是否愿意承担这次行为在你身上带来的全部后果?你确定自己不会在这次行为后追究与此相关人员的任何责任吗?以往每一次,这都只是基于流程的固定问题,我现在提起,也只是想帮助他静下心来。这几个问题他之前早已听过上百次,这一次他同样对答如流,说全部确认,可我还是发现,他害怕了。我很难说清楚这种转变是怎么表现出来的,硬要说的话,他的双眼微微凸了出来,两鬓间有细小汗珠出现,心跳加速的声音依稀可闻,每一步踩得都要比刚才更重——所有这些细节,结合成为一种直觉般的警示向我扑面而来:他在害怕。

当我还在地球上的时候,听过一个叶公好龙的故事:叶公花了一生寻找龙的踪迹,然而当龙真的在他面前现身时,他却被吓得落荒而逃,我想大卫现在的情况也大抵如是吧。我们继续向前走了一会儿,那时我满心担忧的还是我们是否白跑了这一趟——即便发现了大卫的不对劲,我也没想到过危险会跟我有关。在甬道的尽头,我们看到了无底之洞。它的直径不大,仅能容一个成年地球人通过的样子,如字面描述一样黑暗、深邃,看不见底。洞的边上一丝风也没有,我们静静站了一会儿,我在等待大卫做出选择,而他不知道在等什么,也许是在等待自己的心完全被黑暗吞噬吧。

"我想那个故事是真的,我曾无数次追寻死亡的脚步,但只有这一次我感觉到不一样了。"大卫对我说，他的双眸似乎更黑了，"我从没想过真正面对死亡时，原来是这个样子的。"

我对他说，如果他能学会爱惜自己的生命——就像宇宙中包括我在内的其他生命一样——那我们会有更多的话题，这段友情存在世上的时间也会更长。所以我尊重他的哲学理念与个人选择，同时也衷心希望他不要真的死在这里。

大卫的身体已经开始不自觉地颤抖，他伸出双手，试图和我来个拥抱，"死亡是一个无人能够逃开的陷阱，你我都不例外。再见了，朋友。你是个好医生，也是位值得信赖的朋友，我希望你不要因此怨恨我。"

我察觉到他已经做出了决定，心里松了口气，但他接下来的动作却完全在我意料之外——他佯装拥抱，然后猛地扭住了我的肩膀，将我推下了无底之洞。

在下坠的过程中，我的思绪好像被拉长了，在短短的一瞬间我想了很多东西，比如大卫为什么要做出这样的事，也许是白日族那如直觉一般可以趋利避害的本能操控着他做出了选择？他从死神面前逃离，取而代之的是将我推了下去，这样做是为了保守他的秘密吗？在他最开始邀请我与他同行时，是否就已经做出了这个计划？

死亡的旅途没有想象中漫长，当我回过神时，发现自己仍在无底之洞旁边，刚才的一切仿佛幻觉。然而我却没有在身边看到大卫，紧接着迈出脚步时我发现了不对，我的身体变得更高、更重了。不，这不是我的身体，这是……大卫的身体。我低下头看着自己身上的衣服，再凝视自己的双手，粗糙、巨大，这是大卫的双手。究竟发生了什么？我感到一阵天旋地转，拼命思索却怎样都无法解开自己的迷惑。是我从始至终就活在幻觉之中，从来就没有什么大卫？难道大卫只是我臆想出的另一个人格，根本就不存在什么白日族？除我之外，身边只有暗淡的光、漆黑的洞，没有任何证据能够证明，刚才还有另一个人存在过。

我压抑住要发疯的念头，跑回降落点，启动飞船，独自一人离开了这颗无名星球。在飞船上，我看到了大卫给我的留言，这才明白整件事情的前因后果，以及自己身上究竟发生了什么。

大卫当然是真实存在的，我们之间经历过所有的事情都是真的，这确凿无疑。但大卫并没有告诉我的是，那个关于死亡的故事所有的部分。无底之洞确实可以帮助白日族实现死亡，但是规则和我了解的却不尽相同：无底之洞是一个古老文明最后的遗产，具有某种勾连记忆与灵魂的神秘力量，在洞中坠下去的人，灵魂会找到最近的身体取而代之，这才是真正能帮助白日族接近死亡的方式。

在我掉下去之后，我们的灵魂互相换位，大卫进入我的身体中体验了死亡，而我得到了他这具不老不死的躯体。现在，我使用的就是这具不老不死的白日族身体，我有了无限的生命去探索这世界。但我也要为此付出代价，自从我进入了这具身体，就不断感觉到，我自己的记忆跟身体发生了冲突，我开始忘记很多事情。我很害怕有一天我会遗忘了所有关于地球和宇宙的记忆，所以我回到了地球，回到了熟悉的人群中间，即便我在地球的旧识已经全部离世，我的村落与家人都湮灭在了历史长河之中。实际上，我的年纪比你们想象得更大，距离那个交换身体的故事发生，已经过去了三百多年。但只要我回到同胞之中，像年轻时一样，大家坐在一起喝酒谈天，这个熟悉的氛围足以让我此刻感到心安。

或许我终究会忘记自己是谁，到那时我也会像大卫一样踏上寻找死亡的旅途吧？或许，在此之前我已经对这个世界看厌，我也会再带一个人去那个无底之洞。这种不老不死的命运，是恩赐，也是诅咒，我不知道应该要把它当作一剂毒药，带一个我恨的人一起去；还是当作一种祝福，带一个我爱的人一起。或许这也是白日族人所说的，两面不同，本质归一吧。

能够在遗忘这一切之前，把这个故事讲出来，是我的幸运，感谢你们的聆听。

* * *

今天晚上的故事一个比一个离奇，时间的脚步也伴随着这些故事悄然走过,陆续有酒客离席。酒足饭饱后,回家睡个安稳踏实的觉,不管此刻关于银河的想象有多么绚烂惊奇,明天太阳再度升起时,人们也还是要回归到平凡无奇的日常生活与工作中去。

时间已经跨过午夜,喧闹声渐渐低沉,酒馆里稀稀落落,只剩下了不到一半的人。老板为医生调了一杯以苦艾酒为基底的火焰鸡尾酒后,本想穿插些别的活动,再活跃一下气氛,可就在这时,今晚的最后一位故事讲述者粉墨登场了。这位先生的衣着更加奇怪,全身都被包裹在一身像是化装舞会上用的宇航服里,简陋又陈旧,好似在身上穿了几个月没有洗过。没人注意到他是什么时候进入酒馆,按理说这样引人注目的装扮早该引人侧目,可他之前就像是消融在空气中一样,直到此刻才显形出来。

时间仿佛静止在这一刻,这位奇怪的"宇航员"静静凝望着窗外射灯幻化出照亮天际的虹光,看了好一会儿,才瓮声瓮气地开了口。

* * *

刚才有两个故事中都提到了银河系大图书馆,真让人感到怀念。我已经很多年没有回到大图书馆,也没再从别人口中听到过这个名字了。虽然,我曾是银河系大图书馆最年轻的管理员之一。接下来我要讲的,就是和这座全银河最伟大的图书馆有关的故事。

我出生的星系距离这里非常遥远,远到了什么程度呢?不管你现在脑子里对遥远有着什么样的概念,它一定比你们能想象到的都更远一些。我的祖辈、父辈都是史官,一直在从事记录历史的工作,所以我在很小的时候就被送到了银河系大图书馆,在那里一边学习一边工作。如果要我用一个词来形容大图书馆的话,那只能是"奇迹"。这里是全银河的中心,是银河系中最神圣的所在。毫不夸张地说,没有大图书馆就不会有银河联邦。我要怎样描述大图书馆的伟大呢,我曾为此冥想了一万个夜晚,却仍然觉得难以言说,盖因语言实在无法形容其万一。如果套用地球的说法,我只不过是个摸象的盲人,我可以描述大图书馆的墙壁有多广大,大图书馆一颗星中收藏的著述有多繁杂，在大图书馆工作的长者积累的知识有多渊博，但我无法描述大图书馆的全部，无法穷尽其辉煌，更无法清楚定义大图书馆究竟是什么。

按照银河中流传最广泛的说法，大图书馆是一个恒星系，其中每一颗星上都收藏了浩如烟海的文献。这种说法固然不是完全正确，却已然是便于理解的说法中相当接近真实的描述。这里是一座博物馆，也是一座迷宫；这里有最盛大的展览，也有最隐晦的秘密；硅基生命的母体，上亿年前太空虫族的化石卵，上千万颗星球的地理水文信息，几十个恒星系中流传不衰的传世经典……这一切的一切，穷极想象，包罗万象。

除了我们这些常年在大图书馆里做事的人之外，其实很少有人能意识到，大图书馆里最有价值的收藏究竟是什么。当然，这也并非什么不可告人的秘密，在这里说出来无妨。银河系大图书馆中最宝贵的馆藏，也就是对整个银河联盟来说最重要的资源，无疑是历史——或者更确切地说，是文明史，是银河系中曾存在过的那些璀璨文明的历史。

可以说，每一部文明史都是整个银河得以进步的基石。倘若将银河系曾存在过的文明一一列举，你会发现，星空远比我们想象中更繁盛，但在以亿万年为尺度的时间长河中，绝大部分终归湮灭不见。而正是因为有了大图书馆，将这些文明的盛衰演变收录于此，才给了银河系中现存的文明更多的选择与可能性。

我们以刚才故事中提到的那些事情为例吧，摩罗人能够独立发现读心术的奥秘，这非常了不起。但在更悠久的过去，仅仅大图书馆有记载的，同样发明过读心术的文明就有二百八十七个。这些文明无一例外，全部在发现读心术后进入了低欲望社会的状态，其中一百八十一个是因为遭到外族入侵而灭亡。有九十七个，因为人口越来越少，在最后一个族人自然死亡后，整个文明自我消亡。还有八个文明，留下的资料较少，但是根据合理推测，应该是在面对星际级别的自然灾难时，放弃了所有的求生措施，安然迎接消失。摩罗文明成了现存于世的孤例，大图书馆一直希望能够帮助他们找到新的出路，并且在这方面取得了一些成果。

至于白日族的故事，则要更复杂一些。有关白日族人的记载，在大图书馆已经保存了很多年。对这位医生身上发生的故事，我知道的要比他本人更清楚一些。所谓的白日族，很难说是一个真正的种族。最开始，世界上只有一个名字叫作白日的人。而从古至今，也就只有过这么一个白日族人，或者说，只有过一具白日族人的躯体。白日拥有不死不灭的身体，但他找到了一个方式可以把自己的灵魂换成别人的，所以之后的每一任身体中的灵魂，都以这样的方式脱离了这具身体，再换另一个灵魂入驻。白日的身体非常特殊，进入这个身体的意识会逐渐被消去记忆。当他有一天忘记自己从前是什么样的人之后，他也就真正成了一个白日族人。

之所以白日族会有这样的奥妙，是因为那具身体所具有的不死不灭的特性，并非来自造物主的恩宠，而是被人工赋予的。白日最开始是作为一种生物兵器被制造出来，他本应是一位不死的士兵，在战争中担起披坚执锐、攻城拔寨的重任。但可惜的是，造出他的种族却比他更早一步灭亡——那个建立了高等文明的智慧种族，最终触碰了不该触碰的领域，整个种族都和星球一起，变成了一颗结晶。从那个时候开始，白日就成了一个孤独的人。他流浪在宇宙之中，独自生存了很多年，一直到他觉得生命成为一种负累。他开始穷尽各种办法想要寻求新奇的刺激，却发现世间的一切都无法引起他的兴趣，他完全成了一个生无可恋的人。于是，白日来到了大图书馆，满心疲惫的他，对世界失去了所有的期待与目标，于是他用那个已化为结晶的种族的文明史，换取了一套改造自己记忆的方法。

当白日离开大图书馆时，他已经编造了一套关于族人、关于自己出身的新记忆，而这当然只是参考了大图书馆里的资料创造出来的故事。他相信了自己是一个刚离开部族的年轻人，正要饱含热情寻找世间一切美好的事物。这之后又过了很多年，白日已经见识了无数生离死别、太多沧海桑田的变迁，他再次对这一切感到厌倦，即便清洗记忆也无法彻底消除这种倦怠感。这一次，他只能使用结晶文明留下的遗产，将自己的意识与另一个人交换，然后满意地迎接自己在意识层面的彻底消亡。

此后发生的事情就好理解了，每一个被交换到白日身体中的意识，最终都会被他那套白日族人的记忆给同化,然后再和他一样,走上寻找死亡的旅途。这个同化的周期有长有短,但大致上都在五百年到一千年间,而且似乎随着在这个身体里流转的意识增多,还有逐渐缩短的可能。就这样,这具不死的身躯中真正的意识换了一个又一个,看似拥有了长生不灭的生命,最终却都走上了自取灭亡的结局,成了一个无可破除的诅咒。

其实,像白日一样,因为存身的文明覆灭,而成为银河中的孤独行者,这样的案例并不少见。银河系大图书馆留下的这些文明史,也是为了更准确地标定每一个文明处在其生命周期的哪一个阶段,进而让银河系能维持在欣欣向荣的发展趋势上,让某些文明的悲剧不要再多次发生。

但是,在三百多年前,应该就是医生的故事发生后不久,我们发现了一场突如其来的可怕危机。

有那么一段时间,大图书馆中记录的文明灭亡数量突然开始增多,而且这些灭亡的文明之间彼此还有一定程度的联系,比如存在着长期往来的贸易关系,或者是脱胎于同一支文明。以银河系庞大的文明基数,这几个文明灭亡的速度还不算太起眼,但已经超出了正常范畴,如果背后真的存在某种推动力导致了这些文明覆灭,那么对整个银河就有可能造成威胁。要知道宇宙的平衡是很微妙的,文明的数量密度需要维持在一定程度的范围内才算是健康的状况,要是超出阈值太多,就会发生连锁反应,造成更糟糕的后果。也就是说,任这种现象发展下去,最糟糕的情况是,银河未来化为一片荒芜。

经过深入调查,我们得到了一个奇怪的结论:这几个文明的灭亡的原因各不相同,但只要向前追溯下去,却都与某些故事的广泛传播有关。于是我们对其他繁荣的恒星系进行了样本采集,发现近百年来银河掮客们都在大量派发一些关于故事传播的任务。在不知不觉中,这些故事的数量和传播度已经达到了一个无法忽视的程度。我们试着收集这些故事,却没法从文本中分析出什么有用的信息,还发现其增长速度远超我们的录入速度。我们堆满了一个行星,在快要堆满第二个的时候,发现这些故事依然以肆无忌惮的速度在产生,这绝不寻常。

我们猜想，有一个种族正在以非常规的手段，用超乎想象的速度生产这些新的故事。这些故事看似普通，但却如病毒一样潜伏进银河的每一个角落，最终通过种种手段导致了文明覆灭。面对这个看不见的敌人，我们打起了十二万分的警惕。这是一场无形的战斗，纵然没有硝烟，却同样惊心动魄。如果处理不当，必将会演变为危及整个银河的灾难。

大图书馆委派我为责任人去解决这个问题。而我遇到的第一个棘手问题就是，我翻遍手中所有资源，也找不到有关这个猜想中种族的一丝踪迹，他们不知藏身何处，只是不停地生产故事，宇宙每个角落都有他们的故事流传，但是谁也没见过他们的真面目。

我找到了掮客组织，直接表示希望找到那些小说任务的委托人，并声明这关乎银河系的未来。大图书馆在银河联盟中地位超然，但想要追查他们那些任务的来源，依然需要经过层层审批，最后我面见了一位掮客组织的高层负责人。

"掮客是有原则的，想得到您需要的消息，就必须先付出些什么，即便大图书馆也不例外。当然，为了银河系的未来这种大义，我们也不会太过难为您的……我可以问一下，您对我们的组织有多少了解吗？"对方态度看似友善，但立场却纹丝不动。

我只好坦诚说，在此之前我很少接触掮客这群人，因为总觉得他们就是一群低买高卖的投机者。虽然这些家伙不至于说是银河联邦中的流毒，但在我看来，他们的存在也没有为银河贡献太多正面价值。然而，经过这次接触之后我却对他们多有改观：我必须承认，他们是一群有原则的人。在这波谲云诡的宇宙之中，能够坚持原则就是令人敬佩的。

"您的看法代表了相当一部分人心中所想，很感谢您能够坦诚相告。"对方没有愠色，继续说道，"正如您所说，我们不事生产，没能为银河更灿烂的未来添砖加瓦，但如果一定要这样说的话，大图书馆不也一样吗？请允许我花几分钟给您讲个故事吧，有关我是如何加入掮客组织的……"

如果有得选择我并不想听这样一个故事，不过看起来他也无意征求我的意见，接着就讲了下去。

"很多年前，当我第一次接触到掮客时，正急需一种产量稀少的药剂。当时我所知的最近产地距离我的坐标足有三百光年，正常流程取用的话根本来不及，是掮客帮我解决了问题。他们在短时间内就为我找来了这种药剂，但当我追问他们来源时，他们却告诉我说，不必在意他们完成任务的方式，只要结果确实达成了我的需求就好。很久之后我才知道，这份药剂是另一艘航船上的应急储备，他们最终以储备物资丢失的名义向上级汇报，还遭到了巨额的经济罚款，但是与此同时，那艘船的船长却从掮客手里得到了另一种补偿：掮客们治好了他的妻子长久以来没能痊愈的病——应该是利用了另一个任务中的报酬。这就是太空掮客完成任务的方式，环环紧扣，因果相连。我从来不会知道，自己付出的报酬会在什么时候、以何种形式，在另一个人身上体现价值。只要交给太空掮客就好了吧，他们总是有办法让需求连接到合适的人。实际上因为掮客们的存在，客观上拓展了每个生命个体的横截面，我们与许多原本牵扯不上的因果产生了联系，甚至你会发现一些与自身有关的因果，往往远在千万光年之外便已埋下，这宇宙间因缘际会的奇妙，千丝万缕，变得更加超出我们的想象。"

确实十分奇妙，我赞同道。

"没错，因为向往这种奇妙的联系，我加入了组织，也成了一名掮客，并且一干就是很多年。这些年里，我看到很多年轻人像我当年一样，为了自己的抱负，加入组织，其中有一些做得非常成功。但也有一些走上了岔路，最终离开了组织，非常可惜。"不知他想到了什么，神态间似乎有些萧索。

接下来他倒是没再找我的麻烦，很快我们谈妥了交易的条件。也是到了这时我才知道，从掮客组织的上层开始，他们会接到很多分发故事的需求，但是，从没有人真正接触到过那些委托人，不过既然他们是连接万物的掮客，自然会通过其他方式来帮助我达成目的。在付出了几份大图书馆独有的情报之后，我如约在他们的帮助下开始联系委托人。然而到这一步也并非一帆风顺，这些小说任务的委托人来自千万个星系，彼此关系混乱，交织成了一张错综复杂的网，让人不知从哪里下手才好。

花费了整整七个月，掮客们终于从那张大网之中找到了最核心的角色，那也就是我要找的人。即便如此，我依然不知对方身在何处，只是得到了一个可以进行通话的保证。

通话接通，对面只有一个模糊的黑影，他的声音低沉中带着磁性，先开了口道："我知道你为什么找我，先自我介绍一下吧，我就是那些故事的代理人，你可以叫我版商。"

对方已经知晓我的来意，这样我也就不需要绕什么弯子了，直接对他问起，那些无休无止的故事是从何而来，为何会导致文明的覆灭，以及他究竟出于何种意图做这样的事。

对方似乎轻笑了一声，回答说："故事并非罪魁祸首，它们只是在潜移默化中传递一些古老的信息，拓展了某些人想象力的边界。就像是读心术也好，不老不死的士兵也罢，这些都是在想象力达到相当程度时才会被启迪出现的技术，如果这些技术最终都导致了文明走上末路，那么你能说这是故事的缘由导致的吗？不，如果没有那些故事，他们只会更晚一些走上灭亡的道路，这是偶然，也是必然。"

这些话在我听来实在有些可笑，这群连露面的胆子都欠奉的野心家，他们明明察觉到我正在追索他们时，又刻意躲起来不见我，还称呼自己为版商，摆出一副悲天悯人的姿态，难道他们还真的把自己当作宇宙中的出版业者了？在我看来他们不过是一群恐怖分子罢了。

我直接表示完全无法认同他的说法，倘若因果之道可以这样简单解释，那么世间也不会有那许多悲欢离合。

"先生，我当然无法左右你的想法，事实上我左右不了任何人的想法。可能你有所误会，我并不是想说服你，只是告知你一声。即便你真的找到了我的真身所在，我也没有能力帮助到你。正如我刚才所说，我只不过是一个协助传播的代理人，就算你能把我们都干掉也无济于事，因为我们在故事传播中根本就不是关键，我只是为祂服务而已。没有我们，那些故事也依然会传播下去，你、我、任何人，我们谁都无法对祂做什么。"

我注意到他提到了一个新的指代人称"祂"，便追问那指的是什么。

"祂就是你要找的东西,但你永远也找不到祂。当然其实你也早就找到了祂,但是你认不出也捉不住祂。"

就在我对这禅机般的谜语感到不耐烦时,他接下来的话令我大吃一惊。

"你听过那些故事吗?平淡无奇,很难记住,对吧?这就对了,这是最适合祂的伪装。你所以为的故事,本身就是一种极特殊的生命,祂没有固定的形体,其生命形态就是故事本身,只要还有人用口耳相传的方式传播这些故事,祂就在无限地成长与繁衍下去。"

在银河系大图书馆的记载中,生命的形式千变万化,但是都不脱物质范畴,纯波动形式的生命,即便穷尽大图书馆的馆藏,恐怕也翻不出几个实例来。倘若真的如他所说的,这个生命本身就是以故事的形式存在并传播,更以这种方式延续了某种纯波动形式的高级生命,对我来说这仿如怪谈。

"生命的出现,本就是难以想象的奇迹。物质本身都具有波动的属性,波粒二象性的存在,对高级文明来说不是什么秘密。"

诚然如此,但我再想要问些什么的时候,通信却忽然断了线,我尝试再度呼叫但怎样都无法接通。事后,掮客组织也失去了版商的信息,我只能带着深深的困惑与挫败感回到了大图书馆。

试想一下,如果故事自己就在生长,那这种特殊的生命体该怎样定义?我得到了一些故事,这相当于祂生命的片段,那祂的全部又该是什么模样?如果祂是一种波,那么是否一直在以光速旅行,所以没人能捕捉到其全貌?我的头隐隐作痛,感到这问题已经超出了我浅薄的认知能力,就如同大图书馆一样,因为太过宏大,已经达到另一种维度,无法体认。

如果他说的都是真的,那么至此我已无能为力,就算文明继续覆灭,我又如何能够制裁一个超出我认知维度之外的事物?我向大图书馆汇报了我的结论,之后馆长亲自约见了我。

银河系大图书馆的馆长是地位极为尊贵之人,在此之前,我只远远聆听过他的教诲,这还是第一次有幸接近他的身边。那天,馆长大人了解了一切前因后果,思虑片刻后对我说:"如果这一切属实,那么这个生命就是真正的不死不灭。我们所知的其他不死生命,都会让其所在的文明陷入停滞,那么祂是否例外呢？"

我无法回答馆长的问题，就像海中之鱼难以想象飞鸟的生活，低速宏观的物理规律无法代入到量子领域通用，那我们又如何能揣测那样一个生命曾发生过什么呢？

馆长打开立体星图，无数星辰浮现在昏暗的空间里，他稍微操作，标记出已知文明的繁荣程度和生命密度。须臾之间，我们身周泛起无数红光，并且以难以捉摸的规律时刻变化，忽明忽暗，仿佛呼吸。有生命的地方，几乎就有故事的传播，那么如果有某种非直接的方式可以确认那些故事作为一个生命个体的痕迹，无非也就是这样了吧？

我们无法做什么了，我直率地说出了自己的想法，这是我回到大图书馆一路上反复思考得到的结论。

"或许，我们并不需要做什么。"馆长叹了口气，说，"自然有其平衡之道，宇宙自一无所有中诞生起，便遵循某种既定之规律变化，读心术也好，不老不死之人也罢，都会让文明陷入停滞或消亡，那么祂呢？"

接下来，馆长的声音突然变得深沉起来，似乎是为了刻意营造出一种肃穆感，"以下我还有一些胡思乱想的猜测，说不定你听了后会觉得，要比那位版商所说更加荒诞。面对这样一个特殊的生命，我一直在想，祂的生命起点是从何时开始的呢？在银河系大图书馆里，有过一些特别的记载，涉及最早的文明史之前，宇宙最初的模样。我们都知道宇宙诞生于一百四十亿年前，它是否已经足够老了？"

"生命本是一场难以想象的奇迹。我们每一个人身处奇迹之中，往往便会忽视，这一切是多么惊人。可这场奇迹究竟是如何发生的？不同的文明有许多种解释，但很多人得到的共识都是，在宇宙大爆炸之前的'奇点'，一切法则都不存在效用。"

"'故事'这个说法无端让我把祂和那些记录联系了起来。有没有可能，我们也只是故事中的人呢？如果有亿万分之一的可能性，宇宙的起源，就只源自一个故事呢？在我们的宇宙中，正物质和暗物质是等量的，宇宙的本质，是源于一片虚无，那是什么力量从一无所有中开辟出了我们现在的一切？有没有可能，就只是一支笔、一个故事呢？"

这时，我实在难以掩饰自己的失态，因为如果按照馆长所说，那岂不是说……祂就是这个宇宙的造物主？

"我只是说，也许会存在这种可能。或者祂是来自更高维度的空间，因此才能开辟洪荒，制造出'奇点'与大爆炸。如果是那样，我想我们恐怕永远都无法追上自己的造物主的脚步，因为我们从未存在于同一维度上。"

"倘若没有许多戏剧般的巧合，宇宙就不会是今天这个样子。神说要有光，也许这就是宇宙中最初的故事。"

从那时起，一直到现在，我们都没有再次讨论过这个话题。

我们确实没有做什么，从那之后，忽忽便是三百年过去了。根据长期的记录和观察，我们已经确认，那些故事逐渐从一些繁盛的文明中销声匿迹，而纵观整个银河系内，文明消亡的速度也降了下来，维持在了一个可以接受的水平。

对此，我有着自己的一些猜测。我想，宇宙有自己的平衡之道，生命也是。生命确实是一场超乎想象的奇迹，正因为祂的生命形态是故事，所以我们无法捕捉无法抑制祂；但反过来，也正因为这个故事已经是一种生命形态，所以祂并不像我们所理解的那样可以无限传播下去。当故事被遗忘的速度超过了生产速度后，祂也会步入衰落期，甚至可能死亡。但是那些故事的片段依然有所流传，也许这是祂播下了无数的故事种子，当满足某些条件时，这些故事仍有一天可能成长为燎原之势。可是，等到这些羸弱的故事成长到祂那样近乎可以填满一个宇宙的地步，可能还需要一百亿年吧。

* * *

"我接收到了一些奇特的信号，听说在这个蓝色星球上，那些故事再度出现了，所以我来到了这里。但我没想到的是，这么多年过去了，我竟在这里找到了你，版商先生。"身穿宇航服的怪人直视着吧台正中，想了想，他说，"但我却不知道现在还有什么想问你的了。"

在他视线的前方，老板刚调出一杯特制加料版的"大都会"。他嘴角微微扬起，轻笑着说："管理员先生，以我浅陋的知识，当然无法验证馆长大人的猜测是否属实。但有一句话我非常认同：我们都是身在故事中的人。你能够想象这个宇宙没有了故事的模样吗？就算我们的宇宙里没有，那其他的宇宙呢？你知道会有什么人正在读我们今天发生的故事吗？只有还有生命存在，故事就不会消失，这些有关故事的故事也必将流传下去。"

窗外光彩变幻，老板的脸上也被渲染上了一层魔幻与超然的气息，"祂从不曾消失，只要还有生命在传播这些故事，祂就不会被遗忘。任何一个维度、任何一处空间，都可能是祂的藏身之处。祂无形无相，无所不在，远在我们的世界之外，还有很多很多世界都曾迎接过祂的降临。"

"在我们的视线所及之外，那些你我甚至无法想象的世界里，新的种子早已诞生，他们会阅读、传播这个故事……只要有好奇心和想象力在，祂就永远不会消亡。"他的声音渐渐遥远。

"你说呢？看了这么久的故事，你知道我指的是谁，对吧，朋友？"

（刊于《科幻世界》2022 年第 5 期）

作者简介：

张潇，1987 年生人，科幻作家、动漫从业者、专栏撰稿人，北航工学学士，南开大学文学院硕士。

作品散见于《科幻世界》《科幻立方》《中国校园文学》等杂志，曾获"未来科幻大师奖""微博十大科幻新秀作家""光年奖""水滴奖"，作品《曼努埃尔之歌》入选《2020 年度中国少儿科幻选本》，与知乎合作出品有科幻小说专栏《流星过客：我与科幻的 20 次相会》。

它之国度

叶 端

妻子活着的时候，一直想要孩子。孩子没生出来，她说想要养只猫。他们一起去了宠物市场，但那些猫都太昂贵，一个个挂着小铭牌，像贵妇人一样。回来后妻子就病倒了，她躺在隔离舱里，喃喃一些他听不懂的话。要是能变成猫就好了，吴舟心里忽然涌起这个想法。但这个想法也不是突然出现的，类似的消息出现在新闻、小报、流言之中，就像一道暗河，虽然他听而不觉，随意翻过去了。做人太痛苦了，做一只猫可好？做一只皮毛可爱的、温柔的、无害的小猫，被妻子无条件地爱抚着、怜惜着、照顾着。他不想要小孩，他觉得这样很好。他的妻子，和作为猫的他，一定比现在的他们幸福。他这样想。

妻子在隔离舱里待了四十三天，他没有钱了，也不能欠医院钱。趁着她还没死，他把她的器官卖给了别人。他不知道是谁。医院有一套完备渠道。最后他看到她时，她已经死了，而且被缝合好了。她的肚子上有一道长长的黑线，因为即将被火化，缝制得并不精细。他帮她取下病号服，换上她珍藏的婚纱（他们一直没有举办仪式）。他给她照了张相。然后，他就再也没看过她了。

妻子的器官换来一笔钱,但他不想像有些人那样很快挥霍掉。生而为人的薄薄的悲哀,凝聚成形体。那悲哀仿佛影子照着他,使他不能再若无其事地生活下去。从妻子得病起他就没有上班,眼下他孤独一人,蜷缩在地下十二层的小单间里。窗外是一座矿场,从早到晚都听到乒乒乓乓的声音,尽管什么也看不到。如果不开灯,这里就是彻底的漆黑。很长时间,人们都得非常珍惜每天的开灯配额,以免浪费能源。现在不了,这栋倒戳向下的大楼里的人眼可见地减少起来。他们都年轻,早逝,没有孩子,或是孩子已经死去。吴舟在他的房间,就可以听到整个世界的回响。

他和妻子都是在育幼院长大,育幼院在地上,可以看见青草和阳光。据说在地上生活可以保护儿童的视力和心肺机能,儿童很珍贵,但显然成人之后就不是了。他们在育幼院待到十二岁,然后来到地下,进了中学。一开始他不觉得和地上有什么不同,因为他也可以进入城市的商场、摩天大楼,除了不能从地面出去。地面的交通只属于有地上户口的人,他只能坐地铁,从一个地下网络,到另一片地下网络。地下还有许多曲曲折折隐秘的地道,有些被地下的人们戏称为有去无回路,不过吴舟已经很有经验,能从洞的开度、脚印的来回、积灰及光滑程度,判断这条路是否可以进入或值得冒险。因此地下的人们有一个别称——老鼠。

老鼠如果想往上爬,唯一的办法就是婚姻。只要和一个地上人结婚,他就可以获得行走地上的通行证。但通行证不是户口,一旦离婚,或者五年内没有生育子女,他就必须回到地下。即便如此,大家还是拼命往能遇见地上人的大公司、高级会所挤。成功者被称为甲虫,意为甲等之虫。他们往往趾高气扬,又勤勤恳恳,不愿再沦为老鼠而拼命地干活、拼命地维护家庭道德、拼命地声称社会公义。他见过一位有着惊人的美貌的女明星,一度嫁入豪门,成为地上人,又很快跌入地下,并因此受到众人嘲笑,声名一蹶不振。这也是老鼠既羡慕甲虫,又看不起甲虫的原因。

但那位女明星留给吴舟的却不是幸灾乐祸的情绪,他始终记得小报上她仓促而惊慌的神情。她住在她的别墅,有门,有花园,却不能出去。镜头对准她的窗户，闪光灯突地一闪，当时她正靠在窗前，把头伸出窗外，享受难得的春日微风。可是她这一出格的举动被照了下来，关于她是否有权力开窗，展开了一场激烈的讨论。但吴舟没有关注这些讨论，他关注的是她的蕾丝睡裙、V领下影影绰绰的乳房。这和柔和的光线、朦胧的气氛巧妙结合，以及有着窥探的喜悦。之后人们再也没能拍到她，只有紧紧合拢的百叶窗，以及秘而不宣的传闻。她死的时候不到四十岁。

在他青春期发生的这个桃色事件，使他对成为甲虫充满恐惧。他顺理成章地有了一份地下清道夫的工作，和青梅竹马结婚。他们有了一间小巧舒适的洞穴，有源源不断输送的氧气和完备的温度控制系统。但是直到妻子死后他才发觉，空气里弥漫着霉味，窗台上堆满土灰。他们从来没有开过窗户，它已经锈死了，无法打扫。他忽然醒悟，阳光已经不算什么，没有窗户的绝望才是真正的绝望。地上人到底在害怕什么？为什么这么害怕他们呼吸？害怕他们也能看到窗外的风景？吴舟想不明白。他只确认了一件事——他不想做老鼠，也不想做甲虫，他想做猫。

想做猫不是件容易的事，一样需要办理许可。吴舟等许可等了两年零四个月，是张绿色的纸片，只有巴掌那么大。其间吴舟做了一份在大棚里的工作，给绿植浇水、除虫、翻土，装进一个个花盆。大棚隶属于一个研发中心，专门开发绿植新品种，因此除了一般观赏植物、净化空气的室内植物，他还时常能见到浅绿色和墨绿色的玫瑰、半人高的熊童子、巨人脚掌一般的爬山虎、像海藻一样铺展的地衣，以及种种失败的需要处理的案例。得到通知的下午他请了个假，来到人口管理中心。这是座立方形的、像透明盒子一样的大楼，特殊事务处在最上面的一层，最边上一间就是不可随意变形变性管制所。负责签发许可的是个扎着辫子的姑娘，不超过二十五岁。他感到自己的心又跳了一下。领完许可证，他一个人去了宠物市场。他用贩卖妻子器官存下的钱买了一只俏丽的白猫，只有耳朵尖一点乳黄，像是女孩子会喜欢的品种。他带着这只猫去上班，它一开始有点矜持，很快便愉快地挠着植物叶子，用牙尖啃咬。同事惊喜地大叫，好漂亮的猫。它的眼睛通常是淡蓝，但在阳光下浮起一层闪亮的金色，就像把阳光吸收又反射了回来。吴舟整天抱着这只猫来回，它还不到一岁，所以很小很轻。它最喜欢卧在他手臂里，脑袋靠着他的胸膛。他心中柔情四溢，给它买各种猫食、玩具、猫爬架，逗它开心。就连睡觉，他们都在一起。他枕着枕头，猫趴在枕头下头，他小心扒开被子，好让它呼吸。它的尾巴常常在睡梦中扫到他的胸膛、脖颈和下巴，或者害他打个喷嚏。他完全没有不耐烦，它对他越亲昵，他越快乐。他用一只手掌将它搂紧在自己怀里，它有时轻轻地喵一声，有时悄悄爬起来，翻出隆起的被窝，在房间里悄悄走步。但如果他坐起来，再次呼唤它，它又会回到被窝里，仿佛刚刚只是梦游。他不知道猫在想什么，但是他很爱它，这是确定无疑的。

变猫许可证只有四个月有效期。最后一个月，他带它去医院做了检查。它的身体状况良好，虽然到了发情期，不必急于处理，激素水平高有时反而利于术后恢复。接下来几天，吴舟处理了房子和家具，折算成手术费，另外他作为人的躯体和作为猫的售价，也归医生所有。由于人猫比自然猫聪明，有钱人都喜欢养人猫做宠物，价格也是自然猫的数十倍。当然，变成猫后，人猫是没有人权的，它的属性只能靠脖子上的铭牌标注，并且它作为人的名字和身份，也一笔勾销了。吴舟预先看到为自己准备的黄色铜牌，它的背面，比猫原先的铜牌多了一个人体心形的符号，以及约定手术的日期（俗称"蜕变日"，用来衡量猫生的短长）。他把铜牌挂在他的猫身上，猫一点都不知道即将发生什么，站在小镜子前用爪子拍着玩。很合适，他说。他的语气很轻松。医生说，想做什么赶紧做吧，手术当天别忘了带许可证。

对于科技发展来说，人变猫并不算一件复杂的事。作为历史悠久的家养动物，猫的语言和行为模式已经被分析得相当清楚。狗、猫和马一直是人试图变型的前三名热门动物。但是客观来讲，猫的神经系统仍是比人的简单许多，人的精神要输入猫，首先必须对意识进行压缩和删减处理。尽管这个过程有一套固定程序，但对个人来说，有没有损伤，变成什么样子，都是命。吴舟并不指望变成猫后他还是原来的自己，但他也不觉得变成猫以后他和现在的自己有什么根本性的不同。就像一个高清晰度的自己，和一个去掉多余内存的自己。他唯一有一个要求，就是把妻子的照片和他的意识一起导入他的新身体，他期盼能够遇到一个像她一样的女主人。

变形手术的流程大致和安乐死一样。首先得确定病人的选择完全出于本人意愿，精神正常，意识清醒，情绪稳定。其次是亲友的证明，吴舟没有亲友，可以略过。最后是医院方的伦理委员会认定。在第一个步骤，吴舟按了三次按钮，每次间隔十五分钟。他有点想小便，但是他已经进了手术室，等待的时候，只能望望窗外。窗帘没有关紧，他看见一只蓝色的鸟飞过枝头，伴随一阵清脆的叫声。按完按钮，护士帮他调低头部，他彻底在手术台躺下。医生先给他注射了一管药，他感到晕乎乎、轻飘飘的。他的头部被接上各种仪器。有些线头打在他脸上，他不由自主闭上眼睛。医生说，睡着了吗？一会儿你会感觉你躺在一条河上，河水缓慢地流动，你只要放松，听着水流的声音就好。他点点头，听见医生、助理医生和护士们走动的声音。过了会儿，果然响起水流的声音，他怀疑是医生放了音乐。但他的身体很快也感觉到了，湿漉漉的，晶莹莹的。像是夜晚躺在河边看星星。他感觉自己也流淌起来。

吴舟醒来时，不知道过去了多久。他已经不在病房，而是在一个仓库似的地方，手和脚都用绷带绑了起来。他感到精疲力尽，像是激烈运动后又过度睡眠，每个部位都格外酸痛。他想叫人来给他松绑，却只是发出一声怪异的猫叫。他这才意识到手术成功，他已经不是他，而是人猫了。

没有人理会他，他就独自胡思乱想。几年前曾有一个大新闻，古生物研究院的科学家用骨骼化石提取的DNA复活了猛犸象和恐龙。人们欢欣鼓舞，但是据小道消息说，刚开始这些复活后的动物躯体，就像捏出来的木偶，不具备任何大脑活动的迹象。一个年轻的实验员自告奋勇，将自己的精神导入了恐龙，使恐龙终于真正意义上"活"了过来。但是由于它太远古，专家试了各种方法，都无从破译它的语言、想法和行为模式。而实验员的精神进入恐龙的大脑后，为适应恐龙的神经通路，在电脑编码之外，又进行了复杂而难以捉摸的自我编码，再也无法重新导回到人身上。最后它被放在动物园滚字母,没有人知道它有人的意识。

吴舟怀疑这个传闻的真实性。第一,他没有去过动物园;第二,他不知道动物园是否有恐龙;第三,如果恐龙能滚字母,它就应该能通过字母拼出它的想法,再配合一些实验测量,人们就能研究出恐龙的神经构造。他看到的只是新闻上的照片——实验室里巨大的怪兽,他不觉得有什么人想变成那种东西,怪异,肮脏,可怖。

第二天护士上早班的时候,才有人过来检查吴舟的状况。他又被吊了两袋不知道是什么的药水,但是输完液之后,他感到精神些了。其中一个护士时不时来摸摸他,像是安慰,把他抱在胸前。她已经把他当猫看了。对于肢体上的骚扰,一点不觉得难为情。他有些惋惜又有些享受,因为他的身体正痒痒,他又无法自然地像猫一样舔毛。护士长得很漂亮,在他的猫眼看来,和柔光下的女明星一样。

下午,他被一双手抓进了笼子,接着被装进了一辆大货车。货车是开放式的,上面摆满各种各样的笼子,有猫,有狗,有鹦鹉,有兔子。大货车从车库开出,直接在城市里穿行。城市里的道路他还是第一次见到,四周忽然变得极为明亮。他觉得天空有些过于明朗了,动物们都透过笼子的缝隙往上望。他的尾巴掉在下面的棕色短尾猫笼子里,短尾猫凑过去咬它的毛,喵喵地叫,像是要和他讨论眼前的景象,但他尚未掌握猫语,只能小心地把尾巴从栏杆缝隙抽回来,横卧在屁股下。后来他才意识到,那是只发情期的公猫。但当时他没有想到这些。他很喜欢货车爬上高速后,往上望以及往下望的感觉,就像这座城市为他们劈开了一条路,大海分开,山川开裂。经过了最初的震惊,他感觉这个世界不是变得陌生了,而是变得合理了。

但是货车并没有像他想象的那样驶向城市中心,而是轻轻划了个弧,又向城市边缘驶去。他甚至望见育幼院的红色房顶,他以为他已经永远忘记了,但是它的形状和印记是那么清晰。货车没有停留,越走越远,房子也越来越少。天气反常地愈发炎热起来,渐渐地,四周从花团锦簇,到一根草也见不到了。黄色的沙土覆盖了一切。他这才知道,外面竟是一片荒漠,他一直生活在一个绿洲一样的地方。他们要带他到哪里去？他开始恐慌起来。

大概是意识到动物们的烦躁，司机和副驾驶下来休息了会儿，扔了些碎饼干到货箱里，又打开几瓶水往他们身上泼。被泼到的动物立刻开始舔毛，试图解渴。但吴舟位置比较高，食物和水都分不到，只有懒懒地趴下，以节省体力。他又和下面的短尾猫脸对着脸，那猫捞了一把碎屑，正在啃它软软的肉垫。吴舟翻了个身，叉开四肢，仰望上方。现在已经到了太阳快要落山的时候，然而赤金色的天空像淬炼矿石产生的火焰，熊熊燃烧。货车继续向前行驶，一直开到半夜。吴舟睁开双眼，忽然发现前面有灯光，且那灯光在很高的地方。原来他们来到了另一座城市。

这座城市显然比从前那座更大、更繁华。刚刚清晨，人们都醒了，车辆来回奔忙，声音也格外嘈杂。进入城市以后，世界重又变得清凉，但饥饿的感觉却更强烈了。货车没有把他们送到宠物市场，而是分批送到几家高级的宠物店。在宠物店吴舟吃到第一顿猫粮，感觉不坏。唯一可恨的是那只棕色短尾猫总和他争抢。饭后店员给他们洗了个澡，再用吹风机吹干。他们没有被关进笼子，而是被随意放在沙发或带托盘的架子上。人造动物的好处之一是不会随意大小便，一个个很容易就弄明白规矩，很好饲养。一开始吴舟下意识立起两腿走路，店员凶巴巴矫正他几次后，他习惯了四肢着地，渐渐明白爬行的好处。猫的爪子和人不一样，就像戴了丝绒手套，格外轻盈。精巧的肉垫比任何跑鞋都柔软舒适，后肢骨为便于弹跳曲起一个弧度，像穿了高跟鞋，这也是人们常常认为猫走路格外优雅的原因。吴舟像初生的婴儿一样开掘自己的新身体，幼稚地玩耍。此外，基本就是吃吃睡睡，不要太舒适。

一天，吴舟和往常一样在沙发背上踱步。一个穿着深蓝连衣裙、旧式女佣装束的中年女人领着一个男孩走进来。男孩十分漂亮，眼眸和短发都是栗色的，像一头漂亮的小兽。店长热情地招待，向男孩推介新近送来的几只牧羊犬。男孩抿紧唇，有些生气地瞪着它们，说，我不要狗。中年女人说，你不是要打猎吗？狗可以陪你。男孩说，谁要这些蠢家伙。店长说，那一定是缺乏管教，这些狗都很乖巧的。说着，店长便叫其中一个牧羊犬的名字，让它坐下，站起来，跳。大概是受不了牧羊犬的谄媚相，蹲在沙发下的棕色短尾猫喵了一声，耸起脊背，往门外走去。男孩注意到它，说，好漂亮，这是什么猫？店长说，它是猞猁，一种凶猛的猫科，可以和狼打架。男孩听了，蹲下身想从背后把猞猁抱住，猞猁毫不客气地给了他一爪。男孩哈哈大笑，就要它。

原本这个小插曲与吴舟无关，那只该死的棕色短尾猫，不，猞猁（吴舟不承认他认错了猫）却赖在宠物店不肯走，还捉着吴舟的尾巴让他挡在它身前。店长连忙说，这只白色的梵猫也是刚到的货，特别活泼，带去和猞猁做伴吧。

男孩是乘坐飞行器来的。飞行器可以容纳十多人，是常见的梭形。一进去是客厅，布置着舒适的沙发和旋转座椅。客厅前面是厨房，后面有个私密的小书房。书房入口还有个小楼梯，下去便是卧室和长途休眠舱。这类飞行器的设计一开始是为了星际旅行，后来被当作日常家用，反倒销量剧增。吴舟从前望见过许多次飞行器，有时它们飞得很低，几乎压着屋脊而去，但他还是第一次进到飞行器里边。两只猫被扔进一只小笼子，拎了进来。吴舟挠笼子的门，猞猁也一起加入。男孩不顾中年女人的劝阻，把笼门打开，抱了猞猁在怀里。

吴舟乘机跳到窗边，看外面的景象。正如吴舟之前在大货车上所见，这座城市建在山上。宠物店尚在山底，他们越飞越往上，慢慢地，已经接近山腰。从山腰开始，就完全没有公路可以上去，飞行器是唯一的交通工具。一座座小房子间或矗立在树林间，奢侈的绿将整座房子包围，只有停机坪闪烁着导引的红黄光芒。吴舟想起传说中的树屋，还有守林人的故事。但那房子说稀疏也稀疏，说密集也密集，越往顶上，越仿佛奥林匹斯山一般，挤满了白色的神祇。那些小房子虽然在山顶，却并不炎热，反而弥漫着湿润而清凉的水汽。这正是人们从下往上看时，所能望见的半空中的厚厚的云海，他们就在云端穿行。

吴舟原先以为小男孩是个小少爷，但实际他只是这户人家的养子，去年才从育幼院接过来。房屋的主人今年五十五岁,和妻子有两个儿子一个女儿。大儿子快满三十,二儿子二十岁,女儿二十一岁。大儿子也结婚了,有一个男孩。吴舟看不出主人有任何理由再收养一个孩子,儿女双全,夫妻和睦。何况孙子都八岁了,养子才十二岁,两小孩并不亲近,时时发生争执。养子在这里不能为主人养老送终,倒像个炸弹,使这个家里充满危机。

当然,在吴舟看来,养子现在的生活,比他们这些很快被赶入地下的人幸福多了。他拥有一间宽敞明亮的房子,每天都可以去森林散步。主人喜欢打猎,一直催促养子多运动,但养子并不热衷于此,阳奉阴违。他其实是个自闭且有些古怪的孩子,但是得益于他那姣好且贵族化的脸型,温柔卷曲的额发,给人以天使的错觉。决定收养他后,主人给他重起了个名字,叫尉光,他原先的姓名则不可考了。尉光也给吴舟和猞猁取了新名字,吴舟觉得他的新名字太像个小女孩,总是懒洋洋地不肯应答,猞猁呢,他的新名字倒像个战士,闹得它成天闻鸡起舞。

在这里吴舟和猞猁不是唯一的宠物,主人有三匹马、一只黑色的已经半人高的猎狼犬、一只巨大的猎隼,大小姐养了几只鹦鹉、一池子孔雀鱼,孙少爷有一只小的贵宾犬。吴舟和猞猁没有被交给佣人喂养,而是待在养子的卧室。他们一向低调行事,但仍然可以察觉一些不善的目光,无论是如密探般一天好几次从卧室窗户飞过的猎隼,还是那一对祖孙似的总在草坪上一起奔跑的猎狼犬和贵宾犬。它们奔跑时的夸张劲,就像时时刻刻参加 8×800 折返跑加非等距跨栏比赛,如果吴舟和猞猁出现在地面,它们便冲着吴舟和猞猁所在的地方哮叫,仿佛全部地盘都理应是它们的。猞猁十分不满,久而久之,也冲它们龇牙咧嘴。闹得不可开交的时候尉光把它抱起来,说,你还太小,等你大一点就可以和它们打架了。吴舟觉得好笑,这个小孩竟然说别人小,说不定猞猁变成猫之前是个老爷爷了。

吴舟和猞猁相处久了,渐渐掌握了对方猫语中的含义。但他们从没谈起作为人时的事情,而去享受作为猫的快乐。小尉光亲手给他们做了一个猫屋。下半部分是一个大竹篮,里面垫着柔软的绒布,还装饰着许多五颜六色的羽毛和毛线团。篮子旁边有个小楼梯，可以上到第二层，有水碗、猫饼干，以及做成小鱼形状的玩具。侧面有个滑梯状的通道，装着猫砂。吴舟习惯趴在窗台上，狻猊则喜欢跳来跳去，或者舒适地躺在它的"猫篮子"中，有时他们也和尉光一起睡在大床上。尉光更喜欢狻猊一些，吴舟也不在意。物质的舒适带来精神的疲懒，他越来越会按照本能行事，没有时间钟点，困了就睡，饿了就吃，痒了就挠挠。他有时也会无意义地大叫，长长短短、高高低低，或者只是咕噜咕噜摩擦喉咙。变成猫以后，他发出的声音反而更多了，而且他知道即便他过分吵闹，也只会被当作可爱的撒娇。另一方面，变成猫以后，智力多少受损，记忆力也变差了。据说自然猫的智力只相当于两三岁的人类小孩，人猫的智力也不会超过十岁。吴舟觉得，他小时候是不懂得怎么做小孩的，小孩也不懂得什么是天真、什么是快乐。他现在才开始体味。

狻猊喜欢用爪子抓着东西玩，纯粹是为了有趣。有一阵子，尉光经常带着他们在林子里散步，然后尉光和吴舟找个地方搭帐篷躺下，狻猊自己到处去玩。狻猊迷上了从树林里捉兔子，一个弹跳猛地扑住，一口撕开，然后叼到尉光面前，拜托他烤熟（幸好它还没退化到茹毛饮血的程度）。吴舟更喜欢在安全的地方静默地观察，然后舔着爪子，默默享用一番美味的兔子肉。

动物们在这里虽然舒适，有时候还是挺无聊的，比如马厩就经常开茶话会，因为它们困在里面，一个月也骑不了几回。吴舟比较交好的是一匹叫罗伊的马，它有漂亮的深褐色皮毛，健壮的肌肉，披着柔软而厚实的鬃毛，可以供吴舟这样的小猫窝在上面睡觉。鹦鹉也时常来马厩逛，因为它们在房间里不被允许随便学说话。而且小姐和情人通话时，它们就会被赶出来。但吴舟想，它们一定偷听到不少秘密。

有一只绿毛鹦鹉，生前是个爱唱歌的小姑娘。她的身体坏了，她的妈妈想要她高兴，才把她变成鹦鹉。但是她的妈妈不久也得病了，她就被卖到了这儿，她至今不知道她妈妈死了没。她很喜欢跳到别的动物怀里，要别人抱她，但鸟类这么做很奇怪，像是要啄别人肚子似的，被她吓一大跳。

她不禁埋怨说她应该变成兔子，毛茸茸那种，这样大家都会哄她了。吴舟便说，还有一种可能，就是被猞猁吃掉。绿毛鹦鹉一听便告状，某天她正在梳理羽毛，忽然被猞猁揪住尾巴，最漂亮的两根毛就被它揪下来了。

绿毛鹦鹉说得抽噎，众动物却都大笑起来，还有的说，把你屁股给我们验证一下。绿毛鹦鹉噘起嘴，这回是真的啄了人家一嘴毛。吴舟安慰道，猞猁就这么个德行，不理它就好，倒是那两只狗，整天四处挑衅，它们难道是自然狗？怎么这么凶？罗伊喘着气说，当然不是，这个家里，连池子里的观赏鱼都是人，怎么会养低劣的自然狗。绿毛鹦鹉说，有什么奇怪，它们明显把你们当主人的新宠感到不安呢。确实，人造动物一旦被主人抛弃，命运比自然动物还要悲惨得多。但在吴舟看来，它们实在太多心了。第一，他和猞猁是尉光买来的，并不经常见到主人。第二，主人显然更喜欢可以调教的动物，而不是我行我素的猫科。罗伊说，主人太偏爱尉光了，连带着你们，享受的都是宠物最好的待遇。鹦鹉说，我敢和你们打赌，尉光百分之九十九是主人私生子。吴舟惊讶地喵了一声，但稍微一想，这个家的奇怪局面也都可解释了。

随着时间过去，吴舟对这里的一切产生温和静谧的情感。他的身躯也逐渐长大，毛发长长，但是猞猁却变得更大，四肢修长，有两三个他那么高了。它简直像一头豹子，尤其是它的纹路，使它显得更优雅、高贵，翘起来的耳朵，却又灵巧、精致，令吴舟艳羡。刚开始猞猁时常和他作对，后来一阵子，猞猁时刻要黏着他，霸道地，甜腻地，向他求爱。每隔半月，就会看见他俩你追我逃，喵喵叫唤不休。吴舟惊恐不已，幸而很快，管家送他们做了绝育，那阵荷尔蒙冲动随即消失。他和猞猁建立了一种情感，正如猞猁和尉光建立的，一种童真生活中的伴侣，细雨微风中咏而归的友伴。一旦这种关系开始，彼此的信任就会无条件地延展下去，就像小群鸭子一睁眼遇到彼此，那么它就知道那是它的兄弟姐妹。平心而论，过去的五年是他最无忧无虑的五年。就算这样直到死去，亦无不可。

每年的最后一个礼拜是安息节，通常也是社交的好时机。这一年也不例外。主人又吩咐众人筹备尉光的成年礼，在家里人看来，对尉光太过荣宠了，但主人却执意大操大办。尉光有些无措，我以为我成年后你会让我离开家。你能去哪儿，去地下吗？主人哈哈大笑，你这么漂亮、英俊，应该成为社交界的明星。

尉光担忧自己身份的尴尬，但事实上，宴会进行得很顺利，他穿着华丽的衣服站在人群中央，没有感觉到敌意，反而被不可抗拒的热情包裹了。傍晚送走客人，他一个人回到房间，忽然有了些新的期待。毕竟长久以来，他除了两只猫，一个朋友也没有。他甚至想到宴会上被家人带来的几个年轻的女孩，觉得要是能和其中一个恋爱也挺好，如果她愿意的话。他就这样怀着少年人的幻想进入梦乡，中间连猞猁踩着他的胸膛钻到他怀里都未醒来。

第二天又是个大晴天，主人早饭后才起，精神奕奕，提议说这时候最适合打垒球。还有几个亲戚没走，刚好凑齐人数。尉光自然也被算了进去，他练习过投球，但纯粹是因为一个人无聊，没有和别人实战过。主人教了他一些技巧，他学得很快。这场比赛很有趣，女人们都出来撑着阳伞观看，吴舟和猞猁混在人群中，也看得津津有味。就在赛局进行了大半，主人作为击球手从二垒跑向三垒时，他像是瘸子突然被抽了一下，虽然仍然在奔跑，全身都处在不平衡的颤动之中，不久便以奇怪的姿势跌倒在地。所有人都被吓到，医生马上赶来，将他暂时移到卧室。他以前也有过神经抽搐的毛病，因此准备有医疗器材，但没像这次这么厉害，几乎是中风了。医生检查了他的状况，宣布说，他必须立刻注射髓液，并补充道，最好是直系亲属的。

众人愣住。主人的父母、祖父母和曾祖昨天已经离开，这里的直系亲属只有大少爷、二少爷、大小姐和年幼的孙少爷。他们对手术有天然的抵触，因为只有下等人才会做别人的手术供体，地下市场很容易买到。众人又把目光转向尉光，似乎在寻求着什么印证。尉光把手交握在双膝中央，只好说，我不知道我能不能……话未说完，医生便道，不会有问题的，过来吧。于是卧室门打开又关上了。不一会儿，护士告知配型成功。众人松了口气的同时心情更复杂了，女主人找了把椅子坐下。大少爷有些沉不住气，不顾禁令推开房门，只见医生正让尉光在一份文件上签字，而病床上的父亲似乎有些清醒了，狠狠瞪他一眼，他只有道歉离开。关上门时，他听见父亲问，孩子，是你输髓液给我？你愿意？尉光回答，是的，就算要我的心脏也可以。

好孩子。父亲用他从未听过的、温柔的语气重复道。

大少爷心里骂了句谄媚，不禁后悔自己刚才不够勇敢，他倒是小瞧了自己这个便宜弟弟。手术进行得十分缓慢，众人等得饥肠辘辘，食不知味地用了午餐。过了好久，尉光出来了，是护士扶他出来的。主人则因为药物仍在昏睡，身体平躺着，就像睡死了一样。真是万幸。众人松了口气，各自散去，然而到了晚间，新消息出来，主人因为突发神经抽搐导致心肌梗死去世。

所有人都措手不及。地下人的人均寿命为四十岁，多数因为严重的肺病或感染死亡。地上人的人均寿命为八十岁，那还是因为城市边缘的居民辐射遮挡不足，死亡率明显偏高。像这样住在城市中心的家庭，一般都能达到一百五十岁以上。由于他们子孙众多，某种程度上又分散了他们的财富，使得富人和中产达成一种微妙的平衡。中产则尤其注意控制生育，以免沦落到城市边缘。主人的情况，是罕见的早死，也是罕见的只有三个子女，一个孙辈。不一会儿，律师也到了，他们不意外死者已经立下遗嘱，但是由于大家都觉得分财产的时候还早着，遗嘱肯定会改，一向都假装不在意的样子，谁也不知道里面写的什么。律师当众宣读。首先，妻子的嫁妆仍是妻子的，但其他她没份，每年从公司账上出一笔赡养费。其次，三个子女平分一个金融账户，得到的钱足够一个普通人过完一生，但对他们来说，只够一两年开销。孙子未满十七岁，不参与分配。最后，剩下所有的钱和不动产、公司都交给他的养子，他写得很清楚，给尉光。

女主人站起来，她不可置信，所有人都不可置信。唯独这财产的最大受益者还在昏睡，女主人要上楼找他算账，被佣人们拦住了。一定是哪里错了，女主人大叫。她看着自己受到打击而呆愣的子女们，更加生气了。他们一个个，都不能讨父亲的欢心。管家目睹这个情况，说，夫人，现在房子也归尉光先生了，您怎么办？如果您交代我去办，您嫁妆里的钱，足够在山下租一栋临时的住处。

女主人顿时泄了气，她不想离开这里，她没有想过。但是她还是交代管家去办了，因为按照法律，拒不执行遗嘱，可是会被关到地下监狱的。自从夫妻共有财产取消，很多妻子都面临这样的状况。这种做法能迫使女人迅速改嫁，以促进人口繁荣。

尉光第二天中午才知道自己成了富翁，但他显得很冷静，一贯的少年老成使他的面孔更加难以揣测。正好他十七岁成年了，可以直接掌控家产。但是他对厚厚的财产目录似乎并不在意，随意翻了两页，就搁在那儿。多数时候，他站在阳台上往下望，有时会坐在一张躺椅上，仿佛看到什么出神。猞猁像往常一样跳到他怀里，想安慰他，却被他一脚踢开。他似乎沉浸在一种看不见的悲痛之中，不想被任何人和事打扰，也不愿去理会任何事。猞猁很受伤害，吴舟也十分担忧，但是不知道这诡异的气氛什么时候被打破。那是尉光的父亲啊，他想应和这种情绪，却怎么也想不起来自己的父亲是谁。他只是很可惜，猞猁的捕猎手段依旧很好，可是没人给他们烤兔子了。

大约从女主人和她的孩子们搬出去几天后，尉光开始活动了。他本来就俊秀，此时穿上隆重的衣物，加上倨傲的神情，更显得光芒四射，人们无法想象不久前他还是个整天一个人闷在房间的少年，现在已经从容地处理各种事务，干脆利落，甚至比前任家主更加冷酷。果然这位才是命定的继承人啊，人们不禁赞叹，也不敢欺负他初来乍到了。

作为新晋家主的宠物，吴舟和猞猁享受了更好的待遇，这倒不坏。但是猎狼犬对他们的敌意更深，而且就像讨好原来的主人一样讨好起尉光。猞猁对它更加不齿，恰好小贵宾犬被孙少爷带走了，它变成孤家寡人，更好欺负了。猎狼犬红着眼睛，在屋子内外上蹿下跳，被猞猁逗得无可奈何。吴舟说，何必惹它。可猞猁却乐在其中，像个长不大的孩子。

一天夜晚，吴舟正在睡觉，忽然传来一阵狗哮，夹杂几声凶狠的猫叫。

吴舟跳上窗台,只见猎隼巨大的翅膀飞过,下面却是一片漆黑,草地冷冷竖立,感觉什么也没有。吴舟跳回窝里一看,发觉猞猁不在。这么晚去哪里了?他穿过屋子飞跑到草地上,只见猎狼犬远远地跑过,不见猞猁的踪影。他喵喵叫着四处跑,也没有任何应答。他找了许久,心想是不是错过了,回到房间,猞猁仍然不在。吴舟又跑出去,一直爬上屋顶,向树林张望。难道猞猁溜出去了?他有种不祥的预感,心里仍然盼望这只是个恶作剧。忽然,他发现门口的池子里,孔雀鱼都在水里乱扑腾,好多次跃出水面。这太反常了。吴舟跳下屋顶,只见水里十分昏暗浑浊,可他却闻到了血的味道,那味道越来越浓,像整个池子都变成了毒药。变成猫以后,他有些怕水,但也顾不得了。他跳下水池,四脚乱划,往水池中央挪。终于,他看见一个黑乎乎的东西,半漂浮,半沉坠,挂在喷泉雕塑的底座边。那个东西浸了水,皮毛皱在一起,像剪裁失败的裘衣,不再光亮,而且黏糊糊沉甸甸的。他不知道哪来的力气,背着它又游回池边。那果然是猞猁,已经死了。他把它拖到亮处,才看清它背上有很多咬痕,大概是和狗闹的。吴舟清楚猞猁的凶悍,吊打贵宾犬不在话下,即便是猎狼犬,也很难占得了便宜,何况它这么灵巧,可以溜走呀,为什么要拼死呢?它的爪子上都是血和破碎的皮肉,看起来对方也受伤不轻。接着,吴舟发现它的侧腹有一道巨大的伤痕。是猎隼,吴舟忽然明白。猎隼猛然俯冲而下,弯曲的喙上锋利的齿状缺刻,足以撕开它,咬伤它的脊柱。如果还妄图反抗,只需将它抓起再骤然摔下,就像把一粒石子丢进地狱的洞口。但是,猞猁什么时候和猎隼结了仇?他一点也不知道。

吴舟抱着猞猁的身体,心里一片茫然。这种茫然比在手术室外等待妻子的死讯更甚。他失去了最好的朋友,毫无准备。他感觉自己又陷入某种不可解的危险之中,而他现在是个猫,已经别无退路。如果变成猫还不行,他没有地方可去了。他会怎么办呢?

天渐渐亮了。楼上传来瓷碟碰撞的声音,只见尉光正在主卧阳台的咖啡桌上享用早餐,那只猎狼犬蹲在一旁,得意地往下望。他喵喵叫着,请求主人的公义。他从未发出这样凄惨的叫声,从未这样恳求、期盼过。主人从前是多么宠爱猞猁呀，一定也会感到愤怒且忧伤。尉光随后注意到下面的景象，但他没表现出任何惊讶，而是跟身后的女管家说了什么。一会儿，一个佣人就用布袋将猞猁的尸体收拾掉，就像收拾食物的残渣。饭后，尉光叫了匹马，带着猎狼犬一起打猎去了。

吴舟意识到他失去了主人的保护，他甚至都不知道一切是如何发生的了。现在所有的动物都向猎狼犬臣服，如果他不识眼色一点，很快就会变成下一个目标。他又饿又累，回猫屋睡了会儿，却睡不踏实，忽然觉得房间也不能待了。他偷偷潜入马厩。鹦鹉被小姐带走了，罗伊也十分寂寞。虽然马都是站着睡的，罗伊却习惯于半个身子趴下，吴舟藏在他背后完全不会被看到，别的马也完全没有发觉。可惜只能以麸皮果腹，再也吃不到猫薄荷黄油肉桂饼干。毛发上扎的干草使他全身又痛又痒。这时，他才深恨自己是只柔弱的小猫。

从马厩侧面的窗户，可以看到猎隼在林子里飞来飞去。有一次，他看见尉光给猎隼喂食，扔给它一大块生肉一样的东西，猎隼叼起肉，低着脑袋行了个礼，随后飞到它的树屋里享用它的大餐。还有几次他看见了猎狼犬在四处游荡，猎狼犬的鼻子很尖，他不敢靠近，靠马的味道遮住自己。战胜宿敌的猎狼犬变得更暴躁了，它的叫声遍布整座房屋，有时尉光也不耐烦地喝令它安静。猎狼犬住在主卧楼下的小间，最近照管它的佣人傍晚会把它的狗链系在墙边的搭扣上，防止它夜间乱窜，这让它白天更加好动易怒，那一池没被带走的孔雀鱼，被它祸害了好几条。孔雀鱼不能说话，只能扑腾着躲藏。吴舟窥伺着房屋，他清楚晚上用完餐、离睡觉还很远的时间，厨房的灯便早早关了，佣人们偷个闲各自休息。但厨房这时尚未上锁，餐具也随意放着，以备有人突然想吃夜宵。吴舟很容易就偷到一柄水果刀，他把它藏在马厩的草垛中，别的马睡去时他便拿出来练习。他的爪子很难握稳刀柄，这是一大困难，其次，他用切东西的方式使用刀子，切不深，力量也不够。

吴舟仔细研究了这些，一天深夜，他带着刀子来到猎狼犬的卧房。他担心房间关着门，他运气很好，房门只是微微合着，他一闪身就窜了进去。

猎狼犬还在熟睡，吸了吸鼻子，发出鼾声，吴舟知道它的警惕性很高，很快会醒，所以毫不迟疑地猛地一跳，刀尖插入它的脖子。猎狼犬几乎是在刀接触的瞬间醒来，把吴舟扑在身下。可这时吴舟的刀子已经先一步刺破了它的颈动脉。猎狼犬撕扯了几下吴舟的身体，便渐渐失去力气。吴舟仍然不敢松手，直到刀子整个嵌入猎狼犬的脖颈，只剩下刀柄，他的白色毛发已被血水浸透。吴舟大口喘息，他从没想过他会杀人，即便是以动物的形态，杀了另一个畜生，他们都知道彼此实为人类。他已经分不清那是出于愤恨还是生存的本能。就在这时，有什么猛烈地撞击窗户，整个金属框剧烈摇摆，轰隆轰隆，伴随刺啦刺啦的尖厉声响。吴舟惊恐地望向窗外，对上猎隼的眼睛，全身发凉。原来是猎隼看到了这一切，恶狠狠地想进来找他算账。他连忙向走廊里逃去。他不知道他该去哪儿，尽管罗伊最可能护着他，他知道他不能走出房屋，他相信他只要一出门就会被撕得粉碎。他体会到猞猁临死前的恐惧，因此他必须更加冷静。他一直逃到三楼，发现一扇微微开着的门，他从来没有进去过。里面很黑，没有窗户，弥漫着灰尘。这是一个书橱，有很多隐蔽空间，再好不过。

吴舟惊魂未定。就在他踩着书堆，想找一个更隐蔽的位置时，什么东西闪了一下。吴舟吓了一跳，以为自己被监控拍下，他曲起前掌小心看去，只见厚厚的书堆间，透出一缕白光，幽灵般投射在黑暗中。他把书堆的缝隙拨大些，看见一个四四方方的金属，像是被刻意遗忘在两堆书的缝隙里，而且用报纸之类的东西包住。吴舟扯住它一只立起来的角往外翻，终于它整个掉到地上。吴舟辨认出它是台电脑，而且过时很久了，电板居然是内置的，又厚又重，屏幕也是固态的平板，看起来十分笨拙。由于网络和虚拟投影技术的发展，人们不再需要实体存储器，这类电子产品早就被淘汰了。电脑暗下去，并再次亮起来，摄像头的红光直接照向吴舟，像眼睛在转动。它用一种古老的机械声叫他的名字。吴舟下意识喵了一声，心都快震出来。电脑说，我是尉光。

"我十二岁被养父带到这个家，我很爱他，感激他，像有了自己的父亲一样。有一阵子我甚至狂妄到相信传闻中自己是他的私生子，和孙少爷争夺他的宠爱。后来我渐渐发觉，他虽然很关心我，但总是很冷淡。我做得好了，他不夸奖，做得不好，他也不批评。就好像养一只猫猫狗狗，永远不能和夫人的孩子相比。我为之痛苦，到麻木。但我没想到，他留下我，把我养大，真正的原因是他看中了我的身体。他的身体出了些神经上不协调的症状，就算手术也没有任何效果。而我年轻，健康，相貌也讨他喜欢。他一直等待着我成年，然后用我的身体继续他的生活。

"那天我在沙发上躺下，医生让我放松，然后喝了点什么药。我开始有点困，躺在紧绷的皮质上微微下陷，有种生病后输液的感觉，皮肤凉凉的。但是不是不愉快，反而有点飘飘然。这时有人过来，对我说了一些话，但我什么也听不清。我感觉那是我养父，于是很放心，现在回想，也有可能是专门叫来帮助做这个手术的人。总之人渐渐多起来，围着我。有只手抬起我的脑袋，我被接上一些奇怪的线头。但我仍然没有警觉，安心地睡着，几乎像三天三夜没合眼之后睡死的情况。然后我听到了音乐，睡梦中感觉十分高兴，我不自禁地微笑，好像在梦里说，请单曲循环吧。那个声音却忽然变成了电流声，炸得我耳朵发烫，过了好久那恼人的声音才好受点。我又睡了会儿，接着便发现自己动不了了。我以为自己还在梦中，没有理会。接着，我发现自己的视线很奇怪，当我睁开眼时，周围就变亮，照出一些凹凸不平的纹路。识别很久，我才看出那是书籍的侧边。我的思绪也有些混乱，检查前发生的事情模糊不清，一些不属于我的画面却突然占据了我的脑海。我看见一个小男孩，歪着嘴，做出一副既表示讨厌又在撒娇的表情。他站在一块乳白色的石头上，下面是海水。我从来没去过海边，却很容易在图画里认出来。接着，又是几张奇怪的照片。这个小男孩稍大了一点，赤着身子，躺在一棵樱桃树下。我怎么知道那是樱桃树呢？我也不明白。但是天空的光线很柔和，和郊区不一样，和市区不一样，和合成光也不一样。

"我的大脑陷入混乱。这样好几天，我发现自己既不会饿，也不会困，除了意识纷杂时吱吱的电流声。电流现在好像穿过我的心脏，使我一阵发麻,又一阵冰凉。我想我大概被机械化,但那时我还抱着希望,以为我至少是个机器人。想到这个可能后,我开始凝神探索我的思维,终于找到各个储存器的壁垒。我开始整理我的分区。原来那些首先映入脑海的照片来自回收站,是别人已经遗弃的,却被我接管了。

"我渐渐熟悉了那个小男孩的模样。那是我的养父,这段记忆至今不过五十多年,但是世界已经面目全非了。养父的病是从不久后的辐射爆发开始的,一开始大家躲在室内,接着便开始挖洞。大家都畏惧太阳,只有深夜才敢出门,即便这时,空气也不干净,各式各样的面具、防护服、净化器成为最畅销的商品。用科普专家的话来说,从前我们的大气像泡泡的薄膜一样包裹着地球,现在它被戳破了,处于极不稳定的状态。未来有两种可能,好的一种是太阳风暴停止后,薄膜会自动修复,重新弥合成完整的泡泡;坏的一种是我们赖以生存的氧气将全部逃逸,尽管地磁场仍会起作用,但那只会吸引更多有害气体、射线,最终使地球不再适宜生存,生命消亡,文明毁灭。

"忧心于第二种可能,许多科学家提出将人类机械化、电子化,并引发文明信息存储方式的大讨论。但是经过许多轮谈判、不同方案的设计,各国仍不能就平台搭建达成统一,毕竟这是一项太复杂的工作,而且涉及国家安全。每个大国、每个政府都想掌握主动,由自己的科学团队,在自己的领地,有最高的权限,随时监视或删改别人的信息,但在经济上又不愿为其他国家买单。最后大家退而求其次,用最笨拙的空间隔离的方法,在每个城市的中心搭建人工云减少辐射。这些人工云是特殊的处理池,它像盐柱一样从城市中央喷向上空,雾一样凝结,形成一个巨大的白色圆盘,直到边缘因过于稀薄被吹散。于是,所有人都拥向城市中心,土地变得前所未有地紧张,并不断发生暴动。政府不得不发布法令,禁止流民进入地上,从而将本地居民与避难者区分开来,保证交通继续运转。这就是我们现在看到的城市的形态。我的养父幸运的是地上人,很快和家人搬到辐射隔绝最好的地方,遏制住病情,挽回一命;而我的祖父母不幸地成为地下人,不久,又因为早期地下管理的不完善被歹徒杀死、抢走所有财物,我的父亲成为孤儿,他在三十岁死去,我也成为孤儿。

"现在我快要没电了,也许我的精神会永远尘封在这个废弃的机器里,没有人知道。我还活着,却只有永恒的黑暗,难道不令人恐惧吗?是不是所有身体被占用的人都会这样?那个被你占用的猫去哪儿了?那些奇奇怪怪的动物去哪儿了?或者,它们也像肥皂泡一样破碎了?唉,它们彻底死了,彻底死了!"

吴舟听见尉光在哭泣,但那哭泣也只是嘀嘀嘀的电流声。吴舟舔了舔自己的爪子,忽然把电脑整个抓起来。你干什么!尉光惊恐地大喊。吴舟像得到新玩具一样,划过电脑的每一个角落。这没有效果,他又开始击打屏幕,直到一个旧式键盘出现在屏幕上。尉光顿时失声,他虽然和吴舟倾吐了许多,也没想到他们能够相互交流。不是这样的,吴舟在电脑上敲击出字符。不是什么?电脑问。对人类来说,只要精神有所依附,他就永远不会真正死灭。吴舟写道。

吴舟考虑变猫的时候,仔细研究过相关的法令。如果想要变形,有几种选择。第一是变成动物。这是最常见,也是唯一合法的选项,其中变成小型宠物比较自由,大型动物则需要动物局二次审核。第二是变成另一个人。这在技术发展的起初几年是允许的,只要双方自愿即可,但是随着买卖婴儿身体,乃至强行夺舍一类的事情越来越多,变人已经被严令禁止。这也是主人为什么要兜一个大圈子把尉光领养回来的原因。第三则是机械化。各种各样的机器人已经完全能替代人类的身体,而且零件随时可以替换,人的寿命理论上可以无限延长。这个方案长时间是科学研究的重点,但是当实验真的成功后,科学家发现,由于人能完全掌控机械,人的意志也被机械无限放大。一个反社会的人,只要他掌握一件能量足够的机械,带来的危害是毁灭性的。在此意义上,肉体的脆弱反而促成了人类社会的平等和稳定。另一方面,比起吃食物就可以生存的动物,机械的能量消耗是巨大的。对个体而言,拥有越多能量,也就拥有更多资源。但对社会来说,能量的追逐将会首先把矿产和电能榨干,最终因为过载将自身融化。因此这个方案也在巨大的争议中被否定了。吴舟猜想,医生用这台旧式电脑,本意是做一些程式将尉光的精神诱导出来，以免尉光年轻气盛、精神力太强，主人覆盖他时引起反噬。但现在的情况是，这个小技法竟然疏导了尉光的整个灵魂，使得他完全机械化了。尽管这个电脑什么用也没有，既不能动，也缺乏说服力，连电也快没了，谁也不知道充电线这么古老的东西在哪里。但是既然它已经被机械化，又碰巧剥离了控制躯体的本能，那就意味着，它是一个纯思维体。而且它居然无障碍地识别了电脑里的其他存储，真是个奇迹。它离人们梦寐以求的最终电子化只有一步之遥。

但是，对社会网络来说，电子化的人是最大的危害。因为它可以栖息在任何一条网络、任何一个存储器里，它无处不在，无所不能。它们被称为"逃逸者"，受到网络安全委员会永无止境的追杀，但这类人只有传说中存在，谁也没见过，有时大家玩虚拟游戏，冲对面技术流的玩家骂道，"见鬼的逃逸者，又他妈篡改老子的数据"。但事实上，就算黑客也很难做到。为了安全起见，这个时代信息壁垒不是变少而是变多了，几乎每个家庭网络都有一个墙，每个人、每台机器都设有专门的网络协议、加密方式和密钥。尉光需要做的，首先就是攻克这个家的壁垒。他相信尉光能做到，这台电脑的旧存储没有清理干净，尉光迟早会找到它。问题是得在电用完之前，快一点，再快一点。

光芒再次熄灭，黑暗里，电能主板的运行声却变得响亮，伴随着刺嘎刺嘎的杂音。过了很久，尉光说，我找到了温控系统，密码是——是我的生日。吴舟问，其他通道呢？尉光说，只看见灯光。话音刚落，书橱的大灯打开，眼前骤然明亮。快关上，吴舟喊。灯光瞬间消失。不行的，只有内部通道，出不去，尉光抱怨道。你知道墙在哪儿吗？吴舟问。我已经找到门了，也有钥匙，但是开不了。吴舟说，是不是你走错门了？尉光说，错不了，这边流量大，我从别的口出去一定会被当作异常增量。吴舟认同，一电脑一猫陷入沉默。过了会儿，尉光说，主电脑那边有个梯子，你能帮我打开吗？吴舟说，哪儿？尉光说，书房那台。

这太危险了，吴舟心里想，但他还是摸索着钻进书房。主人不在，电脑容易打开，密码也是尉光的生日——他成年那天的日期。主机投射出花园的景象，吴舟身量小，仿佛站在灌木迷宫之中，但是比实际而言，他的身体又被放大了，那里原是一片森林。他一直往前跑，跃过一道道树丛，看见一座白房子矗立在前方，旁边有个喷水池，和家里一样。他跳上台阶打开门，那个位置实际已经是书房的墙了，他却轻易走了进去。穿深蓝连衣裙的女人侍立在门口向他鞠躬，主人您回来了。她的扣子一直扣到紧贴脖颈的衣领，像要把她勒住。她替他引路，似乎不觉得眼前是只猫有什么奇怪。吴舟这才觉察到，这不是一台普通的存储电脑，而是主人着意建造的虚拟空间，比起尉光在旧电脑里见到的照片和片段意识，这里更真实、更完美。他跟着女人来到书房，只见门上写道："a door, a copy."。他再次开启电脑，接下来便顺利很多，他打开网络，开启全局控制。

吴舟等待了一阵，忽然，有人从隔壁书橱过来。那人的脸一直变幻不定，身高也是，一会儿是小孩，一会儿是少年，一会儿是尉光，一会儿是主人，随着他的思绪变化。你进来了！吴舟惊喜地看向他，尉光却急促地说道，快走，有人来了。

吴舟从窗台跳下，跳出一道道树丛，再次回到现实。猎隼飞过窗户，又一次高声鸣叫。停机坪响起飞行器到家的声音。他来不及离开书房，在门打开的瞬间跳上墙，躲进通风管道。他心里一边替尉光祈祷，一边向下寻找离开房子的管道。就在这时，房屋响起了震耳欲聋的警报声。接着，是一声枪响。

（于《西湖》杂志 2022 年第 5 期）

作者简介：

叶端，1992 年生，浙江杭州人，复旦大学创意写作硕士，中国社会科学院研究生院现当代文学博士，现为上海大学文学院讲师。作品散见于《文学港》《山西文学》《西湖》《花城》《上海文学》《一个》《诗刊》等。

赤地旅行

赵 挺

一

三十年前,我的渔民爷爷一直和我重复着太平洋人鱼的故事,我无所事事地听着,昏昏欲睡。

现在,我依旧无所事事地待在这个沿海小城。我在七八平方米的房间里写关于太平洋人鱼的故事。我今天在房间里写道:

千百年来,人鱼一直活动于太平洋中部海域。随着人类航海活动的增加,太平洋人鱼开始慢慢从海里迁徙到陆地。进入大航海时代,他们逐渐开始吸附于经过中途岛附近的船只底部,在全球各大沿岸港口登陆。他们与陆地人无明显差异。经过漫长的陆地同化,我们更加难以区分大陆人与人鱼的区别了。现在,整个太平洋地区已经没有人鱼了。因为他们已经全部上岸了。也许更久远之前,他们就是迁移到太平洋里的陆地人。现在陆地上的人鱼大都分布于沿海港口城市，安详生活。直到今天，人鱼遭遇了在陆地上最严重的一次危机。

我每天就写几百字，写完以上这段，我吃了一碗泡面。

我什么事情也做不了，但是夏天已经快开始了，天空那么辽远，风那么舒服，手头还有两包万宝路。

我走到桥上，看见贝壳家着火了。于是点了一支烟，静静地看了一会儿。蓝天白云，赤红烈焰，有点好看。贝壳走过来，咬着烟说，那是我家。

我说，知道，一直站在这里看。

贝壳打电话通知了一下他爸家里着火了就挂断了。

我们抽着烟，讨论了一下万宝路双爆珠的口感以及火星到底适不适合人类居住，房子的大梁就被大火烧塌了。

贝壳看了一眼房子说，上次在希腊南部挖出头骨化石，还记得不？

我说，记得，把人类走出非洲提早了六万年。

贝壳弹弹烟灰说，六万年，弹指一挥间。此刻消防员已经开始灭火，巨大的水柱射向烧塌的房子。

我和贝壳趴在桥栏上，香烟还在烧，房子已是黑色框架，周围的群众迟迟不散。

家都已经烧完了，我们讨论的人类头骨化石却还没有结论。

贝壳踩灭烟蒂，瞥了一眼废墟。我们就去吃早饭了。漫长的早餐队伍里，贝壳得知他爸因大火犯急病被送进了医院。我们却在队伍的尽头，点了小笼包、馄饨和海鲜面。

天气越来越舒服了，我们就尽量不做没有意义的事情。譬如拿着脸盆灭火，去抢救室外面干等。那都是消防员和医生干的事情。我们现在考虑的是，海鲜面应该加点辣酱还是加点醋。

我把海鲜面里的海鲜都吃了，剩下的面老板会拿回去，加点海鲜给下一位顾客。我是在后面撒尿的时候不小心看到的。我的这碗面也许也是前几位顾客吃剩下的。

我和贝壳吃了一个多小时的早饭，讨论了许多宏大和遥远的问题。我们和那些月薪一千五百块讨论如何攻打美国的人有着本质的不同。他们都是高瞻远瞩的战略专家，我们是投机倒把的江湖术士。贝壳不同意我这种说法，因为我们根本没有投机倒把的能力，自然也配不上江湖术士的称号。贝壳认为我们具备穿透历史和洞悉世界的能力。我牙齿一酸，很遗憾我们只有这种能力。

贝壳是我身边唯一一个聊人类发展起源能聊上一整天的人。聊完人类起源，聊地球起源，还能聊宇宙起源，包括海洋之谜、时间之谜，偶尔夹杂着对东海野生大黄鱼的口感评价。这也是因为我们活了三十多年从来没有吃到过东海野生大黄鱼。

吃完早饭，也不用等太久，就可以吃午饭了，但是这并不代表我们只会吃饭和等吃饭。我们一直对这个世界充满热情和追求。过去的几年，我和贝壳一直想弄清楚人类的许多疑惑，譬如我们从哪里来，最后都会去哪里，盾牌座红色超巨星里面有没有另一种生命，马里亚纳海沟下面是什么地方。

这期间无论房价如何猛涨，互联网如何发展，金融大潮如何汹涌，周围七大姑八大姨如何七嘴八舌评头论足，我和贝壳始终谈论着我们感兴趣的东西。

终于，我们各自掏钱拼凑着想把早饭和午饭钱付了，而旁边的两位正在为抢着买单而相互争执，以至于开始相互推搡。我看了一会儿，老板娘用宁波话吼着，看什么看，赶紧把钱付了。这家店以服务差、态度恶劣、口味一般及拥有百年传统秘方著称。"百年传统秘方"是用一张A4纸打印好贴在墙上的。海鲜面的百年传统秘方就是，上一位没吃完，整合一下，下一位接着吃。

二

夏季天气多变，上午烈日暴晒，下午雷电暴雨，但是我一直待在房间里吹着冷气，继续写着太平洋人鱼故事。

我今天在房间里写道：

　　起初，我们对于人鱼并不在意，只是茶余饭后的一个谈资。现在似乎事实已经证明，人鱼正在有预谋地干一系列坏事，扰乱我们的世界，并且最终会建立新的人鱼秩序，占领这个世界。目前，明的坏事包括杀人放火抢劫，暗的坏事无法一一陈述。现在政府已严厉打击人鱼，且希望民众配合，一旦发现及时跟踪举报。大家共同抓捕人鱼，消灭人鱼。我们与人鱼的大战就此开始。

写完上面这段，我花了一天，这样的低效才具有夏天的意义。

这一天贝壳的父亲去世了，而他打电话给我，告诉我明天英仙座流星雨要爆发了。这种不怎么关我们的事，我们特别关注。我们计划开着贝壳他爸留下来的破面包车去那个很远的野沙滩观测。我挂电话之前顺便安慰他，别难过，人生总会过去，好了，要记得加油啊。贝壳什么也没说挂了电话。

第二天，在我们离野沙滩还有二十多公里的地方，面包车油没了。

我说，不是特意说要记得加油吗？

贝壳咬着烟瞪着我说，我以为你让我的人生加油。

我们等了一个多小时，拦下一辆摩托车，去加油站买油。买油付了两百块，车费付了一百块。我说，这么贵。摩托车司机耐心地给我们算了一笔账，他来回油钱也需要五十，还有损耗费人力费，还有误工费，七七八八加起来，起码得一百五十块，收我们一百块，主要是想做一件好事帮助我们。我说，那一百块也别收了，好事做到底。摩托车司机说，一百块都不收，那就是在帮助你们做坏事了。

苍天有眼，逻辑正确，这一百块值得给。

我们到达那个野沙滩已经很晚了，喝光了带来的啤酒，还嗑了两袋瓜子，一直没有看到流星，于是就挖起了牡蛎，一直挖到潮水涨满大半个沙滩。我们把牡蛎装进二十多个啤酒罐，听着收音机，摇摇摆摆地在沿海公路上开车。

我们发现有点分不清大海和公路的时候，才意识到酒驾了。于是我们把车停在海边，开始在车里睡觉。据说那晚的英仙座流星雨非常漂亮。我醒来的时候，刷着网上的流星雨图片，觉得人生了无生趣。在了无生趣的日子里，我还难得想了一个愿望，结果上百颗流星，一颗都没有看到。

贝壳点上烟，发动汽车。烟烧了半根，汽车也没发动起来。

我说，又没油了？

贝壳说，这次是坏了。

我说，打保险公司电话吧。

贝壳说，这车哪来的保险。

于是我们又蹲在路边，拦了一辆皮卡车，慢悠悠地拖着我们往回走。我们坐在没有动力的面包车里，任由皮卡车拖着前行。贝壳说，他爸三十年前，盖了那间已被烧掉的小房子，过了十几年又买了这辆小面包车，虽然生活艰苦，但是总说，三十年河东，三十年河西，你以后的人生总会不一样的。现在发现，三十年河东，三十年依旧河东。

贝壳把着方向盘，偶尔轻点一下刹车，于是又谈起了人生的意义。我说，人生的意义就在于年轻时做自己喜欢的事，到了八九十岁卧床不起，穿衣吃饭都得靠别人，这生活也没有什么质量了。贝壳说，这才是有质量的生活。

我们谈了会儿人生，正准备谈谈宇宙的时候，皮卡车突然拖着我们偏离了主道，驶向一个码头边。贝壳按了几下喇叭，点了几下刹车，都无法阻止皮卡车前进。皮卡车拖着我们一路披荆斩棘，最终停在一个码头边的荒地。

皮卡车大叔走过来，贝壳点了一支烟，坐在驾驶室说，钱不够吗？

大叔说，一千五百吧。

我说，之前不说三百吗？

大叔说，不说三百能把你们拖到这里吗？

贝壳说，那再给三百，给我们拖到原来地方吧。

大叔说，拖到哪里都是一千五百。

贝壳说，那拖到美国吧。

大叔二话不说把牵引绳给解了。

贝壳分了一支烟给大叔说，价格商量一下？

大叔点起烟说，两千。

贝壳掏出手机说，我打110问问。

大叔说，有信号吗？

贝壳看了一眼手机，我也看了一眼手机，于是只能决定，一千五百块拖回家。

我们昏昏沉沉地被皮卡车拖着走，外面的风越来越热。我说，开点空调。贝壳说，你想多了。我说，收音机也没电吗？贝壳说，我手机给你放点音乐。放了几分钟来电铃声一样滥俗的音乐，手机就没电了。我们就这样，坐在闷热没有声音也没有动力的车厢内，外面传来阵阵海腥味，国道上千篇一律的店铺缓慢后退。

最终，我们让皮卡车司机停在离我住处一公里远的地方，我们借口回家拿钱，然后就再也没有回去过。皮卡车司机当时说，不留一个人在这里？我说，我肚子疼。皮卡车大叔很老练地摆摆手说，去吧去吧，跑得了人还跑得了车？他万万没有想到，这车关我们什么事。

一星期后，我们回到面包车旁边。我们不知道去修理还是让它停在这里成为僵尸车。我们在车边思考了很久，当然也谈论了会儿菲律宾发现新人类的事情，最终万宝路烟味抵不过车里牡蛎的腐烂味。

三

现在贝壳和我住一起。他研究了一整天宇宙起源问题，一句话都没有讲。我则继续在太平洋人鱼故事里写道：

现在我们这个城市，政府已经抓到了上百名人鱼。同样的犯罪问题，陆地人根据法律来定刑，而人鱼只能一律被处死。曾有一小撮人质疑陆地人与人鱼应该一视同仁，但是大部分人不同意，大部分陆地人都不允许自己的世界被异类所侵占，哪怕人鱼能和我们和谐共处，与我们一起创造一个新的世界，这也是不允许的，陆地人就应该由陆地人做自己的主人。曾经，因为陆地人的无知与麻木，已经容忍人鱼与陆地人共存了这么久，现在人鱼已经到了该被灭绝的时候了。

我写完这段，肚子饿了，却发现贝壳还在研究宇宙起源问题，且把能吃的东西都给吃完了。

我们下楼，准备在楼下的小超市买点东西。小超市门口聚集了很多人，大家纷纷对着巨大的夕阳抬头看着。我和贝壳欣赏了几秒钟的夕阳，才发现对面楼顶有个女的准备跳楼。有那么一瞬间，女子坐在屋顶，巨大的落日正好在她的身后，美丽又感人。

救援人员已经到位，围观的人越来越多。我和贝壳站在超市里打起了赌。我说，看这样子不会跳。贝壳说，看样子肯定会跳。我拿了一桶方便面说，押这个。贝壳看了一眼女子，拿了十根火腿肠说，押大点的。我看了一眼女子，又加了十根火腿肠。贝壳观察了半分钟，搬来了一箱泡面。我这次看都没看，搬来了两箱矿泉水。贝壳见状，又搬来了两箱可乐。我见状，拿来了三打罐装啤酒。贝壳点起一支烟说，老板，两条中华，软壳的。我说，四条吧。贝壳说，有没有茅台？

此刻，我们发现楼顶的姑娘已经不见了，人群在慢慢散去，救援人员正在收场撤离，夕阳也已经埋没，小超市的柜台堆满了我们拿来的东西。我们买了两盒方便面，准备走出小超市，老板突然开口教育我们：没有良心的东西，人家跳楼你们打赌，你们还是人吗？我一把锤子捶死你们。

贝壳回头说，这些都买了可以吧？

老板说，算你有点良心。

贝壳叼着烟说，但没钱。

老板追了出来，我们一溜烟跑了。我们跑到了对面的楼顶，也就是姑娘准备跳楼的地方。这是方圆五公里内最高的地方，四周视野开阔，能看到远处的城市霓虹以及郊区的黑灯瞎火。我们坐在角落里,用姑娘准备跳楼的姿势看了一会儿远方。

贝壳说,打个赌,一会儿会不会有人觉得我们要跳楼?

我说,赌啥?

贝壳看了看手中的泡面说,那还是聊聊宇宙法则吧。

我说,开始吧。

这时候,后面传来一群人的声音。我们回头一看,几个打太极的人在你推我推你。一个仙风道骨的大爷边打边说,我这样一用力,你们就倒,知道不?要全体倒下,这就是内功,来一遍。

我和贝壳各自捧着泡面,只见大爷对着众人隔空一推,五个人立即后退十多米全部前翻后仰。

五个人站起来后,大爷说,再逼真一点,有种被我内功弹倒的感觉,一个月就两场活动,一场五百,大家一定要认真。

听完大爷的介绍,贝壳的那桶泡面滚落到了地上。我和贝壳捡起泡面的时候,大爷神仙一样瞪着我们。

贝壳捡起泡面说,别误会,我们只要三百。

大爷还没反应过来,贝壳已经在地上摔了三次,每一次都是不同的风格。

大爷当即表示,到时候我们两个作为观众,然后举手上台。

我们就这样在顶楼加入了翻滚排练,各种前滚翻后滚翻侧身翻,贝壳还带着各种神情。他说这是被降龙十八掌击中的表情,这是小时候被他爸揍的表情,这是他妈妈离开他时的表情。我们就这样不断地翻滚着,和我们一起翻滚着的还有远处的一只摩天轮。

最后楼顶依旧只剩下我和贝壳两个人,贝壳还在给我演示各种翻滚的要领。

我说,别演了,也就三百块钱。

贝壳站起来,掸掸衣服,淡淡地说了句,妈的。

我们继续坐在楼顶,看看黑夜和城市,楼下的小超市灯光温暖。里面的老板虽然穷酸市井，并且时不时要捶死我们，但我们丝毫没有想捶死他的想法。因为他和我们讲庸俗不堪的大道理的时候，我们只要多买一罐可乐就可以改变他的所有说法。而且，据我观察，老板一直守着电脑看电视剧，已经看了很久的《西游记》了，在苹果手机已经出到十几代的今天，老板还恪守着《西游记》的故事紧紧不放，我们认为这是一个单纯善良的人。

我们路过小超市，进去问老板要了点开水，买了几根香肠，一边吃一边和老板唠嗑。老板问我们会不会操作电脑，他儿子给电脑设置了《西游记》单集循环，已经看了几十遍了。我和贝壳吃着泡面摇摇头表示不知道如何操作。

四

天气热得白天无法出行，而贝壳却在炎热的厨房探索酸奶红酒泡面的可能性，我继续在房间里写道：

> 人鱼必定会违法犯罪，所以违法犯罪的人首先要被送到人鱼调查中心，判断是否是人鱼。判断人鱼的标准比较复杂，因为无法像体检一样单纯凭借仪器进行检测，更多的类似于精神病院的检测方式，即通过一系列的问答、做题及特殊仪器检测，接着经过人鱼专家集体讨论，本着严谨负责的态度，最后由人鱼调查中心出具结论，一旦被认定是人鱼，即意味着死亡，且一人被认定是人鱼，从其亲戚朋友里又可以抓出多个人鱼，这种扩散式抓捕法，提升了消灭人鱼的效率，也让死亡的阴影笼罩在城市上空。

我写完这段，尝试了一下贝壳的酸奶红酒泡面，吃得我不想待在家里。很晚的时候，我和贝壳坐在江边讨论月亮的背后究竟有什么。这个时候，一个男子走过来，在我们面前拿出两把刀子。贝壳瞥了一眼说，几块钱？男子说，什么意思？贝壳吐了一个烟圈说，两把一百五？男子把刀凑到我们眼前说，抢劫的。我们和他理性分析了一下，我们一共就一百五十块，卖和抢都是这点钱，还是卖比较文明点。男子听了说，低于五百块不卖，张小泉的。我们说，一共就一百五十块。男子说，行吧。我们拿到刀，马上把两把刀对着男子说，全部拿出来。男子说，合法买卖行吗？我们说，行，于是他把钱给我们，我们把刀又还给了他。男子拿着两把刀，看着我们，我们也看着他。贝壳说，1968年"阿波罗8号"绕行月球，在月亮的后面，你们猜发现了什么？于是我们三个人一起抬头看着月亮，看得津津有味。当我们离开的时候，那个男子还在看月亮。

过了好久，我们在江滨公园边看到一个长发青年拿着吉他。地上的硬纸板上写着：中国独立音乐人。我和贝壳听了一会儿，觉得吉他弹得非常有特色，于是每个人摸出十块钱，压到硬板纸的下面。很多经济没法独立的，只能先从音乐开始独立。扔完钱，我们才发现，这哥们刚才是在调弦。

这哥们唱的第一首歌是，你就是我心里的一朵玫瑰花，嗨哟嗨哟，玫瑰花……唱得我们心疼那二十块钱。唱完之后，一个中年赤膊大哥，一步上前说，好，然后扔了一百块。赤膊大哥走到话筒前说，我给大家唱一首，爱你爱得很上头，谢谢大家啊。我们看了一下，周围算上我们一共就五个人。赤膊大哥扭动着身体说，来，音乐，one，two，three，four，go……

我说，我们一会儿去唱一首。

贝壳叼着烟说，我们没钱。

我们只能继续沿着江往前走。这条江再往前一点就是入海口了，所有的河流小溪包括我们的洗澡水最终都通过这里流向茫茫大海。我们经过一个面江哭泣的女人身边，贝壳表示，她的眼泪也会流入大海，一会儿连同她自己都会流入大海。我回头看了一眼，背影迷人，我说，那还是去安慰一下吧。

我走过去说，小姐，怎么了？

她一回头，一张老脸赫然出现在眼前。

我一惊说，大姐，别想不开。

她说，考试考了几次都不行。

我说，别担心，哪个学校的？

她说，恒通驾校。

我说，那你自己再静会儿。

我和贝壳就这样不知不觉走到了入海口，有大轮船停在江海交界处。贝壳说，如果偷一艘轮船，就可以一直朝着大海开出去。

我说，开得出去吗？能偷来就去卖掉啊。

贝壳说，卖得掉吗？

我们经常有这些非常荒唐又没有意义的想法，于是贝壳点起一支烟，正儿八经地和我谈起了宇宙究竟有多大。

我面朝大海的方向，双臂微微展开说，大概这么大吧。

上一次，我站在这里面朝大海双臂微微展开，抱着的是前女友，并且告诉她，就像抱着整个宇宙。

五

夏天已经过去一半了，台风马上就要来了。我继续在电脑上写道：

> 我们也参与到抓捕人鱼的行动当中来了，只要你怀疑对方是人鱼，就可以举报。除了违法犯罪之外，譬如说话很大声，乱丢垃圾，随地大小便，公共场所抽烟，甚至你觉得对方长得不顺眼，或者对方偷瞄了你一眼也可以作为举报的理由。一时间，人鱼调查中心成为我们这里最庞大的调查机构。

我写完这段，就和贝壳一起出门准备买张餐桌。我们住处什么都没有，以前吃饭不是捧着吃，就是放在椅子上吃。为了提高生活质量，给予吃饭一定的仪式感，我们问小超市老板借了三轮车去了二手家具市场。我们随便挑了一张小餐桌，将餐桌扛到三轮车上的短短几分钟，遇到了好多个小货车司机表示搬运送货一条龙服务，价格从三百降到了一百。我们表示自己准备了人力三轮车，一分钱都不会花的。

贝壳骑着三轮车，我坐在后面扶着餐桌，摇摇晃晃地从家具市场出来进入了灰尘满天的国道。

贝壳悠闲地骑着，还点了一支烟，我感觉讨论宇宙真理的时刻又要到来了。

贝壳吐了一口烟说，你那个写人鱼的小说，我都看完了。

对于贝壳的偷看，我没表现惊讶，说，都是我瞎编的。

贝壳说，不是你爷爷和你讲的吗？

我说，我爷爷也是瞎编的。

贝壳猛蹬了几下，过了一盏红绿灯说，你错了，我已经在生活中发现了人鱼。

我说，好好骑车，看着点路。

贝壳说，我见过，你也见过。

和贝壳讨论再虚无缥缈的东西都是正常的，于是我说，见过就见过，有什么奇怪的。

贝壳突然一个急刹回头说，你知道清除人鱼意味着什么吗？

我差点没扶住餐桌，说，好好骑，别急刹。

贝壳又缓缓蹬着三轮车说，我和你说个秘密，你不要惊讶。

我紧紧扶着餐桌说，这世界有什么事情能让我们惊讶？

贝壳又是一个急刹，我一头撞在了餐桌上。

我一抬头，一个交警站在我们面前，简单询问了贝壳几句，就开始低头开单子。

贝壳说，真不知道不能运货，一定不会有下次了。

交警边开单子边说，不是不能运货，是三轮车不能进城。

贝壳说，怎么处理？

交警说，罚款两千，看你是初犯，一千，下不为例。

贝壳说，你怎么知道我是初犯？

交警说，那就两千。

我们面面相觑表示没有钱，交警说没有钱就扣押三轮车，到时候来交罚款再把三轮车拿回去。我们花了五十块叫了一辆小货车把餐桌装上车。在车上我们算了一笔，罚款要两千，一辆三轮车才八百，不如新买一辆，关键小货车装运回来才五十块。

小货车司机笑笑说，出来的时候，一百你们都不装。

我和贝壳盯着小货车司机陌生又熟悉的脸庞。

贝壳对着收音机说，能不能换首歌？

小货车司机就把频道一换，里面传来"滋阴壮阳，最后两盒，最后两盒……"

小货车司机又换了一个频道，贝壳说，别换，就刚才那个频道。

小货车司机说，这在听啥？

贝壳说，开好你的车。

到家之后，我和贝壳向小超市老板解释，三轮车骑着骑着就散架了，明天重新给他买一辆。老板将信将疑间，我们就跑走了。

我们在新买的旧餐桌前，讨论了一些事。我们准备各出两百块给老板买一辆二手三轮车。还讨论了二十世纪九十年代海湾战争对中东格局的改变。正准备讨论金兵南下对中国南方的影响，贝壳喝完泡面里的最后一口汤说，明天开始，你就专心写人鱼故事吧。

我说，我每天就写几百个字。

贝壳说，按照我说的写，你什么也别干了。

我说，我本来就什么也干不了。

贝壳说，我告诉你谁是真正的人鱼。

我说，谁？

贝壳笑了笑，露出了不再是无所事事的笑容。

门外传来敲门声，我打开门，房东说，明天要交房租了。

身无分文的我说，知道了。

六

贝壳拿着一把刀站在我后面,我则违背当初的意愿,按照贝壳的意思,开始写身边的人鱼故事。当然这刀他说是给我削苹果吃的,但是如果我不按照他意思写,可能就要削我了。平时二十四小时我就写半小时,现在已经写了半天了,我在电脑上写道:

以下故事纯属非虚构,如有雷同肯定不是巧合。

这一天,我和贝壳下楼,把小吃店的老板娘给举报了,我们告诉人鱼调查中心,老板娘长相不端正,声音洪亮,脾气暴躁,爱钱如命,具有人鱼的嫌疑。人鱼调查队经过初步判断抓走了老板娘。那时候我们正在她店里吃着海鲜面,老板娘就被抓走了,三天后人鱼调查中心就通知我们老板娘已经被确定为人鱼,并且对我们表扬了一番,希望我们再接再厉继续协助抓捕人鱼。

我和贝壳备受鼓舞,开着一辆破面包车去海边庆祝我们为人类做出的一点点小贡献。在去海边的路上,我们凭借之前的经验,敏锐地观察到一个摩托车司机的异样,穿着廉价,神色慌张,满嘴谎言,并且想讹我们的钱,于是我们借故汽车没油将他稳住,随后被及时赶到的人鱼调查员迅速带走。三天后,我们再次得到了人鱼调查中心的感谢。

从海边回来的路上,我们透过一辆皮卡车,再次敏锐感觉到了车内司机的异样,此人满脸横肉,胡子拉碴,皮肤黝黑,目光凶狠,我们同样借故汽车故障,立即通知人鱼调查中心及时将他绳之以法。这次仅仅一天后,我们就得到了人鱼调查中心的表扬。这说明人鱼鉴定的效率提升很快。

第四次举报是我们举报人鱼生涯中一次关键的转折点。那一天,很多人围在楼下观看一个即将跳楼的姑娘。我们却在这样的场景中,一眼识别出了楼顶那位跳楼姑娘的人鱼身份。那位姑娘,穿着朴素,神情悲苦，身材纤细，脸色惨白，我们立即通知了人鱼调查中心。当时在场的那么多群众，以及警察、消防人员都没有发现，我们却火眼金睛，在那么遥远的楼顶凭借肉眼难以看见的特点，成功将其人鱼身份识破。

这一次，人鱼调查中心记住了我们的名字。他们的领导和我们谈了一分钟，并且给了我们一千块的奖励，真诚地表示人鱼调查中心非常需要我们这样善于在生活中发现人鱼的人才。

人鱼调查中心的重视和奖励，彻底激发了我们独特的人鱼识别能力。我们举报了一个假太极团队，一行人，装腔作势，穿着怪异，行为浮夸，言语异常，简直就是一锅人鱼。随后，我们吃泡面的时候，发现了老熟人——超市老板的异常，古板守旧，庸俗势力，人大胆小，欺软怕硬，立场不定，这样的人同样逃不过我们的判断。

我们保持了零失误的判断，但凡我们举报的都被确定为人鱼。人鱼调查中心对我们高度重视，邀请我们去了他们的办公室。除了常规的表扬以及金钱奖励之外，我们被特聘为"人鱼调查中心特约调查员"。待遇方面，给我们发固定工资，并且抓到一个人鱼就奖励一笔钱。权限方面，我们有当场抓捕人鱼的权力，并且还给我们配备了激光麻醉枪和印有"人鱼调查中心"的面包车。

我们是这个世界正义的守卫者，我们有独特的眼光、厉害的电击麻醉枪，若干年后，还会有英姿飒爽的制服，关于制服，领导说了等我们业绩达到一定程度才能发给我们。等到穿上制服的那一天，正义就是我们的模样。

我写到这里，天已经黑了，门外又传来房东的敲门声。我们不开门，房东就直接开门进来了。

我们说，你这是私闯民宅。

房东说，房子是我的，不付钱，你们是私闯民宅。

房东非常冲动，于是被我们揍了一顿，抬出了屋外。

贝壳说，别理他，继续写。

七

这一天,我人还在床上,贝壳就把笔记本电脑给我递过来,让我打开电脑继续写,于是我咬着包子睡眼蒙眬地写道:

作为"人鱼调查中心的特约调查员",我们现在工作得心应手,开展了扫荡式的抓捕。我们在江边,遇到一个疑似推销刀具的抢劫犯,此人拿着刀,凶神恶煞,歪嘴斜眼,开口抢劫,闭口拿钱,这种人就是自动送上门的人鱼,我们一枪电击,分分钟落网。于是我们接着往前走,江边演奏独立音乐的小伙子,衣服破旧,头发蓬乱,神情萎靡,声音沙哑,基本八九不离十,再者赤膊大哥,肚子圆滚,虎背熊腰,脸部油腻,眉毛粗大,一样逃不出作为人鱼的命运。还有那几个围观者,笑容可疑,掌声机械,交头接耳,我们对着他们一阵电击扫射,音乐青年、赤膊大哥以及所有围观者全部被抓捕,一网的人鱼,我们将他们抬上面包车,随后继续散步向前。我们在江边,还遇到一个即将跳水准备奔向大海的人鱼,幸亏我们及时发现,此人身材孱弱,背影孤独,长发浓黑,经过简单交流,立即一枪电击打晕。

这期间,我们还抓捕了慈眉善目、和蔼可亲、温顺文雅的家具店老板,也抓捕了皮肤黝黑、身材矮小、全身干瘪的小货车司机。

尤其值得一提的是,我们通过追溯,抓捕了很久前隐藏在围观贝壳家着火群众中的人鱼。

这一个月的最后一天,我们抓捕了我们的房东。我们并不是因为交不起房租而对他充满敌意,而是我们主动敲开他家的门,二话不说就把他电晕了,理由同样很充分,斤斤计较,为人势利,见钱眼开,不讲情面。

我们成为人鱼调查中心的季度抓捕冠军,被内部称为抓捕人鱼的"绝世双枪"。顶着这个头衔,我们的压力也随之而来。在工作方面,我们更加深入挖掘。我的搭档贝壳经过苦思冥想，说，他爸爸脾气暴躁，嗜酒如命，烟不离手，头脑简单，四肢发达，绝对也是一个标准的人鱼，可惜他爸爸已经去世了，不然我们现在就出动。还有他妈妈，皮肤光滑，身材窈窕，心思缜密，情感细腻，也是一名标准的人鱼，可惜他妈妈很早就离开了贝壳，至今处于失联状态。我也想起了我的前女友，身材玲珑，温柔可爱，明眸皓齿，优雅大方，这也差不多是人鱼，但是自从分手之后，她就决绝地把我所有联系方式都拉黑了，并且搬了家，我同样找不到她。

我们开着印有"人鱼调查中心"的面包车游荡了很久，所到之处，大家纷纷避让，随着抓捕工作的彻底进行，街上的人已经越来越少，自然人鱼也越来越少。我们开着面包车试图去寻找贝壳的妈妈，以及我的前女友，耗费了很多公家的油结果一无所获。

在这种情况下，我们积极探索研究，终于有了新的成果。我们发现海鲜面是人鱼的产物，牡蛎也是人鱼的产物，大轮船也是人鱼的产物，接下来可能会颠覆我们一些常识，但是我们不得不接受，可能大房子、汽车、摩托车、三轮车、泡面、啤酒、桌椅等都是人鱼的产物。

我们将自己的探索与研究成果，写了整整十多页，罗列了一份人鱼物品清单。里面陈述了诸如"大房子使人散漫，汽车、摩托车、三轮车使人懒惰，海鲜面使人食欲放大，啤酒使人神经麻醉，桌椅破坏人体自然坐姿"等类似的内容。最后，我们请示禁止这些东西。一周后，我们便得到人鱼调查中心的回复，同意我们禁止所列的人鱼物品清单。

此刻，我们再次成为了人鱼调查中心的明星组合，因为我们罗列了大部分日常生活中所见的物品，使得我们的业绩大增。为了防止一刀切，不错杀滥杀，我们被人鱼调查中心调到了理论研究与科学鉴定部门。由我和贝壳主导，制定了一个严格的标准，只有我们认为味道怪异的海鲜面才会被禁止，只有我们认为使人散漫的房子才会被封锁，只有我们认为具有懒惰属性的交通工具才会被禁止，只有我们认为过度影响神经的啤酒才会被禁止。

我们偶尔去外面抓捕少量的人鱼，或者禁止人鱼物品。更多的时候，我们积极探索，另辟蹊径，看看还有什么能挖掘与创新，并且制定一系列科学有效的标准与守则。

写完以上这些，一天又过去了。门外再次传来敲门声，这次进来的是两名警察，以殴打伤害房东的名义，将我们从房子里带离。

贝壳说，带上电脑，东西还没写完呢。

我和贝壳一转身，什么也没带，就被警察带走了。

八

我在派出所里，虽然没有笔，但是脑子里继续展开着人鱼故事……

我们抓捕了很多人，也收缴了很多东西，一切变得整洁有序，人流不再拥挤，汽车不再拥堵，城市面貌焕然一新。这期间还有人送了我们两辆汽车和两套房子，希望我们明察秋毫，坚决打击人鱼，但不要误伤同类。这个路人甲虽然我们不认识，但是态度诚恳，知书达理，识时务，懂时局，我们已经将他排除在人鱼之外，此外他的许多豪车豪宅经过我们一一鉴定也不符合人鱼产物的特性。除了铲除人鱼，保护这样的路人甲也是我们的任务之一，我们退回了他所送的两辆汽车和两套房子，转而全面保护他的人身和财产安全，他的六个家人、三家公司、五十多个账户、三十多套房产都在我们的保护之中，我们偶尔在下午喝喝他大别墅里的耶加雪非咖啡，有时候开着他的柯尼赛格去兜一圈看看有没有觊觎的目光瞪着我们。其实这样的路人甲在我们的城市里有很多，经过前期的铲除人鱼行动，现在为了保护他们我们付出了所有的时间和精力。基本上没有时间再回到我们的出租屋里好好休息一下了。

我想了想，还是把最后一句给删除了。删掉最后一句，派出所里的人就给我送了两个馒头，没过多久我们就被放出来了，我和贝壳就在派出所的门口见面了。我们都不知道具体发生了什么，也不太关心接下来会发生什么。

我把刚才想的人鱼故事讲给贝壳听，贝壳听完，经过我们认真思考，又补充了以下内容：

  我们通过苦肉计，进入派出所，最终在警察局内部抓到了两名人鱼警察，用最短的时间，发现他们贪污腐败、违法违纪、颠倒是非，成功将他们反制，这是对人鱼混入政府机构的有效打击。

我和贝壳补充完这些，太阳就耀眼地挂在东边了。我们慢慢向前走着，走进了那家用A4纸贴着的"百年传统秘方"的面店。我们吃着海鲜面，在老板娘恶劣的态度下，又补充了以下内容：

  现在，我们基本已铲除了该铲除的人鱼，也保护着应受保护的人群，但是我们身为人鱼调查中心的"双子星"，在接下来的工作中，依旧开创了新的局面。

  我最终发现，贝壳蓬头垢面，眼神迷离，不着边际，无所事事，也是符合人鱼的特征，我将这一情况首先通知给了贝壳。贝壳吸着烟跷着腿告诉我，其实他也发现我不修边幅，邋里邋遢，吊儿郎当，毫无朝气，也符合人鱼的特征。于是我们决定，事已至此，不要相互举报，要自我举报，于是我们走进人鱼调查中心的办公大楼，各自把自己给举报了。作为出色的人鱼调查员，我们给自己的职业生涯添上了浓重的一笔。

  我们自我举报，自我鉴定，最后由人鱼调查中心经过讨论，属于人鱼嫌疑人，留待人间观察一年，暂时剥夺了我们之前的所有荣誉，但是继续聘我们为"人鱼调查中心特约调查员"，同时将我们"大义灭己"的壮举写成了新闻，且受到了另一种热烈的表扬。

补充完这些,我和贝壳走出海鲜面店,阳光晃眼。贝壳慢慢地走远,而我不知道回去继续写人鱼故事,还是先在这个世界里晃荡一下。一切变得有点混沌,作为人鱼嫌疑人,我既怀疑人鱼故事的真实性,也怀疑人鱼故事的虚假性。

这一刻,我在街上碰到了我失联很久的前女友,她变得比以前好看了很多。她和现男友手挽手走着。我和她打了一个招呼,她说不认识我。我背对着太阳,决定回家继续写人鱼故事。回到门前,房东已经换了一把锁。

(刊于《江南》2022年第4期)

作者简介:

赵挺,宁波人,著有小说集《寻找绿日乐队》、长篇小说《晃荡光年》、散文随笔集《外婆的英雄世界》,作品散见于《收获》《北京文学》等刊物。